卷首语

中日虽为近邻，难言相识。

要想与邻人友好相处，我们不能忘记一个基本原则，那就是邻人同自己不一样。

——陈舜臣

中国和日本，虽然属于同文，同一种文化源流，但这是两股道上跑的车——走的不是一条路，两千年跑下来，彼此间的差距，只有越拉越大。

借助毛泽东的明察，不妨说，上帝让日本成为中国的近邻，未尝不是一种恩赐。

——卞毓方

日文的“真面目”，等于汉语的“认真”，兼而还有忠厚、老实的意思。这是日本人的自许、自勉，也是对工作态度的匡范规定。我们讲文化的潜移默化，常常就隐于这些细枝末节。因此，与其说“真面目”是日本人对汉字的借用，莫如说是他们带有标语、广告意味的小小创造。

——卞毓方

一衣带水，这是中国人习惯使用的一个词，唯有深谙中国文化精髓的人才能悟得此中三昧。它出现在中日外交层面，不是一个长江和大海的简单借喻，而是体现了使用者的胸襟、眼光和气度。这是中国的胸襟、中国的眼光、中国的气度，外加数千年中华文化的载重。它那灵动如水袖的彩带轻轻一绾，就能绾住一份邻里相望炊烟相织鸡犬相闻的脉脉温情。倘若要选一个词出任中日亲善大使，喏，一衣带水就是。

这是一种高点视角，比泰山高，比富士山高，比飞机飞行的高度高——如果您能从宇航船上往下看，中日两国绝对像一衣带水。

——卞毓方

卞毓方：1944 年生于江苏，先后毕业于北京大学和中国社科院研究生院，早年攻读日文，转事国际新闻，长期服务于经济日报、人民日报，中年而后皈依文化，一笔在手，犹如“乾坤圈”在握，唯觉文能补气，文能丰神，文能御侮，文能敌贼。有著作《岁月游虹》、《妩媚得风流》、《雪冠》、《长歌当啸》、《煌煌上庠》、《清华其神，北大其魂》、《天意从来高难问》、《历史是明天的心跳》、《千手拂云，千眼观虹》、《金石为开》、《千山独行》、《寻找大师》、《浪花有脚》、《美色有翅》等问世。尝谓少年比的是才气，中年比的是学问，老年比的是人品、人格。

博多港サイロ

京大学百年校庆日本学研
25 4'98

第1排左起：邓桂荣、吴一蕴、施颜芳、温惠爱、戴灿之

第2排左起：管黔秋、刘金鸿、冯士琴、张晶、陈小湘、童颛芬

第3排左起：高永宽、纪太平、汪金熙、王瑞林、董正元、何世钝

第4排左起：刘文智、邓有民、岳大成、刘光宇、卞毓方、马成三、齐荣

缺席者：张荣莲、孟科、郭来舜、傅永康、秦定定

卞毓方与本书拉页书法创作者、著名书法家张仲亭合影

著名书法家张仲亭：男，1947 年生于山东济南，曾任中国书法家协会第五、六届理事，山东省书法家协会副主席、济南市书法家协会主席。以楷书著称，尤擅小楷，兼收传统小楷的正、真、规、范，糅合了“二王”行书的流利艳美，不再凝重滞板，呈现着气息通透而趋向于动态的美感，形成雅俗共赏的新书风，这也正是他对书法发展史的重要贡献。1997 年，张仲亭先生书写的道家对联悬挂在泰山碧霞祠碧霞元君两旁，被千万人所咏读欣赏；2009 年，张仲亭所书的杜甫诗《望岳》书法，在中华人民共和国第十一届运动会开幕式巨型大碗幕上展示，享誉海内外。这成为张仲亭书法艺术生涯的两大亮点。

比优较劣，进而，解读日本民族的文化基因，颇见学者情怀和思想睿智，读来醒世警人，感慨良多！而“真面目”，即是本书的主线。

何谓“真面目”？卞先生进行了历史的、现实的、社会的分析，且引一段来看：

> “真面目”，这是汉语词汇，日本人在模仿阶段，完全照搬，取汉字音读sinmenmoku或sinmenboku，意思亦如字面，即本真的形象，真实的本领，真正的价值。后来，也就是在后进赶先进的过程中，日本人的认真、勤勉、踏实、精细的作风，渐渐显露了出来——说来这也是为形势所逼，国土狭小，资源匮乏，地震、火山、台风、海啸，整天跟在屁股后面追，文化又蛮野蒙昧，不老老实实、踏踏实实、埋头苦干、奋发图强，怎么行呢！……日本的“文字工作委员会”一定经过反复筛选、斟酌，最终敲定借用汉字“真面目”——当然，它现在摇身一变为日本词了，按照日本的“认真”发音：majime。

日文的“真面目”，就等于汉语的“认真”，兼而还有忠厚、老实的意思。在他们，早已随文化渗入肌肤、血液，转化为群体的潜意识。

再比如，卞先生还在书中提出一个令人深思的问题，即“日本人总是把强者设定为参照系。”日本古代对中国的学习，如醉如痴，深入骨髓，曾几何时，“朝野上下燃烧着一个疯狂的信念：把唐朝搬回日本”；近代明治维新时期，目光锁定欧洲，排除万难，君民同心，深入文明腹底，脱亚入欧，实现华丽转身。日本人的认真精神，对一向大大咧咧、马马虎虎的中国人，未尝不是警示和参照！世界上怕就怕“认真”二字，日本人就最讲“认真”。尤其，因日本文化的潜移默化作用，其“认真”常常就隐于许多细节之中，这种“存在”，如果成为对手，应该是非常难对付，非常可怕的！

《日本人的“真面目”》还给我们呈现了“认真”的另一面。如其民族根性中的尚武、扩张，还有其耻感、缩小意识、依赖性等。“如此矛盾，如此荒谬而又如此浑然一体”的日本人，如果换个角度看邻人，未尝不是中国的一味药！这味药，就在于国人敢不敢吃？如何吃？提问题是水平，发现问题是能力，解决问题要靠实干，而且需要众志成城，知彼知己，谦虚务实，持续不懈的干劲。

此前，卞先生一直说要写一本日本的书，我心里嘀咕，老先生中国的书是没得写了？日本与我们的干系，一本书又如何能说得清？及至把书稿一口气读完，真觉得什么是大千气象，什么是深谋远虑，什么是历史意识，过瘾、提气之余，让人思绪翩翩，感慨系之！原来思想高度投掷的炸弹，竟有如此的穿透力！

毓方先生为文，大处落笔，小心收拾，惜墨如金，言有尽而意无穷，把原来的“春秋笔法”，化而为现在的“象外之旨”，极富时空感。其高妙的艺术处理，幻化为气势恢宏的岁月长虹，让人不得不礼赞是一部翰逸神飞的佳作！

当然，这种作品，最好不要归类，散文？传记？小说？政论？随笔？都不能涵其笔，尽其意。文章到这一步，已经是思维圆融，笔情无碍，得大自在了。卞先生的想象力、洞见力、创造力，至今依然真宰上诉，元气淋漓。

好文章，的确是不受文法文体约束的。不畏浮云遮望眼，思维高了，便不再有什么东西能阻碍得了。

此中有真意，一切创造，皆由此而来。

2016年仲夏夜 于陇上天水佛石斋

目录 CONTENTS

案内 / 008

天风吹过“一衣带水” / 008

历史甬道 / 013

回望富士山 / 014

赤县扶桑乱弹 / 027

日本曾如是“惦记”中国 / 044

“精神年龄只有 12 岁！” / 061

一段“迷惑”的公案 / 064

日照宫 / 073

纸钞上的“大国崛起” / 074

报头上的文化 DNA / 077

日本人的“真面目” / 080

汉是汉，日是日 / 083

和制汉字的“萌点” / 089

梦中失落的神来之笔 / 095

广场 / 101

玉砂利乱步 / 102

银座流浪汉 / 106

天上掉下一支毛笔 / 110

夜餐店的漫画眼 / 114

足球场上的“第 12 人” / 118

看日本人排队 / 122

说小真小，说大也大 / 127

浮光，掠的却不止是影 / 132

西乡隆盛的头颅 / 137

湖心岛 / 145

彼邦也有主旋律 / 146

烹小鲜的 ABC / 154

生死关头的生命大挪移 / 159

木刀，向小次郎的天灵盖砍去 / 163

艺苑 / 169

四位作家的“作坊” / 170

文坛一言堂 / 177

云在青天水在瓶 / 183

东瀛淘书记 / 190

浮世绘与俳句的塔尖 / 196

石灯笼 / 203

“真理之布由一根纱线织成” / 204

小野二郎和他的“美食音乐” / 216

第二次天启 / 220

快跑，乌拉拉 / 224
《北国之春》/ 227

博物馆 / 233
“三神器”是个什么东东（外一则）/ 234
怨灵信仰 / 240
闲话肉食、牙齿与肠子 / 245
杜鹃不啼：杀、逗、待 / 252

四重桥 / 263
晁衡的失渡与鉴真的偷渡 / 264
黑船如何引发了黑潮 / 269
铺向改革开放河床的金沙 / 274
养子的政治经济学 / 282

茶亭 / 287
坂本龙马的世纪猜想 / 288
“蕃尔”一词面面观 / 292
“吃茶去！”/ 295
“我不和狗照相！”/ 302
“依赖心”与“边境人”/ 306
“一生懸命”与“無我夢中”/ 320

石雕群像 / 331
“美丽”与“暧昧”
——川端康成与大江健三郎 / 332
“站在无法预见未来的分叉路口”
——物理学界的三山五岳 / 352
科学因“突出”而进步
——化学界一瞥 / 374

留言簿 / 389

天风吹过“一衣带水”

地点，银座支线上的一家居酒屋。人员，中方两人，邓君和我；日方也是两人，小岛与加藤。座中，数我年龄最长，是邓君的师辈，他们三是一家商社的同事，年龄相差无几。

话题是由邓君引起，他讲从北京直飞东京，一本东野圭吾的《梦幻花》，翻了不到三分之一，航程就结束了，在空中凭窗俯瞰大海，浮光掠影，一闪而过，那恍惚，真有一衣带水之慨。

一衣带水，这是中国的一个成语，早先是指长江，形容水狭如带，抬脚就能跨过，现在呢，仿佛成了中日关系的专用词，举凡说到两国间的情谊，无论口头，还是文章，总脱不了遣它出场。

小岛君肯定听得多了，有点不以为然，他说：谈到我们两国间的关系，你们中国人总喜欢讲“一衣带水”，“一衣带水”是多远哩？古代是以长江做比喻，江面能有多宽，也就是几华里吧，从这边可以望见那边，考虑到长江有一万多华里长，说它蜿蜒在大地，像一条衣带，还能说得通，顶多属夸张，就像诗人说“白发三千丈”、“燕山雪花大如席”；用它来象征日中两国的距离，实在太离谱，东京到北京多远？将近五千华里，单纯海上的距离，也有一千五六百华里，谁家的衣带有这么宽啊？

我把“一衣带水”在舌尖上转动了几下，像品尝一粒薄荷糖，微微点了点头。

加藤君语出惊人。他搁下酒杯，说：小岛君，你不了解中国人的思维，正是因为两国距离太远，他们才爱用“一衣带水”，既表示历史上曾经走得很近，又着眼于当前刻意套近乎。您想，要是两国挨在一起，中间只隔着一条江，他们就不会用“一衣带水”，而用关系更近的词，比如说“唇齿相依”。

这是我从来没听说过的高论，薄荷糖的感触又在舌尖复苏，我也朝他点了点头。

邓君微笑着为自己辩护（他们三个是同事、酒友加文友，这样的争论已习以为常），他说：我是中国人，我比你们更理解中国的成语。您看，中国和美国，隔着太平洋，这才叫远呐，所以我们习惯称美国为大洋彼岸。中国和日本，尽管隔着黄海、东海和日本海，我们却从来不称日本为大海彼岸，为什么呢？就因为从地理距离到心理距离，两国都挨得很近。

邓君解释他说的心理距离，包括政治、经济、科技、文化上的全面交流。他举例，中国人到了日本，往大街上一站，即使不懂日文，从招牌、商标上的汉字，也能猜个八九不离十——还有比这更近的距离吗？

我平素不喝酒，逢到辩论，也不善言辞，只有一边洗耳恭听，一边小口小口地抿酒。

加藤君刚要反驳，小岛君插了进来，他说：邓君讲历史上的交流，包括遣唐使是吧？您知道遣唐使的船队在海上要行多少天？因为遭遇风浪，又死了多少人？您要是跟着走过一趟，看还敢不敢说两国间的距离一衣带水。至于日文，虽然掺杂大量汉字，贵国学生有句俗语，叫“笑着进去，哭着出来”，您懂日文，应该晓得那里面的实际距离是多远。

末尾一句像是说给我听了，我学过多年日文，到老也没能学地道。

双方沿着“一衣带水”到底有多远扯下去，话题越扯越宽泛，涉及面越来越广。譬如，小岛君说到鉴真六次东渡，最后一次才成功，在海上航行了一个多月，大海是多么的浩瀚辽阔！加藤君讲起美国“黑船”叩门，促使日本改革开放，走上明治维新、大国崛起的道路，而同样是受到西方列强叩门，大清朝却丧权辱国，一蹶不振，两国的思维方式、改革道路又是相差多么遥远！

薄荷糖的感触消失，我明白了什么叫隔阂——在一只漂流瓶，从扶桑到赤县，谁能说得清相距是多少年月。

加藤君转而询问我的看法，这是一个烫手的山芋，我一时不知如何回答是好。说实在的，一衣带水，这是中国人习惯使用的一个词，唯有深谙中国文化精髓的人才能悟得此中三昧。它出现在中日外交层面，不是一个长江和大海的简单借喻，而是体现了使用者的胸襟、眼光和气度。这是中国的胸襟、中国的眼光、中国的气度，外加数千年中华文化的载重。它那灵动如水袖的彩带轻轻一绾，就能绾住一份邻里相望炊烟相织鸡犬相闻的脉脉温情。倘若要选一个词出任中日亲善大使，喏，一衣带水就是。话是这么说，可我要怎样诠释，才能让眼前的两位日本友人心领神会呢？

我略作沉吟，接过加藤君关于明治维新、大国崛起的话头，问他："甲午战争（日本叫日清战争），日本打败了大清国，迫使清廷签订《马关条约》，割让国土，赔偿白银，您还记得具体条款吗？"

加藤君仅仅记得割让台湾岛，承认有赔偿白银，说不出确切数字。

我告诉他，割让的是辽东半岛、台湾岛及其所有附属岛屿，包括钓鱼岛，此外还有澎湖列岛，赔偿白银两亿两。

我又问他："'二战'，日本是战败国，中国是战胜国，日本向中国赔偿了多少？"

"你们没要。"加藤君说。

"是不是应该要？"我问。

"应该，这是你们的权利，但是你们放弃了。"小岛君答。

"是的，我们主动放弃了，这是中国一代伟人的决策。"我告诉他俩，伟人站得高，看得远，一般人难以企及。我是六十年代开始学习日语，"中日两国是一衣带水的邻邦"，就是那时讲开的，1972年中日恢复邦交，联合公报就是以这一句开头。我个人认为，这是一种高点视角，比泰山高，比富士山高，比飞机飞行的高度高——如果您能从宇航船上往下看，中日两国绝对像一衣带水。

说到这儿，连我都愣住了，我从没想过如此这般的阐述，这是"一衣带水"的逻辑，不由分说，不容置疑，是它把我推到这高度，嗯，还有这讲话的氛围，还有他们仨的争论，还有这敏感的年份敏感的邦交，像架天梯一样，一截一截，把我送进云霄。我定了定神，琢磨太空视角这种说法是否成立，人要是能站得那么高，岂不是成了神。

沉默。

万籁俱寂，唯有地球自转的声音伴随着心跳。

他们仨似在凝神思考。

邓君最先反应过来，说："一览寰球小，只见高山大海，不见碎石泡沫。"

也许受了邓君的影响，加藤君跟着蹦出一句中国人常用的外交辞令："求大同，存小异。"

我说的是这个意思吗？

包括倒是包括得了，但这仅仅是一部分。

小岛君望望加藤，又望望邓君，一副大彻大悟、胸有成竹的样范。

我指望他能说出更多的含义。

没有。稍顷，他只是笑眯眯地甩出一句："卞先生不愧是文学家！"

模棱两可。肯定，还是否定，不得要领。

或许这是我能求得的最大公约数。人与人的沟通，不可能百分之百通畅，何况还隔了一层国与国，到这份儿上，已属皆大欢喜。

我把杯中的清酒一饮而尽，仿佛在品咂"一衣带水"的滋味。

2015 年 7 月 6 日

历史甬道

回望富士山

友人之子开车，送我去富士山。

富士山之于日本，有点儿像长城之于中国，金字塔之于埃及，恒河之于印度，魅力在于文化上的乡愁：不去，心里始终存个缺憾；去了，天长日久，又会酿成更浓更稠的相思。

在我，还要加上一个心结：大学的专业是日本语言文学。

那是1964年，在北大——敢情前世作孽，上帝罚我面壁东洋。我抗拒过，你可以想象，那年头，在“我是一块砖，东南西北任党搬”的“统一场”下，个人的抗拒，只能是在灵魂深处挖战壕，架机枪，“小我”跟“大我”激烈搏斗，到头来，自然是“小我”溃败，缴械投降，可怜无补费精神！

甭管情愿不情愿，自打进了日文门，我的心头自动就有了一座“雪如纨素烟如柄，白扇倒悬东海天”（石川丈三诗）的富士山。

记得初次东渡，是为了采访1981年的世界杯排球赛。那年头出国是大事，加之肩负报道重任，更是大中之大，自觉全国人民都在盯着看，一举一动都责无旁贷，上纲上线，富士山的事，想也不会去想。偏偏在东京城内穿梭，经常撞见叫“富士见坂”的地名，且不止一处。问报社长驻东京的前辈，富士山在哪儿？答曰：就在西南，离东京八十公里，从前，在江户时代，这儿没有高楼大厦，站在高坡上，就能远远望见。

现在呢?

现在要登高楼，还得是晴天。

排球赛首战，安排在埼玉县上尾市。无巧不巧，附近也有一个小市，名“富士见”，顾名思义，就是在那儿可以看到富士山——可见富士山在日本人心目中的魁岸踞肆!

次战，在东京代代木体育馆；三战、四战，在北海道；五战，在富山，恍惚使我想起了富士山，不过这儿属西海岸，要想一睹“拔地摩天独立高，莲峰涌出海东涛”（黄遵宪诗）的“圣岳”，汽车还要往东跑上数百里；六战、七战，移师大阪，是中国人都知道的了，中国女排七战七捷，首登冠军宝座。

而后男排开战，转征广岛、名古屋、横滨，好像还有神户或福冈，记忆完全混乱，我也懒得去查，最后一站是东京。鉴于男排的稀里哗啦，兵败如山倒，报道兴味索然——体坛的阴盛阳衰（其实何止体坛），就是那时叫开的。随着一声怅然长叹，登高楼而眺富士山的冲动，就此深埋心底。

倒是在书店买了一叠富士山的图片，望梅止渴，聊且自慰吧。图片的远景，或中景，一律是圆锥形的雪冠；近景，各色各样，我最欣赏的，有二，一幅是风驰电掣的新干线电车，一幅是张开“雪”盆大口的巨浪，作势欲吞噬搏击中的渔舟，而远处的富士山，安详如一叶三角形的白帆。

前者是摄影，象征古老列岛的突飞猛进。后者是浮世绘，题名《神奈川冲浪里》，作者为葛饰北斋。据说此画表现了日本特色的阳刚之美（毋宁说阴鸷），画作传到欧洲，身患精神疾病、当时还没有动手自割右耳的后印象派大师梵高为之惺惺相惜，赞不绝口（我怀疑他的《星空》就是受了“冲浪”的诱惑）；而同属印象主义的作曲家德彪西也深受震撼，取其画境，创作了三首交响素描《大海》。

而我呢，小小人物，无名之辈，受诱惑受震撼也有限。但有一事不得不提，归国前，在成田机场候机室，面对《神奈川冲浪里》被梵高喻为“鹰爪”的恶浪，我做出了生平最无情的一个抉择：就此和东瀛拜拜，不再从事与日语、日本有关的事务。

这话听起来有点儿矫情，但实际情况就是这样，也许我面对的还有彼邦的蓝天、高楼、报纸、周刊、小说、录音机、计数器，无奈一件也记不起。

一扇通向外部世界的门刚刚打开，我却断然把它关上。

我做到了，虽然彻底关闭是在五年之后。

若问为什么？其实也很简单：我的专业是国际新闻，但我不喜欢日本，一百个不喜欢，一千个不喜欢。我是 1944 年出生，是中国人都能理解，我的仇日、鄙日、厌日，自是从娘胎里带来。

这次到日本实地一游，所见、所闻、所感，更促使我和它分手。

日本人之瞧不起中国，是从骨子里，这是我的直觉。

中国人之瞧不起日本，是在嘴头上，这是我椎心泣血的痛。

我改变不了别人，但可以改变我自己。

老子不再跟你玩了！

人啊，任何强力撞上你的命，就促成了你的运。

人的命运是由职业推动向前走的，然而，我走东走西，就是坚决不再贴近日本。

四年后再赴扶桑。

是新闻访问，代表我供职的报社；在我个人，则形同告别演出。

落脚点在东京。那些日子，以之为圆心，无论南下，还是北上，方圆几百里内，低头不见抬头见，富士山就像蹲踞在地平线上的一只白头翁，时刻提醒我它的存在。

倘若没有富士山作为坐标，我相信，也会有这座山那座山出来充任，世人仰望山，推崇山，膜拜山，周游一地后过目难忘、长久刻在心尖的，总是那高高在上的耸峙。

对了，日本多山，在偌大的本州，出了这块关东平原，就很难再看到地平线。一般来说，日本人目光短浅，缺乏远见，当跟这天然的日日压在心头的视觉障碍有关。大江健三郎就感叹在日本无法把目光放远，他眼中一马平川的地平线，是来到中国才看到的。

返国之前，主人特意问我是否要去一趟富士山。

我是忒想，但说出口的竟然是“不”。我至今也不明白当年为什么要那样回答，因为忒想而拒绝，这说得通吗？人生总有些事就像鬼使神差，虽然无神论者不相信鬼神。

返程那天，我的座位贴着飞机左侧的舷窗，波音大鸟从成田机场凌空不久，就听前排的乘客惊呼：“看，富士山！”赶忙探头瞧，窗外，在比“神奈川冲浪”更觉嚣张的云涛的拍击下，仅仅露出半个脑瓜的富士山，看上去，就像一叶惊惶失措的小舟。

记起太宰治在《富岳百景》中的比喻：“火山口就像雪白的睡莲花。”出身于没落贵族，消沉颓废、放荡不羁的太宰治，在写作《富岳百景》之前，曾四度自杀未遂，即如小说中描述，这年（1939年，30岁），他前往富士山麓投奔名作家井伏鳟二，经其撮合，与一位姑娘步入相亲程序。他看到的是山顶的俯瞰图，在姑娘家的客厅。姑娘使他怦然心动，他说：“我仔细看了看图片，慢慢掉转身，偷偷扫了一眼姑娘。我在一瞬间就做出了决定：这正是我要找的那种女人，不管有多少困难，都要和她结合。真得感谢富士山！”

这不禁使人哑然失笑。作家总习惯以己度人、度物。若要让我描述火山口，恕我不恭，我看到的是：一张豁牙缺齿的裂嘴巴。

三赴、四赴、五赴扶桑，统统迟在21世纪之初。

我已退休——就是说，自由了！没有了职业上的牵牵绊绊；时光如流水，也冲淡了感情上的好恶恩仇；有的，只是一个纯粹的旅客心态，看山是山，看水是水。

仅有一次，是为了搜集考古资料。

我考的是甲骨文和陶文。日本是“收藏”中国甲骨文的大户，当年郭沫若流寓东京，编辑《卜辞通纂》，利用的就是彼邦“公私家藏品之拓墨或照片”。

日本的文明史很短，没有“咲”（さく，开的意思）出甲骨文这一奇葩，所藏，皆自中国拿来。

有个叫藤村新一的不服气，暗地悄悄“创造”历史。上世纪末，他在位于东北宫城县的上高森遗址，屡屡发掘出五十万年前、六十万年前、七十万年前的旧石器，把日本列岛的人类活动从三万年前上推了二十多倍。藤村新一的考古新发现，作为经济低迷时代的兴奋剂，上了日本高中的历史教科书。

后来呢，藤村往遗址里偷埋“旧石器”的现场，叫摄影记者抓个正着。

魔术穿了帮，骗局露了馅。

笔者无意贬低日本考古界，藤村毕竟只是个例，相反，倒要为他们新闻界的勇于揭丑叫好！

一天晚上，我下榻静冈县的一家山间旅社。灯下，忽然又想起太宰治的《富岳百景》。那还是当年读研究生时（导师是亚非记协书记杉山市平），因为查找太宰治描写青年鲁迅的《惜别》，捎带浏览了这篇自传体的小说，这一看就喜欢上了，一读再读，有些段落几乎能背诵，想忘也忘不掉。太宰治写他某夜酒酣无眠，索性出门闲逛，是时月色清朗，富士山很美，他感到自己像被狐狸迷住了一般。

太宰治写道：“富士山湛蓝欲滴，给人一种磷火般燃烧的幻觉。鬼火，狐火，萤火虫，芒草，葛藤，我感到自己飘飘然，径直穿行在它们当中。只有木屐的呱嗒、呱嗒声，在夜路久久回荡。那声音清脆得好像不是发自我的足底，而是发自其他的生物。我悄然回首，但见富士山悬于半空，泛着幽蓝的清辉。我深吸了一口气，感觉自己就是维新志士，就是鞍马天狗（谜一样的神勇人物）。我把双手揣进怀里，大模大样地走着，体会自己宛然一个大角色。”

多半受了太宰治的蛊惑，是夜，我翻来覆去，怎么也睡不着，索性披衣出门，下到二楼的露天阳台。风生在腋，月映在池，虫鸣在野；抬头，富士山的魅影屏于北天，与我森然相对。

往事历历，青春时期的夙愿，又浮上脑际。

半晌，借着一阵飘然而至的轻风，我听见富士山在说："您还欠我一次攀登。"

"您又不是泰山，我为什么一定要朝拜？"老毛病又犯了，心里明明在发痒，嘴上却是一副不屑。

"这个嘛，哈哈，您来了自然就会知道。"

一颗流星，自高空坠于山巅。

那是上天的属意吗？

瞬间又想起了太宰治。小说中，他是借住在山梨县南部的御坂岭，闭门写作。一段日子后，茶馆的老板娘看他有点慵懒，便出言相劝："您是寂寞了吧。去爬爬山怎么样？"

他回答："即使爬上去，转瞬又得下来，多无聊。再说，无论从哪儿爬，看到的都是一成不变的富士山，实在提不起精神。"

老板娘觉得他的话有点怪，不再搭理。

唉，寂寞，寂寞，世人多对之发出诅咒，可对于作家来说，寂寞算个逑！写作，本来就是一个人的事嘛。唯孤独者能潜于心，唯潜于心者能游于艺。然而，可是，在这山上的小小茶馆，他纵有万千苦闷、纠结，又能向谁诉说！

当晚，临睡之前，他一边轻轻拉开窗帘，隔着玻璃眺望富士山，一边咀嚼自己的烦恼。他说："我感到痛苦莫名。不是为写作——纯粹的动笔是我的乐趣——而是为我的世界观、所谓艺术、所谓将来的文学、所谓独辟蹊径，至今还没有确立而日夜萦怀，郁郁不乐。"

就在这当口，恍若天启，月光下泛着诡蓝的富士山，使他打了一个寒战，让他突然悟到：只有这样，把自己捕捉到的自然而又简洁、朴素而又鲜明的形象，直接铺写到纸上——这就是文学的出路。

这么一想，道是无情却有情，往日眼中一成不变的富士山，陡然笼罩上一层哲学与美学的光晕。

太宰治断定：这正是我要追求的“单一表现”的美。

——太宰治的作品日后被归为“无赖派”，但我要说，他此时此际的追求决无颓唐、自虐，也无偏激、乖张，正是以《富岳百景》为标志，尔后数年，他的创作步入了健康而明朗的轨道。

太宰治的顿悟，何尝不是许多文学人的顿悟。

我虽不才，勉强也算得半个文学票友。“好吧。”似乎是顺了太宰治的思绪，我回答富士山道，“我会去看您。不过，这次来不及了，等下一次吧。”

这一等，又是七八年。

红尘苦短，人的一生，能有几多七、八年好等？是践约的时候了，也许，我真的欠富士山一次攀登。

2014 年 7 月，我登上了五合目。

不是手脚并用的攀登，是搭乘巴士飘然而上。

五合目在山的中部。至此，俄然想起一个日文汉字：峠（とうげ）。这是日本人的自创，咱们中国没有。左边从“山”，右边是一个“上”一个“下”，山之上下，活灵活现的会意字，日本辞典解释为山路、坡道的顶点，即上山路和下山路的交界处，国人编辑的《现代日汉大辞典》，释为山顶、山巅，注意，这中间是差之毫厘失之千里的哦。

如果不看辞典，只看字形，我会把它理解为山腰。

是日天气晴好，五合目游人如织，盈耳莫非汉语，“织”的莫非是中国游子的异乡情。冷眼站定了看，半是微笑，半是苦笑，国人的心态忽晴忽阴，个性十足，旗帜鲜明，一面蜂拥观光，狂扫日货，一面逮机会就大骂“小日本”。

日本和中国，注定了是一对冤家。

曾经有爱，书同文，风同俗，爱得难分彼此；遽尔成仇，前有甲午，后有

“二战”，往事不堪回首，偏又屡屡回首，欲罢不能、不止、不休。唉，何不把它放下，换个轻松的话题，于是索性避开大队游客，登上休憩园三楼的观景台。

近观富士山，未免失望。仰看，它坡度平缓，六合目、七合目略有绿意，八合目以上，不是秃不啦叽的残雪，就是荒凉粗糙的火山岩。俯探，视线为道路、林木遮挡，不见盘绝与渊深。

理想的富士山，还是要到艺术作品中去找。

太宰治在《富岳百景》末尾，写他为东京来的两个女孩子照相。他有意把镜头对准富士山，而忽略了人。这是暗喻他的心里只有富士山。

我辈不行，因为靠得太近了，不，不是近，是“只缘身在此山中”，随你选哪一个角度，人都会拍得很大，而富士山，只是一鳞半爪的陪衬，是杂乱无章的背景。

每年七、八两月，冰融雪化，富士山开放登顶，是爬山的黄金季节。

日谚云：“不登富士是傻瓜，登两次也是傻瓜。”

是说比起爬山过程的辛苦，既登之后，触目所及，不过满地炉灰渣而已吧。

在休憩园的门口，意外发现一尊纪念铜像，五十岚贞一，以一百零五岁高龄，登顶富士山。

我为之震慑。

我震慑的是人的精神。

眼前的记录足以傲视王侯，任何国家任何朝代的王侯。

人生亦如爬山，比起这位五十岚公，我还有三十多年的长路有待征服。

不论根据日本辞典还是中国辞典，我自觉都还没有到达“峠”。

感谢富士山，您使我进入一个新的境界。

归国，中断原来的写作计划，兴致勃勃，把笔尖指向扶桑。

毕竟，我围绕着它忙碌过二十多年。

村上春树在他的小说里反反复复写到井，我不经营小说，唯涉足散文，散文也应该有井。

如果说有那么一口待掘的井，喏，日本题材就是——曾经被放弃，也可解释为被冷藏，如今不妨揭开井盖瞧瞧。

历史和现实一再证明，日本是个值得认真对付的冤家。它的圆润多来自中华文化的滋养，它的龉龃多体现在对文化母国的反噬。敬之无由，避之无门。国人中流行着一种"漫骂症"——如果骂能骂倒日本，你尽可每天骂它百十次（且不论骂倒了之后又如何）。可惜，骂并不顶用，反而会掩盖或助长自身的孱弱。重要的不是骂，不是恨，不是责，俗话是怎么说的，"打铁还需自身硬"，咱不是战胜国么，战胜者就得拿出战胜者的威仪，关键的关键，是你必须做大做强，不怒而威，虎虎生威，虎虎神威！

泰山是用不着挥拳头、出恶声的，它矗立在那里，它永远是"会当凌绝顶，一览众山小"的泰岳。

鲁迅说得好："明言着轻蔑什么人，并不是十足的轻蔑。惟沉默是最高的轻蔑——最高的轻蔑是无言，而且连眼珠也不转过去。"

有人说，鲁迅一辈子骂这骂那，逮谁骂谁，骂得国人灰头土脸，无处遁形，就是不骂日本人。潜台词是：鲁迅亲日，有汉奸的嫌疑。

那是因为你不懂鲁迅，也不懂日本。

我不敢说懂得多少鲁迅，也不敢说懂得多少日本，而且，以我这把年纪，这种资质，这份对东瀛多年的荒疏、隔膜，若妄言作什么深入研究，只会让行家失笑的了——实话实说，也就是走马观花、蜻蜓点水地"到此一游"。

顺便插几句，日本对中国的研究非常到位，可不要小看这一点，人家可是在你的肚子里呆了一两千年，每节肠子都理得清清楚楚。早在1928年，戴季陶在《日本论》一书中写道："'中国'这个题目，日本人也不晓得放在解剖台上解剖了几千百次，装在试管里化验了几千百次，我们中国人却只是一味地排斥反对，再不肯做研究功夫，几乎连日本字都不愿意看，日本话都不愿意听，日本人都不愿意见，这真叫作'思想上闭关自守''智识上的义和团'。"

曾见某学者只是想厘清人家"谢本师"之后，又转从别国学了哪些本领，甫一着手，一顶"汉奸"的大帽子就兜头扣下。

那些义和团式的爱国者哪！

又曾见某人记游，说"从东京站出来，迎面一栋圆形的大楼"。当我身临其境，却怎么也找不到圆形的建筑。细考，他大概是受了"丸の内ビル"（丸之内大厦）标牌中"丸"字的误导，愣把它臆断成"圆形"大楼了。

在观察的精当、谨严上，就是要学学日本人。

——日本曾经是我们的学生，想想人家当学生时的如饥似渴、磨砺自强。日本后来跃升为我们的老师，想想当年举国的无措、迷茫、苦痛、不甘和不屑。正是因为苦痛和不甘，才铸就了今天的部分赶超；而不屑，始终是个盲区，民族大情绪下的小小陷阱。

言归正传。我动手草拟"笔叩日本"，脑海里拂不去五十岚，也想拿他说点儿事。

搜集他的资料，先查中国网，只有两条，其一，是闽东的一个游客写的：福岛县老寿星五十岚贞一，连续十四次攀登富士山，九十九岁那年，即1988年8月，登上富士山最高点"剑峰"。其二，是一份日文的富士山年表，1988年栏下，写着：五十岚贞一，一百零三岁，挑战富士山成功，创立登顶的最高龄记录。

同为1988年，前面说是99岁，后面说是103岁，这误差也太大了啊！到底多少岁？

继而查日本网，据1988年8月9日的《山梨日日新闻》：五十岚贞一，1988年8月8日攀上富士山最高峰，周岁一百零一。世传一百零三，也有传一百零五。五十岚先生生于1886年9月21日，登顶时实为一百零一岁又十个月，虚岁一百零三。

富士山年表的记载是正确的。

铜像标明一百零五，这属于"公开宣传"——凡事一涉宣传便难免言过其实，夸大其词，这已是不证自证的公理。

关于五十岚贞一的消息，查来查去，只有这一条。

材料不足，巧妇难为无米之炊。我想不通他们为何如此吝啬，既然连铜像都摆出来了，既然连年龄也都往高里拔，何不形成新闻轰炸，从报道到文学到漫画到影视？

也许有的，我没看到。也许没有，日本人就这么笨哪，非得等待别个来提醒。

我不甘心，2015 年暮春，“前度刘郎今又来”。

此番来富士山，很大程度上，是为了挖掘五十岚贞一的材料。

偏偏天公不作美，登山前日，普降大雨，夜里山路结冰，巴士上不了五合目。

作为安慰，导游把我们带到位于山脚的富士山资料馆。

事后看，倒是来对了。

在资料馆，有幸看到富士山的全部历史档案，从诞生到史前到史后到当今；有幸看到富士山多角度多层次的美，涵括春夏秋冬、雨雾阴晴、风花雪月（包括我当年购买的那些图片）。

美的背后，是暴戾恣睢，任性妄为。富士山是一座活火山，自公元 781 年有文字记载以来，已然喷发过十八次，平均不到七十年就咆哮一次。

最后也是最近的怒火，发泄在 1707 年。

从那时起，已经休眠了三百零八年。

就是说，早过了平均的休眠年限，随时随刻都会苏醒。

亏得日本人安于命运，笃实隐忍，否则，附近山梨县、静冈县的居民，神经稍微衰弱一点的，岂不是要日夜陷身于忐忑不安。

上帝对日本似乎特别严苛，他把占世界十分之一的火山丢给了这个列岛。其中，活火山占去三分之一。富士山就是活火山的老大，海拔最高，脾气最暴烈。山顶留有两个火山口，大的一个，直径约八百米，深二百米，应该就是我在飞机上看到的那张“豁牙缺齿的裂嘴巴”。

再加上那层出不穷、不请自来的地震、台风、海啸、泥石流……日本人的忧患意识、危机感，可说是与生俱来，如影随形。

难怪《日本沉没》《日本危机》《日本面临挑战》《日本的悲剧》《日本即将崩溃》《日本向何处去》等警世醒世策世之论，充斥书报影视。

难怪大和民族历来感伤与进取并蓄共存，和平与侵略轮番上演——忧患赋予他们出奇的团结、坚韧、执着、精细、及时行乐、向死而生，危机又让他们一而再、再而三地把寻找出路的目光投向大陆，投向扩张。

还有，难怪要建那么多那么多的神社，要设那么多那么多的祭（节日），要叹那么多那么多早开而又早谢的樱花！

太宰治没有深度挖掘，他曲里拐弯传达的，只是富士山外在的美。

美在庄严、简洁、凌虚、孤拔。

对于我，富士山的意义，在于它是一个不折不扣的日本文化密码。

五十岚贞一要是写文章，也一定能登上文学的富士山，听说他登山的最后一段路是被别人架着走的，抬着也行，只要能上，只要双脚能落在峰巅。

凡百岁高龄登上绝顶的，不是神仙，也是神仙。

说话就到了2015年9月，一个周末，趁东瀛自由行之便，我决意再登一次五合目，再看一眼五十岚的铜像，我的要求不高，顶多还想和他（它）合个影。

车到富士急游乐园，再有片刻就要转入登山道了，友人之子忽然掉转头，对我说：“伯伯，山上有大雨，今天上不去了。”

抬头，但见前方云深似海，黑压压的，刚才只顾埋头回忆往事，忘了观察。

友人之子说：“那就是大雨。怪我，早晨看东京天晴，就没查富士山的天气预报。”

已经到了山脚，怎么办？

“要不，先到游乐园玩一玩，等等再看。”友人之子建议。

“不，”我想起《世说新语》中“乘兴而行，兴尽而返，何必见戴”的典故，说，“那就回去吧。”

“您难得来一次……”对方犹豫。

“我这不是已经到了嘛。人未上，我的心上去了。”我向他解释。

友人之子是学经济的，大概不能理解文学人的禅意，他给老爸打电话。

友人听罢原委，说：“那就听卞先生的。”

于是，通过折返口往回走。

途经八王子市，停车加油，我趁便也下车活动活动。偶尔回眸一瞥，愕然发现，富士山那标志性的圆锥形白顶，仍旧傲然超然地耸立在云层之上。

哈！敢情这场败我雅兴的大雨，也就在山腰、山脚抖抖威风，再往上就彻底没戏了。凡事都为高度所限，暴风雨的限高在云层，艺术的限高在才华，政治的限高在民心。嗯，有场风雨铺垫也好，我想，如果此时有谁越过风雨从空中往下看，那银镶素砌的火山口，当不失为一朵水墨洇染的素樱花。

2015 年 9 月 28 日

赤县扶桑乱弹

一帮混沌初辟、灵智乍开的岛族，一扭头，瞥见雄踞西岸大陆的大汉帝国，目瞪口呆，惊为高天原（日本神话中的天上世界）。这帮土著眼红心跳，羡慕得发疯，发疯的意思就是铁了心肠，不管路途如何遥远、风波如何险恶，也要跟大汉拉上关系，套个热乎。

这就是取法乎上，见好就学，日本人不甘落后、不怕艰险、谁强就向谁靠拢的作风，一出场就风生水起，如火如荼。

落后有时也是契机——搭帮决心大，走动勤，心意诚，嘴巴甜，哄得大汉满心欢喜，光武帝欣然垂爱，赏他们一个“倭”的封号。

这就等于缔结了宗藩关系，大汉是宗主，岛族是藩属。

“倭”是什么名堂？为什么列藩的使节中有人掩嘴而笑？管它呢——对于既没有名称，又没有文字的岛族——大汉的皇帝是金口玉言，说你倭，你就倭。回头看，岛上那帮死守家园、不敢涉险朝拜大汉的左邻右舍，不是连“倭”毛也没能捞着一根么。

大汉是神，大汉是主、是师，百事照着大汉做，依葫芦画瓢，不像也有几分样。

一晃几百年过去，见多了，识广了，汉文也识得几升几斗了，“倭”字瞧上去就不那么顺眼了。早先光武帝封“倭”，他们只顾高兴，忘了讨解释。事后听汉人说，这是一个美称，春秋时代鲁国的一个什么王，名字就叫倭。三国时期，魏明帝承旧制，封其女王卑弥乎为“亲魏倭王”。这回讨教了，有善解人意者答复：“倭”字从“魏”，拿掉右边的“鬼”，添上左边的“亻”（人），上有“禾”，下有“女”，比“魏”本身还要喜气，大吉大利！再后来，就是现在，魏国早灰飞烟灭，他们琢磨，“倭”字不像从“魏”，倒像从“矮”，你看呀，“矮”子左边是“矢”，矢是箭，一帮拿着箭的矮人。可不是，咱的确长得矮，当初朝拜大汉时，携带的最引人注目的武器，正是用石器磨制的箭。大汉这是打人打脸、骂人揭短、指着光头说月亮哪，不行！不行！无论如何，咱得改！

怎么改？想来想去，想出一个高招。

这就是圣德太子致隋炀帝的国书：“日出处天子，致书日没处天子，无恙。”原文没有标点，句逗是笔者加的。

隋炀帝看了大怒：“混账东西！连起码的礼节都不懂！”

你怒归你怒，嘻嘻，借助国书，咱总归把话撂出去了，通过各国使节，信息也传出去了。我们在东方，是日出之国，你们在西方，是日没之国——这没说错吧。一个日出，一个日没，咱俩平等。

背过身来窃笑，日出东方，光芒万丈；日薄崦嵫，气息奄奄，一褒一贬，说起来，咱势头比你还火辣兴旺。

人总是高看自己，这是天性，国家也一样。

日本偷师中华，从汉偷到隋，从隋偷到唐，从倭偷成大和，从化外土著进化到大化改新。觉着翅膀硬了，胆气壮了，就想着要跟老师叫板，说一声“不”了。公元663年，恰巧朝鲜半岛的百济拉日本挑战对手新罗的靠山大唐，日本觉得时机到了，立马答应，于是，当年八月十七，日军与唐军在白村江狠狠干了一仗。这是日本与中国第一次交手。《旧唐书》记录：“（唐军）遇倭兵于白江之口，四战捷，焚其舟四百艘。烟焰涨天，海水皆赤。”《日本书纪》记载：“州柔降矣，事无奈何。百济之名绝于今日，丘墓之所，岂可复往？”日本遭此大挫，这才晓得天有多高，地有多厚，马王爷有几只眼。于是，放下身段，“纳头便拜”——注意，这就是日本人的兵法，打得赢就打，打不赢就学。你不是强大吗，你不是打败了我吗，那么，我就老老实实拜你为师，恭恭敬敬学你之长，这一招十分识时务也十分长记性，十分阴柔也十分阳刚。公元665年，大唐在泰山封禅，日本腆着脸派人参加；公元669年，唐军彻底征服日本在半岛的盟国高丽，日本不仅见死不救，还派河内鲸为“平高丽庆贺使”，前往唐都长安祝贺大捷。

白村江战役之前，日本向唐朝派出过四次取经团。战役之后，终唐一代，日本又派出过十多次（有几次未能成行），频率越来越快，规模越来越大，那是悲壮而又激越的西天取经，冒着两死一生、三死一生的巨大风险，朝野上下燃烧着一个疯狂的信念：把唐朝搬回日本。

美国学者本尼迪克特有言：“在世界史中，一个主权国家如此出色而有计划地汲取外国的文明，这样的例子在其他任何地方都难以找到。”

公元753年，唐玄宗在宫殿接受诸藩使臣朝贺。

按照惯例，各国来使分东西两列而坐：东面，新罗第一，大食第二；西面，吐蕃第一，日本第二。

这一次，日本使臣不干了。他们提出强烈抗议：“自古至今，新罗之朝贡日本国已久。而今列东畔上，我反在其下，义不合得。”

事发突然，司礼官一时拿不定主意。

唐玄宗传晁衡询问：“你说怎么办？”

晁衡是日本留学生，在大唐服务多年，官至公卿，职同顾问，深得唐玄宗的信任。

晁衡当然胳膊肘往里拐啦，帮着自己的国家说话。

玄宗于是拍板，让新罗和日本对调了位置。

新罗使臣有苦说不出，谁让他们实力不如人呢。

这不是一次偶发事件，而是日本处心积虑的谋画。它意味着，从今以后，大唐麾下的头号藩国不是新罗，而是日本。

换句话说，日本已紧随大唐，跃居江湖老二。

老二离老大，只有一步之差。

老二的江湖规矩，肯定是不错眼珠地盯着老大。

由唐至宋，日本一直盯牢大陆不放，只是，盯着，盯着，眼神有了急剧的变化。先是少了歆羡，多了纳闷：大宋的文化文明仍然绚丽如花，大宋的防线，怎么就拦不住金兵的铁蹄呢？继而半是焦灼，半是惋叹：眼看它北宋亡于金，眼看它南宋灭于元，闻讯南宋最后一位小皇帝在崖山投海自尽，镰仓幕府上下为之恸哭，哀叹堂堂华夏竟然沦于夷狄之手，崖山之后无中华。

正是：“尧之都，舜之壤，禹之封。于中应有，一个半个耻臣戎！”（陈亮词）

哀哉，南宋亡后，最羞于“臣戎”痛于“臣戎”的，恐怕还不是遍地“泪尽胡尘里”的遗民，而是隔海又隔族的日本人。

——关于蒙元取替南宋这段恨史，国人强调的是民族间的大融合、大同化。但那是以后的事，而且并非是历史的必然走向，无论如何，应该承认，在当初、当时，是实实在在的亡国。

当代军事家刘亚洲上将指出：“中华文明曾经是世界最优质的文明。中华文明的青春期在先秦。那时候，每一个中国人都活得神采飞扬，有滋有味。男人特别阳刚，女人特别妩媚。百家争鸣，思想茂盛。不料，一个叫嬴政的男人毅然斩断了中华文化的脐带，于是他以后的男人们都渐渐雌化了。秦代留给我们最坏的遗产是，把思想的对错交给权力评判。汉武帝走得更远。他真的把一个最优秀的中国男人阉割了。这一道深深的刀口，是中国历史特殊的符号，也是一个里程碑式的事件。”

又指出：“中国人失去了原有的精神。千载以降，无论他们的身体呈现何种形态，灵魂都永远跪着。他们如蝼蚁般卑微地生活着。他们只会匍匐，无论在皇权面前，还是在外国侵略者面前。”

若你不服气，从你做起，“男”给世界看！

大家都“男”起来，这个国家才有希望！

紧接着，元军又两次挥戈东渡，企图兼并日本。天公作美，先后两番适时杀来的台风，刮得元军舟覆人亡，狼狈溃退。日本人自古信神道，自称是天照大神的子嗣，而天皇，则是天神在人间的化身，其道以自然崇拜为主，属于泛灵多神信仰（精灵崇拜），视自然界各种动植物为神祇，据说众神有八百万，换句话说，你叫得出名称的万物万象都是神，风，当然也包括在内，“祭如在，祭神如神在”（孔子语），天神保佑日本，“神风”一词，也就此而生。

日本人自打在家门口击溃来犯的元军，自豪、自大、自负感井喷，不，山喷，火山一般喷发：蒙元能征服大宋，而我们又能打败元军，这不是证明，在东方这块土地上，我们日本是最牛气的吗?!

老二有理由觉得自家已取替大宋，飙升为老大。

换了谁，恐怕都会这么想。

中国的王朝，走马灯一般，团团转，元朝转着转着，又成了明朝。

日本的天皇一家独尊，“万世一系”。

明太祖即位，不知日本已非复吴下阿蒙，仍以汉唐的眼光看待东夷，他派使前往日本，要求对方继续汉唐的游戏规则，向大明称臣纳贡。

日本斩杀明使，以示抗拒。

朱元璋大怒，扬言发兵东海，荡平日本。

为此，日本摄政王怀良亲王写了一封著名的复书：

臣闻三皇立极，五帝禅宗，唯中华之有主，岂夷狄而无君。乾坤浩荡，非一主之独权，宇宙宽洪，作诸邦以分守。盖天下者，乃天下人之天下，非一人之天下也。臣居远弱之倭，褊小之国，城池不满六十，封疆不足三千，尚存知足之心。陛下作中华之主，为万乘之君，城池数千余，封疆百万里，犹有不足之心，常起灭绝之意。

夫天发杀机，移星换宿。地发杀机，龙蛇走陆。人发杀机，天地反复。昔尧舜有德，四海来宾。汤武施仁，八方奉贡。

臣闻天朝有兴战之策，小邦亦有御敌之图。论文有孔孟道德之文章，论武有孙吴韬略之兵法。又闻陛下选股肱之将，起精锐之师，来侵臣境。水泽之地，山海之洲，自有其备，岂肯跪途而奉之乎？顺之未必其生，逆之未必其死。相逢贺兰山前，聊以博戏，臣何惧哉。倘君胜臣负，且满上国之意。设臣胜君负，反作小邦之差。

自古讲和为上，罢战为强，免生灵之涂炭，拯黎庶之艰辛。特遣使臣，敬叩丹陛，惟上国图之。

通篇用的是地道的汉文，可见他们在学习中华文化上下了多大功夫——这是在跟你唱对台戏哩，要玩，咱就拿你祖传的最擅长的绝活玩——匪夷所思而又逸兴遄飞，夷然自若。观其言，高谈阔论，雄辩滔滔，形似扮小、臣服，实则分庭抗礼，平起平坐。

朱明政权初建，百废待兴，十个指头按跳蚤，实在忙不过来，东征日本的事，也就没了下文。

不了之了，其实是未了，是吃瘪、认输。

这是日本在圣德太子致隋炀帝国书、与新罗在唐玄宗面前争座次以来，对华外交的又一次完胜。

这边厢明朝唱罢，清朝又粉墨登场。

那边厢天皇雷打不动，仅仅是幕府（实际掌权者）由镰仓改为室町，继而又改为江户。

清朝政府厉行“海禁”。

江户幕府强力“锁国”。

只是，世界早进入大航海时代，你想禁、想锁，也是禁不止、锁不住的了。

19世纪上半叶，英国发动鸦片战争，敲开了清朝的大门。

稍后，美国又用“黑船”叩关，逼迫日本签订城下之盟。

“礼失求诸野”，亚洲的这一对昔日师徒，今日难兄难弟，不约而同地，把“改革开放”的目光投向西夷。

清朝政府的决策是：“中学为体，西学为用”——首倡者乃张之洞，力挺者有曾国藩、李鸿章、左宗棠——史称洋务运动。

日本这边幕府垮台，明治天皇掌控大权。明治政府的决策是：“脱亚入欧”——首倡者乃福泽谕吉，力挺者有大久保利通、木户孝允、伊藤博文——全盘西化，一边倒。

其时，中国瞄准英国的是“吉”和“利”（译名英吉利是也），瞄准美国的是“利”和“坚”（先后译作弥利坚、米利坚），日本瞄准英国的是“英风锐气”（英国），瞄准美国的是物质食粮加精神食粮（米国）。

通俗地说，日本学习西方，是竭力壮大自己；中国学习西方，是竭力装扮自己。

壮大和装扮，一词之差，天上地下。

对此，刘亚洲有十分贴切的比喻：“中日两国同时走上了‘改革开放’的道路。但两个国家学习西洋文明，一个从内心革新变化，另一个则止于外形。一个把外来的东西当饭吃，一个把外来的东西当衣穿。当饭吃的消化了，强身健体；当衣服穿的只撑起了一个模样。”

笔者于此想特别指出：日本脱亚入欧，脱的是什么？是亚洲儒教文化核心的仁义。入的是什么？是欧洲殖民主义的丛林法则、嗜血精神。而中国学习西洋文明，完全是迫于鸦片战争丧权辱国的教训，旨在购来坚船利炮，壮大天朝声威。

中日两国，从一开始转型，目标和手段就大相径庭。

俗话说，是骡子是马，牵出来遛遛，战争是对国力最无情的检验。

1894 年，清国北洋水师和日本联合舰队在黄海摆开战场。

这是日本积若干世代下的一着大棋，岛国资源捉襟见肘，左支右绌，为图谋发展，他们的目光一直盯牢大陆。

此战，中方称为甲午战争，日方称为日清战争。

这是中日自白村江战役以来，又一次正式对垒。

战争结果，恰好掉了个个儿，中国大败，日本大胜。

大败的代价是：号称亚洲第一的北洋舰队全军覆没；外加签订丧权辱国的《马关条约》：割让台湾岛及所有附属各岛屿、澎湖列岛和辽东半岛；赔偿日本军费二亿两；开放沙市、重庆、苏州、杭州为商埠，等等。

清国自此加速滑向半殖民地的深渊。

大胜的收获是：日本借此吃撑了肚皮，肥得流油，跃为亚洲唯一的新兴资本主义强国。

——2015 年秋冬，报载，在辽宁丹东港海域，发现当年壮烈沉没的“致远”舰的残骸。

纵一百二十年的潮涌浪卷，也洗刷不去民族记忆深层的奇耻大辱！

回放两个历史小镜头：

1896 年 6 月 25 日，即“甲午战争”之后的第二年，中日《马关条约》签订后的次年，战争的指挥官和签约的当事人李鸿章访德，会见德国前首相俾斯麦。

出于套近乎，李鸿章说：“在中国，常有人拿我和您相比，称我为东方俾斯麦。”

李鸿章不知道，早在甲午战争之前，俾斯麦就已把他看透看扁，俾斯麦曾对人指出：中国和日本的竞争，日本必胜，中国必败。他的解释是："日本到欧洲来的人，讨论各种学术，讲究政治原理，谋回国做根本的改造；而中国人到欧洲来，只问某厂的船炮造得如何，价值如何，买回去就算了。"

是以，李鸿章满腔热忱，讨得的只是冷冷的一句回答："在德国，没人说我是欧洲李鸿章。"

——笔者查阅搜狗百科，李鸿章名下，赫然标注的是："日本首相伊藤博文视其为'大清帝国中唯一有能耐可和世界列强一争长短之人'，慈禧太后视其为'再造玄黄之人'，与曾国藩、张之洞、左宗棠并称为'中兴四大名臣'，与俾斯麦、格兰特并称为'十九世纪世界三大伟人'。"

日本没有哲学（大家都这么说），但有眼光、血性。

中国有哲学，中国人的眼光、血性呢？

呜呼，堂堂中华岂无男儿！

民族的大遗恨，多由老朽不堪的颟顸之辈酿成！

又，1898 年 10 月，伊藤博文和张之洞在武汉会晤，这两位本国的革新大员是否惺惺相惜，搁下不表，但说张之洞的幕僚辜鸿铭同伊藤博文的一番舌战。

当然是张之洞安排的。两人见面，辜鸿铭取出一部《论语》英译本，是他的新作，刚刚出版的，他知道眼前这位日本首相留过半年西洋，识得几打蟹行文字，就郑重送给他。

伊藤接过去，瞅了瞅，掂了掂，旋即撂在一旁，端起胜利者的架子，语带讥讽："先生留学欧美，精通西学，难道不知孔子之教能行于数千年前，而不能行于当今吗？"

辜鸿铭知来者不善，好在他是老江湖，辩才无碍，舌锋犀利，他微微一笑，接着伊藤的话说："孔子的思想，就好比加减乘除，几千年前是三三得九，几千年后依然是三三得九，并不会三三得八啊。"

伊藤一愣，孔教和数学怎会扯到一起，这是什么逻辑？他一时转不过弯，僵在那里，无言以对。

辜鸿铭趁机敲打："不过，阁下说的也不是没有道理，三三得九也有不正确之处。比如说，我们向洋人借款，三三得九却七折八扣变成了三三得七。还钱时，三三得九却连本带利还了十一！嘿，我真是落伍得很！"

——实在不明白张之洞为何要安排辜鸿铭出场？我总觉得，他的弘论近乎诡辩。

我甚而觉得，鲁迅笔下的阿Q，也有辜鸿铭及其后台张之洞的影子。

亚洲的老大，还不是世界的老大。

日本虽小，却不乏称霸世界的野心。

他们的策略，就是傍老大，吃准、咬定、咀嚼、消化之后，再伺机超越。

细审明治以来一百多年的历程，日本先后傍上三个强国。

起先是英吉利。19世纪末，英吉利还是全球霸主，号称"日不落帝国"，日本虽然号称日出之乡，哪及人家走到哪儿都有"米字旗"下的阳光普照，所以日本就拼命傍上英吉利，缔结《日英同盟》。

日本依仗约翰牛，打赢了日清战争、日俄战争。尔后，"一战"，日本根据《日英同盟》，加入英、法、俄、美等国组成的"协约"阵线，与德国、奥匈帝国为首的"同盟"集团对垒。这是一场帝国主义之间争权夺利的战争，最终，"协约"方获胜，日本趁机掳走了德国在我国山东的权益。

二次大战，日本傍上了日耳曼战车，与德、意结成罪恶的"轴心"——且听希特勒在发动二战前的一番叫嚣，他说："这是向东扩大我们的生存空间的问题，因此要并吞波兰！不管这个理由是否站得住脚，毕竟，强者永远是对的，我们要野蛮地达到我们的目的！"东条英机和希特勒是一丘之貉，他发动战争时的狂言是："人生一世，下这么一次从清水寺的平台上纵身而下的决心是必要的（从前日本人常从那儿跳崖自杀）。"

与之同时，美、英、法、苏、中等国，则被迫结成反法西斯"同盟"。

“二战”的结果，现在大家都知道的了。日本，作为法西斯头子之一，遭遇有史以来最大的失败：不仅把原先吞进肚子的侵略战果统统吐出（冲绳除外），自家的本土，也被盟军中的一方美军占领。

天皇亦由神降格为人。

“二战”期间，日本也曾乞求神助，其童子军敢死队，即以“神风”命名，奈何天照大神不再显灵，敢死队员一个个有去无回，全部化成了鬼。

日本人不愧为“鬼子”，其神道还派生出另外一种信仰：人死成佛。他们把殉难者的亡魂供奉在神社，当作佛来祭祀。

这就是战斗力，它使敢死者冲锋陷阵，视死如归，也使殉难者的家属得到心灵的慰藉。

换言之，即从乞求神助到乞求鬼助。

二战结果，对于日本，说白了，就是亡国。

以后的发展，有点类似于当初的“开国”：日本面对作为“鬼畜美英”之主角的美国的军事占领，始于被迫无奈，继于顺从配合，终于主动依傍。正所谓以退为进，以屈求伸，化恶敌为盟友，视废军为机遇，于20世纪七八十年代，又一跃为世界第二大经济体。

名副其实的得“鬼”之助。

前文说过，傍大的终极是为了超越。

20世纪八十年代，恰值“鬼美”陷于经济停滞和通货膨胀双重困境，得此机会，石原慎太郎、盛田昭夫联手抛出《日本可以说“不”》，书的副标题就叫“新日美关系的对策”，指名向“鬼美”叫板。与之同时，日本的房地产业大举进军美国，三菱地所收购了纽约时代广场上的洛克菲勒中心，索尼公司买下了著名的哥伦比亚电影公司，亿万富豪横井英树把象征纽约心脏与灵魂的帝国大厦纳入麾下。有人不无夸张地形容：“从洛杉矶的地平线看过去，全是日本企业的资产。”

那个时候，日本人动不动就挂在嘴上的一句英语是："JapanisNumberOne（日本第一）。"

虽然不是在军事上，至少也是在经济上，日本人尝到了报仇雪恨的痛快。

他们以为，"美国的世纪"已经成了过去，接下来就要轮到"日本的世纪"了。

曾几何时，日本自身的经济泡沫一破灭，陷入"失去的十年"、"失去的二十年"（也有人指出是哀兵计，烟幕弹，这个意见值得重视，因为一个主动唱衰自己的民族，必然有其强烈的自信，或叵测的居心）之困境，便又乖乖扮作"鬼美"膝下的小喽啰。

日本人的傍大习性，也就是强权崇拜、仗势欺人，是渗透血液、沦浃肌髓的——你该记得他们起步阶段的傍汉傍唐。早稻田大学历史学者依田憙家指出："中国在导入他国文化时，总担心被别的国家侵略。日本不然，我们不懂得什么叫文化侵略。如果说全面导入外国体制就是被文化侵略，那日本就是被侵略很久了，也可以说一直在被侵略。"

插一段闲话。一位日本学者跟我说：在富士山顶观看日出，油然想起开天辟地的"开国"仪式。他解释：一是此山为日本最高，3776米，站上顶峰就是壮举；二是看红彤彤的太阳从海面腾地一下蹦出来，特具诞生感、神圣感；三是人在此时，舌尖上最容易弹出的两个字，就是"日本"。

日本，顾名思义，就是太阳升起的地方。

问题来了，那每天把太阳洗得干干净净，然后又把它送上茫茫天宇的万顷波涛，果真属于日本列岛的海域么？我提出质疑。

该学者大笑，他说，日本人不会这么想。

怎么不会？当然会！一定会！日本人都是鬼灵精，站在富士山顶看日出，稍微具有一点地理常识的，都会想到太阳是从大洋彼岸的美利坚升起。

在这里，重要的不是地理概念——早期的地理概念已被大航海时代淘汰，因为地球是圆的，东方之外总是还有另一个东方——而是政治概念，在可以预见的未来，日本依傍“鬼美”的格局不会改变。

至于将来的将来，日本会不会和“鬼美”翻脸，报当年的“原爆”之仇呢？

极有可能，日本文化的一个重要特征就是睚眦必报。夏目漱石笔下的人物一语道破：“往日跪在其人脚前的记忆，必使你下一步骑在其人头上。”忍耐，沉默，爆发，高仓健式的演戏风格，扣的正是日本人的心路。美国学者、曾任驻日大使的赖肖尔洞察：日本人每一次学习他国，最终都转化为对抗。

又，刘亚洲指出：“(19)70年以来，日本右翼政客每次参拜靖国神社，骨子里都有挑衅美国的意味，因为那些甲级战犯正是被美国人逮捕并处死的。”

再又，日本政客每每爆出“成为美国第51州”的惊人之语，不要以为他是心甘情愿地放弃主权、出卖祖国，才没有那么儿戏，骨子里，他或许是在打“将欲取之，必先予之”的算盘，琢磨着有一天来个“乾坤大挪移”，把美国纳入日本。

归附也是兵法。

2016年2月17日，日本自民党法务部会长丸山和也在参院宪法审查会上不就说漏了嘴，明确点题：日本如果加盟美国，成为美国的第51个州，以黑人出身的总统奥巴马为例，谁能否认，将来就不会由“日本州”诞生的人当美国总统呢。

日本人最喜欢的一个汉字，就是“忍”，“忍”的底牌，是心窝窝里掖把刀。

撂下日本的傍大，回到中日关系的话题。

早在宋亡之际，日本就觉得汉文明不过尔尔，“彼可取而代之”的了。

明亡，更觉得中华文化名存实亡，日本才是继承汉唐文明的正统，日本是“华”。江户前期学者山鹿素行（1622年～1685年）就直接说：“只有日本才是中国。”（即以地名而言，他们本州西部的一个地区就叫中国，西南的一个大岛就叫九州。）在他的眼里，中华已沦为夷狄韃靼之乡。

甲午战胜，日本越发不把中国放在眼里，他们自认是神的后代，是亚细亚的精华；而中国，是东亚病夫，简直不堪一击：将官士卒，一触即溃，一打就逃；或“如死猪卧地，任人宰割”（李鸿章的幕僚罗丰禄语）；福泽谕吉讥笑，“支那人民怯懦卑屈实在是无有其类。”

甲午战争也惊醒了中国的有志之士，他们承认中华已经落后，日本远远跑到了前头，因此，痛下决心向“日本鬼子”学习。对于死爱面子的中国人，这个决心是撕心裂肺的。但是，心再痛，肺再炸，也要咬牙东渡。正是：“大江歌罢掉头东，邃密群科济世穷。面壁十年图破壁，难酬蹈海亦英雄。”（周恩来诗）

当然，赴日取经的中国学子，在领教彼邦“大日本梦”的同时，也免不了饱尝落后挨打、弱国无尊严的滋味。郭沫若在自传体小说《行路难》中，记下了留学日本时遭受的屈辱，他写道：

“日本人哟！你忘恩负义的日本人哟！我们中国究竟何负于你们，你们要这样把我们轻视？你们单在说这‘支那人’三字的时候就已经表现尽了你们极端的恶意。你们说‘支’字的时候故意要把鼻头皱起来，你们说‘那’的时候要把鼻音拉作一个长顿。”

“生于忧患”，“多难兴邦”，一次又一次的打击，一次又一次的痛，诸如“二十一条”要求、“九一八事变”、“卢沟桥事变”、“二战”，也促使古老的中华凤凰涅槃，浴火重生。正如恩格斯所言，“没有哪一次巨大的历史灾难不是以历史的进步为补偿的。”这期间，最彪炳显赫的一件大事，就是诞生了中国共产党，以及它领导下的人民军队。历经二十八年艰苦鏖战，终于催生了中华人民共和国。1949 年 10 月 1 日，当毛泽东在天安门城楼上宣布：“中国人民站起来了！”全世界都为之隆隆震动！

不信，你去问日本人。

在这个意义这种角度，我们永远需要毛泽东。

——算账要算大账，零头与小数点以后的账，不是不算，而是要分清本末主次。

彼消此长，大势所趋。

1972年，中日恢复邦交。

七十年代末，中国再度实行改革开放，日本积极配合。

这感情是复杂、斑驳、多姿态、多层次的。

这表现是可圈可点、可歌可泣的。

“一衣带水”窜红，晋为显词、口头禅、流行语，成了那个年头那段关系的不二注脚。

一团乌云，出现在90年代末，21世纪初的东亚天空。

这里有一个大背景：90年代以来，日本经济出现持续低迷，GDP从世界老二滑至老三；而取替它的，恰恰又是不久前作为“扶贫对象”的中国。

正应了风水轮流转，格局仿佛在一夜间返回大唐。尽管我们知道，单纯的GDP总量说明不了实力，因为中国的人均GDP比日本还差得远，以2014年为例，中国是6747美元，居世界第84位，日本是38491美元，居世界第24位，更何况，我们的GDP在很大程度上是炒地皮炒出来的，卖资源卖出来的，含金量大打折扣。但它毕竟传递出一个信号，在历经鸦片战争，尤其是二战以来的千挫百折之后，中国终于成功崛起，驶上了高速发展的轨道。——谁对此最敏感？对手。在东亚，首数日本。

明治以来，日本一向以亚洲霸主自居，即使“二战”惨败，他们也只承认输给美国，而不是中国。因此，面对日中经济总量的逆转，无论如何也咽不下这口气。会田雄次在其所著《日本人的意识构造》中分析：“对于日本人来说，有一种为邻人的不幸而感到高兴的心理，这种心理尤其比欧洲人强烈。”那么，对于邻人的成功呢？会田雄次没说，而《魔鬼词典》替他说了：“不幸有两种，一种是我们自己的不幸，一种是他人的好运。”

顺便说一下，对于二战，他们（战后的绝大多数当权者）只认输，不认错。因为，认输，只是武力上的事，异日准备好了，还可卷土重来；认错，就涉及道义，就得承认侵略，就得道歉。所以，他们决不认错，因而也决不道歉。

借用松下幸之助的话：“胜利是坚持到了胜利的那个时候才是胜利，失败则是从承认失败开始。”换言之，在日本某些当权者看来，只要坚持不认错，不道歉，就不是侵略。

日本某些“智者”的反思，也仅止于“应该见好就收，不应把战火从中国东北烧向中国全境，更不应和美国直接对抗”，如是而已，如是而已。

扑上沙滩的浪都是自海洋深处策动的，简单的事都有复杂的成因。2016年元月，年轻的文化人青树明子撰文谈日本人最喜欢的汉词汉诗，前者为：温故知新，卧薪尝胆，不挠不屈，乾坤一掷；后者为杜甫《春望》：“国破山河在，城春草木深。感时花溅泪，恨别鸟惊心。烽火连三月，家书抵万金。白头搔更短，浑欲不胜簪。”言者无心，读者有意，将其置于日本战败的大背景下，意味是颇为复杂深长的。我不作臆想，我只看事实，进入21世纪，日本方面，围绕着日中两国外交，一系列的纠纷、摩擦竞相出笼，诸如参拜靖国神社、强购钓鱼岛、否认二战侵略、否认南京大屠杀、篡改历史教科书、海洋权益争执、外贸贸易冲突等；甚至连传说中拿破仑当年针对中国说的那句“狮子睡着了，连苍蝇都敢落到它的脸上叫几声；中国一旦被惊醒，世界会为之震动”，也要拿出来大做翻案文章，说睡狮指的是日本，不是中国——难道日本自拿破仑说出那番话以来，将近两个世纪，一直是在蒙头呼呼大睡的吗——明知无聊，也要纠缠，摆出的就是破落户的架势：我不好，我也不让你好！此种心理，可套用句中国的俗语来形容：“癞蛤蟆跳到脚背上——吓不着你也要恶心你一下！”

写写篇幅就长了——忽听窗外鼓声大作，这是当地（此稿动笔于京都）

的一个祈福祛灾的“祭”。拉开窗帘，但见一群浓妆艳抹的男女，沿小街手挥足踏，狂歌酣舞。日本一年到头有数不清的祭，确证他们曾经有过数不清的劫——这是一种良善而纯朴的民间感情释放。

我一时心血来潮，也想下去凑个热闹，于是，决定本文赶紧煞尾：

实事求是，日本这个民族有值得中国人反躬自问、揽镜自照的长处：它奋发，它不甘落后；它血性，它勇于牺牲；它抱团，它齐心协力；它坚韧，它锲而不舍；它认真，它一丝不苟；它卫生，它嗜洁成癖……如果它顺应“宇宙的意志”（稻盛和夫语），向善的方向发展，有理由赢得世界各国的尊敬。

也有致命的短处：岁月作证，某种时段，某种态势下，他们奉“狼道”为正道，视扩张为进取，穷兵黩武，称王称霸，搞得天怒人怨，四面楚歌，到头来，总是走向反面，搬起石头砸自己的脚。

韩国前总统卢武铉说：“与日本这样的国家为邻，是韩国人的耻辱。”毛泽东别具慧眼，1956年，他在与访华的日本前陆军中将远藤三郎谈话时说：“你们也是我们的先生。正是你们打了这一仗，教育了中国人民，把一盘散沙的中国人民打得团结起来了。所以，我们应该感谢你们。”借助毛泽东的明察，不妨说，上帝让日本成为中国的近邻，未尝不是一种恩赐。鉴诸既往，当日本军国主义者悍然发动侵略，兵临城下，它可以逼迫你“万众一心”，“把我们的血肉，筑成我们新的长城”；证之今日，展望未来，设若两国长期友好，和平竞赛，它也不失为一个值得尊重的对手，可以鞭策你抖擞精神，风发意气，大体按照奥林匹克竞技的规则，努力向“更快、更高、更强”发展。

毕竟，发展才是硬道理。

千古兴亡，唯此为重。

2016年2月

日本曾如是“惦记”中国

丰臣秀吉的扩张梦

“君欲赏臣功，愿以朝鲜为请。臣乃用朝鲜之兵，以入于明，庶几倚君灵威，席卷明国，合三国为一，是臣之宿志也。”1577年，丰臣秀吉（1537年～1598年）还只是织田信长手下的一员普通武将，瞧，他的目光就已经越过朝鲜，盯上了中国。

“图朝鲜，窥视中华，此乃臣之宿志。”次年，他对织田信长再次重申。

织田信长看上丰臣秀吉，是不是也包括他的野心呢？

或者说，丰臣秀吉早就看穿织田信长的心思，这不过是代主子立言。

“在我有生之年，誓将唐之领土纳入我之版图。”1587年，织田信长已逝世五年，他的位置由丰臣秀吉取替，取替了又有发展，先后当上了关白和太政大臣，然而，知音不在，秀吉满肚子宏图无处倾诉，只好说给宠妾听。

“吾欲假道贵国，超越山海，直入于明，使其四百州尽化我俗，以施王政于亿万斯年，此乃吾之宿志。”这是1590年，丰臣秀吉基本统一日本，大权在握，用不着再遮遮掩掩，说干就干。彼时，他已在致朝鲜国王的国书中，直截了当亮出了蓄谋已久的侵华主张。

丰臣秀吉就是十六世纪的希特勒、东条英机，他做的是亚洲大帝国梦，在他的战略中，第一步是吞并朝鲜，然后征服中国，再然后，是席卷印度，至于中印边界的若干小国，更是不言而喻、不在话下的了。我怀疑“一寸法师”、“桃太郎”之类“以小搏大”的民间故事，也都揉进了丰臣秀吉的影子，因为他身高只有一米四零，在中国只能作卖炊饼的武大郎，但他的心思却比武二郎武松要高，比梁山上的好汉加起来都要高，做梦都在想如何将京城从京都搬去北京。

撇开道义不谈，就武士的血性而言，得承认他有种！

丰臣秀吉晚年如愿发动了侵朝战争，只不过未能如愿越过中朝联军的防线，战争延宕八年，他本人没有等到撤军，便含恨死翘翘了。

丰臣秀吉之前，日本人觊觎大陆已久，只不过止于垂涎，一枕黄粱而已。丰臣秀吉首开侵略的先河，他把吞并朝鲜说成是“假道”，很轻松地，仿佛去自家后院散步一般。丰臣秀吉之后，承其衣钵者代不乏人，君不见如今还有人愣把“二战”时的侵华，说成是“中国进出”的么。

近松门左卫门意淫大陆

郑成功原名郑森，生于扶桑，父籍中国福建，母籍日本肥前平户，7 岁那年随父亲回到大陆，尔后，他的才干得到明朝隆武帝朱聿键的赏识，赐国姓“朱”，赐名“成功”，世称“国姓爷”。

丰臣秀吉殁后一百余年，公元 1715 年，剧作家、有“日本莎士比亚”之称的近松门左卫门（1653 年 ~ 1724 年），以郑成功为原型，创作了剧本《国性爷合战》。

剧中，“国姓爷”不再姓“朱”，而姓“和藤”，名也不叫“成功”，改为“内”，“和”者，日本之谓也，“藤”者，与日文“唐”同音也，“和”在前，“藤”（唐）在后，强调他是日中混血，“内”，谐音日文“无”，点明这是非日非中的空前大英雄，与之呼应，把“国姓爷”的“姓”改为“性”——

也许顾虑到幕府的文艺管制，也许考虑到明朝离得太近，史实无法任意篡改——这样一来，就能避免对号入座，得以随心所欲，自由发挥。剧中，近松门左卫门让和藤内乘明军和鞑靼（清兵）苦战之机，率师西渡，光复南京城，驱逐鞑虏，重振“大明江山”——那城头，飘扬的自然是日之丸旗。

据日本方面记载，此剧在大坂（今大阪）连续上演三年，观众达二十万人次，而大坂当时总人口只有三十万，可见观者如潮如堵的盛况。丰臣秀吉当年没有突破的明军防线，近松门左卫门用笔杆子帮他捅开了。剧作家本人也受到高上座率的鼓舞，又陆续写出两部关于“国性爷”的剧本，名《国性爷后日合战》与《唐船新今国性爷合战》，组成《国性爷三部曲》，足足过了一把“利用文艺作品侵华”的瘾。

佐藤信渊设计“宇内混同”

“宇内”，即世界，“混同”，即混合、同化、江山大一统。

近松门左卫门殁后又一百年，公元1823年，布衣学者佐藤信渊（1767年~1850年）出版《宇内混同秘策》，开篇即曰：“皇大御国，乃大地最初成立之国，为世界万国之根本，故其根本确立之时，则世界悉为郡县，万国君长皆为臣仆。”

继曰：“我日本……气候温和，土地肥沃，万种物产，应有尽有。四周环大洋，船舶海运极其便利，万国无双；人杰地灵，勤劳勇敢，迥异他邦。其势堂堂，四海独秀，鞭挞宇内之实力，乃天然齐备焉。若以神州之雄威征伐蛮夷之蠢类，混同世界、统一万国，何难之有哉！”

佐藤信渊把征伐的目标，首先锁定中国。他分析：“当今之世，国土最辽阔，物产最丰饶，兵革最强盛者，首推支那国，岂有他哉。支那国虽与皇国比邻密接，而欲倾全国之力加害皇国，支那则无良策矣。若有强梁君主兴师动众入侵，如元朝忽必烈动员全国兵力来犯，而皇国则丝毫不足惧之，而彼国却自招损失。故一度来犯，不敢再三，此不待费词矣。而皇国征伐支那，若能进退有节，不过五年七年，彼国必定土崩瓦解无疑。因皇国出兵固需不少军费，而彼国却劳民伤财甚巨，必不堪也。且其国人必晕头转向，疲于奔命，莫知如何。故皇国若要打开他国之门，必先以吞并支那为肇始。”

佐藤信渊还就吞并中国时的出兵顺序、作战分工，以及入主中国后的方针政策，一一作了安排、阐述。彼年何年，公元 1823 年，日本尚在闭关锁国，连世界到底多大，非洲、美洲究竟在哪里，还说不清，道不明，这小子就在梦想日本“混同世界、统一万国”，野心不可谓不大，思虑不可谓不精。

时值幕末，日本国力未逮，野心未炽，佐藤信渊悲叹“举世皆浊，无人知我，所殚精竭虑，谁能解我心者”，因而寄希望于未来：“只待明君出世，而后见用也。”

又曰：“将来之英主，有鞭挞宇内之志向者，先读此书。”

果不其然，明治维新之后，《宇内混同秘策》得以一版再版，风行扶桑，逐渐成为日本对外侵略，特别是对华侵略的秘典。

吉田松阴制订扩张序列

以常人的眼光来看，吉田松阴（1830 年 ~ 1859 年）的一生，是失败的一生。他出生在长州藩萩城松本村（今山口县萩市椿东）一个下级武士家庭。1851 年，他外出游学，因为没有得到藩主的允许擅自去了东北，遭剥夺士籍和食禄；1853 年，他决心出洋，前往长崎，企图投奔俄国军舰，未遂；1854 年，他又打算投奔停靠在江户湾的美国军舰，偷渡出国，被拒；旋即入狱一年；释放后，回老家教私塾；1858 年，因积极参与倒幕活动，他再次被捕系狱；1859 年 10 月被执行死刑，年仅 29 岁。

虽说短命，他留下的绝命诗辞，倒是长久地为人引用。其一是：“肉躯纵曝武藏野，白骨犹唱大和魂。”其二是：“吾今为国死，死不负君亲，悠悠天地事，鉴照在明神。”

梁启超在《论成败》一文中慨叹：“日本维新之首功，西乡乎？木户乎？大久保乎？曰唯唯否否。伊藤乎？大隈乎？井上乎？后藤乎？板垣乎？曰唯唯诺诺。诸子皆以成为成者也。若以败为成者，则吉田松阴其人是也。”

梁启超认为吉田松阴是失败的英雄，是“败于今而成于后，败于己而成于人”。

其道理何在？

先谈“败于今而成于后”。吉田松阴生前的所作所为，都失败了，但他在佐藤信渊的基础上，又进一步发挥了日本中心论和对外扩张序列。譬如，他在第一次入狱用汉语写下的《幽囚录》中，明确提出：

> 凡英雄豪杰之立事于天下，贻谋于万世，必先大其志，雄其略，察时势，审时机，先后缓急，先定之于内，操所张弛，徐应之于外。……为今之计，不若谨疆域，严条约，以羁縻二虏（“二虏”似指英美两国——引者注）。乘间垦虾夷，收琉球，取朝鲜，拉满洲，临印度，以张进取之势，以固退守之基。遂神功之所未遂，果丰国之所未果也。

思想铺路架桥，理论长驱直入。

吉田松阴的上述言论，成了明治、昭和时代的国策。

学者王向远特别指出：“吉田松阴在侵华主张上继承了佐藤信渊的衣钵，与佐藤的不同之处在于佐藤还是把满洲视为‘支那’的一部分，而吉田松阴言辞之间却将满洲与‘支那’并提，显然是有意将满洲作为‘支那’本土之外的实体来看待的。这对近代日本‘满洲’观的形成，有着不可忽视的巨大影响。吉田松阴关于‘朝鲜、满洲和支那’的‘割取’的先后顺序，更为后来的日本军国主义者所尊奉照办。”(《日本对中国的文化侵略》，昆仑出版社，本文多有借用之处)

再看“败于己而成于人”。吉田松阴懂得要成大事，人才最重要，所以他在短短几年的教学生涯中，培养出了高杉晋作、木户孝允、伊藤俊辅(博文)、山县狂介(有朋)、井上馨、前原一诚等一批精英，这些人后来都成了明治维新的功臣、栋梁。

因是，德富苏峰在为吉田松阴立传时，也做出如下的概括：“他多有计划而无有成功。他的一生是充满挫折的一生，他这一代是面对失败的一代。但即使如此，他仍然是维新革命最好之急先锋。”

江藤新平遗恨未能跨过鸭绿江

1590年，丰臣秀吉基本统一日本。他从给织田信长当提草鞋的小厮起就打仗，一打就是几十年，流血成河，堆骨如山，按说，这时应刀枪入库，马放南山，好好休养生息了吧。然而不，他却要兴师动众、劳民伤财地征伐朝鲜。这事，除了大计早萌、迫不及待外，还有一个更为重要的因素：多年内战积压下矛盾重重，剪不断，理还乱，只有把战火烧向国外，才能有效地化解内部恩怨，团结对敌，共襄国事。

明治肇始，也曾面临相同的困扰。众所周知，明治政权是靠武士阶级抛头颅洒热血打下来的，但是它要维新，要走资本主义的路，就要剥夺封建士族的特权，矛盾就此产生。作为明治维新的功臣，同时又是武士阶级代言人的江藤新平(1834年~1874年)，与西乡隆盛、坂垣退助等，激烈主张“征韩”，原因有二：一、让武士有用武之地；二、打赢了，也好论功行赏，给武士一个亮堂堂的前程。

以大久保利通为首的一派主张先改革内政，发展生产，然后再图对外。矛盾白热化，最后，江藤新平、西乡隆盛等征韩派集体辞职，不干了，回老家养老。

江藤新平回到老家佐贺，赋闲中，他在“征韩论”的基础上，又扩展出“支那南北两分论”，核心内容是：中国虽然广大，但已不可救药；应乘日韩纠纷之机，联俄瓜分中国，北部让与俄国，南部收为日本；以十年为期，在中国内地敷设铁路；待经营就绪，即驱逐俄国；明治天皇迁都北京；完成第二次维新之大业。

明治政府在资本主义的道路上越走越远，各地封建势力的反弹也越来越猛烈。1874 年，江藤新平在佐贺士族的拥戴下发动武装叛乱，终因势单力薄，失败，被捕。

临终前，江藤新平在狱中赋得汉诗一首：“欲扫胡臣盛本邦，一朝蹉跎卧幽窗。可怜半夜潇潇雨，残梦犹迷鸭绿江。”

陆放翁有诗云“王师北定中原日，家祭无忘告乃翁”，想的是收复家园。

江藤新平的“可怜半夜潇潇雨，残梦犹迷鸭绿江”，念念不忘的是日本如何跨越朝中边界，把战火烧向中国。

福泽谕吉叫嚣“直冲北京”

明治时代的思想家，首数福泽谕吉（1834 年 ~ 1901 年）。

福泽谕吉的名文，首数 1885 年发表的《脱亚论》。

文章说：

“随着世界交通的手段便利起来，西洋文明之风逐日东渐。其所到之处，就连青草和空气也被此风所披靡。”

“虽然我日本之国位于亚细亚东部，但国民的精神已经开始脱离亚细亚的顽固守旧，向西洋文明转移。然而不幸的是，近邻有两个国家，一个叫支那，一个叫朝鲜……无论个人还是国家，都不思改进之道。”

“既然如此，作为当今之策，我国不应犹豫，与其坐等邻国的开明，共同振兴亚洲，不如脱离其行列，而与西洋文明国共进退。对待支那、朝鲜的方法，也不必因其为邻国而特别予以同情，只要模仿西洋人对他们的态度方式对付即可。与坏朋友亲近的人也难免近墨者黑，我们要从内心谢绝亚细亚东方的坏朋友。”

脱亚，为的是“向西洋文明转移”，“与西洋文明国共进退”，也就是入欧。入欧干什么？福泽谕吉指出，模仿西洋人对中国和朝鲜的态度，说穿了，就是赤裸裸的侵略。

说到侵华，福泽谕吉之前，近松门左卫门止于意淫，佐藤信渊、吉田松阴也只是纸上谈兵，而福泽谕吉不仅拥有庆应义塾和发行量相当大的《时事新报》，作为鼓吹平台，他还躬逢其时，晚年看到了他的一系列军国主义理论，如何为明治政府采纳，并付诸实践。

那就是 1894 年的日清战争（甲午战争）。

那一年，日本和中国在黄海开战，福泽谕吉欣喜若狂，他在《时事新报》上发表多篇社论，为军国主义张目。如，他把这场日本对中国的侵略战争，说成是文明与野蛮的战争：“在日本的眼中，没有支那人也没有支那国，只以世界文明的进步为目的，凡是妨碍和反对这一目的的都要打倒。”“今天的战争虽然是日清两国之争，实际上却是文明与野蛮、光明与黑暗之战，其胜败如何关系到文明革新的命运。应该意识到我国是东亚先进文明的代表，非国与国之战，而是为着世界文明而战。”

福泽谕吉把日本与中国的海战，视作扩张、殖民的前奏，重弹丰臣秀吉的老调，叫嚣要一鼓作气，“直冲北京”：

要以文明之势力席卷四百余州，让四亿人民沐浴革新的阳光雨露，就必须做出决断，直冲首都北京，扼其咽喉，一不做二不休，使其俯伏于文明之师面前。此非好战，乃是世界文明大势赋予日本的天职，是不得不为之也。日本的太阳旗尽早在北京城迎着晨风飘扬，四百余州的全图尽在文明的阳光普照之下，此等快事，我辈翘首以盼。

除了言论，福泽谕吉还有行动，战争期间，他慷慨解囊，捐出一万円以资军费。在当时，这是一笔巨款（约等于现在的两亿，参照系：1885年，普通工人月薪为六円，1896年，岛崎藤村在仙台东北学院当讲师，月薪二十五円），仅次于贵族院议员、实业家毛利元德的一万五千円，与其他三人并列为全国第二。

特别需要指出的是：福泽谕吉以及他之前的吉田松阴、佐藤信渊，不是个别的存在，而是一大群，一大帮，一大片。他们的军国主义思潮是自下而上，挟民意而推动中央。这一现象令人深思。虽然我历来赞成一分为二，把少数的军国主义者与广大的国民分开，尤其要与众多的反战团体及反战人士分开，但面对上述文人的大日本梦，仍不由得要想一想，日本民族的基因究竟是什么基因？日本的文化究竟是什么文化？刘亚洲在回顾甲午战争时，比较过两国老百姓的精神状态：“中国老百姓送亲人上前线，哭哭啼啼。日本人出征的情形，梁启超写过了：‘亲友宗族把送迎兵卒出入营房当作莫大光荣。那光荣的程度，中国人中举人进士不过如此。’他还说，日本人欢送亲朋子弟入伍都以‘祈战死’三字相赠。报刊所载赠人从军诗，都以‘勿生还’相祝贺。就连在日本社会地位最卑微的妓女，也捐钱捐物资助国家战争。”

“二战”期间，日本的国民何尝不也是这样！据《东史郎日记》记载，1937年8月，25岁的东史郎应召入伍，离家之前，母亲送他一把匕首，说：“这是一次千金难买的出征，你高高兴兴地去吧！如果不幸被支那兵抓住，就（拿它）剖腹自杀！”

而今，福泽谕吉的头像长期印在日本最大面额的一万円纸钞上，绝非偶然，冥冥中，自有一种上下同心的默契在。

德富苏峰鼓吹“日本膨胀”

因日清开战而欣喜若狂的另一个文人，是德富苏峰（1863年~1957年），他在战争期间抛出了《大日本膨胀论》，为军国主义摇旗呐喊，擂鼓助威。

注意，标题使用的是“大日本”，这个“大”，不是指的面积，而是强调人种。德富苏峰抬出传说无稽的天照大神，认为日本人本来就是“天孙人种的子孙”，是世界上最优秀的民族——想当年日本人普遍矮中国人一头，更不用说跟欧美人相比了，真亏他们说得出口——自大就自大呗，横竖是关起门说的事，你“天孙人种”还想向哪儿膨胀？不是，这回说的不是面积，是人口。国土太小，人口超多，繁殖又快，与其他大国相比，明显处于劣势。德富苏峰写道：

> 今天的情况是国土拥挤，一个六铺席的房间要住两个人，而每年增加的人口都在四十万人以上，像这样累加起来势必会发展到人摞人的程度，要想保持我国目前的人口与面积的比例，那就要增加二百五十三平方公里的版图，即等于新增加一个近江国（日本的一个县——引者注）的土地面积。如果不能增加，那就等于一个近江国被他人夺走。而新版图增加的比例，必须年年超过人口增加的比例。即在今后六十年中，如果不能把日本国土的面积增加到两倍，则今日的人口与国土的比例就难以保持。
>
> 水满则溢，溢则流，人口的运行亦如此。何况我国正位于四通八达的世界通衢之上，占尽天时地利，怎能作茧自缚，不让人口向

四方膨胀呢？

人多了，国家将盛不下，要向四方发展。怎么向四方发展？德富苏峰认为，与清国的战争，正是天赐的良机。他提醒日本当权者不要错失良机，"要利用这个好机会，使国家有一个超越的飞跃，同时将自己的英名永远地镌刻在国民膨胀史的第一页。"他更提出，"日清战争"是日本国运消长的一个契机，开战胜利后，日本"可促使朝鲜改革，可订立北京城下之盟，可获得几个亿的赔款，我日本确立在世界上的地位，这些岂不都是在此一举吗"，"三百年来收缩的日本，一跃而为膨胀的日本，其机遇就存乎此一刹那间。"

甲午战争日本取胜，《马关条约》确定割让辽东半岛给日本，后在俄法德三国干涉下归还中国，其时，德富苏峰正在旅顺，他很不甘心地用手帕包起一捧沙土，作为这里短暂成为日本领土的纪念。

德富苏峰为"大日本膨胀"提出的方针是"防御于北方，展开于南方"，你甭小看他一个报人的智慧，尔后大正、昭和时代的对外扩张，正是按他的思路进行的。

德富苏峰还为日本的侵略找出人种上的根据。在1938年出版的《皇道日本的世界化》中，他妙说：

> 我们大和民族是从何处来的？现在还不能明确断言。但除了日本岛上的土著外，其中一大半是从大陆来的，另一半是从太平洋来的。这样看应该没有错。本来，在我国有北进南守一说，也有南进北守一说，这些都意味着回归到故乡的某个地方。全部的事实是，北进又南进，南进又北进；又是大陆，又是大洋。如此膨胀漫延，即回到祖先的故乡。我看现在我们大和民族的状态，就像燕子、像大雁、像鲑鱼、像鳟鱼，各自在进行着本能的行动。

瞧呃，把侵略他国说成是回家，回到祖先居住的地方，回到心灵中的故乡，天下竟有这样的奇葩理由！

当今之世，某国军队虽然到处插手，看来远没有日本这般无耻。否则，它就不必遮遮掩掩，大可堂而皇之地宣布：因为我国拥有全世界各国各地的移民，所以我们到任何地方去，都是回到自己的故乡！

二战后，德富苏峰一度名列“甲级战犯”。终因“冷战”爆发，被美军占领当局解除拘禁，恢复自由。晚年，他依然坚持大日本膨胀主义，弥留之际，仍不忘挣扎着嘱咐左右：“再等五百年！”

一瞥就是五百年，也真够狠的。孟子说过“五百年必有王者兴”，司马迁也说过“五百年必有圣人出”，他也许就是冲着这个意思说的。相比之下，三岛由纪夫则性急难耐，他在德富苏峰死后十三年，便蓄谋策动自卫队政变，重回军国主义老路。待看明白没戏，又不甘草草收场，居然上演一出切腹自尽。其遗言曰：“我已告别文学生涯。我不是作为一介文人而是作为一个武士死的，请在我的戒名嵌入‘武’字，而非‘文’。”这样的“武夫”，未免也太滑稽了吧？再说，同为绝命辞，比起吉田松阴、江藤新平、德富苏峰等前辈，三岛无疑要逊色多了。借用东坡先生的感慨：“何一蟹不如一蟹也？”

《大东合邦论》与《大亚细亚主义论》

针对福泽谕吉的“脱亚论”，1893 年，樽井藤吉（1850 年 ~ 1922 年）用汉语推出了《大东合邦论》。

“大东”，就是东亚，具体包括中日韩三国，合邦，就是三国联合，成为一体，而奉日本为盟主。

具体来说，关于朝鲜，樽井藤吉断言：“日韩合并之事，假令不成于当日，而他日岂无合同之机哉！就宇内大势而察之，二国各自独立者，非千岁之长计也。”因此，他认为，为了使朝鲜免遭西方列强的侵略和中国的控制，必须把朝鲜置于日本的保护之下，使其与日本合成一个统一的国家。

关于中国，樽井藤吉的设计是：其实大东合邦，应该包含清国，但清国太大，并非仅仅依靠协议就可以合邦，何况境内之鞑靼、蒙古、西藏等，恐不服从。所以当前只能指望与清国“合纵”。

“合邦”也好，“合纵”也罢，打的是东亚三国联合起来，共同抵御欧洲列强渗透和侵略的幌子，行的是日本取代中国成为亚洲的中心，并最终吞并中国之实。

“合邦论”进一步发展，则为小寺谦吉（1877年～1949年）1916年推出的《大亚细亚主义论》。

小寺谦吉其人，不怎么出名，而大亚细亚主义，却相当出名，因为它成为昭和时代的国策——足见作者的“远见”和军国主义者的“卓识”。

如前所述，日本的一系列侵略扩张之策多出自民间，大脑在基层。何以证之？一是自丰臣秀吉以来，日本人的生存意志越来越清晰，在殖民的理由、方向、路线上，基本达成共识；二是某些知识人号准了为上者的脉搏，积极为之奔走呼吁。

试切一为上者之脉：“日本不希望中国有一个强有力的皇帝，日本更不希望中国有一个成功的共和国。日本所希望的是一个软弱无能的中国，一个受日本影响的弱皇帝统治下的弱中国，才是理想国家。”曾任日本第三、第九任首相的山县有朋，如是说。

《大亚细亚主义论》正是在这样的大背景下出笼，全书长达1272页，论述的焦点，是日本与美国在太平洋地区的争夺，争夺的对象，则是中国。日本对中国的态度，可以用两个词来概括：“保全”与“改造”。

如何“保全”？就是把中国置于日本的势力范围，防止被其他国家瓜分。

如何“改造”？一、“支那断然放弃满洲，彻底清理造成日支两国隔阂的一切问题，使两国真正唇齿辅车相依。”二、放弃外藩，“满、蒙、回、藏等外藩，姑且听其自然，放任自流，先把十八省加以统一和巩固，以屈求伸。”

也就是，先把东北攫取到手，再逐步施以政治与军事改造、经济改造、社会改造，直到把中国完全变成日本的附属国。

日本的侵华战略，总有民间人士提前为国家献策，而且算得很准，简直像日本版的《推背图》。

北一辉的《日本改造法案大纲》

时代在发展，日本的侵略理论也在翻新。北一辉（1883 年 ~ 1937 年）不愧是日本最著名的法西斯主义理论家、日本的法西斯主义之父。他在 1919 年出版的《日本改造法案大纲》里，居然把日本打扮成“世界的无产者”，声称日本“天然有发动战争的权力”。

日本怎么就成了世界的无产者？怎么又有了天然发动战争的权力呢？且听北一辉妙论：

> 日本为积极发展自己而发动战争是正义行为，并未单纯为私欲私利，如同其他民族为促使觉醒、冲破现状、排斥占据者和侵略者的自我行动被视为正义的行动一样。
>
> 正如国家内部的阶级斗争是因这种非正义的差别才发生的一样，国际间属于正义的战争也都是为了改变非正义的差别才发生的。英国是横跨全球的大富豪，而俄国是北半球的大地主。对于以散沙般的岛屿为国界，在世界上属于无产者的日本而言，难道没有在正义的名义之下，为夺取由它们所独占的土地而发动战争的权力吗？欧美社会主义容忍国内无产阶级的斗争，唯独将国际无产者所发动的战争视为侵略主义、军国主义。这是欧美社会主义根本思想的自相矛盾。

得，看明白了吧？因为日本的国土比英国（包括殖民地）小，比俄国小，而且是呈散沙般的岛屿，不起眼，不成气候，这就是他所谓世界无产者的根据。既然日本在世界民族之林属于无产者，那么，在无产阶级革命斗争风起云涌的20世纪，日本当然也就可以理直气壮地向国际大富豪大地主开战。

北一辉早年是激进的社会主义者，曾经参加孙中山创建的同盟会，为辛亥革命在两国间奔走呼吁。但是，后来，他从国家主义走向超国家主义，又进而走向法西斯主义。《日本改造法案大纲》，就是转向后的北一辉在上海炮制出来的。

书中关于发动天皇大权，在全国实行戒严令，三年停止宪法，解散国会，以及所有制问题，劳动者的权利和国民的生活权利，等等，就不去谈它了。关键是针对中国，北一辉认为，中国正处于列强的瓜分之中，日本不要跟列强结伙打劫（1900年，日本曾参加侵华八国联军），而要反过来，为中国的“保全”而作战。

这么说，北一辉是在为中国抵御外侮的了？

当然不是。

北一辉所谓的“保全”，并不是要保护中国的独立完整，而是要把中国置于日本的统治之下。北一辉断言：“支那、印度七亿同胞若无我日本之扶持与帮助，实无自立之途。”“日本为日本海、朝鲜和支那的绝对安全，及为保卫日俄战争之成果，必须占据远东、西伯利亚。”

道理都是人说的，人有两只脚，就看他站在哪一点。北一辉是站在哪一点呢？毫无疑问，他是站在日本，站在天皇制法西斯军国主义这一点。说白了，就是奉皇道为大道，在天皇的绝对统率下，先拿下中国、印度，然后再和俄英决战，最后君临天下，实现世界一统。

北一辉宣称：日本“在强取他人之领土的同时……若有必要，应有夺取全世界之远大抱负”，日本就是要做“革命的大帝国主义”。“倘若这就是侵略主义、军国主义，那么日本应在全世界无产阶级之欢呼声中，将这作为黄金之冠，加于自己头上。”

日本人喜作日本论。关于这方面的论述，说车载斗量、满坑满谷也不为过。若问，日本文化中的显性基因是什么？我的结论，就两个字：尚武。

尚武是个中性词，早先用于内争，是“一统天下”的军事基础，面目尚且可观；尔后用于对外扩张，面目日显狰狞，自大而阴狠，狼噬而鲸吞。

日本诞生不了圣人

北一辉之后，随着日本发动全面侵华战争，其侵略理论也越发跋扈嚣张，譬如什么“大东亚”“大东亚新秩序”“大东亚共荣圈”“东亚协同体”“东洋文化”“共存共荣”等。井上哲次郎（1855 年 ~ 1944 年）还公然说，日本之“道”就是中国之“道”，大日本的天皇就是世界的天皇。他就差没说“太阳是日本的太阳，宇宙是日本的宇宙”了。

“我们的国家诞生不了圣人。”三百年前，荻生徂徕如是说。

“日本没有哲学。”一百年前，中江兆民如是说。

但是却冒出了一嘟噜一嘟噜的阴谋家、野心家、扩张主义分子、法西斯主义暴徒。

稻盛和夫有一个公式：人格 = 性格 + 哲学。

既然出不了圣人，又出不了哲学，于是，人格就等于性格加自以为是的狂想。

始作俑者是丰臣秀吉，他在侵朝战争的失败中死去，留下的绝命辞是：“身随朝露而生，随朝露而去，人生短暂，如巍巍大阪，叱咤风云，也只是繁华梦一场。”

既无圣人之品性，又无哲学之眼光，人之将死，其悲鸣是必然的。

——这些都是老账，你说。

是的，以上都是历史，都是老账。

但是，历史是什么？意大利哲学家克罗齐说：“一切历史都是当代史。”

这话看似浅显，实则深奥，一般人深入不进去。那么，换个角度表述：

“历史是今天和昨天永无休止的对话。”

这下容易理解了吧。历史是无法摆脱的，疮疤是要时常抚摸的。不是吾人不豁达，在战争依然是解决国与国争端之霹雳手段的今天，我们不得不提高警惕，不得不旧账重翻。

日本人对内，是温良恭谦之至，时时处处，强调“不给他人添麻烦”；日本人对外，却是傲慢自私之至，总想着“我的是我的，你的也是我的”。

寄语东邻有志撰写近代史的学者，不妨就从荻生徂徕、中江兆民的论断，以及丰臣秀吉的悲鸣切入，在厘清战时责任、战后责任的同时，也要着力探讨战前责任。

思想是文化的核心，不清除对外扩张、殖民的思想基础，就无法从根上刨去穷兵黩武、封豕长蛇的恶之花。

2016 年 1 月 23 日

“精神年龄只有 12 岁！”

“二战”末期，美国在日本投下两颗原子弹，一在广岛，一在长崎。广岛是既定的第一目标，在劫难逃。小仓是预设的第二目标，实施轰炸那天，却因雾霾（包括广岛爆炸激起的烟尘）遮蔽飞行员的视线，暂且被搁到一旁，长崎是日天朗气清，遂由“候补”递升为“正取”，化作核弹冤魂。

应该有人写一首诗礼赞雾霾（也许有人写了，我没看见），小仓的百姓更应该自告奋勇，仁不他让。饮水思源，不，思雾——雾霾里也有意想不到的阳光，亦如任何一枚铜币，都包含着正反两面。

有人说，美国佬还投下了第三颗原子弹。有谁见了？谁都没见，却又人人心知肚明，心照不宣。那是因为一幅——照片！

盟军总司令麦克阿瑟与日本昭和天皇的合影。照片上，一高一矮，一胖一瘦。前者本来就高，足有一米八零，兼且双手掐腰，挺胸凸肚，挟战胜国的威风，气宇轩昂，不可一世；后者本来就矮，充其量一米六出头，况且肩塌臂垂，毕恭毕敬，身为战败国之魁首，命运捏在他人手心，正忐忐忑忑，神魂不定。

据麦克阿瑟回忆录——

时间，1945 年 9 月 27 日。地点，美国驻日大使馆官邸。麦克阿瑟会见来访的昭和天皇。

宾主入座，麦克阿瑟给天皇点烟，察觉他的手在颤抖。

天皇开门见山，直截了当地表示："我对战争中所有的政治、军事决定和行动负全部责任，我自己也任由阁下代表的盟国裁决。"

那一瞬间，麦克阿瑟大为感动，认为面对的是日本最好的绅士。

麦克阿瑟忘了一个基本事实：幕府六百多年，天皇靠边站，老实得像条哈巴狗；明治维新天皇复辟，大权在握，立刻就连续对外兴战。

也正是在那一瞬间，麦克阿瑟做了一项改变日美关系走向，也给了日本右翼势力迅速抬头机会的决定：放弃追究天皇的战争责任。

又据祢津正志《天皇裕仁和他的时代》——

天皇告诉麦克阿瑟："希望允许日本拥有军备。"

麦克阿瑟惊讶地反问："为什么？"

天皇回答："因为苏联会进攻日本。"

麦克阿瑟耸耸肩膀，然后又拍拍胸脯，大声说："不，不必担心，有我呢！"

又据劳特巴克《日本的战争秘密计划》——

麦克阿瑟责问天皇："你为什么批准开战？"

天皇苦着脸答复："如果我不批准，他们将另立天皇。战争是日本人民的意志。当时不管谁是天皇，都不能违背人民的这种愿望。"

——金蝉脱壳，他把责任推给了全体国民。

镁光灯闪处，历史定格。

次日，合影见报，犹如在日本大地投下第三颗原子弹。

简而言之，要而言之：在这之前，麦克阿瑟是人，昭和天皇是神；在这之后，麦克阿瑟是神，昭和天皇是人。

神人换位。天翻地覆。

没有人宣布。这还用宣布吗？日本民众贼精，眼睛雪亮，转向转得比风都快（这也是一种岛国民族的根性），昨天还在喊"天皇陛下万岁"，眨眼就变成喊"麦克阿瑟将军万岁"了。

据橘玲《括号里的日本人》——

合影见报后，老百姓争着给麦克阿瑟写效忠信，多达五十万封。信里吹捧麦克阿瑟是“世界的主人”“我等伟大的解放者”“新生日本的生身父母”。有人信誓旦旦地要求加入美国军队，有人自愿充当美国的卧底，搜集日本情报，有人迫不及待地申请赴美留学，有人甚至恬不知耻地提出将日本划为美国第五十一州。美国军方一位历史学教授曾翻译了数百封妇女来信，据他说，不少人希望认麦克阿瑟为爸爸，还有人公然表示要与麦克阿瑟“生个孩子”。

在麦克阿瑟掌控日本的六年间，东瀛列岛的“造神运动”一波高过一波：以“麦克阿瑟”命名的街道、剧场，遍地开花；颂扬麦克阿瑟功绩的宣传报道，连篇累牍；小学生争相以戴“麦克阿瑟帽”为时尚；为麦克阿瑟勒铭纪功的“显彰碑”拔地而耸；有关麦克阿瑟纪念馆的筹建也已进入倒计时。

1951 年 4 月 16 日，麦克阿瑟突然卸任返美，消息走漏，百万日本民众自发地站在街道两旁为他洒泪送行。

日本人把麦克阿瑟捧上了天，马屁拍足，米汤灌足，样子做足，就等着将军大人“上天言好事”了。谁知这位身经百战、个性十足的“老兵”，压根儿不吃这一套，二十天后，他在美国国会作证，在肯定日本有高质量的劳动力的同时，又掷地有声地撂出了一句：“日本人的精神年龄还只有 12 岁！”

消息反馈回来，日本朝野大哗，麦克阿瑟纪念馆的筹建顷刻下马；日本政府在麦克阿瑟卸任前许诺的“终身国宾待遇”，也立即废除；几家著名的企业，在报上联名刊登反击广告：“我们不是 12 岁！”

——唉，那纪念馆的筹建不下马也罢，那许诺了的“终身国宾待遇”不废除也罢。筹建而又下马，许诺而又废除，出尔反尔，翻脸不认人，岂不是恰恰证明了“日本人的精神年龄还只有 12 岁”！

2015 年 2 月 19 日

一段“迷惑”的公案

一

1972 年 9 月 25 日，为谋求日中邦交正常化，日本新任首相田中角荣启动战后破冰之旅，亲自率团访华。

当晚，中国总理周恩来在人民大会堂设宴飨客。在祝酒词中，他特别指出：

“自从 1894 年以来的半个世纪中，由于日本帝国主义者侵略中国，使得中国人民遭受重大灾难，日本人民也深受其害。前事不忘，后事之师，这样的经验教训，我们应该牢牢记住。”

田中首相致答谢辞，针对周恩来提示的“前事不忘”，作如下道歉：

“過去数十年にわたって、わが国が中国国民に多大なご迷惑をおかけしたことについて，私は改めて深い反省の念を表明するものであります。”

这里，关键词是两个汉字，一，迷惑；二，反省。

日方翻译将“迷惑”译为“麻烦”，“反省”则原封未动，整段话是：“过去数十年，我国给中国人民添了很大的麻烦，我对此再次表示深切的反省之意。”

此语一出，中方与会者集体一愣，想当年，日本帝国主义者悍然入侵中国，攻城掠地，滥杀无辜，罪恶累累，罄竹难书，怎么能轻描淡写地说成是“添了麻烦”？

二

9月26日下午，双方举行第二次首脑会谈。

周恩来首先就田中昨晚的“道歉”提出批评，他说：

“在中国，某人不慎把水泼在女孩子的裙子上，说给您‘添了麻烦’——这是一种轻微的道歉。而日本军国主义的侵略战争给中国人民带来了深重的灾难，日本人民也深受其害，用“添了麻烦”作为对过去的道歉，中国人民是不能接受的。”

田中角荣是怎么回答的呢？

这样的“争吵”细节，官方是不会公布的。好在中方当时在场人员，如外交部顾问张香山、外交部部长姬鹏飞、新华社驻东京特派记者吴学文等，日后都有原原本本的回忆。兹引姬鹏飞的回忆如下：

“田中解释说：从日文来讲，‘添了麻烦’是诚心诚意地表示谢罪之意，而且包含着保证以后不重犯和请求原谅的意思。如果你们有更适当的词汇，可以按你们习惯改。道歉的问题就解决了。”（《饮水不忘挖井人》）

三

9月27日晚，毛泽东主席在中南海会见了日本首相田中角荣、外相大平正芳和内阁官房长官二阶堂进。

一见面，毛泽东就说：“已经吵完了吗？”

“不，不，谈得很融洽。”田中笑答。

“不打不成交嘛！”毛泽东没有放过那个引起争议的话题，“半个世纪的事，你只说句‘添了麻烦’，年轻人不满意。你知道吗，在中国，这是将水溅到女孩子裙子上时说的话。”

“知道了，我会按中国的习惯改。”田中忙说，“我们很快就要达成协议了。”

……

此次访问，田中首相给毛泽东主席送上一幅日本画家东山魁夷的风景画作《春晓》。

礼尚往来，会见结束前，毛泽东回赠田中角荣一套六卷本的《楚辞集注》。

四

9 月 29 日，中日双方签署并发表了《中日联合声明》，关于引出“麻烦”的那一段表述，改为：

“日本方面痛感日本过去由于战争给中国人民造成的重大损害的责任，表示深刻的反省。”

日方的反省，应该说，比原来深刻得多了。但比起中方的心理期待，还差得远。

求大同，存小异，双方各让一步。

声明确认，从即日起，中日实现邦交正常化。

这是关键之关键，核心之核心。

公报从此将彪炳史册。

五

9 月 30 日，田中首相返国，行装甫卸，便在自民党总部做报告，详述在北京的谈判过程。

根据自民党会议记录，田中谈到“迷惑”引起的争议时，说自己是这样向中方解释的：“迷惑这个词是从中国传来，但是，日语的‘迷惑’，不同于汉语的‘迷惑’，我们日本人是有自己的习惯的，当过去的事统统付诸流水，而以非常强烈的感情来处理问题时，就常采用这个词汇。”

稍后，田中对媒体发表讲话，重复了同样的解释。

弹指数十年过去，当年的谈判记录，已由外务省解密，并由岩波书店公开结集出版。细心的读者发现，当周恩来就“迷惑”一词提出责难时，记录中，田中只是简单地回应：“周总理的话，大概的意思可以理解。”其余的，一句也没有。

那么，田中在自民党总部上的复述，以及他对媒体的讲话，还有他晚年在回忆录中的披露，难道都是虚构？

倘若如是，你又如何诠释中国外交部长姬鹏飞的旁证？

答案只有一个：田中肯定就日文“迷惑”与中文“迷惑”的异同，作过说明，但外务省有人把它删掉了。

六

日本横滨市立大学教授矢吹晋注意到这个细节，他认为兹事体大，不可不察，决心刨根究底。

2003 年 9 月，矢吹晋偕同事村田忠禧教授访问北京，在中方有关人员的帮助下，从中国外交档案中查到如下记录：

> 9 月 26 日下午第二次首脑会谈，面对周总理的批评、质疑，田中首相意识到有可能是文本的翻译出现了问题。

田中：可能是日文和中文的表达不一样。

周恩来：可能是译文不好，这句话译成英文就是 make trouble。

田中：“添麻烦”是诚心诚意表示谢罪了——这样表达，从汉语来看是否合适，我没有把握，语言起源于中国。

就是说，田中首相不但当场做了该做的说明，而且把日文“迷惑”那种亦可用于“诚心诚意”道歉的语境，传达给了中方，并得到了周总理的“谅解”。

七

回过头来看，田中选择“迷惑”一词，作为对中国人民的道歉用语，是考虑已久的。据矢吹晋考证，早在 1972 年 3 月 21 日，当时还是通产相的他，就对华复交姿态事宜，在众议院商工委员会作过一次答辩。田中联系自己曾作为一名士兵被派驻“满洲”的经历，说道：“我确实真心感到，给中国大陆添了太大的麻烦。因此，日中复交之时的头一句话，还应该是‘添了太大的麻烦’，对此我认为有必要从内心伏首。两国之间永远不能再战。”

两天后的 3 月 23 日，在众议院预算委员会第四分科会上，田中进一步阐明了自己的立场：

“我对中国大陆，不断使用的表达是‘到底添了巨大的麻烦’。不仅在公共场合如此，在公开发表的文章中亦如此。添了麻烦，是一个事实。日中要实现邦交正常化，首先要向对方表示发自内心的道歉：添了太大的麻烦。无论是现在还是将来，作为邦交正常化大前提的、诚心诚意道歉的心情，都不会改变。”

八

“迷惑”，在日本是一个常用词。

《广辞苑》的解释是：1. 迷惘；2. 困惑，苦恼；3. 陷身算计而惶恐不安。《新明解国语辞典》的解释是：给他人添麻烦。前者近于古义，后者适用于当今。

雅虎网上有一篇《日本的谢罪文化》，文章给出的标准例句，就是：“私の間違いでご迷惑をお掛けして申し訳ありません。”（由于我的过失，给您添了麻烦，对不起！）

这是通行的说法，但今人很难从中体会出“诚心诚意”的谢罪。周恩来的责难，是题中必有之义。

矢吹晋在这儿展示了日本人的“一根筋”。据他考证：“迷惑”一词，确切是由中国传到日本。在中文，自《楚辞》及《魏志·倭人传》以降，词义一以贯之，基本没有变化。在日文，截至镰仓时代前期，仍与汉语同义；而从镰仓时代末期起，呈现出语义上的转化，在用于道歉的场合，包含有复杂而微妙的“万感之念”。但是，这种用法今天已经死亡。

既已死亡，田中为什么还要让它复活？

这就涉及到田中的处境。作为新任内阁总理大臣，他急于在任上实现日中复交，其勇可嘉，其诚可鉴，然而，出于对国内国际反华派的考量及各方能接受的一种平衡，他最终选择了古典而又不失诚心诚意的道歉。

九

笔者注意到，就是那一点古典而又不无暧昧的道歉，于今，也被别有用心者从谈判记录中删除了。

总是有人千方百计不承认道歉。

总是有人对昔日的受害国、战胜国不肯伏首。

内心实际是不认可侵略。

当然还包括不认可失败。

于是只剩下了“迷惑”，以及因“迷惑”而引发的众多“麻烦”。

旅日作家李长声撰文，说日本人平常惯于使用道歉，不过多数脱离本来的意思，俗化成了寒暄用语。日本政府担心国民积习难改，在海外旅游须知中特意叮嘱“邦人”不要随口道歉，以免招来法律上的麻烦和责任。

看来，田中当年关于“诚心诚意的道歉”一说，也是因为触犯了海外禁忌，而被人灭迹的吧。

十

这段公案还有一个悬念：毛泽东当年为什么要送田中角荣一套《楚辞集注》？

实际上，在赠礼的第二天，1972年7月28日，《朝日新闻》就发表了一篇文章，引用北京方面日本通的话，对毛泽东的用意做出三点解读。

一、以中国古代忧国忧民的大诗人屈原的作品《楚辞》，示赞肩负日本国民重托毅然访华的田中首相的爱国心。

二、田中25日来华，26日早晨，神清气爽，心情大好，挥毫写下一首汉诗：“国交途绝几星霜，修好再开秋将到。邻人眼温吾人迎，北京空晴秋气深。”这事，中方看在眼里，按照接待惯例，还礼正搔着客人的痒处。

三、上个月，美国国家安全事务助理基辛格访问东京，曾当面问田中首相：“为什么要急急忙忙地访华？”田中回答：“中国和日本之间的关系，要比美国和日本之间的关系久远得多啊。”中方了解并赞赏田中的卓见，因此才选了《楚辞集注》，象征重启绵绵千年的友情。

矢吹晋不以为然。他别具只眼，提出“迷惑”一词的最早出处，就在《楚辞·九辩》，例见“慷慨绝兮不得，中瞀乱兮迷惑”一句。因此，他认为，“毛泽东希望通过赠送《楚辞集注》这种文雅的举措，揭示日中文化交流如此深刻而又如此似是而非的微妙关系。日中双方应该从‘迷惑’两字着手研究日中文化的共同点和差别，这或许就是毛泽东赠书的目的。”

是耶？非耶？揆诸历史公断。

2015年5月11日

日照宫

纸钞上的"大国崛起"

巴士驰骋在长野的山间公路，天气说雨就雨，窗外一片迷蒙，游客多收回无聊无望的视线，闭目假寐，我因车晃看不成书，反正闲着也是闲着，索性掏出新兑的日元纸钞，把上面印的人物肖像，津津有味地琢磨了一番。

都是2004年版的。

钞票是一个国家的名片，功能即昭示。一千円纸钞上印的是野口英世(1876年～1928年)，他是一位细菌学家、生物学家，日本推崇"科技立国"，选他正若合符节。

细想，野口英世出身寒微，童年左手致残，愤而学医，终成大器，是励志的好材料；壮年三次赴美搞科研，在血清学、小儿麻痹、狂犬病、梅毒防治等方面取得卓越成果，被誉为"日本的国宝"、"世界的至宝"；天命之年，远赴非洲研究"黄热病"，不幸遭遇感染，卒于考察途中，是"日本的白求恩"；死后葬于美国纽约北郊，碑文铭刻"他毕生致力于科学，他为人类而生，为人类而死"，更是"日美友谊"的看板，商用、公用广告兼具。

五千円纸钞上印的是樋口一叶（1872年～1896年），女，小说家。咦，怎么会选上樋口一叶？并非瞧她不起，而是在文学这个领域，她取代的，是大名鼎鼎的夏目漱石（1984年版的）！而且钞票面额还从一千円飙升至五千円！上世纪末《朝日新闻》发起读者评选日本千年文学家，排名第一的就是夏目漱石。作为局外人的中国读者，我也敢打赌，若论文学成就和国际影响，一叶无法和漱石比肩。

在钞票上印谁，不印谁，这是一件大事，决策者肯定有长远的酌量。那么，人家是怎么取舍的呢？我猜想，与漱石相比，一叶的优势在于性别。日本自有纸币以来，统共启用过十七位人物的肖像，作为女性，且印在货币正面的，一叶是第一位。日本女性占总人口一半还多，标榜民主政治的彼邦政府，不可能永远对之视而不见。中国的伟人说："时代不同了，男女都一样。"日本方面想必也有类似的眼光。

其次，与漱石相比，一叶的头上多了一道"物哀"的光环：生于忧患，终生在贫困中挣扎，只活了二十四个年头，创作的黄金时段仅仅为十四个月。川端康成有言："在日文里，'悲哀'一词与美是相通的。"毫无疑问，定格于樱花般转瞬即逝的樋口一叶（24岁），永远比老气横秋的夏目漱石美（日本过去说"人生五十年"，此公享年四十有九）！

还有一节，夏目漱石小时候出过天花，败了相，生平不爱笑，更不爱留影，钞票上使用的那张，是他去世四年前，为明治天皇戴黑纱时拍摄的，难怪一副哭丧相——夏目漱石现身千円大钞以后，日本经济如坐过山车，迅速从巅峰坠落深谷，或许有人把经济的不景气怪罪于老先生的满脸愁容（不吉利），才请他谢幕退场的吧。

一万円纸钞上印的是福泽谕吉（1835年～1901年），明治时代的启蒙思想家，教育先驱。在一万円这个至高无上的宝座，1984年的老版本是他，2004年的新版本也是他，足见其得天独厚、居高不下的"福泽"。

日本号称"教育大国"，这里面有谕吉的一份功劳。谕吉诸文，舆论宣传以《劝学篇》影响最大，据其自述，九年内，发行七十万册，风靡扶桑；《劝学篇》以首句最为出名，"天不生人上之人，也不生人下之人"，因袭美利坚《独立宣言》，倡导天赋人权，众生平等。实践则以"庆应义塾"为样本，苦心经营，锐意进取，迤逦而至今日，已发展为蜚声世界的庆应大学。

作为启蒙思想家，福泽谕吉究竟启蒙了什么？这事如今有点暧昧。吾人熟知福泽谕吉吼的最大一嗓子，就是“脱亚入欧”，其他诸如扫荡儒教、蔑视亚洲、鲸吞朝鲜、瓜分中国等等。近来有人为福泽谕吉辩解，说臭名昭著的《脱亚论》，虽然出自他创办的《时事新报》社论，且收入《续福泽谕吉全集》，但不是他本人撰写的，完全是一场误会，云云。是耶？非耶？笔者认为，在这件事上，纠缠那篇社论出自谁手，并非头等重要，关键在于，一、福泽谕吉有言在先，旗下社论，不管何人执笔，都是经他授意，或认可的；二、福泽谕吉有关侵略、殖民的言论，连篇累牍，世人咸知——笔者依稀记得的便有：“吞食他人者是文明国，被人吞食者是落后国”，“一百部国际法不如几门大炮，几项友好亲善条约，不如几筐弹药”等等——岂是借口一篇《脱亚论》出身可疑，就能轻易洗刷掉恶名的呢？

野口英世，樋口一叶，福泽谕吉，三人都以明治时代为背景，足证当下对那段“大国崛起”美梦的眷念。日本国土虽僻远而狭小，野心却是勃勃，锋芒时而毕露，动辄以“大和民族”、“大日本国”自居，这种自高自大的情结，平心而论，倒也未可厚非，问题是，在成为世界大国之前，你得先拿出世界级的思想家吧——抬出福泽谕吉这样霸悍骄妄的军国主义吹鼓手，肯定是不灵光的啦。

这么一想，纸钞上福泽谕吉的尊容，瞬间也暗淡了下来。不唯相由心生，天色也在呼应，抬头看，雨下得更大了，雨点扫在玻璃窗上，唰啦啦溅成一片，三五步外，就是天也茫茫地也茫茫——冷不丁觉得，头顶上的天空仿佛在哪儿缺了一角。

2015 年 2 月 3 日

报头上的文化 DNA

下榻东京一家旅馆，友人送来当日《读卖新闻》，打开头版，扫描狭长而朴素的报头，突然愣住，思绪飕地飞向往古。

那上边印着黑体隶楷“讀賣新聞”，久违的中文繁体，乍见，别是一番温馨。日本曾经全盘师汉师唐，繁体汉字，是他们的舶来物，落地生根，岁久成荫，如今已化为正宗的日语。

报名的右端，印着一行小字：“2015 年 (平成 27 年)。”括号里的“平成”，是日本现任天皇的年号，取自《史记 · 五帝本纪》中的“父义，母慈，兄友，弟恭，子孝，内平外成”，以及《尚书 · 大禹谟》中的“帝曰：俞！地平天成，六府三事允治，万世永赖，时乃功”。一个年号，怎么会取两种出处？谁知道呢。大概觉得一种份量不够，非要两种才意思完满，心里踏实。

“平成”之前为“昭和”，典出《尚书·尧典》“百姓昭明，协和万邦”；“昭和”之前为“大正”，典出《易经》“大享以正，天之道也”；“大正”之前为“明治”，典出《易经》“圣人南面而听天下，向明而治”。明治之前，再之前，追溯史上第一个年号“大化”，也是典出《易经》“大化流衍，生生不息，阴阳相动，万物资生”。

啧！啧！历代天皇的年号多取自中国古籍，要说“万世一系”，这才是货真价实。

回到报头，平成年号的下方有一行大小夹杂的日期：“4 月 22 日水曜日。”

水曜日为星期三，以“日、月、火、水、木、金、土”七曜，对应从周日到周六的七天，这称呼，也是很唐很汉很华夏的啊。

中国是日本文化的母国，同种，未必，咱也不稀罕有这门亲戚，同文，恰如这方寸之地展示，是一种赖也赖不掉、抹也抹不去的“胎记”。

明治维新高唱“文明开化”、“脱亚入欧”，一切向西洋看齐。文字方面，文部大臣森有礼甚至主张废除日语，一律讲英国话（不能不佩服这批明治精英改革之心的迫切与狠辣）。然而，脱亚脱了一百多年，仅仅在黑体隶楷“读卖新闻”的上方，标着一行英文“The Yomiuri Shinbun”，展示了它作为世界第一大报（2003年，发行量超过1400万份）的国际品位。正文中，碰上英文、德文、法文什么的外来语，还是得用日文的片假名拼写——莫忘了，这片假名的老祖宗，正是汉字的偏旁部首，充其量是“汉和混血”。

日本人把汉字称为“真名”，把借用汉字的表音文字称为“假名”。假作真时真亦假，日本人看到的“假名”是日文，中国人看到的“真名”还是日文。譬如“读卖”，拆开来，是两个汉字，但是汉语没有这种组合，中国人猜不出它葫芦里卖的是啥药；日本人则一目了然，它得名于早期一种叫“瓦版”的小报，报童一边沿街宣读，一边随机兜售。又譬如“新闻”，倒是汉语固有的词汇，唐诗即有“旧业久抛耕钓侣，新闻多说战争功”之句，一般指消息、传闻；把它定义为“报纸”，则属日本人的旧瓶装新酒，诸如《朝日新闻》《每日新闻》《产经新闻》等。

我把报纸使劲抖了抖，摆远摆近了端详，汉字，一副轩昂自若、当仁不让的中华相，假名，似点头哈腰穿插逢迎的日佣，而个别作为点缀的英文，混迹东瀛这么多年，仍似一个拘谨尴尬的外来客，缩手缩脚闪在一旁。

海客谈瀛洲，多从分析它的两重性入手，这方面的著作汗牛充栋，比比皆是。若问：哪一个民族都有两重性，为什么日本人的两重性如此突出，令人津津乐道、长谈不衰？有人着眼于风土，认为孤悬海外而又多灾多难的岛国，孕育出搏击命运与顺从命运的双面人生；有人借“优点的延长卒至缺点”

立论，认为正是由于优点卓绝，缺点因而也呈现出极端；也有人着眼于语言文化，哲学家森有正，就是前面提到的那位文部大臣森有礼之孙，剖析道："日本人的思维方式与西方有巨大差异，即不曾确立自我，这是日语的特殊性造成的。"这就点到问题的穴道了。我国旅日学者李长声亦说："汉字与假名并存，语言的二重构造对二重性格的形成尤具有莫大影响。"

文字是挈领语言的，语言是规范思想的，思想是指挥行动的。文艺评论家小林秀雄指出："我们被赋予语言，无异于被赋予肉体，两者为同一事实。恰如肉体属于人却又不尽人意一般。虽然我们监督着作为纯粹表现的言灵作用（日本古人认为任何语言中都潜藏着神灵——笔者），但是往往却反被其所操纵。"无论如何，用自己的脑袋思考，用他国的文字、经典表意，怎么煮也是一锅夹生饭——何况那文字早就亦中亦日，非驴非马。文字、语言的两重性，必然导致性格、人格的两重性，这就是文化的 DNA。

末了更想补充一例，"日本"这个国号，本身就有两种读音，即"にほん"（nihon）和"にっぽん"（nippon）。究竟读哪一种？政府曾召集专家探讨，结论竟然是：读哪一种都行，完全取决于场合、习惯及心态。以严谨、精细著称的日本人，在国号读音上，为什么会出现如此的马虎呢？

其实用不着问，这正是日本之为日本。

2015 年 4 月 22 日

日本人的“真面目”

上古时代，日本没有文字，只会叽哩哇啦，不会舞文弄墨，整个儿一帮文盲。落后也有好处，就是可以仿。仿谁？当然是仿先进。中国先进，中国有成龙配套、得心应手的文字，日本人就大搬特搬，大仿特仿——都说日本人是抄袭的天才，模仿的大师，这也是被落后逼出来的。

日本人吸纳汉字、改造汉字的过程，最能体现他们的思维特征和生存智慧。比如：

“勉强”，日本人拿过去，作为“学习”使用。你或许奇怪，“勉强”怎能等同于“学习”呢？殊不知，日本人取的是它在汉语的古义。学习，就是从不会到会，从不懂到懂，要想学好，就得迎难而上，尽心尽力，不达目的决不罢休——这就是“勉强”的本义，也是日本人的自励。

“远虑”，指的是深谋远虑。国人习惯说：“人无远虑，必有近忧。”日本人在本义之外，又引伸出一种“客气”。“远虑”如何搭上“客气”？这就是日本人的深谋。你想，待人接物，一般关系贴近的人，不用讲客气，讲了，反而显得生分；对于相互间隔着距离的人，就要讲客气，不讲，万一得罪对方，不知道什么时候要吃不了兜着走——是以我们看日本人在交际场合不停地点头哈腰，其实，人家那是在讲“远虑”。

“无茶”，这在汉语不成为一个词，中国人看了，勉强可理解为没有茶叶或没有上茶。日本人抓住的就是这一点，把它作为“乱七八糟、一派胡来、岂有此理”使用。你想嘛，在一个茶道盛行、无茶不成礼的国度，客人来了，有人居然不上茶，岂不是荒唐之极，是可忍，孰不可忍！

“我慢”，是汉译佛教用语，意为自高自大，侮慢他人。日本人把它转义为“忍耐，忍受，容忍，自制”。大概人遇到难事、苦事、蛮横不讲理的事，一般容易急躁，上火，不仅于事无补，反而自乱方寸，自坏局面，因此日本人以“我慢”提醒，碰到上述场合，首先要把自己的心沉下去，沉下去，沉能生定，定能生慧，切忌意气用事。

日本人动作麻利，头脑敏捷，上手快，遂把汉字的“上手”借用为“高明”“能干”“出色”；反之，“下手”的意思就是“愚笨”“拙劣”“熊包”。

又例“大丈夫”，语出孟子“富贵不能淫，贫贱不能移，威武不能屈，此之谓大丈夫，”后世一般指“堂堂男子汉”、“英雄豪杰”。日本人也许因为生得矮小，自惭形秽，不配作大丈夫，琢磨来，琢磨去，便把它作为“不要紧”、“靠得住”、“没关系”使用。这种猜谜式的脑筋急转弯，日本人是怎么完成的呢？

窃以为，日本的仓颉是这么想的：“大丈夫”在汉语，既为“堂堂男子汉”、“英雄豪杰”，那么，有“大丈夫”（堂堂男子汉、英雄豪杰）在场作依赖，作后台，犹如中国人讲“姜太公在此，百无禁忌”，这么一来，自然凡事都“不用担心”“没有错儿”“没问题”的了。

兜了一个圈，再回到本文的题目。

“真面目”，这是汉语词汇，日本人在模仿阶段，完全照搬，取汉字音读作 sinmenmoku 或 sinmenboku，意思亦如字面，即本真的形象，真实的本领，真正的价值。后来，也就是在后进赶先进的过程中，日本人的认真、勤勉、踏实、精细的作风，渐渐显露了出来——说来这也是为形势所逼，国土狭小，资源匮乏，地震、火山、台风、海啸，整天跟在屁股后面追，文化又蛮野蒙昧，不老老实实、踏踏实实、埋头苦干、奋发图强，怎么行呢！日本人的认真精神（包括一次又一次甘冒葬身鱼腹的危险派出遣唐使），在一向大大咧咧、马马虎虎的中国本家眼里，就显得十分突兀，赞许之情油然而生。日本人本来不把认真当作什么了不起的优点，因为局势逼迫，惯性驱使，只能如此，别无选择，这就是旁观者清、当局者迷了。既经中国本家指出，自己再拿来照镜子，哇！越照，越觉得还真是那么一回事！但是，用什么汉字来表现"认真"二字呢？日本的"文字工作委员会"一定经过反复筛选、斟酌，最终敲定借用汉字"真面目"——当然，它现在摇身一变为日本词了，按照日本的"认真"发音：majime。

这么一来，日文的"真面目"，就等于汉语的"认真"，兼而还有忠厚、老实的意思。这是日本人的自许、自勉，也是对工作态度的框范规定。我们讲文化的潜移默化，常常就隐于这些细枝末节。因此，与其说"真面目"是日本人对汉字的借用，莫如说是他们带有标语、广告意味的小小创造。

只不知发明了"真面目"一词的中国本家，从"原来"里抓出个"如此"之后，又将做何感想的了？

2013年，日本有一部走红的电视剧，叫《编舟记》。主人公是一个特别实诚、特别笃志的青年，叫马缔光也。马缔光也临危授命，前后花费十五年，编纂出一部叫《大渡海》的辞典，充分显示了日本的匠人精神。意味深长的是，作者为主人公取的"马缔"一姓，读作majime，与"真面目"同音，堪谓匠心独运，名至实归。

"世界上怕就怕'认真'二字，共产党就最讲认真。"这是毛泽东的名言。

中国革命的成功，就是这"认真"二字的完美实践。

意译成日文，是否也可以写成：世界上怕就怕"真面目"三字，日本人就最讲"真面目"。

不是调侃，更不是要长他人之志气，灭自己之威风，只是提醒国人，我们的东邻关于"认真"二字，是无需广而告之、大谈特谈的，在他们，早已随文化渗入肌肤、血液，转化为群体的潜意识。

2015年2月10日

汉是汉，日是日

曾见一位初访扶桑的企业老总，对着日方陪同的名片，皱眉，蹙额，作惊讶万分状：那上面印的是“猪谷一郎”。哈！分明上了汉字的当。姓里带“猪”，不错，但它并非天蓬元帅错投猪胎的那个“猪”，也非国骂中动不动就扔出来的“蠢猪”、“猪头三”、“猪狗不如”的“猪”，而是咆哮山林、尖嘴獠牙、猪突豨勇的野猪的“猪”。日本古代没有巨禽猛兽，山中无老虎，野猪称大王。以山大王的名头入姓，是极神气极威武的事啦！

说到垂涎乱拱、哼哼唧唧的家猪，日语另有一个指示代词，也是中国的古语，“豚”。

日本有姓猪的，是不是也有姓狗的呢？嘿，还真让你说对了，不过汉字用的不是白话文的“狗”，而是古语的“犬”，复姓，后面缀了一个“养”。“犬养”——“狗养”，这不是骂人嘛！哪里，译成汉语，应是“养犬”，即“养狗”，追溯来源，他的祖上多半出任过“犬养部”一职（官办养狗机构）。英雄莫问来处，这犬养氏出过不少名人，举一个国人耳熟能详的犬养毅，乃明治、大正、昭和三朝的高官，孙中山的国际友人，辛亥革命的支持者，当过日本第二十九任首相！

岂但猪犬，日本人百无禁忌，连“鬼”也拿来作姓，如鬼头、鬼作、百目鬼、色鬼、五鬼助、五鬼肉、五鬼堂、五鬼胜等——顺手举一例，明治时期有个文部大臣，就叫九鬼隆一，作过驻美全权公使——中国人看了，难免要在心头骂一声"日本鬼子"！这又是落了汉字的陷阱了。日文的"鬼"，既指鬼魂，更指一种神通广大、法力无边的妖怪，褒大于贬。二战中，日本同美英开战，日本人骂美英骂得最狠的一个词，叫"鬼畜美英"，但从来不骂"鬼畜中国"、"鬼畜俄罗斯"，为什么？在他们眼里，"鬼畜"也哉，是十分厉害的敌人，要认真对付，不可等闲视之，而中国和俄罗斯，曾是他们的手下败将，还不配称为"鬼畜"。

日文有"鬼子"一词，指生来带有异相的孩子，并非完全贬义，寺庙普遍供奉"鬼子母神"，为护法二十诸天之一，职伺安产、育儿，中土叫送子娘娘，是以坊间趣谈说，日本兵闻中国人骂他们"鬼子"，不仅不怒，还引为自豪哩。

日本职场流行"仕事の鬼"，译成中文，就是"工作狂"。日本俗语有"鬼に金棒"，相当于我们的如虎添翼。中国骂人的话有"见鬼去吧"，日文对应的词是"糞喰らえ"（直译"吃粪去吧"）。顺便说一下，日本骂人最狠的一个词，不是"马鹿"（傻瓜），而是"污ない"（肮脏）。

即使对于鬼魂，日本人也是敬畏大于惊恐，因为他们信仰"死者成佛"，何惧之有？

要而言之，日本比中国开化迟，当其蒙昧阶段，它以汉唐为学习对象，逮到什么都往篮里装，全盘接受了大陆文化，包括汉字。但它的语言形态、思维方式并没有汉化——汉语属汉藏语系，日语属阿尔泰语系，汉语是孤立语，日语是黏着语——依然汉是汉，日是日。

东京附近有个我孙子市，顾名思义的中国游客，到此没有不放声大笑、尖笑、怪笑的，以为是占了大便宜，一市的日本人，都成了咱的孙子。其实，这是概念意淫，人家那三个汉字，只是一种自古相传的地名发音的替代，和汉字本家的定义，完全风马牛。

我孙子既用作地名，也用作姓氏。2010年广州亚运会，日本有一位女选手，获得撑竿跳高季军的，叫我孙子智美。此外，还有一位推理小说名家，叫我孙子武丸。

日本的姓氏，不仅奇特，而且相当难读，并非那字眼多么高深，难就难在它的读音五花八门、不拘一格。试举数例，“一”，有四种发音，其中之一，读作“にのまえ”，译成中文，就是“在二的前面”，很像我们灯谜中的文义别解；“小鸟游”，读作“たかなし”，汉字写作“鹰无”，“小鸟游”怎么读成“鹰无”？这又得脑筋急转弯了：你想呀，只有老鹰不在场，小鸟才能无拘无束地自在玩耍；“四月一日”，读作“わたぬき”，汉字写作“绵拔”，也是出于同样的思路：四月到了，春暖花开，要脱去棉袄，换上夹衣。

在日本，初次见面，一定要认真查看对方的名片，那上面有他姓名的罗马拼音，或片假名，没有名片的，就要求教他本人，千万不能贸然开口，叫错了姓名，是很失礼的哦。

一次，我给一位访日的新闻官当翻译。我俩闲下来逛超市，先是看到一盒蔬菜汁上标注的是“野菜”，继而，看到蔬菜柜前标着的也是“野菜”，新闻官就惊诧了：野菜也能长得这么嫩、这么肥？我向他解释，日文的野菜，就是中文的蔬菜，都是人工培育的。看到一种食品的包装袋上印着“春雨”，他又百思不得其解，春雨怎么能凝固成型，并且公开销售呢？我告诉他，这是一种绿豆粉丝，想象它刚做出来挂在竹竿上晾晒的样子，远远看去，不正像绵绵的带着绿意的春雨。

走出超市，带新闻官去一家“大黑屋”，他盯着招牌，踌躇不敢举步。我说，这不是黑店，和黑道、黑帮、黑社会，以及黄、赌、毒什么的都不沾边，它是专门卖二手奢侈品的，货物正宗，价格也比较公道。

“那它为啥要起这么一个名字？”

“这个，嗯，”我搜肠刮肚，“好像是和大黑神有关，是从印度传过来的，在日本，被视作财神，商家谋利，就借他的宫殿作招徕。”

又一次，是在琦玉市。我携带孙儿，拜访一位在北京认识的学者。作为礼品，我送上的，是一套自己新出的书，孙儿奉上的，是他的肖像画习作——照着学者的相片画的。对方回赠的，是两个精美绝伦的小小包装盒，上面印着“粗品”。临别，特意交代：“不要急着打开，回到国内再看。”

出门，孙儿问我：“为什么不让现在打开？”

“这是让你充分领略情意，包括体会包装的美感——日本人讲究视觉刺激，你注意日本料理，即使几片胡萝卜、几缕葱丝、几根小鱼干，也会像模像样地摆出造型。一打开，外在的美就没有了。”

“为什么印的是‘粗品’？”

“谦词，礼轻人意重的意思。实际上，里面也就是个不值钱的小玩意。日本政府对于礼尚往来的金额，有严格的规定，控制在一个微不足道的数字，一旦超过，就要作行贿受贿惩处。因此，日本人送礼收礼，考虑的是它本身的纪念意义及审美价值，而不是它的商品价格。”

这样一来，对于喜欢送大礼、讲实惠的中国人，日本礼品的“金玉其外，败絮其中”，常常令他们大失所望，哭笑不得。

返回东京，在新宿一家饭店坐下。斟酌菜单，我点了一味樱肉刺身。

“樱桃肉怎么能做成刺身？”孙儿问道。

在他面前，我一向以日本通自居，无奈，此行已有多次穿帮，譬如，他关于动漫的探究，就超出我的知识范围，好在，关于樱肉刺身，我还略知一二。

我告诉他，所谓樱肉，不是樱桃，指的是马肉。那么，为什么不直接写作马肉，而写成樱肉呢？原因大致有二：一是马肉的颜色，以及切片的形状，酷似一种樱花的花瓣，由此引发联想；二是打七世纪起，长达一千多年，日本受佛教影响，讲究慈悲为怀，戒杀生，禁止食用五畜：牛、马、狗、猴，鸡。上有政策，下有对策，老百姓的嘴巴是管不死的，总有人暗地里吃马肉，为躲避官府耳目，公开场合，就用樱肉的隐语打马虎眼，同时，也为自己的违禁偷食，提供一种自欺欺人的心理安慰。

不妨顺便再发挥一下：日本还有一种山鲸肉，其实就是野猪肉。为什么这么叫？除了用来对付“肉食禁止令”的“猪冠鲸戴”(鲸鱼不在禁食之列)，还有一种说法，日本属于海洋民族，认识世界，是从海里的生物，逐步扩展到陆地，因此，先有了对庞然大物鲸鱼的直观，再对应到山林里的巨无霸野猪，称之为山鲸。

这是最近的一次，与一位至亲同行。那天，在东京，路过日本文部科学省，至亲问：“这省是什么意思？”

我说：“相当于中国的部。”

“那他们的省用什么字表示？”

“用县。”

“明明整个国家，只有我们一个省大，”至亲撇嘴，“却硬把县上升为省，打肿脸充胖子。”

我唯有苦笑。说到省，人家沿袭的，是吾国隋唐的制度，譬如中书省、尚书省、门下省。咱们改革了，人家千年一贯，外甥打灯笼——照旧(舅)。“日本生活中多保存中国古俗，中国人好自大者反讪笑之，可谓不察之甚。”这是周作人说的。至于县，用的也是吾国周朝的古制，明治维新，废藩置县，大小二百七十六个藩国，分成三府七十二县，平均三四个藩国合成一个县，那行政级别，自然就得比照着中国的省。

改天，去银座。途中，至亲跟我聊日本习俗，忽然说起：“中国古代各阶级排座次，顺序是士农工商，昨晚我看资料，日本也是士农工商，两国都一样。”

“字面一样，内容大不一样。”我出语纠正，“中国的士，古代指的是武士，后来转化为文人。日本的士，一直专指武士。中国崇文，万般皆下品，唯有读书高。日本尚武，武士阶级是官员的大本营、后备队，享受俸禄，特许称姓(古时平民无姓)，容许佩刀、骑马，遇到平民‘无礼冒犯’，允许格杀勿论。中国的文人也有习武的，但那是其次。日本的武士同时习文，而且是必须。一方面，礼佛，吃素，体形瘦小，珍惜名誉，讲究诚信；另一方面，又崇尚暴力，嗜血成性，杀人不眨眼，真是一种奇特的混合体。中日两国国民精神气质的差异，也许就从这儿开始。”

到了银座，照例逛商场。在一栋大厦的六层，设有书铺。至亲没有学过日文，只凭着汉字，随意浏览。在一处中国小说架前，他抽出一册莫言的《转生梦现》，左瞧，右瞧，末了转向我：

“这本书怎么没听说过？”

我接过来翻了翻，说：“这是莫言的《生死疲劳》，译文改用‘转生梦现’。”

他想了想，又问：“这两个书名，你觉得哪一个好？”

“中文的苦涩、沉重，拷问的，是中国人历尽劫波的灵魂，日文的轻灵、魔幻，适合日本人猎奇的阅读兴味，就像中餐和日式料理，两者不好简单类比。”我答。

下楼，迎面见一幅广告，大标题写的是“週末は是非！”（广告内容略）。不用说，至亲一下子就被“是非”闹懵了，他问：“是周末有麻烦吗？”

我摇头。周末，是说对了，有麻烦，纯粹望文生义，而且望的是日本文，生的却是中国的义，这就驴唇不对马嘴了。

按，此处的“是非”，作副词用，乃“务必”、“一定”的意思。

中国和日本，虽然属于同文，同一种文化源流，但这是两股道上跑的车——走的不是一条路，两千年跑下来，彼此间的差距，只有越拉越大。想起清末驻日参赞黄遵宪的感慨：“只一衣带水，便隔十重雾。”

2015 年 9 月 10 日

和制汉字的“萌点”

——日本师汉师唐，全盘引进汉字，在此基础上，又创造了若干国字：借的是汉字的结构，显的是道地的日文。看似好像，好像即不像，相似是表，不似是里。这是日本古代的“萌”，是他们结合自己生存生活的特色，对汉字的小小翻新。

躾

躾，这是一个会意字，借鉴中文的媄、嵄、渼，假名作しつけ，读音是shitsuke，语义为教育、教养。汉字具图画功能，让人一看就觉得挺美。美在什么地方？美在“身”与“美”的合而为一，浑然一体，意若行为美、内在美、通体美、形象美。以一身之美尽显当仁不让的高品位、高素质，此乃武家社会创造出来的“派”。

武家社会的核心是武士道，按照其后世代言人新渡户稻造的归纳：武士除了骁勇善战，还得兼备仁、义、礼、诚，以及荣誉、忠贞、克己等美德；武士的日常课程，既有击剑、箭术、柔道、马术、矛术、兵法，又有书法、伦理、文学、历史；武士的刀，不能随便用于杀人；武士的最高境界，是不战而屈人之兵，是和平。

这当然是理想的愿景，是武士的主人——将军、大名——从自身利益出发制订的游戏规则。武士的汉字写作“侍”，服侍、侍奉的“侍”，恰如其分地点出了他们在幕府政权中的位置。

曾几何时，武士阶级连同它依附的幕府制度，被“脱亚入欧”的明治政权一巴掌打出了历史舞台，但它创造的这个“躾”，却依然风度翩翩地活跃在人们的舌尖笔底。毕竟，美是打不倒的啊。

前不久在千叶，我就领略了日本人的“躾”。那是晚间九点，在一家饭馆吃完拉面，我想找当日的报纸，店里没有，掌柜的告诉我，隔两条街有一家24小时营业的超市，也许还有得卖。我问明了地址，动身前往，掌柜的却跟了上来，要带我去。我说不用，我能找到。他不放心，坚持送我到十字路口，又陪我向右穿过马路，我再三辞谢，他站是站定了，仍一直看着我走，直到我越过第一条街，又大声提醒：笔直走，到下一条街左拐，就到了。

现任日中协会理事长、访华多达五六百次的白西绅一郎，曾建议中国从日文引进这个“躾”字。谢谢他的美意，同时也要感谢他话中包含的委婉的批评。

榊

榊，左边一个木，标明它是树木家族的一员，右边一个神，显示它在族中的神圣地位，合起来，就是神木的意思。

神木啊！啊哈，突然想起咱陕西的一个县，就叫神木。传说境内“有松树三株，大可二三人合抱，唐代旧物，人称神木。金以名寨，元以名县，”这解释也太老土了。莫如改说：它的煤炭储藏量，神州第一。煤炭的前身是什么？树木哇！是以用煤炭喻神木——这才是神来之笔！

日本的神木，不是指古松，更不是指煤炭，而是限定为四季常青的植物（灌木、小乔木），你到日本的花店看，到处有得卖，多半是从树上剪下来的枝叶，一束一束的，包着塑料膜，主要的品种，是杨桐。

这是有来历的。日本人的原始信仰为神道，这是一种自然崇拜，没有教主，没有教义，他们相信神遍布大千，天地万物莫不为神。神灵的寄居处，不是别的，正是无处不在的草木，尤其是那些鲜嫩宽厚的树叶。是以，人们在祭祀神灵时，就选用一些常绿植物的枝叶，作为供品，称之为榊，假名作さかき，读音是 sakaki。这也是吾国孔夫子的做法，祭如在，说它上面寄居着神，就寄居着神。

榊大行于世，渐渐成了显学。有博学的专家出面考证，榊的训读さかき，是由“境木”转化而来。理由是，神与人，以植物为疆界，植物，在这儿就充当“境木”，“境木”的假名为さかいぎ，与“榊”近似。或谓榊的训读さかき，来源于“荣木”。盖因神的寄居处，皆四时不凋的“荣木”，而“荣木”的训读之一，恰恰是さかき，与“榊”字一模一样。

“境木”、“荣木”之说，丰富了“榊”的内涵，却大大触怒了神道的卫道士。后者认为，神道乃日本皇国之大道，与天皇一样久远，而“境木”、“荣木”之说，却把“榊”的名称框定在汉字、假名行世之后，岂不等于说神道创立的时间，远远晚于儒教、佛教、基督教吗？抬他国之宗教，贬本土之信仰，是可忍，孰不可忍！

辻与辷

鲁迅说过：“地上本没有路，走的人多了，也便成了路。”而路多了，三条、五条、七条、八条，免不了纵横交错穿插，那交错穿插的地方，就成了十字路口、十字路头、十字街口、十字街头。

这都是中国人的称呼，笔者找到的例证，最早只及于宋代，如宋·叶梦得《避暑录话·下·旧说崔慎为瓦棺寺僧后身》：“何以不待其末年，执十字路口，痛与百掴，方为快意。”又如宋·释普济《五灯会元·黄檗运禅师法嗣》：“一人在孤峰顶上无出身路，一人在十字街头亦无向背，且道那个在前，那个在后。”

日本人呢，在中土文化传入之前，他们称十字路口为tsuji，有语言，没文字。后来，当汉字落地生根，假名应运问世，他们除了按大陆的说法，称十字路口为“十字路”，又张罗为tsuji正名，参照汉字“进、退、迎、送”等的结构，生造出一个“辻”，假名写作つじ。

仔细琢磨，还真有点人在十字路口，举目四望的意味。

日文因“辻”又衍生出若干熟语，如辻商（摊贩）、辻占（抽签）、辻演说（街头讲演）、辻札（街头告示牌）、辻社（路边小神社）、辻强盗（道上劫匪）、辻君（野妓）。司马辽太郎写过一部历史小说，取名《功名が辻》，2006年，日本NHK电视台把它改编成长篇连续剧，搬上荧屏，中文译作《功名十字路》。

由“辻”，顺便想到“辷”，这也是日本人的创造。左边一个“走之”，右边一个“一”，比“辻”还少一笔，结构忒简单。简单是简单，却不是谁都能会意得了。不信？你就猜猜看。“走之”自然从走，“一”嘛，象征一条笔直的大路。——错。日本人天生一根筋，凡事一条道走到黑。——还是错。一夫当关，此路不通。——更错，大错特错。告诉你吧，这个“一”，与数字无关，它表示的是滑。想象人走在平滑如镜的冰面，脚底没站稳，趾溜一下，向前滑出老远，末了摔个仰八叉，也是题中应有之义。

这就是日本仓颉心目中的“辷”，假名写作すべる，读音是su be ru。在使用的过程中，还派生出“落榜”、“下台”、“走嘴”等含义，这倒不出中文“滑”的本义，是滑到家了。

凬·凩·凪

中国人以食为天，见面就问："吃了吗？"日本人以气象为天，见面必讲今天天气如何如何；书信、俳句，首先推出季节用语；广播、电视，天气是重头节目，预报不是以天为单位，而是以小时为基准。日本人对气象关注的精细入微，也体现在文字的创造上。

先来看标题中的"颪"，上边一个"下"，下边一个"风"，中国人善于望文生义，立马想到"下风"。

不愧是汉字的本家，虽不中，亦不远矣。"颪"，的确可作下风解，不过，它指的是下山风，而且是冬季从山上刮下来的风，其他方位其他季节的风，一般不在此列。

既是专指山风，那么，"颪"为什么不从"山"呢？

那是因为"山"已入赘"岚"，只得退而求其次，改聘"下"的了（注意：岚，中文指山间的雾气，日文指暴风骤雨——笔者）。

说到山风，有必要先弄清它和谷风的区别。这是一种专门知识，山区的人深有体会：温差决定气流走向，白昼，山坡升温快，风从谷底向上吹，故称谷风；黑夜，山坡降温快，风从山顶向下吹，故称山风。

从谷风与山风之异，油然想到上山虎与下山虎。上山虎是饱虎，吃饱了没事干，上山巡视领地，心满意足，淡定从容；下山虎是饿虎，肚子瘪瘪的，正虎视眈眈，铆足了劲，时刻准备扑向猎物。

这么一讲，就点题了。颪，就猛如下山虎，令人，不，令我，俄然想见"猿啼岭上，鹤唳林间，断云风卷，水激长湍"、"西山黑风吹堕瓦，霜角吹秋塞垣下"、"山风寒折骨，目面尽生疮"。

日本多山，山各有其势，也就各有其特产的颪——假名作おろし，读音为oroshi——如富士颪、浅间颪、赤城颪、比叡颪、男体颪、吾妻颪等等。就中，我最熟悉的，是六甲颪。六甲山位于神户、大阪的北侧，其颪之起，挟树超海，飞砂扬波（南侧正对大阪湾）。当地人就拿它做文章，犹如东京旅游拿富士山的雪顶当招牌一样。案例之一：该地的金字招牌、曾数夺全国棒球联赛冠军的阪神老虎队，它那虎视鹰扬霸气毕露的队歌，歌名就叫《六甲颪》。

接下来看标题所示的“凩”，比起颪，它更加好猜：外边一个“风”，里面一个“木”，风裹木，形容秋风萧瑟，落叶纷飞。

对了，一点不错。凩的假名写作こがらし，读音为ko ga ra shi，释义为秋末冬初的寒风。日本东京地区和大阪地区的气象预报，把每年10月中旬到11月底刮起的西风、北风，称作“凩一号”，提醒大家寒冬来了，要及早防备。近几年，因为地球变暖的缘故，大阪地区的“凩一号”已经推迟到12月中旬，老皇历不管用了。

日本年轻人爱唱的一首歌，叫《番凩》，其歌词首句是：“乾冷秋风 / 徐徐拂过 / 枯黄落叶 / 翩翩舞落”，宛似咱们屈原“袅袅兮秋风，洞庭波兮木叶下”的行吟。

最后看凪，有了颪和凩的解读，就更加难不住中国人了，我曾拿它给不懂日文的朋友看，他不假思索地脱口而出：表示风儿偃旗息鼓，不刮了。

是的，正是这个意思。不过，和颪专指山风一样，凪也有特指：岛国的四周，在天气良好的条件下，由于温差、气压的驱使，白天，风从海上向陆地吹，形成海风；夜里，风从陆地向海里吹，形成陆风。在海风和陆风、陆风和海风交接班的当口，有一个短暂的间歇，风停止作业，速度为0，或近于0，前者叫夕凪，后者叫朝凪。

此外，在四面环山的水域，譬如濑户内海，夏季，当风处于静止的状态，水面如镜，一碧万顷，也被称作凪。

凪的假名写作なぎ，读音为na gi，最早出现于《古事记》，为掌管水泡、水面的神名用字。可见，日本人在上古时候就为这一波澜不惊、静若止水的自然“垂迹”倾倒，乃至接纳汉字不久，就活学活用，为之作神格化的正名。

2016年2月11日

梦中失落的神来之笔

年过古稀，动不动还会梦返考场，考、考、考，大概前半辈子得了考试抑郁症，后半辈子总也摆脱不了这梦魇；而且，哭笑不得的是，老梦见一些稀奇古怪的考题，让你抓耳，让你挠腮，一筹莫展，心慌意乱，最后的结果多半是，急出一身大汗，然后猝然惊醒。

今晚，在东京的最后一宿，又梦见考试，是在一座敞亮宏阔的教学大楼，考生多苍苍白发，颇多熟悉的大学校友，有一位是阿拉伯语班的，另一位是印度语班的，考题却似乎为我量身定做，清一色关于日本。三大张试卷，一百道题，前面十道，属于选择、判断型，每小题0.5分，共5分。

第一道题是：相扑运动员按体重分级别。同意在（　）内划√，不同意在（　）内打 ×。

惭愧，相扑是日本的国技，但我除了在电视画面上偶尔一见，从没有亲临现场观察。我知道，有些力量型的运动是按体重分级别的，比如拳击、举重、摔跤，这是西洋人的精神，强调的是公平竞赛。相扑据说也是从中国传来，现在已演化成了日本竞技运动的招牌。日本人是既灵活又顽固的，按照他们的习性，肯定会坚持本国的特色，借以抵抗外来的规则，好像本居宣长就有类似的主张。因此，我赌不按体重分级别，在（　）内打 ×。

第二题是：三国人物，日本人最喜欢的是（　）。A、诸葛亮，B、关羽，C、曹操。

日本人狂恋中国的三国文化，据之改编的小说、漫画、影视，连篇累牍，层出不穷，可惜我一向以三国文化的本家自居，不曾也不屑投去一瞥。这下落到“书到用时方恨少”了，只能硬着头皮猜。日本人最爱的三国人物，我首先想到的是关羽，凑巧日前在横滨看过关帝庙，那是当天神一样供奉的，香火很旺。不，不对，横滨的关帝庙，起源于华侨，与日本人关系不大，还是应该选诸葛亮。我想起日本人搞过的一次民意测验，评选本民族最崇拜的一百名人，诸葛亮排名在前三十，是所有入选的中国人中排名最高的。刚要下笔写诸葛亮，蓦地又愣住，也就是那次民意测验，织田信长排名第一，而织田信长有个绰号，叫“战国曹操”，曹操在中国舞台上是白脸，到了日本就变成红脸，这就叫“橘生淮南则为橘，生于淮北则为枳”。那么，是不是选曹操？

一时拿不定主意，再看第三道题：日本是多民族，还是单一民族？认为是前者就在（　）内填“多”，认为是后者就在（　）内填“单”。

这个嘛，世界上绝大多数国家，都是由多民族组成，日本也不例外，以大和民族为主，余外尚有阿伊努、琉球、尼夫赫等少数族裔。只是后者人数太少，少到几乎忽略不计，因此，在公开场合，日本的一些政界要人，总爱说本国是单一民族。

倘若是简答题，我可以照上面说的分析。问题是，它不要一、二、三、四，只要你回答一个“多”或“单”。这就不大好办，谁知道出题者是什么用意，考的究竟是日本政界领导的思维，还是普遍性的公认法则？

皱眉蹙额，举笔踌躇，笔根敲得桌面咚咚响，监考员以为我在传达什么暗号，近前干涉。我跟他解释，说这第三题出得不科学，有毛病，监考员大怒，作势要没收我的试卷，我一急——醒了。

开灯，垫高枕头，平复心跳，自觉无聊、无趣，这么大岁数了，还在为考场、考卷伤神。说来也是日有所思，夜有所梦，白天，手机接到一则短信，发自国内某报副刊，约我写一组随笔，介绍日本的文化，重点在特色，内容不拘，每篇限一千五百字。我随即想了想，日本文化是学习型的，古代是学中华，近代是学欧美，笼统地讲，大杂烩。当然亦有特色，那特色是什么呢？因为跟着团队活动，分心无术，就没有往下细想。

白天没有想下去的，入睡，潜意识就出来履行职责了，刚才梦中所见的三道题，分明是冲着日本特色而来，我回答了第一道，答案应该是不错的吧。第二道、第三道没有拿定主意，题目出得很暧昧。嗨，有了！我把脑瓜一拍，隐约记起一位学者说过，在强势的外来文化面前，日本人既吸收，又改造，改造的法子，就是针锋相对，故意反一调，你朝东，我偏朝西，你朝南，我偏朝北。譬如：

中国的绘画、建筑、诗歌，讲究对称、对仗；日本人大破大立，无论绘画的构图、庭院的设计，还是俳句、短歌、长歌的规则，都远离平衡。

中国人喜欢偶数，买物论对，送礼成双；日本人喜欢奇数，三、五、七是最佳吉祥数字。

中国人的饮食讲究熟和热；日本人偏嗜生与冷。

中国人以茶待客，临别郑重相送且热情相约的，是“后会有期”；日本的茶道旨在“一期一会”，仿佛每次都是今生的最后一聚。

中国的庭院，布置的是活山水，树是真树，花是真花，水是真水；日本的庭院，一度流行枯山水，无树，无花，也无水，纯粹用碎石子装点。

中国人崇尚光明，生活的欲望总是和晴朗、斑斓、辉煌、璀璨相联系；日本人癖好阴暗、朦胧，谷崎润一郎有篇传世的美文，叫《荫翳礼赞》，断言：“美，不存在于物体之中，而存在于物与物产生的阴翳的波纹和明暗之中。夜明珠置于暗处方能放出光彩，宝石曝露于阳光之下则失去魅力，离开阴翳的作用，也就没有美。”又据《岩波古语辞典》，日语“生活”一词，指的是“度过天黑前的一段时光”，相当于中文的黄昏。

中国人挚爱梅花，着眼点在“驿外断桥边，寂寞开无主”、“不要人夸好颜色，只留清气满乾坤”；日本人弃梅而转向樱，欣赏的是它爆炸式的开放，烂漫如云，迅速而决绝的凋谢，顷刻散如烟。

中国的新娘一身红装，图喜庆，日本的新娘通身雪白，喻无瑕；中国的和尚不吃荤，不结婚，日本的和尚不仅可以吃肉，还可以娶妻生子，与常人无异。

古代中国人认为天为阳，地为阴；日本人反过来，在他们的神道教中，统治高天原的天照大神（太阳神）是女性，而大地之神大国主则是男性。

中国人喜欢宏阔，万事万物都和“大”字沾边；日本人偏爱精微，有韩国学者李御宁的“缩小意识”为证。

明治维新，日本人改学西方，西方提倡人权、个性，日本人学来学去，仍是反其道而行，以团体主义取代西方的个人主义。

……

关灯，不知不觉蒙眬睡去，似乎已经“看透”日本，梦里的快意，又作久违的腾云驾雾，不是雾霾，是祥云，飞呀飞，飞呀飞，倏忽之间，不知是通过虫洞还是黑洞，竟然来到一处在科幻片中才出现的平行宇宙（原来宇宙是多重的啊！可叹人类的文化文明只有短短几千年，其智其慧，难以企及宇宙奥秘的万分之一）。那里也有地球，也有五大洲、四大洋，也有中国、北京、×× 街、×× 楼，在该楼的高层，也有个长得和我一模一样的“我”，透过感知——不是看——那个“我”也在写日本，用的也是随笔体，谈古论今，东拉西扯，书已经脱稿，题目叫……

一个绝妙的标题，一针见血，一语中的，一句话就把日本文化的特色说得清清楚楚。

相比之下，我先前的思考，就显得浅薄、偏颇，文化是由民族的地理、历史、风俗、语言、制度、信仰等因素酸醅的，不是谁非要和谁唱反调才豹变，而是本性驱使，惯性作用，审美眼光和趣味左右，谚云“三里不同风，五里不同俗”，何况中日间还隔着迢迢大海。因此，要吃透一个国家的文化特色，就得契入对方的族魂深处。

晨起，赶忙找纸找笔，拟把梦中的所见所悟记下来，然而，待一纸一笔在手，又怅然若失，此时此刻，仅隐隐约约记得梦的碎片，关键的关键，是那个平行宇宙中的那个“我”关于日本特色的提炼，梦里令我醍醐灌顶大彻大悟拍案叫绝的书题，已忘得一干二净。

早餐时，把这事与夫人说了。这种离奇的梦，也就只有跟她说，几十年来，她已习惯了我的神不守舍，胡思乱想。夫人盯着我，幽幽地说：“你不是常讲中国人重结果，日本人重过程吗？你这是在日本做的梦，你就好好回味梦里的天马行空、天花乱坠吧，至于那句什么神来之笔，那是你的本能、直觉，在无拘无束状态下的突然迸发——你应该及时醒来的呀，那就可以把它抓住了。你睡过了头，活该！回国再慢慢去梦吧。”

夫人说的是，梦中的灵感，还是要到梦里去找。

记住，下次别再睡过头。

2015 年 12 月 22 日

广 场

玉砂利乱步

东京，皇居外苑广场，印象最深刻的，一是草地，二是大树，三是大片大片的碎石子路。

广场而又绿草如茵，自然令人驻足流连；外加古木苍翠，繁阴匝地，越发使人心旷神怡；而在其外沿，靠近护城河的一侧，却出现纵横交错、灰白相间的石子路，既出人意料，又对比鲜明，过目，总也忘不了。

初访皇居，是 1981 年，记得在二重桥外，我问日方的陪同：“为什么要铺这么多的石子？”

陪同回答：“防忍者夜袭。石子路么，人走在上面，嘎吱嘎吱响，尤其夜里，响声格外清脆。倘若有忍者偷袭，石子路一嘎吱，就把他暴露了！”

啊，似乎在哪儿读过，一时想不起来：日本多山，多暴雨，因此也多山洪冲刷的砂石，古代的贵族们喜欢把它铺在院墙外，作为一道安保防线。

转而问皇居的守卫，回答也是这个意思。他还伸手比划了一下：“忍者在石子路上跑不快，容易抓。”

这话一下子就把我逗乐了。心想，若说忍者跑不快，抓他的守卫不也跑不快 ?!

四年后再访东京，一天路过一处墓地（日本很多墓地就在城市当中），看见那里也铺着大片的碎石子，疑问瞬间袭上心头：难道死人也要防卫?

仍是问日方的陪同，他说：“不清楚，查了以后再告诉您。”

次日，陪同告知："是防治杂草生长。"

等等又补充了一句："日本雨水多，石子便于渗透，人走在上面，不至于溅起泥泞。"

嗯，这说法有理，日本人爱洁净，想必阴世也跟阳间同调。

数日后到京都，参观龙安寺石庭。石庭？石庭！果真名不虚传。但见满院铺的都是明晃晃的白石子，耙出一道道的曲线（波纹），状若雪浪滚滚的大海大洋，当中垒几块怪石，宛然屹立海天的岛屿。完全排除花草树木，也排除水，以无水之境写有水之意，顿时悟出：白石子，是日本一种重要的庭园语言。

本世纪初，读到李御宁的《日本人的缩小意识》，会心于他对白石子的解读。在"三万里程缩于尺寸"的小标题下，李御宁写道："掠过自然生命的时间流向何方？在紧闭的石睑或是石缝中旋转，即便无树也成苍翠之山，即便无水也成急流瀑布，用扫帚扫一下白沙，留下的细细曲线宛如凝结住的大海波浪——自然无限的世界就这样被压缩、凝结，不让其成长也不让其毁灭，而是把它停留在空间，这就是展现在我们眼前的假山假水的石庭。"

又后来，在新宿御苑，我看到在西式草坪的一侧，差不多是与之等大的碎石子广场；在明治神宫、春日大社、水前寺，脚下踩的也是黑白不匀的碎石子；还有，在黑泽明执导的电影《罗生门》中，血案目击证人与杀人嫌犯跪坐的公堂，以及，江户时代某些电视剧的切腹场面，也都是铺的白灼灼的砂石。

2015 年暮春，我与夫人随一个旅行团赴日，4 月 20 日到了伊势神宫，发现沿路铺的都是碎石子。

到了一处正殿，未开放，隔着栅栏看，里面主道，铺的是纯净的白砂石。

这是防偷袭，还是防杂草、防泥泞？

或者，又是一种什么庭园语言？

问年轻的守卫，他支支吾吾地说不清楚。

我下决心把它搞个水落石出，在一处休息室，我见到上了年纪的日本老人就问，五六位之后，终于得到清晰的回答。

那是一位当地的长者，他说：“您这问题，很多来这儿的外国人都问过。”接着给我详细解释，大意是：

路上铺的白石子，日文叫“玉砂利”。“砂利”，就是石子，“玉”，除了它高贵的质地，在日文里，它还和“灵”与“魂”同音通义。

神宫前铺玉砂利，为的是清洁、净化心灵。

伊势神宫为了长保清洁无秽，每二十年就要迁宫重建一次。每次重建，这些用来铺设的玉砂利，都是非常讲究的，产地必须是流经伊势市的宫川河的上游，颜色要洁白无瑕，颗粒要珠圆玉润。天神生命力的万古常新，离不开玉砂利的滋养。日本人的一举一动都讲究仪式，何况参拜本身，就是一种最庄重的仪式。人们在参拜之前，要在入口处洗手、漱口，洁净身心，然后才诚惶诚恐，一步一步，踩着玉砂利缓缓而行，这是又一种禊祓，精神上的，就像佛教徒脚踩莲花，自然会感到灵气上涌，浊气、邪气消弭。

——如梦初醒，茅塞顿开。啊，原来如此！

两天后到了东京，随团重游皇居广场。但见草地依然，大树依然，石子路依然，只是多了若干流浪汉，傍午了，游人如潮，来来往往，他们却一副旁若无人之态，躺在绿草之上、浓荫之下困大觉。

转转，就转到石子路前。我没讲话，自然就有同行者问了：“好好的一个广场，铺这么多石子干什么？走起路来一崴一崴的。”

导游说：“防刺客呀……”除了将忍者换成刺客，回答和我三十多年前听到的一模一样。

可见，他们是有范本的。

只是，这三十多年来无意中吸纳的各种知识，开始在脑海中打架。比方说，皇居前身是建于室町时代的江户城，那时外苑这一带，是面海的低洼地，江户时代扩建城池，削山填海，这一带被辟为高官住宅区，明治维新，天皇从京都迁移到江户，入住皇居，又过了二十年，这里才兴建成公园式的广场，那个时候，忍者已经从历史舞台上消失，当然，刺客还是有的，但是，然而，堂堂的皇居，内有高墙，外有护城河，难道还要靠这些砂石，充当第一道保卫线吗？

再说，皇居有多道大门，只见外苑广场有砂石路，没听说其他门外也有，难道日本的刺客都是死心眼，只晓得走二重桥这道门吗？

实在惶惑，于是，又跑去问皇居的守卫。

守卫说："这叫玉砂利，把它铺在院墙外，用来防备刺客……"

他也称石子为玉砂利，明显长学问了。

我反倒陷入了糊涂。不晓得这皇居前的玉砂利，与墓地的玉砂利，以及石庭的玉砂利、神宫的玉砂利，究竟是一码事呢，还是两码事？

2015 年 5 月 1 日

银座流浪汉

银座大街，霓虹闪烁。

这地方我来过多次，熟悉每家店面，此番没有采购任务，纯粹闲逛，压力没有了，逛街反而逛不出兴致，东张张觉得无聊，西望望觉得无趣，因此草草了事，早早回到约定的登车地点。站着傻等，消磨金贵而又换不来金子的时间。

俄然下起了小雨。

掉头看，身后是一座大厦的橱窗，橱窗北侧，是两座大厦的交界处，有一个凹进去的“山洞”，大约两米多宽，一米多深，可以避雨，我立即闪了进去。

雨中银座，行人都加快了本来就比别地快得多的脚步。

仍有人漫步从容，这是一位五十来岁的汉子，斜挎着一个大包裹，大得出奇，低着头，黑衣，黑裤，黑发蓬松，形容有点儿古怪，正诧疑他是何方神圣，此公径直冲我走来，手指“山洞”，示意我让开。

扭头，贴洞壁竖着一块大幅的纸板——豁然醒悟，他是流浪汉，这是他的领地。

我只好迅速撤出。

转身，跨进附近一家珠宝商店，铺面不大，饰物名牌，价钱忒贵，耐着性，楼下楼上白相了一气，出门，雨已经不下了。

欣欣然踅回原处。

偷眼看流浪汉，他把纸板铺在地上，当榻榻米，包裹解开，衣服、杂物散落一地，人盘膝而坐，左手一块三明治，右手一罐啤酒，正在享用他的晚餐。

居然慢条斯理，一本正经。

听说，日本的流浪者不用担心饿肚子，自有人给他们送——日本的食品保质期极短，有的只有几个小时，在“大限”到来前卖不出去怎么办？出路之一，就是请这些“流浪大哥”帮忙消化。

正遐想悠悠，对方忽然停止享用，仰面盯着我，目光激射出怒意。

我有什么得罪他的地方吗？

正好导游回来了，见状，她提醒我：“人家不喜欢你盯着看。”

我把手伸进口袋，导游以为掏钱，忙制止：“他不接受施舍。”

掏出来的是数码相机，导游一笑，说：“未征得同意，最好不照，他有自己的尊严。”

转身，走开，也没走多远，料他听不懂汉语。

“夜里就睡这儿吗？”我问。印象中，他们一般选择车站、公园。

“就睡这儿。”

“警察不来干涉？”奇怪，这可是银座，东京最繁华的地面，相当于北京的王府井，巴黎的香榭丽舍大街，纽约的第五大道。

“谁也不会干涉，这是他的自由。”

“自由？”听起来有点儿不对味，这话需要太多的诠释。

我想知道他们的身份背景。

导游说：“各色各样。有性格孤僻，不能融入社会的；有感情受挫、看破红尘的；有懒惰成癖、不爱干活的；也有本来是大老板，因为公司破产了的。”

“等等，”我说，“公司破产，他也得负家庭的责任，岂能一走了之？”

“正是因为负责任，他才离家出走。”导游回答，“过去，公司破产，老板常常以自杀谢罪，现在，政府不提倡自杀，他们有些就选择当流浪汉。在破产前，他们会先离婚，以保护妻子、儿女的权益。”

“我看过一个奇怪的标语，与自杀有关，内容是：自杀会给大家带来麻烦的哦！”

“这是日本政府的宣传。日本人的信条之一，就是尽量不给别人添麻烦，所以对那些潜在的自杀者，你不用讲什么生命可贵，家庭珍贵，就直截了当地告诉他们，自杀将给别人带来麻烦。”

电光石火，脑中立刻又勾起一条新闻。今年1月，汤川遥菜遭伊斯兰国武装势力杀害，媒体采访他的父亲，按中国人的思维，首先应表示悲痛或愤怒，汤川遥菜的父亲却一开口就是道歉，因为他的儿子给政府和社会各界添了麻烦。

难怪日本人要把“对不起”、“不好意思”、“给你添麻烦了”等等作为口头禅。

导游是位山东姑娘，来日本已有七八年，她接着先前的话题说：“对于那些破产的老板，选择流浪，就等于宣布从前的我已经死亡。”

“不是明明还活着吗？”我觉得有点儿偷换概念。

“活着也等于死了，他们流浪前，要销毁所有身份证件，甚至磨掉手上的指纹。”

“不再回归正常社会？”我吃惊于日本人的死心眼。

“想回，首先要还清债务，所以一般很难。另外那些，比如感情受挫折的，经过一段流浪，伤口平复了，死结解开了，可能还会重新恢复正常生活。”

“你看他属于哪种？”我指的是方才的那位。

“难说，”导游瞟了一眼，“你看他那副神色，虽然落魄，架子没倒，像个有文化的人，说不定有过体面的工作，后来，碰上了大坎，实在跨不过去了，就离家出走，当流浪汉，也是一种自我解脱。”

“政府不管吗？”我听说，因为经济持续不景气，有越来越多的人加入露宿街头的队伍。

“管的，政府对于这一类的人，设立了专项社会保障基金，但他们很多人都不去领，他们能养活自己。”

“靠乞讨？”我问。

“不，他们不是乞丐，只是没有了家，或者是有家不归。从前叫‘流浪者’、‘浮浪者’，现在用了一个英文词——homeless。政府对他们有很多照顾，只要稍微干点儿活，就能自食其力。”

——Homeless？听着有点怪怪的。怪在哪里？瞬间想起北大教授李零先生，拿这个词比附过“丧家之犬”的孔子。孔子和眼前的流浪汉岂能相提并论？啊，这不是李零论说的错，是我的联想越过了界。真理只要向前一步，哪怕是一小步，就会成为谬误，何况一个特定状态下的比喻。国人习惯拿中国的眼睛看待日本，这是永远看不到点子上的，我也是。

“老百姓对他们不反感吗？”我的思绪收回，转而想到了寄生虫，想到了日本人的洁癖。

“这也是一种活法。我在一些公共场所，超市啦，书店啦，常常碰到他们，大家都习以为常，没有人表现出歧视。”

不可思议！

分明煞风景，却公然容忍它的存在，而不是设法掩盖或根除，一种文明世纪的尴尬点缀。

也许生存压力太大，人人心底都蛰伏着流浪情结吧。

也许，日本列岛本身就像一艘漂泊中的船。

也许……

同伴陆续回来了。

巴士准点到达。

登车之前，我最后睃一眼流浪汉——但见他戴着眼镜，斜靠墙壁，茫然而又恬然地翻着一份捡来的报纸。

2015 年 2 月 15 日

天上掉下一支毛笔

东京，闹市中的一块绿地。

不大，也不小；纵横偃蹇着十来株古木，形容奇崛，翠色扑人。

徜徉其中，前后，左右，并无一人，是正午，静。

忽然，啪地一响，从天上掉下一截树枝，可可落在面前。我吓了一跳，低头瞧，不是树枝，是毛笔，小号的，带着笔套。

仰首，透过扶苏的枝叶，是星星点点的蓝天，无鸟盘旋，无飞机经过，也无云彩驻留。

四望，最近的楼房，也站得远远的，起码在三十米开外。

咦，这笔是从哪儿掉下来的呢？

弯腰，伸手欲捡，且慢！耳旁似有无数声音提醒：老爷子！这是日本，不能随便捡别人丢失的东西！

这是铁则！将近三百年前，日本人就这么办了。路不拾遗，拾遗统统上交，违者严惩。严到什么程度？据说，幕府有两个小官吏，一时让糊涂油迷了心，把人家搁错了地的衣服，当作无主失物，悄悄匿为己有，结果事情曝光，弄得脑袋搬家，身首异处。

又记起，电视剧《龙马传》披露：土佐藩的下级武士山本琢磨夜游江户，街头与一个商人擦肩而过，他认为那商人瞪了自己一眼，有辱尊严，顿时恶向胆边生，不由分辩，拔刀砍将过去。商人吓得魂飞天外，拼命逃窜，慌乱之中，将手里捧着的锦盒，丢弃在地上。山本琢磨捡起一看，里面是一块金光激射的怀表，这在当时，是西洋才有的稀罕物，禁不住诱惑，就把它贪污了，私自拿到旧货店变卖。店家看出来路不正，向官府告发，你猜最后如何处置？山本被赐自我了断：切腹。

明治政府文明开化，化潜规则为法律，一部《丢失物品法》明确规定：捡到失物，必须上交，违者以盗窃论罪；上交者，待物归原主，可获相当于失物价值百分之十的奖励。

东瀛自古少“三只手”，“俗不盗窃，少争讼”，这是记录在咱们的《后汉书》上的。如何能做到这一点？当与法律有关。试举两例：一、镰仓幕府规定，偷盗两百文以下者，判以加倍偿还，三百文以上者，处以流放、监禁；二、战国时代，织田信长、丰臣秀吉又相继实施严厉的“一钱斩”，即是说，哪怕偷一文钱，也要砍头示众。人心趋利避害，习惯经久必成自然，借用唐人包佶《送日本国聘贺使晁巨卿归国》的诗，“野情偏得礼，木性本含真”，一种道不拨遗、民不妄取的风尚，就这样在边陲岛国水到渠成。

反观吾邦，则是另一番做派。司马光《资治通鉴》记录：

“上与群臣论止盗。或请重法以禁之。上哂之曰：‘民之所以为盗者，由赋繁役重，官吏贪求，饥寒切身，故不暇廉耻耳。朕当去奢省费，轻徭薄赋，选用廉吏，使民衣食有余，则自不为盗，安用重法邪？’自是数年之后，海内升平，路不拾遗，外户不闭，商旅野宿焉。”

文中的“上”，指的是唐太宗。史谓贞观之治，就是建筑在儒家“仓廪实而知礼节，衣食足而知荣辱”的经济基础之上的。唐太宗强调反腐倡廉，强调“衣食有余”对“盗心”的遏制，是有其高明的视角的。但不能停于此，“止盗”还得靠见素抱朴、执之如山的法治。事实证明，贞观之后，历代俱未能再现“拾金不昧”的升平。借用孙中山的遗言：“革命尚未成功，同志仍须努力。”因此，每次来东瀛，听陪同或导游交代：“在日本，您不用担心丢东西，只要您报失，肯定会回到您的身边。”心头不免五味杂陈，半是钦羡，半是惭愧。

韩国学者李御宁雕镂人性，他举例说：“假设有这样一个场面：宇宙人为了测试地球各国人的国民性，把一个地球人从没见过的物体扔到大道的正中，而他们则藏在盘旋于空中的圆盘中，观察地球人拾到这东西后的反应。”结果呢，无论是法国人、德国人，还是西班牙人、英国人，他们的反应都是重在实证，千方百计要弄清那玩意儿究竟是什么；唯有中国人例外，他们“首先小心环顾一下四周，在确证没有人看到的情况下，再如君子般不慌不忙地把它捡起，放入袖筒里，并不急于探明那是啥，重要的是先把它保存起来”。

歪打正着，说的是对未知事物的态度，拿来对照某些国人的“小节”，也是恰恰吻合。

东瀛当然不全是君子，在可见的将来，小偷和大盗都不会绝迹，此乃人的天性。笔者见过一份警方通报，说某些混迹江湖的惯偷，作案记录竟长达五六十年之久。再者，举最近的例子，2014年仁川亚运会，日本蛙泳国手富田尚弥没能上演在泳道率先触壁，却私下把手伸向了韩国记者的相机，闹出国际丑闻。

你还可以举出其他案例。

不管怎么说，这一百多年来，日本成功地利用制度把小偷小摸给治住了。（联想到网上传言，近年，日本一位寿司店老板利用经济杠杆，把猖獗一时的索马里海盗，变成了为自己捕捞鲔鱼的良民——但愿是真的）无论彼邦在国际场合有多少“大偷大摸”，这事还是值得称道的。

诚信就是战斗力，它以规章制度凝聚，以精神气概输出。

哈，眼前这支毛笔，倘若在国内，我会如何处理呢？

首先，如李御宁所说，我要看看四周，不是确定有没有人看见，而是弄清有主还是无主，如果有主，肯定告诉人家：“笔丢了！”如果无主，且笔完好，尚能使用，我会收起。你说上交？问题来了，交给谁？曾经有过捡到一分钱交给警察叔叔的佳话，还编了儿歌来唱，无奈那唱歌的小孩和警察叔叔已老，那歌声已歇，那一分钱也已不再具有上交的价值。幸亏碰到我是作家，幸亏我还记得“江淹梦笔生花”的传说，我么，实话告诉你，我会怀着中签的喜悦，郑重其事地把它纳入囊中，带回家，置于案头，供若天赐“神来之笔”。

毕竟这是千载难逢的奇遇！

但这儿是日本，入乡随俗，三尺之上有法律，十步之内有监控，瓜田李下，多一举不如少一举，我挥挥手扬长而去，任它躺在原地，自生自灭。

也没走多远，又听到背后呼啦一响，回头看，是乌鸦，啊！乌鸦把毛笔叼走了！

2015 年 2 月 7 日

夜餐店的漫画眼

晚间十点，街头拐角处的日本餐馆，七八张桌，呈反凹字形摆开，这在东京都，不算小了，在咱北京人眼里，当然也算不得大。让我出乎意料而又倍感温馨的是，每张桌的外沿，都码着两列排成直角的图书，既供食客翻阅，免却等待的无聊，又可隔开邻桌，形成相对独立的空间。

我与夫人，择了角落一处空位坐下。冷眼旁观，店里约有十四五位客人，清一色的大老爷们，待餐的，几乎人手一册图书，聚精会神，读得津津有味；正在用餐的呢，也是一手拿筷，一手拿书，边吃边瞧，物质与精神享受两不误。

不由得一凛：日本真是个重阅读的国家！

点罢菜，趁等待的空闲，我从书架上抽出一本，嗨，是漫画，翻了两页，插回，重新取出一本，还是漫画，我把架上的书逐本检查了一遍，嘿嘿，全部是漫画。

见过漫画咖啡馆，这漫画餐馆，还是头一回遭遇。

入乡随俗，我挑了一本手冢治虫的《火之鸟》，随便翻。手冢是 20 世纪五六十年代崛起的画师，有“漫画之神”之誉，80 年代初央视引进他的《铁臂阿童木》，让吾邦的观众结结实实地领教了一番东洋动漫旋风。

手冢治虫同期应邀访华，他坦承，创作《铁臂阿童木》的灵感，来自中国万氏兄弟的《铁扇公主》。

《铁扇公主》是 1941 年的产品，起步远远早于日本。这么说来，日本的漫画，同它的文艺、科技一样，多是从国外拿来，或是受其影响，然后再改进、创新的。千百年来，日本走的都是这样一条从学到创的路，诺贝尔物理学奖得主汤川秀树称之为创造性的模仿，他说："有时创造力偏偏就起源于这种重复过程之中。"

中国学学者内藤湖南把学与创的过程比喻为做豆腐，日本文化好比成熟的豆浆，外来先进文化是促使其凝聚的盐卤。

我一边翻阅《火之鸟》，一边浮想联翩——

此番来日旅游，飞机上，与一个日本青年并肩而坐，整个航程，但见他不声不吭，一直埋头于漫画阅读，左也是一本，右也是一本。抵达大阪，担当旅行团司机的，是一位退而不休的老爷子，每到一处景点，团员下车游览，他老先生不是玩手机，就是看漫画。一路行来，我注意到，凡是卖书籍杂志的店铺，公开的招贴，总离不开漫画。那天，在新宿御苑，两株晚樱下的草地，一位母亲和她三四岁的儿子席地而坐，各自一本漫画，神情近乎陶醉。

联想展开，记得在一些资料上读过，日本前首相麻生太郎、鸠山由纪夫也是漫画发烧友，前者当年在海外留学，经常让妈妈给他寄漫画包裹，后者在首相任上，一次逛东京丸之内书店，买了二十五本书，其中有两本是漫画。

对了，还有桥本龙太郎，当年在首相任上，晚上与夫人各捧一册漫画刊物，消遣金子似的光阴。

拿首相说事，这已成了漫画的经典广告。

日本人为什么如此喜欢漫画？

名作家养老孟司从文字着手研究，他说，日文既有表意的汉字，即"画"，又有表音的假名，即"文"，日本人从小就习惯于"画"到"文"到，这种同时处理表意符号与表音符号的独特功能，使他们在阅读漫画时，能一目了然，一览无余，毫无障碍。

日本人既然有此特长，加上传统的匠人气质，在上世纪末把漫画发挥到极致。有资料显示，日本的漫画挟声光化电之威，已发展为国内的第三大产业。如今，日本动漫产业的出口额已经超越钢铁、汽车，彰显了强大的软实力——乃至在创造力、竞争力、影响力领域，继"读书力"之后，又涌现出一个新名词，叫"漫画力"。

是不是与文字构成有关，我没有研究，曾经，我指的是明治维新那一代，日本人的思维显示出过人的严谨、精细。他们的大脑，就像安着无数中药店使用的那种小抽屉，把天地万物万事，分门别类，装进一个又一个小方格。譬如，就"读书力"、"漫画力"这种构词法而言，说句让某些"大中华主义者"不快的话，现代汉语中凡是词尾为"化""式""炎""性""的""界""型""点""观""线""论""率""感""法"之类的词——像革命化、方程式、原则性、思想界、世界观、唯物论、生产率、辩证法等——不是径直从现代日语中挪用而来，就是利用这种构词法重新创造。

搂草打兔子，顺便说一句，坊间有人主张抵制日货（其心可鉴），不知是否也包括文字，曾经是你中有我，于今早就是我中有你了，你你我我，我我你你，你我我你，我你你我，教人如何区分？又如何抵制？

言接前文，严谨、精细过头，则会落入死板。日本人号称"一根筋"，讲规则，认死理，这一点，凡是跟他们打过交道的，相信都能举出一二三四。

也有任性率意的灵活，凸现出日本人的二重性。以姓名为例，譬如这本《火之鸟》的作者手冢治虫，他这四个字，拆开来，我都认识，组合在一起，却一读就错（出过洋相），原因在于，日本的人名，不按常规发音，而是名字的主人想怎么读就怎么读。"手冢治虫"的陷阱在于，明明是四个字，但他规定只发前三个字的音，末尾一个"虫"字，属于"配相"，供看不供念（这其实是最简单的，繁杂的，连日本人都望名兴叹）。

菜端上来了。我是一碗乌冬面，上面洒了少许裙带菜、牛肉丝、葱花，夫人是一份米饭，三碟小菜，一碗酱汤。日本的饭菜有画面感，像宋元小品，清雅，淡远，耐看。至于中吃不中吃，那就要看各人的口味了。传闻位于四国的香川县主打乌冬面牌，一度宣称把县名改为乌冬，尽管属于一厢情愿，倒也着实借改名风波红火了一把。我搛起一根乌冬面——对我来说，面条就是面条，所谓乌冬面，不过是以小麦为原料，比阳春面粗胖点儿软和点儿罢了，其来源，嘿嘿，也是咱们中国——一边心不在焉地往舌尖送，一边仍冷眼旁观，这回取向与先前相反，不是在数有几个食客贪恋漫画，而是看，在铺天盖地的漫画热中，有没有几个能依然冷静，对它保持适当的距离。

你这是什么意思呢？是讨厌漫画？是嫉妒人家的漫画力？啊不，我非“愤老”，对漫画其实顶喜欢，比较起吾国的连环画，日本的漫画在故事性之外，还兼具逗笑功能，是消闲解闷的佳品；对它带来的滚滚金元，尤为击节赞叹，十二分的佩服。无奈呢，我一路看来，想来，总觉得它是以整体的娱乐化、消遣化、空虚化、弱智化为代价，与真正的“读书力”不可同日而语。

凡物之长，必有所短。吾国智者从前说，看人看赌相；现在则说，看人看他如何玩手机——大意是指，看一个人每天耗费多少时间，以及讲什么，发什么，转什么，赞什么，就能掂出他是几斤几两。日本的智者怎么说，我不清楚，那么，是不是可以代他说：看人，就看他如何对待漫画。

哈，沉溺于漫画的日本，本身就是一幅世界的漫画。

2015 年 4 月 29 日

足球场上的“第 12 人”

门司开往大阪的海轮，晚餐之后。

我坐在大堂的电视机前，看一部日本老片，关于维新志士伊藤博文、井上馨的留英故事。看到伊藤博文，不由得想起李鸿章。想起李鸿章，又不由得想到下关。下关旧称马关，就在门司港斜对面，一峡之隔，有渡船、隧道、长桥相连，登船前我仔细眺望了的。想到下关，不，马关，自然想到《马关条约》，李鸿章在此被钉上耻辱柱，伊藤博文在此跻身凌烟阁。1899 年，康有为从美洲返国，途经日本关门海峡，曾吟诗一首：“碧海沉沉岛屿环，万家灯火夹青山；有人遥指旌旗处，千古伤心过马关。”1911 年，流亡日本的梁启超穿峡而过，亦有诗记之：“明知此是伤心地，亦到维舟首重回。十七年中多少事，春帆楼下晚涛哀。”两诗俱指马关为伤心地，梁诗所云“十七年前”，说的是 1894 年的中日甲午战争，中方惨败，随后才有 1895 年丧权辱国的《马关条约》。

甲午之役，胜败乃两国整体实力的较量，非一时一地一仗一人之高下。西方报纸却有人评论：“日本非与中国战，实与李鸿章一人战耳。”梁启超认为：“其言虽稍过，然亦近之。”由此可见清廷的溃不成军与李鸿章的悲催。

斯人已逝，殷鉴长存，思绪纷乱，欲理还休。

不知什么时候起，身后悄悄聚拢了十来个日本小学生，在门司码头候船室，我和他们交谈过，是在老师的带领下，去大阪、京都等地旅游的。我知道他们这个年纪，对老片子不感兴趣——譬如我，亦是不看也罢——于是主动让开，把遥控器交给一个高而瘦的男生。

“谢谢！谢谢！”男孩子大概喜出望外，跟着来一个标准的日式鞠躬。

我也得到轻松。出游，本来是为了散心，何必为一个老掉牙的故事，勾起吃了苍蝇似的回忆呢。想到洗澡可以改善心情，便回房拿了毛巾、内衣，打听了温泉浴室的所在，径直寻去。

途中经过大堂，看到那帮孩子围着电视机全神贯注，匆匆溜了一眼，是在看足球，日本迎战一个外国队（队名显示的是片假名，念了一下，不熟悉），日方先失一球，0 ∶ 1。

一刻钟后从浴室出来，孩子们仍围在那儿叽叽喳喳，比分0 ∶ 3，日本队又丢了两球。然而，如果不看比分，光看他们那份兴奋劲，你会以为是日本队赢了。日本队员一旦球权到手，他们就兴高采烈，恨不得亲自上场，待到日方队员盘球到禁区，凌空一脚，呀！尽管射高了，越过横梁，直飞场外，他们还是起劲鼓掌。都说日本人安静，在公共场所不大声喧哗，可我看他们那份喧哗劲，一点儿不亚于中国儿童。

站了一会，觉得“空气”不对，真的，日本队跟外国队过招，日本队处于劣势——我这个多余的第三者，戳在这儿干什么？

回到舱房，随便翻了一阵子书，总觉得灯光不够明亮，休息吧，时候还早，索性披了外衣，上到二层甲板，欣赏濑户内海夜景。

海天空阔，黑魆魆的，说是夜景，只有远方的隐隐灯火。凭直觉，那儿应该是周南市，并非去过，只是在地图上查过，因为《诗经·国风》中有“周南”篇，好记，而我的熟人中也恰巧有位叫周南，担任过新华社香港分社社长，参与了香港回归全过程，如是激起联想而已。

重新回到大堂，球赛已经结束，孩子们散去了，电视机前坐的，是几位欧美老年游客，屏幕上闪烁的，是纯粹东洋风的歌舞伎。

在小卖部前，碰到那个高而瘦的男生，我问他：“刚才谁赢了？”

他一笑：“我们踢进了两球，我们很棒！”

答非所问。

再想问，他已经离开了。

嗯，踢进两球，就是说，在0 ∶ 3落后的局面下扳回两球，确实很棒——棒归棒，最好的结果也只能是2 ∶ 3，日本队终归输了。

但是，那孩子在回答时，满脸笑意，没有一丝失败的阴影，他强调的是“我们踢进了两球”，注意他的语气，他是把日本队当作“我们”，就是说，他也成了日本队的一员。

忽然想起白天读过的一篇文章，作者加藤嘉一，题目是《南非世界杯：败局中的反思》，收在《日本的逻辑》一书中。回房把它找出来。文中写的是八分之一决赛，日本对巴拉圭，打到加时，仍是平局，最后点球决战，日本输了。加藤写道：

> 输了点球决战，遗憾是一定的，点球被扑出的驹野友一绝对不会受到国人的抱怨和指责。因为他代表的是我们的国家，是替我们在踢球，这个失误理应由包括我在内的“第12人”，也就是全体日本国民共同承担。大家为一人，一人为大家。一个运动员有时状态不好是没办法的，有点紧张，当然不能怪他。我深知，国家大赛，世界大赛那样的大舞台，任何运动员都曾经犯过错误，有过失误。这次只是轮到驹野大哥而已。他做不到的事，我们也做不到。我们没有理由，也没有资格骂他。

那位小学生把国家队当作“我们”，或者说把“我们”看作了国家队的“第12人”，尽管没有再多说一句，已足够供人联想。加藤嘉一则把失败后的思考上升为理性，即便一场足球赛，也把日本人的集体主义、国家主义，展露无遗。

记得加缪说过：“关于人类的道德和种种责任，足球给我的教育胜过任何书籍。”

国人爱说日本是一流的人民，二流的官僚，三流的政治家，后面两点姑且勿论，至少，你承认它的人民素质是一流的。其实，这是真正可敬而又可畏的。

我懊悔不该问那位小学生谁输谁赢，比赛中，最重要的并不是比分。

2015 年 2 月 16 日

看日本人排队

看日本人排队，别是一般滋味。

日本人曾被称为“经济动物”，莫如说他们是“排队动物”：等车排队，过马路排队，超市购物排队，餐馆吃饭排队，进影院、剧场、舞厅排队，看科技展览、艺术展览、日用品展览排队，在邮局、在银行、在汽车加油站、在彩票发售点排队，逛动物园、逛植物园、逛游乐园排队……漫步扶桑，放眼望去，无处不见排队。

攘攘大千，排队乃创造谐和的一定之规。话说英国人排队，排出了文质彬彬的绅士派头；德国人排队，排出了严谨、刻板的日尔曼意志；俄国人排队，排出了与“北极熊”不相称的淡定；美国人排队，排得让少见多怪的台湾作家柏杨眼花缭乱，初起满怀赞叹，久而渐渐生厌，建议人家把“美利坚合众国”，改为“美利坚排队国”。呜呼，请允许我在此哈一次日：上述诸国，在排队的自觉、执著、痴迷上，比起东瀛，还差得远！

英国人的极端派头，是为了购买一张“温网”入场券，不惜坚持排队数小时，甚至提前彻夜等候——然而，比起日本人为了一份“金子半之助”的炸虾盖饭，就要排上三四个小时的队，那又算得了什么呢？

德国人的非常意志，体现在为了一睹世界闻名的露天摇滚音乐节，提前数天到场占位——然而，若告诉他们日本人仅仅为了购得苹果专卖店推出的“元旦福袋”，就提早五天立于门外鹄候，他们又将做何感想？

一个日本人，看不出有什么特殊，长相、衣着、举止，东亚人而已，与中国、朝鲜、韩国，没多大区别。然而，只要一排队，就立刻脱亚入欧，不，脱亚胜欧。

欧美人的排队意识，据说源于“二战”时的食品短缺，政府计量分配，民众不得不老老实实地排队恭领。日本人呢，不排除这一段苦难的训练，但从根子上说，还应归于建立在村落共同体上的团体主义，以及“年功序列”的职场人事制度。

团体主义注重前后左右，“年功序列”讲究先来后到，其共同点，就是目中有人，清楚自己应予站立的位置。“年功序列”近来招致恶评，因为它按部就班，障碍年轻人脱颖而出，助长随大流的混日子思想；但它孕育的秩序观念，还是个好东西，不能倒洗澡水连同婴儿一起倒掉。

也有人认为，日本人的排队意识，源于信仰。日本是个多宗教多神灵的国家，光本土的神道教，即有神祇八百万，加上外来的佛教、基督教等，可以说神灵无处不在，真正是“人在做，天在看”，“举头三尺有神明”，出门行事，排队如仪，正是敬畏之心的一种体现。

拔得够高的了。吾乃局外人，没理由说是道非。反正，在我看来，有底线总比没底线好，有敬畏总比没敬畏强，纵使未臻信仰，起码也是一种修行。

写排队最怕掺合国人，尤其写日本人排队，免不了要令仇日恨日的同胞火冒三丈，其反驳的逻辑是：“你说底线、敬畏，那他们侵略起别国怎么那般肆无忌惮、无法无天 ?!”

无语——火气那么大，皆因国人不爱排队。

五十、六十、七十年代，吾邦也是兴排队的，只是不够彻底，“加塞”、“代排”是寻常事。举一个毕生忘不了的例：1970 年 3 月，笔者离开北大之前，在大饭厅托运行李，队伍排得老长老长，在饭厅内拐了几个弯。这时，眼见一个外系的学生拖着行李箱进来，眼见他大大咧咧笑笑嘻嘻地径直走到最前面，眼见他堂而皇之顺顺利利地完成托运手续，然后又笑笑嘻嘻大大咧咧地扬长而去。这位仁兄恰巧与我分到同一省，又在同一农场、同一连队锻炼——他那份插队时的潇洒、干练，永远在我记忆中定格。

国人信奉的是插队文化，大至工作调动、官场升迁，小至儿童入托、入学，都要找关系、走后门、抄近路。此种无视规则、践踏秩序的投机取巧、躐等躁进，敢说是自古皆然，于今为烈。

又要搬出日本人了。

报载，2015 年 11 月 16 日早晨，日本神户线火车因故停驶，车上有五千人，都是赶着上班、上学的，怎么办？最好的选择，就是徒步去下一站。不远，也不近，约二十分钟。一声通知，全体下车，并无人出面组织，自动排队，沿着铁轨鱼贯而行，途中，没有抱怨，没有拥挤、掉队，一切都是那么训练有素，秩序井然。

情不自禁在心头点一个赞！

最震撼的画面，还要上溯至“3.11 东日本大地震”（2011 年），那些失去家园、平静而又肃穆地排队领取食物的灾民，那些在地铁站外排成长龙、默默等待归宅的难民，让全世界为之一凛！

华裔日籍教授叶千荣就是被狠狠“凛”了一下，他著文记述：同一天，东京“每条大街的每条车道上都排满了车，两旁的人行道上全是摩肩接踵的人群。但是，他们都在一种异样的沉默中缓缓移动脚步。打个不恰当的比方，就好像遗体告别仪式时的那种静默和步履。虽然没有哀乐，但是所有人脚步挪动的节奏都是一致、有序的。大部分的人戴着口罩，背着包，穿着大衣，互相没有交流，也没有人抢先或插队，上百万人在一步一步往家的方向走，这一刻他们肯定都明白至少要步行三四个小时才能回到在郊外的家。但他们依旧平静地走着，车道上虽然塞车，但没有一个人试图走到车道上，尽管这样可以走得更快。当时感觉仿佛这个民族在一个巨大悲剧到来的时刻，开始了一场全民族的出征。于是，我在车里发出了地震后第一条微博，说好像是一个巨大的无声电影的场面，仿佛是《出埃及记》里的一幕。”

“就好像遗体告别仪式时的那种静默和步履”，这个比方的确是不恰当的。难怪刘亚洲从中看到“压抑和窒息”，看出“万人一面”的“机器”。在一篇题为《精神》的文章中，刘亚洲忍不住诘问：“明朝末期中国人在扬州和嘉定不也都出现过类似情景吗？人一旦成了机器还叫人吗？恰恰是两个发动了第二次世界大战的民族都被人称为‘机器民族’（另一个民族指德国——笔者），难道其中有什么深奥之处吗？”

刘亚洲是军事专家，他的眼光越出叶千荣的博文，契入一个民族精神的负面。

感谢新媒体，写到此处，我从网上调出“3.11 大地震”的实况视频，东京街道上固然是“摩肩接踵的人群”，但并无惊慌失措，“所有人脚步挪动的节奏都是一致、有序的”，这是一种惯性，“互相没有交流，也没有人抢先或插队”，沉默、隐忍、自律源自长期与灾难共存的训练有素，也表明他们对危险的预判：灾难虽然大了点，然而，没有关系，无论是物质的，还是心理的，咱们能扛住。

日本这个岛国，在动荡不安、漂泊无依的宿命中，亦已培植出赖以抗命的集团性坚韧。

最近一次，直观日本人的排队，是在京都一处风景点外的生活区。出于内急，我下了旅游大巴，低头往前直冲，将进男厕，愕然收步——在我侧后，已排出一条十来米长的队伍。

排队者（多半是日本人）似乎对我刚才的莽撞视而未见，并无谁恶声制止或善意提醒，如果我要一要个人主义（个人主义把他人都排斥掉了，自然用不着排队），假装没看见队列硬闯进去，相信也就捷足先登的了——异邦异质的“目中无人”，更令我倍增愧赧。

2016 年 2 月 3 日

附记：

2016年4月16日，日本熊本地区发生7.3级的强烈地震。网上流传一则微信《日本，让人深思！》，开头是一幅大厦楼梯的图片，两侧坐满了沉默不语、等待归家的日本人，其解释词为：

“受灾的日本人坐在楼梯两侧，确保中间畅通。这是教育的结果，不是GDP能换来的。”

说小真小，说大也大

在生活中，越是微不足道的细节，越见出人性的幽辉。

中国文化的磊落洒脱之处在于不拘小节。

日本文化的精致缜密之处在于细节为王。

偶尔，无端地自作多情：中日两国的长短，互补多好！

傍晚抵达大阪，入眼的第一个细节，是机场的行李传送带。但见一个又一个大小不一、颜色各异的箱子，宛如流水线上新装配的汽车，排列有序，鱼贯而出。凡物一整齐，就焕发出一种朝气，信不信由你，反正，我是这么感觉。而且，你仔细地看，箱子的提手，一律朝向前方，这当然是经过调摆，为的是方便主人一把拎走。

入住市区一家宾馆，双人房。拖鞋、毛巾、肥皂、口杯、牙刷、浴衣之类，自然也是一式两样。

翌日晨起，我粗心，忘了昨晚用的是哪一支牙刷。问夫人，她答："你的是白色的，我的是深黄色的。"

体贴在细节中。你瞧，连两支牙刷，也为同栖共宿的客人，用颜色区别得清清楚楚。

时值盛夏，天气又湿又热。奇怪，司机总要等游客全部到齐，坐定，发车上路，才启动空调。因此，登车之后，在等待发动的那段时间，实在热得难熬。

日本人不是心细如发么，怎么就没想到在发车前打开空调，把车厢里的温度降下来呢？在一处旅游景点，当大伙参观完毕，陆续登车之际，我向导游郑重提出建议。

导游摆手，她说：“不可以的。预先打开空调，我们这车是凉快了，但是你看，停车场其他的车辆和游客，就得遭受我们车喷发出的热浪和废气。”

商场扶梯，乘客自动靠左边站，把右边空出来，让急于赶时间的人通行。

国内也有提倡，只是左右相反。

再看，扶手有两层，一高一低，高的供大人用，低的供儿童用——起先没注意，待看到前面有小女孩把手搭在上边，才恍然大悟。

商场格局不大，提醒你这是岛国，土地资源有限。

洗手间更是迷你，小归小，但精精致致，而且明光锃亮，纤尘不染——想起高桥敷在《丑陋的日本人》中曝光的脏、乱、差，尔来不足半个世纪，已彻底换了人间。

厕有厕神，其实是把自己当作了神。你看，马桶盖是智能的，这点早就领教，曾经掀起国人到东瀛抢购的风潮，想想真让人闹心，怪谁呢，只怪自家制造不争气。卫生纸居然有四卷，搁这么多干嘛？有两卷就够，顶多三卷，也许，这就叫温暖体贴。还有感慨：洗手池和马桶的水箱是连着的，就是说，洗手用过的水，接着又用于冲洗马桶。

这是谁的金点子？咱们为何想不到？想到了又为何做不到？

京都，下榻一家日式旅馆。手指甲长了，给前台打电话，借一把小剪刀。

数分钟后，服务员送来了一把指甲钳，试了试，能自动收集指甲屑，鬼心眼真细，特别是还带着一个放大镜，这又是专为我这样的老人考虑的了。

晚饭后无事，逛街。

走过一台自动贩卖机，没几步，又是一台，大街上到处都见这玩意，主要销售饮料，也有卖冰淇淋、香烟、杂货的。机器的侧面，一律标着它所在的地址——这是我在一个电视节目上看到的，万一发生紧急事件，需要报警，而你又不知道自己的确切方位，这时，只要走近一台自动贩卖机，就可以准确报出所处的位置。

自动贩卖机之外，则数便利店为多的了，走上一小段路，准能碰见一家。

随便进去瞧瞧。

日用百货，应有尽有。

我买了两盒牛奶、一盒蔬菜汁，这是同伴推荐的。

不想买笔，但为花色繁多、琳琅满目的阵势吸引，左挑右挑，最后选了一支。

无意于创口贴，但为它的创意惊讶，型号居然是分指关节的，还有一种是液体的。

付款时，又有发现，收银台的下方，配备着一个小小的洗手池。忍不住拧开龙头试了一下，体会顾客在挑了若干物品之后的生理、心理需要。

东京。地铁四通八达，这不奇怪。心折的是入口处竟然有一排排的储物柜——自然是为需要轻装的旅客着想的。更心折的是，车厢内鸦雀无声，无人交谈，更无人打手机。多半都在读书看报，坐着读，站着也读。挨着我坐的一位老人，读的是一种文库本，大小正适合于装进口袋的那种。

出站，过马路，绿灯已亮了一会，趁它还没改变，一路小跑过去。回头看，夫人正不慌不忙，慢慢悠悠地走着，那绿灯居然也通人意，一直陪着她亮。

末了，问她是怎么一回事。

答：你老土，绿灯不是为我，是为我身后的一位残疾人亮的，他事先按了路边的一个专门按钮，绿灯接到指示，时长就增加一倍。

午前，在新宿地铁站口等人，等一位日本友人的女儿，谈她的著作在中国翻译出版的事。

将到约定时间，突然接到对方的电话，说在路上捡到了一个手机，要交到警察署，得耽搁一个小时，请我原谅。

我说："不能下午或明天再去交吗？"

她说："不行，按规定，必须立即上交。"

除了诚信，一定还考虑了丢失者的焦急心情。

我为彼国的规则叫好。

一小时后，她急急忙忙赶来了。

见面，稍作寒暄，她含着浅浅的笑，轻声说："卞先生，您的日文真好，办公室的同事都夸奖您。"

"怎么？他们都听到了？"

"我们的办公室是完全开放的，数十人集中在一起。"

嗳——？唉……

你听出她的话外音了吗？

这就是日式批评，也是日式礼貌——批评也讲含蓄。

她这是在暗示我，打电话声音太大，影响到了别人。

千叶。一户人家的篱笆旁，摆着两只垃圾袋，白色，袋口向上，系成一双长长的耳朵，下面还有表示眼睛和嘴巴的三个红点，看上去，活像两只可爱的小白兔。

从篱笆墙的上方，垂下一只巨大的充气乌鸦，正冲着“小白兔”的脑瓜，晃来晃去，威风凛凛。

“猜猜，那只乌鸦是干什么用的？”导游说。

众人七嘴八舌，但没有一个猜对。

导游揭开谜底：“是用来驱赶鸟雀的，怕它们觅食，把袋子啄破，垃圾散落，影响环境卫生。”

成田机场宾馆的小卖部，我买了一点儿零食，以及一把指甲钳，带放大镜的那种。

付款时，前面排着两位同胞。收银员是一位上了年纪的妇女，她每收取一笔钱，都要用日文唱一遍，找零时，又要唱一遍，再从大到小，把纸钞、硬币一一数给客人看，然后用双手捧着，恭恭敬敬地交还，跟着说上一句，感谢光顾，欢迎下次再来。

完全程序化，连嘴边眼角的笑纹，也分毫不差。

西方人爱说“顾客是上帝”。日本崇信神道，诸神有八百万之众，这一买一卖，让人觉得，也成了神与神的交换。

2016年3月16日

浮光，掠的却不止是影

——在日本，一望无际的不是奢华，而是整洁，而是敬畏，而是约束。

如果抽掉这档“司空见惯寻常事”，日本就不成其为日本。

此番访日，为我们开车的，是一位上了年纪的老司机。瘦，精瘦，眼睛特大，令我想起川端康成；鸭舌帽，白手套，制服，标准的职场打扮；天气再热，也不脱——因为，他在工作。

除此而外，我没有太加注意。老人重出江湖，在日本很普遍。一是主观需要，一辈子服务于一个单位，老了，退出那个圈子，尽管有养老金，生活不愁，精神还是觉得没有着落，于是，就到社会上找事做，也是找回一份尊严。从前有“弃老”之俗，那是叫穷困逼的；现在老人不甘心被工作所弃，那是叫闲寂憋的。

二是，客观也有需要，日本已进入老龄化社会，劳动力严重匮乏；你看满大街的出租车司机，差不多都是启用的老人。

当然还有三，日本人平均寿命世界第一，眼前这位老先生，六十大几，视力良好，反应敏捷，技术娴熟，当司机，绝对胜任。

记得上世纪末赤濑川原平出版过一本《老人力》，为老人的智慧、潜能正名，“老人力”还入选那一年度的流行词。

我坐在前排，一路上，除了车子发动前听他和导游的一问一答，此外再无多话，专心致志，敬职敬业。

到了一处景点，下车之前，我问：

“这包可以放在车上吗？”我指的是自己的挎包，太重，不想拿。

“没问题，您放在车上好了。”他挺拔腰杆，仿佛在做保证。

跟着就是一个鞠躬。

这景点我来过两次，兴趣不大，稍微看了一下，便回到停车场。

他正在擦洗大巴右后侧的轮胎，一会儿蹲着，一会儿跪着，一会儿又仰卧在车底。我肃然起敬，旅途间歇，见过擦洗车身的司机，而如此卖劲清洁车胎的，还是头一回见。

我一直在旁默默观看。

同车的游客回来了。导游见状，把我拉到一边，悄悄说：“您懂日文，又在写日本，见了谁都想聊聊，我得提醒您，如果跟司机拉话，尽量不要涉及他的家庭。”

“为什么？”

“他太太不久前去世了。”

“那为什么还要他出车？”我本能地反应。

“他自己一定要出车，反正葬礼已经完毕，在家呆着也是呆着。”

“这未免不人道吧？”

“您这是中国人的想法，”导游说，“对于日本人，这事很平常，几年前（2011年）那场地震加海啸，我公司同事中有两位亲人遇难，秩序恢复后正常上班，如果你不了解内情，从外表看，绝对猜不出谁是当事人。不是没有悲伤，日本人善于克制，把悲伤都压在心底。”

哦……我对仰卧在车底擦洗轮胎的老司机更加肃然起敬。

岐阜县一隅，中山道马笼宿，一条依山而建的老街，幽远沉静，古色古香。

在一家卖杂货的老铺，我买了一筒抹茶冰激凌。出门下台阶，没站稳，一个趔趄，将手里的冰激凌倾撒了一地。

正懊恼间，掌店的老汉快步走过来，二话没说，接过我手里剩下的半筒冰激凌，转身，扔进柜台内的一个垃圾箱，然后，返身给我换了一筒新的冰激凌。

我满怀歉意（这责任肯定在我），讪讪走开。

老汉又过来了，弯腰，蹲下，拿一沓纸巾，使劲擦地。

这才注意到，脚下是碎石板地，凹凸不平，冰激凌溅在石缝里，擦起来很费劲。

老汉擦了一回，清理得差不多了，又换了一块湿抹布，再擦。

然后，我就走了，转进隔壁一家店。

当我从店里出来，看见老汉提了一个桶，到街对面的小溪汲山泉，走路颤颤巍巍的，大概有 80 岁了吧。

汲了一桶水回来，他开始冲路面——就是刚才被冰激凌弄脏了的地方，然后，蹲下来，又拿出一块干抹布，仔细擦。

而我，手里正拿着尴尬的空纸筒和小木勺，之所以觉得尴尬，是因为找不到地方扔，街道两旁没有垃圾箱（据说，受 1995 年“东京地铁大规模沙林毒气事件”刺激，日本撤掉公共场合的垃圾箱）。

我只好把它们带上旅行大巴，搁进导游事先发放的塑料袋。

川崎。一家普通超市。

晚上要去看望一位大学时期的校友，我打算买点儿礼品。

水果之外，我还看上了一种生鱼片，装在盘子里的，外面包着保鲜膜，价格，拿水果比，一点儿不贵。

不，与其说看中的是生鱼片，毋宁说看中的是盛鱼的盘子，直径约在 45 厘米，胎质极为细腻，色彩也相当鲜艳。我觉得，光这盘子，就应该不止这价钱。

拿到收银台。

“请问，这盘生鱼片所标的价格，没有错吗？”我说。

收银员回答：“是的，没有错。”跟着又递了一句：“您喜欢吗？”

“喜欢。不过，这个盘子十分精美，为什么卖得如此便宜呢？”

“哦！对不起，怪我没讲清楚，价格只是生鱼片的，不包括盘子。”

“那，我怎么将生鱼片拿走呢？”

收银员说：“您就这样原封不动地拿走好了，等您吃完后，抽空再把盘子送回来。”

“明白了。那么，是否要办个手续呀，比如写个借条，或交点儿押金？”

收银员笑了：“不用，不用，您只管拿去就是了。谢谢您关照啦！”

静冈东部的一个小村，西侧是山，东侧是有限的平原，家家门前栽着一圈花木，修剪整齐，像篱笆，又像围墙，院子清爽，但无人，一个也看不见。

一家门前摆着蔬菜、水果。

在日本用餐，感觉最缺的就是蔬菜、水果。蔬菜那是没办法，只有等回国了，水果，眼前就有。

四顾无人，问导游，她说，都干活去了，你没看见，那旁边标着价，还搁着一个装钱的篮子，你把钱丢进篮子，拿走水果就是。

同伴纷纷解囊。

我挑了一个大苹果，握在手里别有感觉，在接下来的旅程，一直带在身边，舍不得吃。

“您看那位老人。”

“哪一位？”我顺着小蔡手指的方向。

“那个骑自行车的。”

哦，老人白发、白衬衣、灰裤，已骑出三十米远。

"怎么啦？"我问。

"他就是村山富市。"小蔡说。

村山富市？脑筋急转，啊，没错，这儿是大分市，是日本前首相村山富士的老家，他退休后就住在这里。

"怎么，老爷子有九十了吧，还在骑车？"

我想起一篇报道，是关于村山富市的退休生活的，没有秘书，没有保卫，没有专车，没有特殊经费，日常百事，一律自己动手，这篇报道触动了国人的神经，在网上炒得滚烫。

"还在骑，也就在家附近，买买菜什么的。"小蔡回答。

我无语。关于村山富市的退休生活，实在不值得惊奇。日本官员跟金钱保持距离，想当官，就不要想发财，在这方面稍一逾矩，触犯红线，就要倒大霉。这是人家的制度设计，很好，至少我们在村山先生身上看到了心向往之的清廉。

我到大分市只是路过，这会儿停车买一点地方特产。望着村山先生远去的方向，我想：倘若能住一晚，我也要去见见这位老爷子，不为别的，就为他在首相任上发表了著名的"村山谈话"，正式就日本过去的殖民侵略，向中国和东南亚国家道歉。我特别记得他说过的一个词，叫"杖莫如信"，这是咱们古代的熟语，现代人大多听不懂的了。

叹口气，把这意思向小蔡说了。

小蔡说："叹什么气呀，您瞧您运气多好，停车几分钟，就让您看到了村山先生的背影，还是骑在车上的，简直像上帝为您特意导演，多珍贵的缘！"

2014 年～ 2016 年

西乡隆盛的头颅

《最后的武士》

这是一部长篇历史小说，著者为美国作家马克·莱维纳，主人公为日本明治政权的开国元勋暨叛军首领西乡隆盛，翻开前言《对生命的超越西乡隆盛的死》，作者劈头盖脑、吸睛夺神地提出：

> 1877 年 9 月 24 日清晨，政府军对这些叛乱军的残党发起了最后的进攻。数小时内，西乡军被彻底击溃。西南战争——在之前 300 多年来日本最为血腥的冲突——就此结束。然而，政府军的胜利却听似为一场空谈。政府军找到了西乡的身体，但却不知其头颅的去向。没有西乡的首级，政府的胜利就不是完整的胜利。
>
> 为何西乡隆盛的头颅如此重要?

读到这里，任谁都要一凛：西乡隆盛的头颅为什么如此重要 ?!

作者分析：这要归结于武士阶级的一种庆典。在东瀛列岛，中世纪以降，战胜者照例要割下战败者的脑袋，向上司进献，一来表示验明正身，二来显示尽忠竭力，三来，展示本方对敌方压倒性的完胜。

然而，政府军是由平民构成的现代化队伍，跟西乡的封建士族武装恰成尖锐对立，他们是用不着以武士的传统欢庆大捷的，因为那样一来，反而显得是在为对手招魂。

不是政府军需要，那么是谁需要？

是舆论在层层压迫。

舆论，说到底就是民心。西乡曾为明治政权的台柱，在“维新三杰”（另二人为大久保利通、木户孝允）中排名居首，他魁梧的身躯及其散发的魄力、魅力，颠倒苍生，无与伦比。当其生前，已经被奉为神祇，人们盛传他飞升天界，从一颗大星上俯视尘寰。报纸、画刊跟着推波助澜，绘声绘色，神乎其神。当其死亡之期，更被说成是远走高飞，去了中国、印度，也有说成是俄罗斯，卧薪尝胆，厉兵秣马，行将卷土重来，东山再起。

即便作为一位死者，西乡也拥有令人谈虎色变的强大气场，没有对西乡首级的确证，其他的一切斩获都功亏一篑，流于空洞苍白。

同名电影

莱维纳的《最后的武士》被改编为同名电影，由美国的汤姆·克鲁斯和日本的渡边谦联袂主演。

汤姆·克鲁斯扮演的是纳森·欧格伦，一位美国退休上尉，1876年，他受聘前往日本，操练明治政府的新军。

渡边谦扮演的是森胜元，一位以西乡隆盛为原型的士族首领，他曾任明治天皇的老师，是推翻江户幕府、返政于王大业的中坚，可惜，随着革命进入资本主义的阶段，他和他的封建士族已沦为前进的障碍。

欧格伦接手训练新军不久，因鲁莽上司的瞎指挥，被迫仓促上阵，与胜元的武装短兵相接。

他重伤被擒。

故事就此展开——

欧格伦在搏斗中刺死了胜元的妹婿广太郎，作为战俘，他被带回武士聚居的村落，胜元不仅没有杀他，还让广太郎的妻子多香为他疗伤。

欧格伦面对胜元，满腹狐疑：“我可是杀死了她的丈夫？”

出乎意外，胜元平静地回答：“广太郎死得光荣。”

欧格伦在村中闲逛，又是出乎意外，村人明明对他心怀敌意，表面上却都恪守待客之道，彬彬有礼——这是怎样的一种隐忍、克制！他想起自己当初血腥屠杀印第安人，那是在国内，在南北战争中，不禁心生愧怍，陷入噩梦般的自责。

村里的男人一律习武，不分老幼；他们坚忍、勇敢、顽强、朴实、礼貌、仁义；实言实行，一往无前，蔑视任何危险和灾难；对首领和天皇绝对忠诚；宁死不屈，视死如归。

欧格伦向武士学习剑道，获知：

格斗中的最高境界，就是剑心合一，摒弃任何杂念。

武士之生，如樱花般绚烂。

武士之死，如秋叶般静美。

在一呼一吸中感受生命。

在一刀一剑中体悟大千。

死亡毫不可怕，重要的是保持尊严。

欧格伦跟胜元讨论尊严。胜元抽出自己的武士刀，告诉他：“这把刀，是四百年前天皇赐予我们家族的。我的许多先祖都是为天皇光荣战死。生命无关紧要，尊严至高无上。”

欧格伦摇头：“在我国的南北战争中，南军也声称为尊严而战，结果成千上万的人白白送掉了性命。”

胜元纠正：“那是死得其所！”

欧格伦反驳：“不！他们的土地被践踏，他们的家人流离失所，难道你认为他们的死亡是有价值的吗？”

胜元语调略高，微微动容：“你懂得什么是人的尊严？你到这儿来杀人是为了挣钱。你的家人在哪里？你的妻子、儿女在哪里？你给他们留下的是什么？”

欧格伦耸肩，摊手：“那么你能留下什么呢？尊严并不能阻止铁路、城市和机器的发展！南军没能阻止，印第安人没能阻止，你也同样不能阻止！”

……尽管争论没有结果，谁也不能说服谁，欧格伦还是坦率地承认，他从这帮武士身上，感受到了某种神圣的力量。

他惊奇地发现，“武士”的汉字写作“侍”，原义为“服务”，所谓“武士道”，并不是一味断杀打斗。

……

历史发展有它不以人意志为转移的规律，新兴的帝国向前走一步，武士阶级注定要向后退一步，直至灭亡。

情知如此，胜元和他的团队还是坦然面对新兴帝国发起的总攻，视死亡为武士的必然归宿。

欧格伦选择了与胜元并肩作战。

影片结尾，劫后余生的欧格伦来到东京，遵照胜元的遗嘱，将家传的武士刀归还给天皇。

天皇接过武士刀，面色凝重，感慨万千：“武士已经成为过去，但武士的精神将会永存！”

天皇低眉，转问欧格伦：“请你告诉我，他是怎样死的？”

欧格伦直视天皇：“我要告诉您，他是怎样活着的！”

铜像

时间：1898 年；地点：东京上野公园。西乡隆盛的铜像拔地而起，巍然耸立。

这是明治天皇的旨意。先是，1889 年，天皇借大日本帝国宪法颁布之机，大赦天下，其中，包括赦免西乡隆盛在西南战争中的叛乱罪，恢复其名誉，追赠其正三位官阶。继而，四年后的 1893 年，天皇又决定为西乡隆盛立碑勒铭，铸造铜像，并带头捐献五百日元（相当于现在一千万日元）。天皇发起，士庶自是热烈响应，踊跃捐款者，达两万五千之众。

海军大臣桦山资纪兼任监工，他是西乡的萨摩藩嫡系，在其顺风顺水的仕途中，曾得西乡大力提携；在西乡发动的那场叛乱中，他坚决站在中央政府一边，与“恩公”对垒。设计伊始，就遭遇方案之争，一派政要，如首相伊藤博文，主张让西乡以陆军大将之姿，跨马佩剑，立于皇居正门。另一派反对，认为西乡虽经赦免，既往不咎，总归是“怨灵”，让他横刀立马扼守皇居大门，则朝廷的正气何在？威仪何存？桦山揆情度理，权衡利弊，拍板让西乡脱下戎装，穿上和服，跨下战马，牵上猎犬，攫取的是他生平最超凡脱俗的一面；基座上镌刻的是他生平钟爱的座右铭：“敬天爱人”；地点，则选择在上野“恩赐公园”，那里，西乡曾率领新政府军与维护旧幕府的彰义队血战，恰好设有安抚双方死难者的慰灵台。

——所谓“怨灵”，就是含恨而殁；不含恨，又何来怨？让西乡戎装守卫他失望乃至绝望了的皇居正门，不是荣，而是耻，武士到阴间也不会忘记尊严。

桦山是入世者，从未出世，但他设计的方案又貌似出世，堪谓用心良苦。

雕刻家为高村光云，截至创作，他没有搜集到西乡的一张照片。坊间流传有多幅西乡的肖像画，均是其身后所绘，画家并没有见过西乡本人。高村的定稿，参考了西乡的胞弟及其子孙的相貌，亦实亦虚。

1898年，铜像揭幕。在场的西乡遗孀系子突然脱口惊呼：“我的丈夫长得不像这样！”

系子说不像，是出于瞬间的直觉。

她不明白雕塑不是照片，照片不等于真人，真人不代表最佳定格，眼前的铜像是政治加艺术的神化，不是她耳鬓厮磨、司空见惯的凡夫。

就说那头颅吧，做得特别特别的大，肩背也是特别特别的宽，乍一看，活似引人发笑的大头娃娃。不，这不是科学，这是艺术，是人仰望时，因基座加身高产生的特殊视差需要，而不是平视时人体的正常比例。

西乡隆盛的弟弟、海军大将西乡从道从后边拉了系子一把，示意她噤声。

若干若干岁月后，这是近年了，据说发现了西乡生前的照片（其真实性，有待进一步考证），从公布的材料看，和雕塑相去甚远。但是，这毫无妨碍，当事人俱已物化，上野的铜像亦已深入人心，人们认定那就是西乡，或谓西乡的容貌就应该是那样：沉毅，浑穆，高迈，坚定。令人想起他在安政大狱（1858年）中所作的述怀诗：“朝蒙恩遇夕焚坑，人生浮沉似晦明。纵不回光葵向日，若无开运意推诚。洛阳知己皆为鬼，南屿俘囚独窃生。生死何疑天赋与，愿留魂魄护皇城。”喂——，如果你站在铜像背后，位置又足够高，告诉你一个未必是精心安排、但肯定是遂了天皇心意的细节（天皇一定会十分在意的啊）：顺着西乡的视线望过去，你会发现，入眼的不是草坪、不是街道、不是城市上空的浮云，而是远处吞吐百川、涛生涛灭的东京湾，以及更远处长波拍天、鱼龙竞逐的太平洋！

东京有三大名人雕塑：皇居前的楠木正成（14世纪的武将）、靖国神社的大村益次郎（明治时代的“战神”）、上野公园的西乡隆盛。百年岁月弹指过，时光雕塑历史，也雕塑人的魂魄；蓦然回首，还是西乡隆盛的人气遥遥领先。

西乡隆盛在千里外西南战场失落的头颅，如今“物归原主”，正稳稳安放在上野公园铜像的肩上。西乡生前有言：“有两种机运，一种是我们偶然碰上的，另一种是我们创造的。”那么，西乡身后的机运，又是怎么碰上或创造的呢？一言以蔽之：汲汲于帝国主义征途的明治政府，毕竟离不开“以武为本”、“忠诚至上”、“重名轻死”的精神和骨气，大赦西乡，树碑铸像，实乃借尸还魂——还大和民族武士道之魂——的一项阳谋。

2015年7月12日

湖 心 島

彼邦也有主旋律

傍晚风驰电掣到长崎，适逢劈头盖脸的大雨，这样的“洗尘礼”让人措手不及，衣衫鞋袜尽湿，卒至失态狼狈。晚餐后，众人起哄去山顶看夜景，我说我就免了吧。于是得赦留在旅馆，得过是过且过是过地乱翻书，翻随身携带的有关日文书。

是夜雨声风声扰人；此外，扰我一夜清梦的，还有数则睡前从书本上淘得、说大不大、说小也不小的故事。

日本版的苏武

时间：约在公元670年；地点：唐朝都城长安。某天，有五位倭国佬，分别叫土师连富杼、冰连老、筑紫君萨夜麻、弓削连元宝儿，以及大伴部博麻的，约好了在一处碰头。其中，以土师连富杼为首的前四位，是白村江战役（公元663年）之前公派的留学生（僧），鉴于大唐和本国交火，关系恶化，遭剥夺相关待遇，形若人质；末一位大伴部博麻，则是参加了白村江战役的士兵，兵败被俘。

是时，坊间传言，唐军将挟胜东渡，直捣倭国腹地。

土师连富杼等四位留学生急了，他们想把这火烧眉毛的军情捎回国去，好让军队有所准备。然而，尽管白村江战役已经过去，对他们的监控亦已取消，想回，不妨抬脚就走，奈何四人在监控期间耗尽积蓄，囊中无钱，上不了路。

这就是一钱憋倒英雄汉了——何况路迢迢，水长长，需要庞大的开销。

这当口，大伴部博麻站了出来。他说:“由我来想办法。”

众人面面相觑:你一个俘虏兵，流落在这异国他乡，能有什么办法呢?

谁也想不到，大伴部博麻说出的是:我也想跟你们一起回去，可惜大家都没有路费，动不了身。这样吧，你们把我卖了，拿卖得的钱作盘缠。

大伴部博麻说的卖，指的是卖身为奴，唐朝时，长安已是一座国际化大都市，开放有跨国奴隶交易市场，当时最为抢手的货，乃“昆仑奴，新罗婢”。

失败的战士，依然是战士;大伴部博麻此刻的孤注一掷，显得比集体冲锋更为悲壮。

怎么看，都有点儿早期武士道的血性了。

一个沦落街头，连胜利者也懒得管了、不屑管了的俘虏兵，就这样一挺脊梁从芸芸逝者、茫茫史册中站了出来，站成了百代千秋的榜样。千载以下，任谁读到这里，都禁不住要对这位唐军手下的败卒，肃然起敬。

四位留学生迅速交换了一下意见，觉得不失为一个没有办法的办法。于是，他们把大伴部博麻送去人肉市场，换了一笔将将够上路的钱(比起他国的仆役，日本人身材矮小，相貌猥琐，卖不出高价)，然后，一路走一路继续想办法地回到了扶桑。

大伴部博麻就这样留在了长安，苦力的干活，一干就是二十年，这可是比吾邦苏武在匈奴牧羊的时间还长，境遇还惨，说不完的凄惶，说不尽的罪，那就干脆不说，留给有心的读者去想象——直到国内终于有人惦记起这苦人儿，派人到长安为他赎身，这才重获自由，踏上返乡的路。

大伴部博麻的事例发生在任何一国，相信都会成为至高无上的爱国主义教材。日本当然要拿它大做文章，据《日本书纪》记载，持统4年(公元690年)，大伴部博麻回到国内，持统天皇不敢怠慢，随即隆重召见，公开表彰他“尊朝爱国，卖己显忠”——大伴部博麻自此名垂青史，直到江户幕末，他的事迹还被尊王攘夷派刻成了碑，四处宣传。

坂本龙马纳头便拜

19世纪中叶，美国的“黑船”前来日本叩关，正在江户千叶道场学习剑术的坂本龙马，作为一个热血青年，本能地接受了“尊王攘夷”的口号，反对同美国签订“和亲条约”。

同一时候，幕府重臣胜海舟，却在高调宣扬门户开放，主张同世界各国建立平等互惠的通商关系。呸！呀呀呸！清国鸦片战争的教训摆在眼前，《南京条约》等于是套在中国脖子上的一道绳索，哪有半点平等互惠？这不是典型的卖国言论又是什么?! 坂本龙马对胜海舟恨入骨髓，决心要为民除害为国除奸。

这一天，坂本龙马偕同千叶道场教练千叶重太郎，腰挎长刀，径直去叩胜海舟的门。胜海舟是何等英物，他目光一扫，就吃定来者不善，然而不动声色，待客如仪。龙马也不客气，坐定，一杯茶下肚，立刻直奔主题，请教胜海舟对开国一事的看法，他要等当面确证胜海舟的反动思想，然后再下手。

胜海舟也不含糊，随即从国内形势讲到国际形势，从清国的教训讲到日本的对策，反复强调，只有打开国门，与西方列强广泛交往，才能取彼之长，补己之短，庶几振衰起敝，富国强兵，迎头赶上。倘若一味闭关锁国，与列强为敌，只怕祸在旦夕，重蹈清国的覆辙。

龙马认真倾听，起初还不以为然，但是听着听着，便觉得有几分道理，于是越发认真，竟至于句句入耳入心，且入神入魂。待到全部讲完，他挺直腰杆，举起双手，冲着胜海舟纳头便拜，口里说："我龙马有眼不识泰山，今天是真正遇到了高人。"

拜者，是醍醐灌顶、大彻大悟地拜了；受者，也是孺子可教、英才难得地受了。这是吾国《三国演义》、《水浒传》中常有的画面；现实中也有，鲜见。在彼邦，却是走出书本，走出画面，光大普及为一种民族共性——芳贺矢一的名著《国民性十论》，第一论"忠君爱国"，第二论"崇祖先，重家名"，第三论就是"讲现实，重实际"——日本人很早就从切身经验中总结出：没有永恒的敌人，只有永恒的强者；出门在外，闯荡江湖，谁强就跟谁学。

宝刀是这样锻出来的

正藏是一个叛师逆父、与情人私奔的普通刀匠，只因酒后夸海口，传到王爷耳里，被误当作盖世无双的名匠，着家宰赐予他五十两白银，勒令限时造出一把独步天下的宝刀。情人看穿他的胡吹，卷去五十两白银潜逃。正藏人财两空，束手无策，企图自杀，里长适时出现，问明缘由，总归是王爷的命令要紧，赶忙自掏腰包，给他垫付了五十两银子。

怎么办呢？再行自杀，既有负王爷、家宰、里长，又对不起师傅、爹娘，还有自己这堂堂的男子汉之身。硬着头皮锻吧，情知技艺不过关，拼了这性命，也难以造出稀世珍品。进也难，退也难，生也难，死也难，总不成就这样整天望难兴叹吧。想那珍贵宝刀，也都是人锻出来的，别人能，我为什么就不能？横竖没退路，不如闯一闯。于是，正藏狠下心肠激励自己：

"造吧，造吧，造下去，造出当代独一无二的一把刀来，造出一把古今无双的宝刀来！我认啦。上感王爷对我的恩顾，下报家宰大人、里长对我的照拂。把十几年来师傅以心传心教给我的本领，全副使出来。把我的精魂，全都凝注在这最最好的铁砧上来；单数锤报恩，双数锤酬义，咬紧牙关打，用足力气打。錾子横凿，凿掉我徘徊之想；錾子竖凿，凿掉我卑怯之心。折叠起来打，合拢起来打，锻上十五次，把四份炼成一份。把我满腔的热血，化作原铁；把我清纯的一念，倾注到刃钢上来。让我胸中的烈焰，一次又一次地铄铁成金。‘注水’、‘去铣’这些我都小心从事，去掉‘刃土’，随后就是至关紧要的‘开刃’，让我至诚的泪水，化作热汤飞沫，唯期神灵加护。即使此身立即献给神灵，又何所惜……唉，过去我太糊涂了，那些‘小乌’、‘小狐’、‘斩鬼’、‘斩须’（注：均为日本历史上有名的宝刀），那又是谁打造出来的呢？既不是夜叉，也不是菩萨，也是和我同样的人身，同样有十指，同样有个硬脊梁骨的人呀。我决不死，决不死，我决不白白地死去。好，我生为神国的男儿，怎么能像蝼蚁一般地死去呢！”

他的心机一转，颜色陡变，须眉倒竖，眼中发出血红的激愤之情，大有上冲霄汉之势。

这就是置之死地而后生，“死地”常有，因此世上多的是失败者的行尸走肉，而“后生”鲜见，归于奇迹一类。所谓“后生”，“生”的首先是精神，精神一爆发，就像眼前正藏显示出的那样，什么困难也不在话下。

正藏闭门锻刀，三年如一日，终于精诚所至，金石为开，锻出了一把举世无匹的宝刀。

这天，他邀约里长，把宝刀呈献给王爷。

但见，王爷“从刀扣看到刀尖，又从刀尖一直看到刀柄。果然宝光闪闪，刚中带柔……真稀世之珍品，疑神龙之化身。王爷看得意迷神摇，半晌言语不得，茫茫然如醉如痴。随后，他右手持刀，欠身而起，说道：‘正藏，果然打造得好！打造得美。不过，外形过美，反而令人放心不下，到底锋利程度如何？’王爷的话音刚落，正藏勃然作色，不待王爷说完，一跃上殿，勇猛地叉开双腿，砰地敲了一下他那便便大腹，大叫道：‘斫吧，朝着这儿斫吧，保准一挥两段！’”

故事戛然而止，而余音不止。这是一则短篇小说，出自幸田露伴之手，译者，为刘振瀛。日本制刀之术，本是取自吾国，拿去之后，不是仅得其中、其下，而是青出于蓝，更得其上。唐人欧阳修有诗赞曰："昆夷道远不复通，世传切玉谁能穷！宝刀近出日本国，越贾得之沧海东。鱼皮装贴香木鞘，黄白闲杂鍮与铜。百金传入好事手，佩服可以禳妖凶。"日本人的高明之处在哪儿呢？故事强调的不是什么诀窍、秘籍，而是人的潜质，人在非常时期所能爆发的非常能量。你看，一个寻常的工匠，一旦被逼上梁山，如何把生之激情、技之渴望、灵之热焰，全部注入刀刃——这正是日本人所重视的。日本自然资源严重不足，着眼点正在最大限度地开发人力资源。从近代史看，日本经济所以能常常跻身世界前茅，靠的正是千千万万平凡而又伟大的正藏式的英雄。

《奔跑吧，梅勒斯！》

这是太宰治的一个短篇，取材于德国作家席勒的作品，故事说的是：

牧羊人梅勒斯企图行刺对国民失去信任、从而滥杀无辜的国王，不幸被捕，面临死刑。他向国王请求，以好朋友为人质，给他三天时间，回家操办唯一的妹妹的婚礼，然后赶回来领死。

国王当然不信，好在有人质在，乐得放他一马，三天后日落前他不回来，就把他的朋友处死，以昭告天下人心的丑恶。

梅勒斯当天急奔回四十公里外的家，第二天为妹妹举办婚礼，第三天，又冒雨返回皇城。

这一路上极不顺利，先是遭遇山洪，与激流搏斗，九死一生；然后又遭遇国王派来的杀手，凭着勇气和本领，勉强闯过关卡；再后来，是陷入极度虚脱，倒地不起，昏迷不醒。眼看日落前赶不回皇城，这样一来，他的朋友就得替他受死，他将作为不守承诺者而遭国人唾弃，而国王，由此将更加不信任臣民。

——主人公急，读者一般也会跟着急，手心捏着汗，心悬到嗓子眼。而我不会，我知道这是写小说、编故事的套路，就像《西游记》，要没有那左一个右一个的九九八十一难，怎显出孙悟空的英勇和唐僧的虔诚，以及经书的金贵。梅勒斯如果顺顺当当地返城践约，哪见出他一诺千金、视死如归的真诚，哪有群众失望之极而又惊喜之极的欢呼，哪有好朋友在上绞架的前一刻还相信他一定会回来的肝胆相照，哪有国王被他的高尚与纯洁感动而恢复对臣民信任的大逆转，又哪有这样一篇进入日本中学课本的传世佳作。

对了，这篇小说上了日本的高中教材，它宣扬的是彼邦的主流价值：轻生死，重然诺，尚意气。返城途中，梅勒斯纵然像夸父那样一路狂奔，"道渴而死"，向前扑倒，身子也会像小说结尾写的那样，"扑上绞刑台，紧紧抓住正要被吊上去的朋友的双脚"。至此，读者悬着的终于心放下了，结局皆大欢喜了，国王红着脸，向梅勒斯和他的朋友表白："你们战胜了我的心，我相信诚信了，那绝不是空虚的妄想。能让我加入你们吗？希望你们接受我，让我成为你们的朋友。"

日本的小说、剧本，多以悲剧结尾，此文却是特例，呈现出中国式的大团圆，以使诚信得到最高程度的张扬，国王得到最大震撼的悔过。张扬是张扬了，悔过是悔过了，"但是，又……"——袭用日文最典型的句式——天真无邪、求知若渴的中学生哪，你们可曾想过，国王的"信任"，就是你们都得无条件地忠诚于我，独裁者的心思，天下一般无二。梅勒斯的诚信，不过是建筑在对国王残暴不仁的屈从；国王要的只是臣民对他的单向输诚，他绝不可能成为牧羊人的真心朋友。

……从想象中突然醒来，明白了刚才只是一场梦；进而想到，这是太宰治的作品，取材于古希腊或古罗马，灌输的则是日本式的绝对忠诚。在日本，天皇曾经是神，二战后降格为人，其实，至少还是半神，连占领军司令麦克阿瑟也要对他的神圣地位做出让步，你一个外来和尚乱敲什么木鱼。归根结底，这是人家的故事，上的是人家的教科书，按照作者、编者的思路，莘莘学子除了对梅勒斯崇拜到血沸，对国王（由此联想到天皇）感动到泪奔，不会再作其他的蠢蠢之动、非非之想。

2015 年 9 月 24 日　于长崎

烹小鲜的 ABC

——乙未金秋，作大阪城之游，“风景旧曾谙”，审美疲劳，激不起兴趣，于是，从记忆的网眼摘出几尾银鳞闪闪、尚未来得及溜走的小鱼，供欲治大国、欲谋大事者一哂。

大阪城公园，这地方，我已来过三次。

大阪，古为大坂，大化改新之后，一度做过日本的首都，战国时期，乃兵家必争之地。明治维新，武士阶层的地位开始走低，不满情绪在发酵，考虑“坂”字拆开来为“士反”，含“武士造反”之凶征，不吉利，因此，新政府于明治三年（1870 年），将“坂”改为“阪”。

大阪城公园的主角，是缔造天守阁的丰臣秀吉，这是历史的痕迹、记忆，理所当然，无从取代。我么，一边听志在扫盲的导游喋喋不休，一边触景生情，心随念转，悄悄在脑海里“过电影”，过的是上世纪初发生在这儿的一出故事：

明治末年，一位身材矮小、衣衫不整的年轻人，到一家电器公司求职。人事主管嫌他其貌不扬，不想要，但又不便直说，婉言推托道：“先生，本公司暂时不缺人手，您如有意，一个月后再来看看情况吧。”

过了一个月，年轻人如约而至。主管碍于面子，含含糊糊地敷衍：“对不起，我正忙着呐，这事，是不是过几天再谈。”

一星期后，年轻人又进了公司的大门。如此反复多次，主管再也找不到托词，于是丢下一句话："先生，我们是大公司，讲究形象，您这身打扮，是不适宜的。"

年轻人二话没说，回去举债买了一套西装。主管看他如此实在，只好摊牌："我们是电器公司，您不懂业务，无法录用。"

两个月过去了，年轻人又出现在公司。他对那位主管说："先生，我已经学会不少电器方面的知识，您看我哪方面还欠缺，我会努力补课。"

主管这才认真打量他，注目良久，动情地说："我搞人事多年，从来没有碰见像您这样执著的，真服您了。"

年轻人把主管扣过来的球，一一救起；把主管那双拒人于千里之外的冷冰冰的手，愣是用满腔的热忱生生焐热。您还有什么好挑剔？还有什么好犹豫？

该是主管喜出望外了，立即签字，同意接纳。

年轻人呢，没有半点读者想象中的激动，自打他第一次踏进这公司的门，就自认已是这公司的人，接下来的所作所为，不过是分内的工作，如是而已而已。

后来呢，后来不止于而已：

日本大正、昭和年间的经济，因他而平添了生气。

吾国20世纪八九十年代的求职大潮，因他而诞生了坐标。

我想你已经猜到了，他就是后来被称为"日本经营之神"的松下幸之助（1894年～1989年）。

——这是老故事老话题了。今天，在松下幸之助当年求职的大阪，在大阪城公园一株蟠身矫首的老松树下（松下之姓，正是由这种地形而得），不期而然地，心血来潮地，又想到了它。我什么也没说，当着同行者的面，弯腰从地下捡起一枚松果，带着一种日本人特有的仪式感，把它凑在鼻前嗅了嗅，又对着日头耀了耀，然后，用一方纸巾包好，郑重其事地搁进行囊。

天守阁前，导游又在大讲丰臣秀吉（1537年～1598年）的奇谭逸事，我讶怪她讲了那么多那么多，为什么不顺带讲讲织田信长、德川家康，对了，还可以拐到石田三成（1560年～1600年），那弯拐得并不大，总归是跟丰臣秀吉息息相关，我指的是，石田三成的三献茶。

史书上讲：

石田三成出生在武士之家，排行老二，按照当时武家的惯例，少时被送到寺院当小沙弥。

一天，丰臣秀吉打猎时路过该寺，正值口渴难熬，便进去寻水喝。三成恭敬奉上一大碗凉茶，秀吉等不及落座，站在那里，一仰脖咕噜噜喝下，抚胸抹肚，连呼“好茶！好茶！”末了坐下，转向三成，“再来一碗！”稍顷，三成奉上的是一中碗半热不热的温茶。秀吉一边饮，一边抬眼打量室内陈设，以及廊檐、院树、天空的一角，感叹又得浮生半日闲。饮罢，咂咂嘴，觉得意犹未尽，要求“再上一碗”。须臾，三成奉上的是一小碗滚烫滚烫的热茶。秀吉凝神端坐，慢慢品尝，俄觉口舌为茶而生津，天地为静而博大。

尝毕，秀吉问三成：“为何三番献茶，茶的凉热、碗的大小都不一样？”

三成说：“您进来时风尘仆仆，额汗淋漓，想必竭力追逐，口干舌燥，因此，头番用的是大碗，上的是凉茶，让您消暑止渴，喝着痛快；有了一大碗凉茶垫底，您想必舒坦多了，二番改为中碗，上的是温茶，让您放松身心，悠然步入茶道的境界；这时候，您渴意全消，气定神闲，三番改用小碗，上的是热茶，让您从容品茗，饮茶汤魂，悟天下事。”

细节通着大节，小道理隐现大道理，想当初，秀吉晋升的第一个台阶，就是为织田信长提草鞋，因为提草鞋有方有功而被主子赏识——正是心有灵犀一线牵，秀吉和三成，两颗咚咚跳的心脏产生了共振。

秀吉咂巴着得到滋润的嘴唇，搓搓手，哈，今天不用再追猎了，天赐的猎物就在眼前。

——这边厢，秀吉把三成收作侍从。

那边厢，三成则因三番献茶，彻底改变了一生的命运。

离开大阪城公园，巴士七拐八弯，经过一道河，又一道河，导游乘机介绍起大阪的八百八桥、海洋馆、水公园、水钟……在她，这是尽责尽职，无可挑剔，在我，却应了熟视无睹，意马心猿，思维一闪，又勾起了一则发生在河里的故事。

彼河不是此河，那条河远在九州的福冈，名叫筑后川，故事是这样的：

寒冬腊月，千里冰封，万里雪飘，人类有衣物、房屋可以御寒，动物有毛皮、巢穴可以防冷，鱼类呢，它们生活在水中，无处藏躲，只能逃离寒冷的水面，潜伏到相对温暖的河床——常识告诉我们，那里是恒温 4℃。

鱼是冷血动物，体温会随水温自动调节，当河床是 4℃，鱼的体温会比它略高一点儿，大约在 4.5℃ ~ 5℃。

这时，假如有一个人潜到河底，人的正常体温是 37℃，在憋一口气的工夫，顶多降个两三度，因此，对于附近的鱼儿来说，就等于天上掉下一块热烘烘的毛毯，它们感知到“毛毯”的热量，就会迅速聚拢来取暖。

此时此刻，面对投到怀里的鱼儿，不要白不要，不捡白不捡，他只要张开双臂，就能轻而易举地抱住一条。

福冈县久留米市田主丸町，有一位捕鱼能手上村政雄，他正是利用鱼儿冬季趋暖的习性，发明了独特的“鲤鱼抱”。

怎么个“鲤鱼抱”？

缘起：上村家正挨着筑后川，河里盛产鲤鱼。每年从春到秋，是捕捞鲤鱼的黄金季节。然而一入冬天，鱼儿都潜到水底，那水又深达五六米，一般的渔夫都望而却步。这就是上村大显身手的时候了。

行动：在捕鱼之前的两三天，上村像相扑力士那样，大量摄入高脂肪高热量的食物，把体能热能调上去。到捕鱼的当日，他在河边燃起篝火，对着烤，直到全身火辣火烫，大汗淋漓。随后下水，迅速潜到河床深处，舒展四肢躺下，一动不动，保持安静，就这么眼睁睁地“守株待兔”。不用几十秒，自会有鲤鱼逐暖而来，进入他双手的势力范围。就在鲤鱼乐而忘忧、舒心享受的时候，上村猛地抱住一条，蹿出水面。

熟能生巧，巧能生神，上村抱鱼抱出了神技，他常常是左拥一条，右搂一条，嘴巴还叼着一条，一天能抱得百条鲤鱼归。

作家火野苇平以上村为模特，创作了小说《百年之鲤》，“鲤鱼抱”的神技从此为世人熟知——只是，在小说中，上村的名字被改成了真麻氏。

一般读者只是从真麻氏的“鲤鱼抱”中领略冬季捕鱼的诀窍，日本软银集团创始人孙正义却从中悟出谈判的技巧。

谈判跟“鲤鱼抱”有什么联系？

有啊！孙正义传授秘诀：谈判对象，相当于鲤鱼，你要顺利和对方达成预期的协议，千万不能采取“钩、叉、网”等正面对抗，那样只会让对方跑掉，而是要从对方的心理期待入手，给予其足够的温暖、宁贴、放心，这样，趁对方一个不注意，一举把他抱住。

——不独谈判如此；放眼世间，猎物在前，最高明而又不落痕迹的举措，莫非万变不离其宗的“鲤鱼抱”。

2015 年 10 月

生死关头的生命大挪移

时间：11 世纪末。地点：本州东北。

两军决战，胜负已定。败者，东国军队的指挥官安倍贞任，弃守衣川关，单骑落荒而逃。胜者，有“八幡太郎”（战神长子之意）之称的官军大将、神箭手源义家，率众拍马追赶。眼看安倍贞任逃至衣川水岸边，行将渡河远遁，源义家猛然大喝一声：

“你这个背向敌人的小丑，转过你的身子来！”

——这声断喝很管用，日本人视逃跑为耻辱，背对敌人，乃武士最丢份的事，输什么也不能输脸。

安倍贞任勒住马，扭过头来。

迎接他的不是百步穿杨的利箭，而是一句和歌。

义家朗声吟道：“经断纬绝衣袍破。”

阵前对歌，是武力之外的一种文化较量。义家点明“经断纬绝”，是讽刺贞任的衣袍已破烂不堪，或许还暗讥衣川关千疮百孔，终于不敌最后一击。贞任听罢，不假思索，应声回道：“连年征战莫奈何。”

这是说连年鏖战，防线支离，衣衫褴褛，回天无力，只能徒唤奈何，徒唤奈何的啊。

义家的箭是搭在弦上的，只要一拉弓，就会射出去。然而，他却把弓放下了。

放下了，并且勒转马头。

部下奇怪，这么近的距离，以少将军的神技，怎么不一箭把他射死呢？

义家答：生死关头，尚能如此从容应对和歌的勇士，我不忍心杀他！

公元 1184 年，须磨浦之战。

一位身经百战、老当益壮的武士，名叫熊谷，骑马追赶一个拼命逃窜的敌人，眼见得越来越近，眼见得三招两式就将对方打倒在地，按照当时的战场规则，除非被打倒的一方身份高贵，或者与自己的威名、能力不相上下，否则，就不应该杀他。

熊谷想要知道敌人的名字，对方拒不透露，他于是一把扯掉对方的头盔，露出来的，竟然是一张英俊少年的面孔。熊谷慌忙撇了战刀，弯腰扶起少年，以慈父的口吻说道：“走吧，好孩子，到你母亲那里去吧！我熊谷的刀决不会沾上少年公子的血。趁你敌人的大队人马到来之前，赶快远走高飞吧！”

没想到，这位年轻的武士不仅拒绝离开，反而乞求熊谷为了双方的荣誉，立刻砍下他的头颅。

熊谷举起了刀，闪闪刀刃映着他的苍苍白发，这把刀，曾经上演无数次的快意恩仇，但是，这一次，他的心碎了。瞬间，熊谷在刀光中瞥见自己孩子的身影，他的儿子也是在那天首次上阵厮杀。

熊谷的双手微微发抖，他厉声让年轻的武士赶快逃命。对方仍然拒绝。这时，身后的大队人马越来越近，呼啸、呐喊清晰可闻。熊谷长叹一声，大喝道：“现在再不逃跑，就来不及了！与其让你死在无名之辈的手里，还不如死在我的手上，以后再为你祈求冥福吧！一念阿弥陀佛，即灭无量罪！”说罢，只见寒光一闪，刀起头落，鲜血沿刃尖哭泣似的洒下，洒下。

战斗结束，熊谷凯旋——他从此结束征伐生涯，削发为僧，一心向佛。

室町幕府文明末年（1486 年），一天，江户城的创建者太田道灌不幸被刺客长矛击中，对手知道他是诗迷，在挥矛劲刺的瞬间，吟道：

“唯有这时应珍惜生命。”

好一个太田道灌！他在被敌人刺中要害，伤重欲倒，奄奄待毙之际，居然还听清了对手的吟诵，并且还挤榨出生命最后的能量，稳定身躯，调动思绪，从容答道：

“除非早就把生命置之度外。”

道是武士道，故杀人和被杀之前，还要讲究一点儿雅。

丰臣秀吉取得天下后，任命德川家康等五位元勋为“五大老”，石田三成等五员大将为“五奉行”，协助管理国家事务。

1598 年，丰臣秀吉去世。又二年，忠于丰臣家的石田三成，与背叛丰臣家的德川家康，各率西军和东军，在关原展开对决。

因为小早川秀秋的反水，导致西军全线溃败，石田三成被擒。

那天，三成被绑赴法场。僧人为三成念佛，他拒绝。面对天之苍苍，地之茫茫，三成轩昂自若，毫无惧色。行刑前，三成口渴，这是生理机制的正常反应。奈何附近没有水源。有人看到路边有柿子树，就说摘一个新鲜柿子给他解渴。三成摇头苦笑，说：“柿子生痰，吃了对健康不利。”刽子手不屑：“你马上就要被砍掉脑袋，还谈什么保养！”三成微笑答道：“这你就不懂了。胸怀大志之人，纵然在头颅被砍的前一刻，也要一如既往地珍惜身体。”

江户初期，号称“日本第一剑客”的宫本武藏，曾经寄居熊本。一天，他的弟子，也是领主的光尚，前来请教何谓岩磐不动之身。

武藏肃容端坐，解释道：“所谓岩磐之身，指身形不动，而威烈自现。人的身体本来是易于晃动的，心魂因而也随之晃动，制胜的奥秘，就在于对敌之际，心定神凝，不动如山。”

“我们凡人对此奥秘实在难以领会，”光尚的一个近臣插话，“武藏先生，能否请您实地表演一下？”

光尚也有这个意思。

武藏随即吩咐近侍：“传寺尾信行（武藏的剑法传人）到御前来！”

信行悄悄地来了，默默地俯伏在殿外。

武藏赫然凝视，正色道：“信行！主上要你在这儿切腹！”

信行神色如常，坦然回答：“是，领命！”一番行礼如仪，然后褪下裤子，袒开腹部，拔出短刀。

光尚慌忙制止：“等一等！”

“是。”信行停手待命。

“不是真要你切腹，只是试试你的心志而已。好，现在你可以退出了！”

若在一般人，听到这儿，悬着的心落到腔里，肯定会长舒一口气。反观信行，神色看不出任何变化，他从容整理好衣衫，躬身施礼，与来时一样，悄悄退下。

武藏目不转睛地送走信行，转而对光尚说：“主上，刚才信行表现的就是岩磐之身。信行心中想必有不解之疑，但它没有表露在身形上，只有经过长期的剑术修炼，才能获得这种平常心。”

2015 年 11 月 27 日

木刀，向小次郎的天灵盖砍去

佐佐木小次郎是一个剑术天才，打遍天下无敌手，偏偏又冒出另一个剑术天才宫本武藏，也是打遍天下无敌手——一山焉能容二虎？宿命的碰撞注定要到来。

是小次郎主动向武藏发出挑战。

武藏欣然应战。

双方确定了时间、地点。

这是以头颅一掷，不是你死，就是我亡。

但是，在约定时辰的前一刻，武藏提出：把日期延后一年。

理由是：要出门云游。

武藏的确是出了远门。

这一年内，他都干了些什么呢？

综合吉川英治的《宫本武藏》以及据之改编的电影《决斗岩流岛》：武藏隐居山野，结庐垦荒，闲时打禅，出入书画，研习茶道，琢磨雕刻。

他确信，这一切都有剑道的精髓在。

许多日子过去了，他自觉越修行越陷入迷惘，苦海无边，四望不见崖岸。

环顾列岛，唯有愚堂禅师能帮他破除迷障。

禅师正在云游天下。

武藏满世界追寻，终于将禅师找到了。

禅师不理，任他自苦自悲。

追急了，一天，禅师扔给武藏四个字：“空无一物。”

什么意思嘛？武藏百思不得其解。眼看决战日期将近，他六神无主，濒于崩溃。

那边厢，小次郎又在干什么呢？

他出身名门，自小锦衣玉食，想玩则玩，想喝则喝。近来又为小仓藩藩主细川忠利看中，聘为武术教练，正是如日中天，春风得意马蹄疾。

但他是不世出的天才，懂得如何克制享乐，刻苦砥砺。

一天晚上，武藏在禅师面前长跪不起，恳求指点迷津。

禅师拿起一根木棒。

武藏合上眼睛，等待当头棒喝。

棒子没有落下，只是绕着他的身体画了一个圈。

画完，禅师转身就走。

武藏大失所望。他笃信禅师笃信到痴迷，就指着他在这不进则退的节骨眼上推自己一把，谁知老和尚虚与委蛇，只拿棒子在地上随便划拉一下，就扬长而去。看来，只有自己救自己。

自助者天助！

武藏起身，拍拍膝盖上的土，“咦——？”他忽然两眼放光：

禅师在地上划了一个圆。

圆是什么？

圆是无止、无曲、无穷、无惑啊。

圆扩至乾坤，便成天地。

圆缩到极致，便为自己。

——啪！

武藏站在圆心，右手拔出佩刀，明月在天，刀影在地。

“嘿！”他用左手奋力挥动短剑，剑影、刀影随身形千变万化，然而天地法相一如既往，一成不变。“二刀就是一刀，”他彻悟，“而且同属一个圆。”

大战将至，小次郎的心情也不平静。作为武术教练，他创造的岩流剑法，已在九州落地生根，家喻户晓，并远播四国、本州。但是，作为公认的剑术大家，他还缺少应有的涵养，每当有人在他面前称道武藏，心头总要掠过一丝不快。

一年之期，说到就到了。

决斗地点，定在小仓藩境内的船岛。

时间：十三日辰时。

决战前夕，小次郎给藩主和情人留下遗书——这是武士的规矩。

当天一早，他乘坐藩主的官船，在众人的祝福声中起航。

且看小次郎的打扮：头扎白色丝带，身着白绢窄袖上衣，外套猩红色的背心，下配葡萄色的皮染裤裙。腰间除平常佩戴的小刀之外，又插了一把轻易不露的爱刀“晒衣竿”——刀长三尺有余。

途中，小次郎放飞做伴的爱鹰，抛掉众人为他求来的护身符、祈祷文。

他在卸包袱。

武藏也在给自己卸包袱。

决斗前夜，他远离喧嚣、关护，躲在相熟的船家美美地睡了一觉。

晨起拈笔，给亲近者留下几幅山水画。

白纸犹如空无一物的天地。心弱，则笔下之迹必萎；心刚，则笔下之迹必挺。

权当留给天地的遗书。

苦苦恋着武藏的女友赶来话别。应女友要求，武藏当众拥抱了她。

武藏帮女友擦去泪痕，说：

“武士的妻子（他在生离死别之际，许下承诺）不可在丈夫出征前流泪，你要以笑脸相送。这是做丈夫的尊严，也是武士道的尊严。”

出发时，他乘的是船家的小舢板，依然是一身底层武士的装束，只是临时在额上扎了一条醒目的红头巾。

途中，他拿过舱内一支废弃的木桨，把它削成刀，他知道小次郎的“晒衣竿”长逾三尺，这把木刀比它更长。

船岛到了。

约定是辰时，此刻已过巳时。

小次郎早已等得不耐烦，他从高处跑下来，厉声责问：

“你是胆怯了吗？还是在耍什么诡计？无论如何，你是一个不讲信用的家伙，竟然迟到了一个时辰！”

因为头巾的束缚，武藏的眼梢微微上扬，平添一股英武，眼神却是宁定而渊沉，有如深不可测的海水，牢牢吸住敌人的魂魄。

小次郎的双目杀气蒸腾，犹如火山的喷火口。

交战开始，小次郎抢得先机，占据沙滩的有利地形。他右手拔出腰后的大刀“晒衣竿”，左手将刀鞘掷入海中。

武藏冷冷地说：

“小次郎，你输了！”

“什么？”

“今天的比武胜负已分。你输了！”

“住口！你凭什么？”

“如果你胜券在握，为何丢弃刀鞘？丢弃刀鞘等于丢弃你的生命！”

“哼！强词夺理，胡说八道！”

“可惜啊！小次郎，你气数已尽！”

武藏背对大海，这是由小次郎的身位决定的。不过也不尽然，因为时值正午，阳光从头顶照下来，反射在水面，发出刺目的炫光，小次郎面对大海，恰恰处于不利的境地。所以，武藏守住背水的方位不动。

小次郎轻挪碎步。

他在寻找敌人的破绽，同时又要坚挺自己的金刚之躯，是以采用这种碎步战法。

武藏也在慢慢移动脚步，一会儿退至水里，一会儿进至沙滩，宛如凌波微步，踏沙徐行，玩儿似的。

小次郎想不到武藏如此轻松应战，心弦一紧，不觉停下脚步——眼前突然失去武藏的身影。

仰头，但见木刀划过长天，武藏魁梧的身躯随之蜷成一团，翻滚在半空。

“——啊！”

小次郎赶紧挥刀迎击。

说时迟，那时快，武藏紧缚的红色头巾，被他的刀尖斩成两截，横飞出去。

小次郎误以为那是武藏的首级，红彤彤！血淋淋！

小次郎的眼中溢出笑意。然而，致命的然而，就在那一瞬间，他的天灵盖被木刀劈中，头骨碎裂，脑浆迸流。

寂静。万籁无声。连潮水也停止呼吸。

……武藏揩拭额头渗出的鲜血，凝视被“晒衣竿”斩落沙滩的红头巾，脊背森然蹿起一股寒意。

“这是我生平遇到的最好的剑客。”

“天啊！我竟然战胜了他！我将以此为荣，这是敌人给予我的恩泽。”

——有史家评论：佐佐木小次郎和宫本武藏都是第一流的剑术家，两人堪称是棋逢对手，将遇良才，若说差别，仅仅是微不足道的一丁点儿。

那一丁点儿是什么？

你说呢？

2015 年 7 月 28 日

艺 苑

四位作家的“作坊”

——网购高桥敏夫、田村景子编纂的《文豪之家》，入手，原来是三十六位文坛大腕私人宅邸的写真，出乎意料，却又正中下怀，得以窥视我熟悉的部分文化大师的“作坊”。

一

太宰治（1909年~1948年）的祖屋，让我恍悟这位天才作家的苦与衷。

这是一栋奢华炫赫的大屋，矗立于青森县津轻郡，是他的老爸，一位大官僚大地主大实业家的身份之象征。太宰治呱呱落地在这里，是屋主的第六个男丁，但他不属于大屋，因为母亲病弱，出世不久，就被交给亲属抚养。

离开大屋，感情越离越远。15岁前，有父亲在，名义上，他还是这公馆的少爷；父亲殁后，长兄接掌家业，鉴于阶级的背叛（一度混迹于马克思主义者的社会活动）、行为的堕落（与酒吧女闹殉情，女方溺海而亡，他获救），他直接被“分家除籍”，逐出家门。

太宰治企图在革命和爱情中找到生存的意义：惜乎，他对左翼运动的拥抱，止于虚怀；对爱情的戏嬲，也两度以情死未遂而贻羞。

“遭遗弃之人太过可怜。君可知，弃民之爱深几许。”

"我伪装成骗子，人们就说我是个骗子。我充阔，人人以为我是阔佬。我故作冷淡，人人说我是个无情的家伙。然而，当我真的痛苦万分，不由得呻吟时，人人却认为我在无病呻吟。"

是以，太宰治不由自主地滑向文坛无赖派。

无赖是对正统的绝望，是日本战后兴起的一种没有信仰的信仰。

太宰治是他的笔名，其本名津岛修治，有人附会："太宰"也哉，实为"堕罪"的谐音（两词均读 dazai）。

从大屋走出的逆子，要么一刀两断，义无反顾；要么藕断丝连，拖泥带水。太宰治近于后者。他晚期的压卷之作，为《斜阳》，为《人间失格》。"斜阳"，是没落贵族生活的西风残照：母亲的矜持和徒劳，姐姐和子的空虚和自弃，弟弟直治的颓唐与崩溃。他们都被战后的新生活打败了，直治自杀前还不忘在遗书的末尾缀上一笔："我是贵族。""人间失格"，乃赤裸裸的自嘲，意为"失去了做人资格的家伙"，主人公叶藏既是无赖，又是"像神一样纯真的赤子"，一生处于无重力状态，厌世，玩世，弃世，不知为何而活，也说不清为何而死，虚无到惧怕幸福，碰上棉花都会受伤，甚至被幸福斫伤。

太宰治是把自己的生涯当作小说演绎的，死亡，而且是接二连三的自杀，被安排为后浪逐前浪的高潮。写完《人间失格》，他又和情人闹自杀，在他，这是第五次，也是最后一次，1948 年，39 岁，终于纵身一跃的他，溺于玉川上水。其遗言："不要绝望，就此告辞。"

如今，太宰治生前不能入住的祖屋，已辟为他的纪念馆，馆名"斜阳"，堪称绝妙的定格——绝"暧昧"的妙，定"物哀"的格。

二

夏目漱石（1867 年 ~ 1916 年）的幼年，有点跟太宰治近似，出身于大户人家，是父母膝下的老八，从小寄养在别处，2 岁，正式过继给另一家当养子，10 岁，始回到父母身边，15 岁，母亲去世，19 岁，离家，从此居无定所，云游四方，一辈子都是赁别人的房子住。

设身处地，他的内心一定汪洋着漂泊啊漂泊。

图片展示的是他在东京的一处落脚点，房子尚算整洁，凸出的，是门口蹲着的一只猫——这是他的宠物，不，朋友，也不，是启蒙者、灵感的源泉、讽世的道具——他正是通过猫眼看世界，写出了杰作《我是猫》。

主人公苦沙弥是一个穷教书匠，安贫乐道，常和一帮脾气相投、境遇相似的朋友，如“美学家”迷亭、“理学士”寒月、“艺术家”东风、“哲学家”独仙等等，厮聚寒庐，谈天说地，讽时讥世，不亦悦乎。

与之比邻而居的，是资本家金田老爷。他是明治“文明开化”的弄潮儿，秘诀是“精通三缺”，即缺义理、缺人情、缺廉耻，“鼻子、眼睛统统盯着钞票”，“只要能赚钱，什么事儿也敢干”。

苦沙弥和金田老爷，本属于两个不同的世界，偏偏金田的女儿看上了苦沙弥的好友寒月，偏偏金田的老婆又屈尊登门，请苦沙弥从中撮合，偏偏苦沙弥又不谙人情，不通世故，直言：我的朋友不会看上你的宝贝女儿！有这三个“偏偏”，尤其是第三个，金田家从此恨上了苦沙弥，背地里煽阴风，点鬼火，怂恿一帮恶棍和顽童轮番上门滋事。

猫儿很纳闷，不知道生活在哪儿乱了套。一天，偶然窜到金田家，他听到金田夫妇在捣鬼，才知这些日的飞来横祸，都是这俩有钱人策划的，他们在恶意修理主人。

猫儿叹息：总算闹明白了，这世道的运转，都是金钱在背后驱动。而最了解金钱的功用，又能把它的威力发挥尽致的，非资本家老爷莫属。

主人仍然我行我素，执迷不悟。金田家小姐要出阁了，嫁的是主人的一个学生，叫三平。三平前来邀请主人出席婚礼，主人虎着脸，断然拒绝。

唉，这穷而迂者的潦倒日子，连猫儿都觉得烦了，厌了，它学主人喝起了酒，一次喝醉了，“人类最后的命运不外乎自杀”，这是主人的话，嗯，大致是不错的，它想，想着想着，晕头晕脑，一不小心栽进了水缸，胡乱挣扎了几下——认真挣扎也一样——就此呜呼哀哉。

三

江户川乱步（1894 年 ~ 1965 年）之家的副标题，用的是“妖人喜爱的幻影之城”，这是他最后在东京池袋的住所，外观，是两栋小楼，两层的那栋公寓用于生活，三层的那栋库房用于藏书，内视，书斋，客厅，皆整洁、清爽，与脏乱无涉。

乱步的青少年时代，日子确实乱七八糟：家贫，初中毕业后弃学，随破产的父亲去垦荒；父亲看他不是干活的料，又实在贪恋学习，便举债帮他进入早稻田大学预科；因为打工太多，耽误了功课，毕业没能拿到学位；离开校门，整整八年，乱步一直找不到一份稳定的工作，那期间，他平均每半年就要换一个职业。

上帝给了他蹉跎劳碌的痛苦，也给了他弥足珍贵的生活素材。转机出现在1923年，那年他29岁，试着写了一篇侦探小说，叫《两分铜币》，投了一处，失败，转投第二处，成了，文章在《新青年》杂志发表，发表而且一炮打响，赢得文学新星的喝彩。

这是乱步做梦也没有想到的。如果不把以前的苦闷、彷徨、跌跌绊绊计算在内，成功，有时也意外容易。

乱步就认定这条路走下去了。

那是一个鬼魅横行、怪诞狂舞的世代，乱步说哩：世人眼中的小说家，少数是为人类而战的斗士，多数是以娱乐读者谋利的艺人。这种现实而功利的划分，不过是虚张声势的说辞。在我看来，所有的小说家，或多或少，都是因为无法适应现实生活，而选择当“幻影城”（幻想世界）的城主。

侦探小说，源于美国作家埃德加·爱伦·坡（Edgar Allan Poe），乱步本名平井太郎，迈入侦探小说领域，始取笔名江户川蓝峰，旋又改为江户川乱步，其日语读音，均与埃德加·爱伦·坡的日文译名相近。

两相比较，当然是乱步比蓝峰更有情趣，更加欢蹦乱跳，神气活现。

乱步结合自身的实践，倡议改侦探小说为推理小说，恰逢日本实行文字改革，压缩汉字，“侦”字一度被废止，他的倡议于是得到公认；而他本人，也就成为推理小说的鼻祖。

扑朔迷离，如梦似幻，悬念迭出，猜不胜猜，让人眼镜一跌再跌，跌跌不止。然而，神龙见首不见尾，其暗处自有尾在。“双兔傍地走，安能辨我是雌雄”，“能”是一种能力，能量，不是一种“无”。剥笋剥到最后，总归会露出笋心。——这是世人对乱步作品的评读，举其典型，有《D坡杀人案》、《心理测试》、《人间椅子》等。

基于此，他居住的宅邸，也被称为“幻影城”。一位窥探过他“城堡”的德文专家、评论家种村季弘，著文回忆：乱步创作侦探小说时，白天也要拉上紫绛的窗帘，仅以荧荧的烛火照明。房间里，椅子，地毯，天花板，一律呈冷红。他一边摇笔，一边啜饮暖红如血的葡萄酒。

人一出名，手头一阔绰，牛皮就烘烘了，连执笔行文都带上了煞有介事、神乎其神的仪式感——剔除早年因蹭蹬而遗留的不自信，剩下的，就全是营造氛围、刺激感官的酷与秀。

四

松本清张（1909年～1992年）宅邸的全部奥义，似乎就在昭示社会推理，它是政治的，它是经济的，它是文学的，它是心理的，它壮丽，它蓊郁，它错落得有模有样，它回环得神神秘秘，不讲对称，无视规则，和洋结合，亦豪亦碜……

我看到的是一幅庭院的鸟瞰图：说豪阔，因为它不像住宅，更像庄园；说寒碜，因为它紧邻铁道，且恰巧有一趟列车隆隆驶过。我说“隆隆”，不是听到，是感觉到，列车经过，松本清张的宅邸不可能不受到震动。这地皮肯定相对便宜，这空间应如他想象的那么大，足以弥补他前半生的困顿、张扬他后半生的煊赫，还有这震动的强度、频率，在他，也许就是间歇的音乐，他有着在底层锻炼出来的钢铁一般的神经。

四十岁之前，松本清张纯粹是一个打工仔，他只读过小学，干过种种苦力，年近而立，混进《朝日新闻》福冈分社，打杂，后转入广告部。四十岁那年，《朝日周刊》举办小说征文，一等奖悬赏三十万日元。这在当时是一笔巨款，松本清张怦然心动，不是他贪，而是叫肩负的八口之家的生活重担压的，压得把每一根偶然漂过眼前的稻草，都看作是救他出苦海的方舟。那么，他写过小说吗？不怕你笑，他穷得连墨水、稿纸都买不起，哪能染指写作。那么，他这是有枣无枣打一竿，撞大运了？是的，是的，他找来一册儿童用的练习簿、一支铅笔、一块橡皮，就在上面驰骋了起来，这是他的处女作，题目叫“西乡钞票”。

敢情是题目起得好，《西乡钞票》果然为他赢得三等奖的十万日元现钞，虽然不是一等奖的三十万，也足够他梦中笑醒的了。

评委们事后透露，按松本清张的才气、水准，本来可以获得一等，考虑他是报社职工，避嫌，才降为三等。

其实，一等、三等并不是绝对重要，重要的是什么呢？重要的在于：让他重新认识了自己，认识了在底层摸爬滚打的积累，及其爆发的突破口。

于是，他当机立断，辞去报社广告部的职务，像饿虎扑羊一般扑上写作。

又于是，他抛妻别子，独闯东京，仗剑江湖。

他要仗一支笔打天下。

松本清张成功了。在他之前，推理小说领域，已有江户川乱步和横沟正史傲领风骚，分别称为“本格派”与“变格派”，前者侧重逻辑推理，后者偏于离奇怪诞。松本清张另辟蹊径，他把宏大的政治视野、强烈的批判意识带入作品，创建“社会派”。

创作成功，带来金钱。金钱累积，催生宅邸。然而，房子再多再大，写作时也只能安于斗室。图片显示，松本清张工作的现场，仅为一桌、一椅、一叠稿纸、一盏台灯、一部电话，以及少许参考资料。一切世俗的装潢、摆饰，统统被摒之门外。

2015 年 12 月 30 日

文坛一言堂

“我在根底上是东方人。”

当然，尊敬的川端康成先生！当我读到“凌晨四点，看到海棠花未眠”，便已释然：写出这种微妙心曲的，绝对不会是西洋作家。

“刚刚好，看到你幸福的样子，于是幸福着你的幸福。”

——这种嗲声嗲气：既带西洋腔、又带中国味的小资调，猜猜，是谁说的？

“村上春树呀。”她笑了。尽管没有看过他的《国境以南太阳以西》，但有《挪威的森林》垫底，她还是相当自信地猜出作者的名字。

我也读过《挪威的森林》，奇怪竟没有留下任何印象。只能感慨松柏老了，村上春树的“幸福着你的幸福”，是属于那拨喜孜孜迎风绽放的小花的。

“只有当深深隐藏在内部、如生命般的东西开始活动时，命运才会浮现出妖艳、会心的微笑。”

想不到渊沉如古井的井上靖先生，也有着“妖艳”且“会心”的一面，而且是冲着命运女神扮的鬼脸，不由得想到他写过的另一句：“人生一世，并非徒然。”

“如果脏了还用，就莫不如一开始就用带颜色的。白的就要纯白才行。”白是一种颜色，纯白是比白更直率的白，画画的人清楚，夏目漱石也清楚，而很多人不清楚，他们常常说“洁白无瑕”，却不晓得洁黑也是无瑕的。

“光躲是不可能赢的啊！绝对！”对此，江户川乱步最有发言权。他是写推理小说的，他说过：“推理是不分输赢不分高低的，因为事实永远只有一个。”事实是，面对挫折、幻灭，他曾经三次封笔。一旦搁笔不写，转而又痛感退让不是出路。于是幡然悔悟，纵身再跃上命运的擂台。

“生活——是无边无际的、浮满各种漂流物的、变幻无常的、暴力的，但总是一片澄澈而湛蓝的海。”

我爱这一句，但我不爱三岛由纪夫，我爱的是生活的大海，澄澈而湛蓝，而三岛的一生，恰恰就是那“变幻无常的、暴力的”的漂流物。

“像父母子女、朋友知己，以至曾经帮助过自己的教师前辈，等等，这些都不仅仅是难忘的人，而且还是不应该忘记的人。”国木田独步说，“可是，还有一些和自己之间既没有恩爱，又没有交情的、完完全全的陌生人，本来即使把他们忘了，于情于理也没有什么说不过去，却又偏偏使人不能忘怀，这也不能不称之为‘难忘的人’。”

深刻，凡是闯入你生活的人，都在你生命中留下刻痕，唯其没有瓜葛，形同陌路，才会在特定的时空突然想起，而弥足珍贵，欲罢不能，适证佛家所言，每一个擦肩而过的路人，都自有一番前世今生的缘分。

“有个能陪我聊聊天的人，比看电视吃饭更重要。比如今天天气不错，我就能对他说，天气不错啊。如果天冷了，我就让他添件衣服。可惜这样简单的交流却也无法进行。这个世界上有这么多人，但每个人都是孤独的。”

这是石田衣良在小说《十六岁》中说的，假如把主人公的年龄倒过来，变成《六十岁》，上述感慨依然成立，或竟更加贴切，因为，16岁的孤独是初番和孤独交手，心头犹跃动着不甘，萌发着有朝一日战而胜之的渴望，而60岁的孤独却是在历尽劫波之后，识得人与人相互相依相与而不相通，孤独乃是常态，且越奋发越努力越成就越出息者越孤独，进而省得，热闹种种，其实是空虚，唯孤独之味，最绵长，最醇厚，值得好好品咂，沉沉然，陶陶然。

“你知道吗？就算是城市，偶尔也会想‘休息一下’的。”

太知道了，年轻而佻达的成田良悟！别以为你是生活在东京，才有此大彻大悟，现在，全世界差不多的城市居民，都对生存环境的疲劳深有同感。

“城市会眺望在自己体内走动的人们，有时还会玩弄他们。那就是城市的度假方式。”

唉，人类对城市的罢工已习以为常，从没想过那是它的玩弄，它的度假。人啊，望你记住成田良悟的忠告，城市也是活泼泼的、精致而娇惯的生命，也有它不是常人、胜似常人的七情六欲。

“自然界的春天宛若慈母。人同自然融合一体，投身在自然的怀抱里，哀怨有限的人生，仰慕无限的永恒。就是说，一旦投入慈母的胸怀，便会产生一种近乎撒娇的悲哀。”

写下这段文字的人有一个十分贴近自然的名字：德富芦花。他的话，尤其是末句“近乎撒娇的悲哀”，是对日本传统美学“物哀”的绝妙指证。

“在日本的文化当中，死亡可能并不是一个消极的东西，它是一个更精彩，更耀眼，更能放射自己的手段。”渡边淳一如是说。

当他的《失乐园》在美国出版，他应邀前往哈佛，有一个学生问他：“为什么你小说中的主人公如此相爱，最后还是走向死亡？他们为什么不能结婚呢？”渡边淳一回答道：“如果结了婚，他们就会变成一种平淡的男女关系，不再有那种燃烧的热烈的情感，果真如此，我觉得那是非常令人恐惧的，所以就让他们死掉了。”

绫辻行人终于觉悟了，他说：“讨厌的机器（指手机），无论在哪里都被牵连着，被掌控着。”

最高级也最不易被察觉的掌控，就是激发对象的占有欲，让他（她）舒舒服服，方方便便，如鱼得水，如虎添翼，乐而不知其被系、被执、被奴、被役。这本是高明的权势者的做法，如今又被高明的物学了去，倘若不懂得与其保持适当的距离，总有一天，人将成为物的阶下囚。

“世上有两样东西不可直视，一是太阳，二是人心。”

东野圭吾注定要成为推理小说大家，仅此一句，他已把天堂地狱勘破。

“罪，并不是一般人想象的，只是盗窃，说谎等行为；所谓罪，是指一个人穿越了另一个人的一生，却忘了留在那里的雪泥鸿爪。”

这是老友发来的微信，让我猜是谁说的，我想了好多好多个名字，但没有一个是日本人。

上网查，才知道是远藤周作，又知道他曾在庆应大学主修法国文学，在里昂大学进修深造，且是一个虔诚的天主教徒，那么，我的直觉还是对的，他的理论视角和表达方式已完全西方化。

“文学不是为了文学奖的。”是的，这谁都知道。

因此，他先是拒绝了日本权威的直木奖，尔后，又拒绝了其他这奖那奖。这就除了他，谁也不能做到。

是以他才成了独一无二的山本周五郎。

芥川龙之介的名言，我最喜欢的有两句：

“删除我一生中的任何一个瞬间，我都不能成为今天的自己。”

“人生还不如波德莱尔的一行诗。”

但是，按照本文宗旨，二者只能选其一。

我决定选择第二句，因为它可以无限类推，譬如：

“人生还不如贝多芬的一首交响曲。”

“人生还不如梵高的一幅画。”

“人生还不如托尔斯泰的一页书。”

“人生还不如一句真话的分量。”等等等等。

“路上巧遇朋友，聊聊附近好吃的东西，这种事情可以列入这世上幸福的前几名。”

“真正美丽的女人，人们总是记不住她们的模样。”

显而易见，这是女作家的手笔，她的名字叫吉本芭娜娜。

又轮到二者选其一了，我仍旧选第二句。

不能不佩服女人的眼光毒辣，她的观察是：真正的美女，是以风度、修养、气质、灵慧取胜，宛然大智若愚，大巧若拙，大音希声，大象无形，不起眼，不张扬，不炫耀，来如水流无迹，去似风过无痕，人们记住的是她整体的美，综合的质，而不是一具徒有姿色的皮囊。

似乎还可以推导：好看的不是最美。

似乎还可以反论：那些活跃于人们记忆中的“巧笑倩兮，美目盼兮”的丽人，美则美矣，但均未达到“真正”的级别。

“我国旧时代的艺文没有不模仿中国的，这和大正、昭和文化全盘西化似乎没什么两样。我国文化无论今昔都不外乎是他国文化之假借。唯仔细加以研究，今昔之间稍有差异的是关于假借的方法和模仿的精神，一是极为真率；一是甚为轻浮。一是对他国文化认真咀嚼玩味，使之成为自己的囊中之物；一是相反，一味迎合新奇而全然无遑顾盼自己。”

这是一句真话、实话。

索尔仁尼琴说：“对一个国家而言，拥有一个讲真话的作家就等于有了另外一个政府。”

永井荷风绝非想在政府之外另立一个政府，或在文坛之外再造一个文坛，作为留学过美利坚、负笈过法兰西的过来人，他只是对明治以来的食洋不化，到处破坏古建古迹看不顺眼（他斥之为野蛮），“心有戚戚焉，然心戚戚矣”，于是，满怀惆怅地冒叫了一嗓子。

“大约在人迹不到、水草清茂之处徜徉容与，是人世间最为赏心悦目的事。”

吉田兼好先生，又要人迹不到，又要水草清茂，这样的仙境，到哪儿去找啊。

当世已无桃源，啊，莫非——莫非先生徜徉的是创造之境。

2016 年 1 月 5 日

云在青天水在瓶

外文与作家

有钟爱日本语言文学的青年周君，时常登门聊天。

“日本很多作家，都是学外文出身。譬如，夏目漱石、芥川龙之介、志贺直哉、宫本百合子、有吉佐和子、川端康成、森村诚一，都是学英文的。”一次，他举例说。

“很好。”我点头。

“太宰治、阿部昭、饭岛耕一、大江健三郎是学法文的。”

“很好。”我又点头。

“五木宽之、二叶亭四迷是学俄文的。”

“真的很好。”我扬起头。

“有马生马是学意大利文，司马辽太郎是学蒙古文，陈舜臣是学印度文。”

“太好了！没有学中文、朝文、德文的吗？肯定有，说不定会更多，你再查查。”我把头扬了又扬。

“好什么呀？是视野开阔？是多了一种语言参照系？还是……？您倒说说清楚。”

“嗯，好在——”，我认真地盯着他的脸，不紧不慢地说，“好在，他们都没有成为外文的工具。”

作家与叛逆

“作家这行当，不是祖传，也不是大学培养，”我继续着前面的话题，随意发挥，“多半是他（她）本人的灵性驱使，怎么拦也拦不住，说啥也要干。”

“您举几个例看。”他仰起脸。

“太宰治，你刚才提到的，在东大学过法文。他老爸是贵族，一心要他上进。太宰治不好好念书，却偷偷捣鼓起文学。家人对他大为失望，后来看出他实在不成器，干脆撵出家门，断绝关系。”

“还有三岛由纪夫，他老爸也是贵族，要他念东大法律系，要他进大藏省，不准他写小说，发现了就撕。三岛倒是进了东大法律系，毕业后也进了大藏省，但他在大藏省干了一年，便断然辞职，他离不开文学。”

“还有二叶亭四迷，你刚才也提到了，早年学的是俄语。他真名叫长谷川辰之助，老爸是个地方小官，小官的心理是希望儿子将来当大官，坚决反对搞文学，认为没出息，骂他‘见鬼去吧’。长谷川辰之助与老爸针锋相对，径直拿‘见鬼去吧’作笔名，谐音用汉字标出，就是‘二叶亭四迷’。”

逆逆向思维

“我买到一本有意思的日文书，作者叫川北义则，书名，可以翻作《卓越的男人不相信‘常识’》。”又一次，他跑来对我说。

“说说看，有意思在什么地方？”我停止敲键盘，洗耳恭听。

“比如前言中说，偶尔去神社求签，抽到‘大吉’，并不眉飞色舞，抽到‘大凶’，反而欣然色喜。为什么？因为大吉，标明现在正处于人生顶点，再向前就是下坡；大凶，则说明现在正是低谷，接着就开始上升。”他得意洋洋，仿佛这书是他写的。

“逆向思维。”我点头，继续敲键盘，“可是，”我对他说，“神社的签，无非是两种，一是吉，一是凶，抽到吉，不足喜，抽到凶，不足惧，那么，又何必要去抽呢？”

“……”他顿时无语。

“喏，”我从网上搜出一则慧能禅师的偈语，给他看：“菩提本无树，明镜亦非台，本来无一物，何处惹尘埃？”

可惜，不可惜，可惜

“你觉得加藤嘉一怎样？”

“身高一米八零，是日本崭新品种，参加过日本国家长跑队，耐力一流。”我答。

“还有呢？”

“留学北大两三年，就能说出、写出相当不错的中文，在中国拥有人量粉丝。”

“还有呢？”

“中方日方很多要人，都拿他当回事，有点儿不可思议。”

“更加不可思议的是，”他接着我的话说，“形象说塌就塌了，就因为一句假话，高中毕业没有考上东大，他说成是考上了没去。而且，还是日方自己揭发的。可惜呀，可惜！”

他一脸真诚，是真可惜。

“不，”我安慰他，“在日本，诚信是第一要义，讲了假话，就得付出相应的代价。不过，他还年轻，知错认错，过而能改，我看还是大有希望！”

“倒是，”我顿了顿，心既不甘情又不愿地说，“倒是咱们那些造了假还理直气壮、拒不认错的新秀，以及那些为造假者鼓噪捧场、一醉方休而不休的名流，才是真正可惜了的。”

这事就到此为止

“2015 年女排世界杯最后一场，中国 3–1 战胜日本，您看了吗？”

“当然看了，我是体育迷。女排第一次拿世界冠军，也是在日本，我参加了报道，我对女排特别关心。”

“那晚，中国队获得冠军，结果，颁奖时，日本观众全部退场。网上一片哗然，骂日本人仇华、狭隘、自私、卑鄙。我也想在博客里说一说，我觉得日本人起码是没有教养。您怎么看？”

“我要你注意三点：一、日本观众狂热为本队加油，但是并没有辱骂乃至打砸中国队；二、美国队获季军，塞尔维亚队获亚军，给他们颁奖时，日本观众亦已基本退场，可见并不是特意针对中国；三、日本媒体报道本届比赛，很客观，赢就是赢，输就是输，并没有搀进其他的情绪。”

“您认为很正常？”

“是的，基本正常。他们是日本人，他们来看本国的比赛，他们为本国队加油。比赛结束，日本仅获第五，摊不上奖牌，没他们的事了，他们就回家。你还要怎样？顶多说他们不大度——岛国嘛，缺的就是泱泱大度——要理解，他们是日本人，不是中国人，不要拿中国的国情去套他们。我看不必大做文章，这事就到此为止。”

短腿的日本女足姑娘长在哪里

“由中国女排，我又想到了日本女足。”他说。

“巧得很，”我答，“我也想到了日本女足。先说说，你想到了什么？”

“日本女足近年来势头凶猛，多次在世界大赛上夺得亚军、冠军，但她们基本上是一支业余队，比赛结束，回到国内，在超市上班的还是去超市，在工厂打工的还是去工厂。”

“对，她们享受的不是举国体制。”

“她们的奖金也很少，2011 年，她们夺得世界杯的冠军，举国若狂，在各界的支持下，最后奖金加起来也就每人 40 多万。”

“这一笔钱，对日本的运动员来说，不算少了。不过，刨除她们平时训练中的这费那费（比如在俱乐部训练，是要交会费的），也确实不算多。”

“这就让体育归于体育，剥除金钱，体育的精神将更加纯粹。老师，您想到的是什么呢？”

“你想的比我全面，我没有什么话好说了。”

“老师，别客气。”

“真没有什么话好说了。噢，记住，下次再有日本女足的比赛，事先通知我，我要好好看看这帮短腿的姑娘（日本女子依然普遍偏矮）是怎么在绿茵场上飞奔的。”

要自信，不要那般神经衰弱

“日本人对寒山寺情有独钟，每年阳历除夕，都有不少人专程到苏州寒山寺听夜半钟声。”

“是的，我听说过。张继的《枫桥夜泊》：‘月落乌啼霜满天，江枫渔火对愁眠。姑苏城外寒山寺，夜半钟声到客船。’是上了日本的小学课本的。”

“但是网上有人说，日本人听寒山寺钟声，不是为文化，更不是为友好，而是别有用心。”

“噢？什么用心？”

“寒山寺的钟，是唐代铸造的，为日本人偷去。后来，有个日本人又铸了一口新钟，还给中国，上面的铭文是日本首相伊藤博文撰写的，有人就从伊藤博文扯到甲午战争、《马关条约》，又上扯到明朝死在苏州的一批倭寇，说钟声是在祭奠倭寇的亡灵。”

“你信吗？”

“我不信，但是一扯上伊藤博文，扯上政治阴谋，就有点儿说不清，道不明。”

“那么我问你：你晓得早在偷钟之前，日本人就仰慕寒山寺吗？”

“不晓得。”

“你认为日本的小学生读《枫桥夜泊》，能读出弦外之音吗？”

“不认为。”

“你觉得日本人除夕夜大老远地跑来听钟声，是在追悼阵亡的先烈（倭寇）吗？”

“不觉得。”

“这就行了。对本国的文化要充满自信，不要那般神经衰弱。”

化到深处就成了文化

“看了一篇徐静波的报道，说天皇的孙女上学，出于安全考虑，宫内厅主张派车接送，皇太子不同意，认为那会突出女儿的特殊化，不利于和同学平等相处。后来双方达成协议，搞了个折衷，派车还是派车，但只开到学校附近的一个僻静处，然后让她下车，步行进校园。”

“特权是客观存在的，他们的做法，是尽量化特权于无形，这份考虑，值得点赞。”

“还有一篇报道，也是徐静波写的，说日本对于抗震救灾的英雄，不予表彰、奖励，因为那样会孤立他们，遭到其他灾民的反感。”

“啊，这倒是第一次听说。”

“您有什么看法？”

“我么，”我想了想，顾左右而言它，“我想起日本人沏茶，是把许多杯子放在一起，每个杯子沏一点儿，然后再沏一点儿，直到沏完。不像我们，沏满一杯，再沏另一杯。”

“那样做是为了……？”

“公平。你可以说这是形式化，但化到深处就成了文化。”

倒过来才好

一天，周君偕一位报社的年轻女编辑前来。

落座。见到我沙发上、茶几上、案头上胡乱堆积的关于日本的书籍，她顺手拿起一本翻了翻，惊讶道：“相扑，原来是源于中国的啊。”

“有这一说，但……”我略作迟疑，没有说下去。

少顷，她又惊讶道：“茶道也是源于中国。”

“这应该是肯定的。”我答。

“老师！帮我们写一篇随笔吧，就讲相扑和茶道的起源。”

“很多人都写过了。”我明显积极性不高。

“别人是别人，我们报纸没发过，我们要您的文章。”

“那有什么意思吗？何况相扑未必起源于中国。”我只好明确表态，“即使是的，那又怎样？顶多等于鲁迅说的，咱祖上也阔过。我倒宁愿相扑、茶道都是日本发明，然后传到中国，大加发扬，大放光彩。真的，倒过来才好。”

2016年2月23日

东瀛淘书记

在东京逛书店，无意中瞥见一本井上清的《“尖閣”列島——釣魚諸島の史的解明》，尽管我已有了它的中文译本，仍旧如获至宝，欣然纳入囊中。

井上清，有几多中国人知道他？难说。有几多中国人读过他的中译本《钓鱼岛——历史与主权》？更难说。但我敢断定：他是所有中国人的朋友，他是中国在钓鱼岛主权上的域外代言人。

凭什么这么说？就凭他这本书。那是1970年，在美国佬的怂恿下，日本打起吞并我国钓鱼岛的算盘，台港澳在欧美的留学生闻讯奋起，掀起一波又一波的保钓运动。

这事，触动了井上清的神经。他是历史学家，以其特有的敏锐和严谨，亲赴冲绳，挖掘大量的琉球、日本以及我国古代的资料，用以证明：钓鱼列岛自古以来就是中国的领土。

日本学者中公开这么主张的，他是第一人。

日本学者中拥有如此学术功力以及如此正义感的，他是第一人。

域外学者研究钓鱼岛问题，其观点全盘为中国官方采纳的，他是第一人。

有此三项第一，井上清自然就成了中国人民的朋友、日本右翼团体的眼中钉。

右翼分子对井上清展开围攻，谩骂，诽谤，中伤，卒至对本人及其亲属的生命威胁——井上清岿然不动，真理是落地生根的，发现真理者，自有大根性、大坚韧。

那天夫人在场，她略知井上靖，曾经看过根据他小说改编的电影《天平之甍》，是关于鉴真东渡的，但从未听说过井上清。我告诉她，“甍”，一般作“屋脊”解，如果说，鉴真代表的是天平时期（710年～794年）的文化高峰，那么，井上清代表的则是昭和时期（1926年～1989年）的学术与良心的高峰，他是“昭和之甍”。

“有没有本多胜一的《中国之旅》？”我问。

店员在电脑上查了一下，回答说“对不起，卖完了”。

“有没有本多胜一的其他著作？”

店员又查了一下，回答依然是“卖完了”。

失望，极度的失望。

本多胜一是《朝日新闻》的资深记者，他也拥有一项日本的第一：第一个挺身而出报道南京大屠杀的真相。

那是1971年，本多胜一获得中国政府的许可，前往中国东北和南京采访。正是在南京，他获知日军的穷凶极恶、丧心病狂，他把所见所闻写成连续报道，在日本朝野激起轩然大波。

南京大屠杀从此成为热门话题，也成了左翼和右翼针锋相对的焦点，一派说有，事实确凿；一派说无，纯属虚构。为此，1983年～1987年期间，本多又三次前往南京调查，他要把日军的暴行铸成铁案。

“右翼分子都是些愚蠢的家伙，”2007年，在南京，本多胜一接受采访时说，“他们骂我是卖国贼，其实他们才是卖国贼，他们损害国家的形象，将日本孤立在亚洲之外，最终极有可能导致日本的毁灭。”

又说，“我的工作不仅是为了中国，更是为了日本。只有正视历史，走和平发展的道路，才是真正地为日本着想。”

说得多好！这才是日本的脊梁！

年来笔叩日本，书架上尚且没有本多胜一的著作，未免是一种缺憾。

俄而又释然：本多胜一的作品脱销，这是大好事啊！起码，说明他被强烈关注。

这正是日本国的元气之所在。

查完本多胜一，又查洞富雄。

这是有连带性的。当本多胜一挺身而出披露南京大屠杀的真相，洞富雄也被这课题吸引；他是历史学家，他的工作是在案头，工具是国内外的文字资料。当本多胜一和右翼分子就“事实”还是“虚构”争得不可开交之时，洞富雄站出来了，1972 年，他推出了两卷本著作《日中战争史资料·南京事件》——这也创造了日本的一项第一，第一部研究南京大屠杀的学术著作——洞富雄在著作中确认，南京大屠杀是真实存在的，死亡人数在 30 万～34 万。

尔后，在与右翼史学家的交锋中，洞富雄重新审定了相关资料，出版了《决定版·南京大屠杀》，为保险计，死亡人数定为“不少于 20 万”。

我想买的，就是他的这部决定版。

店员查了查，说“没有货”。

那么，有没有他其他的著作呢？

店员说：“有一本，叫‘间宫林藏’。”

店员拿出来交给我，略微翻一翻，间宫林藏是一个探险家，这是关于他的传记。

没有想要的那一本，退而求其次，有这一本也行。

嗨，不是也行，是很好，好极了！一个学者的人品、人格，氤氲在他所有的文字中。拥有他的任何一册书，也就等于拥有了他心脏的律动。

又一日，在一家旧书店，我觅得一本小林多喜二的《蟹工船·党生活者》，啊不，说觅不准确，事先并没有想到要找，是它主动闪入我的眼帘。

此书跟我有缘。1979年，我报考研究生，手头只有这本日文小说。哪儿来的？完全想不起，买，不可能，当时我在长沙，想买也没处卖。考研是临时决定的，急来抱佛脚，拿它作教材。烈士公园，人工湖北岸的斜坡，犹记春风徐徐，草色青青，我花了一天时间，快速阅读，然后花了三天，弄懂疑难，再然后，又花了两个礼拜，强行硬记。是年考研我日文发挥得很好，肯定与它的救急有关。

尔来三十多年，多次迁徙搬家，书早不知搁于何处。今日偶尔得见原版，会心一笑，当即掏钱买下。

我买的不是小林多喜二，不是日文小说，而是一段混合着草色波光的苍翠记忆。

超市的一隅，摆着一排珠光宝气的期刊和图书，日本人把文化和杂货一起兜售，这是东洋风味的卖点。

我一册一册翻过去，多半是娱乐性的，娱乐为王，看来东西方都一样。有的还娱乐过了头，用塑料薄膜遮遮掩掩，那是带色的，黄色。也有走时事热点路线的，如《周刊朝日》《周刊现代》《日刊现代》《周刊新潮》《周刊文春》等，我熟悉的，是《周刊朝日》，当年读研时，与《朝日新闻》北京支社有联系，时常得到他们的馈赠。

掂量来，掂量去，最后我挑了一册《文艺春秋》。虽然打着“文艺”的牌子，实际贩卖的是政论。我看中的，是它封面上推荐的大特集，直译：“啊日本，超越中国！”

摆明了是在为日本打气。一行红色粗体字，配上一幅乍看莫名其妙，再看仍然莫名其妙，查了，才知是松村公嗣画的“黑部水坝”的局部特写，一团阴郁狂躁之气扑面而来。我不清楚《文艺春秋》的政治倾向，至少，这标题承认了日本（在某些方面）落后于中国，所以才要动用一个特集，大张旗鼓地厉声疾呼。隔着封面，如见指天画地，如闻滔滔不绝……我为这标题勾引，笑，莞尔而笑，知己知彼永远是一等一的理由，上当受骗也就在此一遭，得，咱要了。

成田机场书店。

离检票入内只有一个小时，口袋里也只剩一千多日元。

我迅速转了一圈，看看都有些什么书。

然后，挑了五本推理小说，比较着看，以决定最后取舍。

夫人在一旁催促。

忽然见她无意中抽出又搁回的一本书，正是森村诚一的《分水岭》，我一把拿过来，说：“就买它了。”

森村诚一是推理小说大家，《分水岭》是他的代表作。

其实呢，我选择森村诚一，看重的并非他的文学成就，而是他的人格。说来话就长了，上世纪八十年代，森村诚一已经是功成名就、安享尊荣的作家，一天，有个叫常石敬一的讲师，给他送来一包资料，是关于二战期间，日本731部队在中国东北的生物战细菌战研究，以及人体试验的。日军的卑鄙龌龊、惨无人道令人发指，但是，战后，在美国占领军的庇护下，遭到全面掩盖，国民根本无从知晓。常石敬一第一个着手这项挖掘，并且把它写成了书。只是，他的地位不高，名气不大，文笔也欠佳，书出版后，乏人问津，无法达到揭露、批判、警世的社会效应。因此，他想借助森村诚一的名望和笔力，把这包资料制成文学的原子弹，炸醒被蒙蔽被忽悠的国民。

森村诚一弄明原委，欣然接受挑战。他以常石敬一提供的资料为切入点，然后，又深入民间调查，并前往中国、美国采访。在此基础上，撰写了报告文学《恶魔的飨宴》，以及推理小说《新人性的证明》。

随着森村诚一的新作畅销天下，消失多年的731部队终于浮出水面，原形毕露。

此时此刻，当我在眼前的六本书中任选其一，森村诚一的作品，自然最获我心。

2015 年 11 月 2 日

浮世绘与俳句的塔尖

日本绘画的特色在于浮世绘，浮世绘早期的代表画家有葛饰北斋（1760年～1849年）、歌川广重(1797年～1858年)。

歌川广重创作了一系列市井版画，其中有一幅《大桥安宅的雷阵雨》：夏日，江户，桥上，大雨覆天盖地，骤然而至，六位行人躲避不及，借助随身携带的雨具，与风刀雨箭顽强抗争。桥下，一名伶仃的船夫躬身撑着木筏，为了遥遥在望的终点而使出最后一丝力气。

《大桥安宅的雷阵雨》传到巴黎，引起梵高（1853年～1890年）的共鸣。梵高喜欢浮世绘，喜欢到一度画室的“四壁挂满了日本版画”。他从这幅作品中感受到了某种生活的本质，就支好画板，绷紧画布，拿起油画笔，恭而敬之地临摹——作为画家，这是对同行最高的敬意；歌川已经去世，我们替他感谢梵高！

《大桥安宅的雷阵雨》传到华沙，是歌川本人的原作，还是梵高的摹品，已经无法考证。反正，惊讶了诗人辛波丝卡（1923年～2012年），她本能的反应，就是为它写一首诗。

辛波丝卡创作了《桥上的人们》，她在诗中写道：

……这幅画绝非一派天真。

时间在此被拦截下来。

其法则不再有参考价值。
……因为一名叛徒，
一个歌川广重，
时间失足倒下。

……数个世代以来，推崇赞誉此画，
为其陶醉感动，
一直被视为合情合理之举。

但有些人并不以此为满足。
他们更进一步听到了雨水的溅洒声，
感觉冷冷的雨滴落在他们的颈上和背上，
他们注视著桥以及桥上的人们，
仿佛看到自己也在那儿
参与同样无终点的赛跑
穿越同样无止尽，跑不完的距离，
并且有勇气相信
这的确如此。

辛波丝卡获得了1996年的诺贝尔文学奖，水涨船高，她的文名，自然也抬高了歌川的画名。

《大桥安宅的雷阵雨》内销转出口，出口又转内销，懂的人赞好，不懂的人也赞好，说说是可以的，但看如何说，在一片赞扬声中，我筛选出竹村公太郎（1945年～）的点评。

竹村先生是水利工程专家，长年在日本各处工地奔忙，既熟悉现场，也了解其背后的历史，所以他的眼光来得另类。他捕捉的不是贯穿画面整体的暴雨，不是抢占视觉中心的大桥和行人，更不是朦胧迷幻的远景，而是河心的木筏，他以一个专家的知识告诉世人，那才是文明的核心。

竹村先生称木筏是油船，江户的油船。

歌川生活的年代，江户人口已突破一百万，是世界上最大的城市，远超北京、巴黎、伦敦、纽约。支撑大江户的能源，是广义的森林，狭义的木材。正像现今日本从中东大量进口石油那样，彼时，列岛各地的木材正借助河流源源不绝地运往江户。

江户的贪婪，百姓的悲辛，就通过暴雨抽打下的大桥、行人，以及挣扎在浪波中的小小木筏，表露无遗。

没有必要将歌川的画作当作什么史诗，他只是忠实于时间，忠实于文明的进程。

——比起泛滥成灾而不以为灾的泛泛好评，我更看重专家的姿态。

日本诗歌的特色在于俳句，俳句的“圣者”为松尾芭蕉(1644年～1694年)。

松尾芭蕉的代表作为《古池》，原文是：古池や蛙飞びこむ水の音

短短一句，十七个音节，五个单词(古池，青蛙，跳，水，声音)，译成中文，那可真是百花齐放，百家争鸣，我在网上草草搜索了一下，计得——

无名氏译文：

1. 悠悠古池畔，寂寞蛙儿跳下岸，水声轻如幻。

2. 蛙跃古池内，静潴传清响。

3. 古池冷落一片寂，忽闻青蛙跳水声。

4. 闲寂古池旁，青蛙跳进水中央，扑通一声响。

5. 寂寞古池塘，一只青蛙跳水中。

7. 古池畔 / 青蛙一轻跃 / 水丁冬。

8. 古池塘 / 蛙儿跳入水声响。

9. 古池碧水深 / 青蛙扑通跃其身 / 突发一清音。

有名氏译文：

叶渭渠：闲寂古池旁 / 青蛙跃进池中央 / 水声扑通响。

林林：苍寂古潭边，不闻鸟雀喧，一蛙穿入水，划破静中天。

又译为：古池塘呀，青蛙跳入水声响。

飞白：古池 / 一蛙入水 / 水的音。

周作人：古池，青蛙跳进水里的声音。

李芒：古塘边，青蛙入池，水清声。

陈光：春日古池幽，青蛙跳水破寂静，夏日若将至。

陈德文：幽幽古池畔，青蛙跳破镜中天，叮咚一声喧。

王树藩：悠悠古池畔，寂寞蛙儿跳下岸，水声——轻如幻。

陈岩：幽幽古池塘，青蛙入水扑通响，几丝波纹荡。

江研丽、李天行：幽幽一春潭，蛙跃击破水中天，声波潋滟间。

又译作：悠悠古池塘，蛙入一声响，涟漪泛波浪。

宋协毅：古池历沧桑，蛙入水声响。

……

乍看一两首，技痒，也想下场一试；看到五六七首，心生踌躇，觉得这玩意儿，不是想象的那么简单；待全部看完，便死了再译的心，仰首望空，废然长叹。

叹什么呢？

译诗，是一种遗憾的艺术。文字可译，想芭蕉的这首俳句，音节、单词有限，粗通日文，一目了然，但内涵的况味，如民族的语境、意境、情境，很难和盘译出。当代歌人前田爱说过："由于某种空间存在，产生某种特异的情感；某种空间不在了，那空间所产生的情感也消失。"芭蕉走近古池，听到青蛙跃入水中的那个特定时空，已一去不返，渐行渐远，作为一个后来者，且又是外国人，如果你不能在感情上贴近芭蕉的时空，就很难领略那种隔膜的情愫。

即使译者贴近了，读者不能贴近，也白搭。

一百年前，夏目漱石当时还是一所学校的英语老师，他让学生翻译一段英文，一对恋人在月光下散步，男的情不自禁地对女的说：“I love you！”学生纷纷译成“我爱你”。夏目漱石批改说，太直露了，不符合日本人的含蓄，应该委婉地译成“今夜月色真美”（含“有你作伴，月色更美”之意）。

同样的一句“I love you”，二叶亭四迷后来译成“我死而无遗憾”。

倘若两位大作家活到今天，他们肯定不会再那么译。

这就涉及到三个要素：作者的时空 + 顿悟、译者的时空 + 顿悟，以及读者的时空 + 顿悟。

试想，即使我们李白的“床前明月光，疑是地上霜”，如果译成白话，也管保芳洌俱失，白如白开水，更不要说译成外文的了。

毛泽东的一句“不须放屁！”，入了他的气场，就是政坛佳话，入不了他的气场，就是市井俗语。

芭蕉的区区一首俳句，所以一索之下，得这么多中文版本，就是因为哪一种都似是而非，差强人意，引得后来者摩拳擦掌，轮番上阵，一试再试。试来试去，怎么样？仍旧是大同小异，彼此彼此，均未达理想中的俳句艺术的塔尖。

拈出周作人的版本看一看，周氏认为俳句不可译，他给出的例句是：古池，青蛙跳进水里的声音。

谁能说他的日文不精通，谁又能说他的中文不地道，但是译出来的，就是直而白的一句。

也许俳句本来就这么直白。

也许味道就全在这简素。

周一良曾经剖析，日本文化的本质特征之一，就是“枯淡”和“闲寂”。

芭蕉的《古池》，是活生生的“枯淡”、“闲寂”的日本风。

但是读者并不认为周作人译的最好，而且似乎认为谁的也都不是最好，因为他们心头有杆秤，中华文化的秤，汉诗的秤——这就是文化心理的差异——所以无法定于一尊。

也罢。南北朝时期的歌人吉田兼好指出：“保留某种不完善会使事物显得有趣，并使人感觉到还有一点发展的空间。”

我就依了他的话，取消再译的冲动，反正是一只青蛙跳进古池，扑通一声有多响，溅出的水花有多大，凭的是文字以外的直感、通感、第六感，总归是塔尖呼应塔尖，在这方面你的信息量有多大，日本感有多强，俳句的韵味就有多醇多粹。

2015 年 9 月

石灯笼

“真理之布由一根纱线织成”

日本有一位享誉世界的“经营之神”，那就是在吾邦也掷地有声的“松下电器”的老祖松下幸之助（1894 ~ 1989年）。

既为经营之神，每一个环节都必然超凡入圣，创建“终身雇佣制”、“年功序列”、“以人为本”等制度与理念的，是他；说出“让一流的人才经商，二流的人才从政”、“把干毛巾绞出水”等警句的，是他；而我这里特别想提出的，是他那一份深入日本民族性的认真。

30年前，我翻译过他的部分语录，其中有一则，题为《决战决胜》：

“以击剑论，在头戴面罩、身着胸铠，用竹剑交锋的场合，双方不论看上去多么较真，内心总还存在一丝松懈，因为即使吃上一剑，也无损于生命，甚至连血也不会流；倘若改用木剑比试，心情则趋于紧张，因为一旦被击中，轻则负伤，重则危及性命；至于白刃相加的格杀，剑光过处，招招直取生命，双方屏息凝神，谁也不敢掉以轻心。所谓‘拼命’，指的就是这种精神状态。”“人生也讲究决战决胜。事无巨细，都应该慎重处之。”“一般来说，人们对待每件事时的认真程度，往往决定了他今后的命运。”

简而言之，就是认真。认真的程度愈“高级”，“高级”到从身体的任何部位划开一个口子，流淌出来的都是“认真”，成功也就会如旋风般卷来，人生也就会种瓜得瓜，种豆得豆，如愿以偿。

日本还有一位“经营之圣”，与前面提到的松下幸之助齐名，他叫盛田昭夫（1921年～1999年），是索尼公司的掌门。

在我这个年纪，或比我小一代的国人，恐怕没有谁不为它当年的晶体管收音机、电视机、摄像机、随身听等产品着迷。

时光回到1986年，地点是索尼创建四十周年纪念会，那个抢到机会的聪明而干练的记者，却问了一个傻不拉几的问题：什么是索尼成功的秘诀?

这个么，盛田昭夫淡淡地拈出四个字：“以人为本。”

企业是生产物品的大本营，而物品是按照人的指令源源问世，即使到了机器人时代，人，依旧是万物的灵长——当然要以人为本。

松下幸之助是这么说，三洋电机公司的创始人井植薰是这么说，许多企业家都这么说，这是一句不言而喻的话。

也正是因为不言而喻，索尼才不折不扣地执行。试举一例：公司拥有近万名技术人员，为了让“毛遂”脱颖而出，他们规定，每个人都可根据自己的兴趣和特长，自由申请课题与项目，也就是说，允许他们在公司内部随意跳槽，八仙过海，各显神通，任何人不得加以干涉。

想想看，仅此一举，将会激发出多么不言而喻的“万马奔腾”！

以人为本，目中有人，这是最大的生产力——智哉盛田昭夫！

吾国从政治运动、阶级斗争转舵经济发展，晚于日本一拍，所以彼邦的许多经营管理之道，纷纷西来落户——血海深仇、恨之入骨也好，冷眼向洋、爱恨交加也罢，该来的，挡也挡不住，包括这个“以人为本”。大凡规律，都是不以人的好恶为转移的。

顺便说一说刚才提到的井植薰（1911～1987年），他是松下幸之助的妻弟，十四岁，刚高小毕业，就到姐夫的电器公司当学徒，三十九岁独立，与哥哥岁男创建三洋电机，终成大气候，成就完全可以和松下、索尼比肩。

井植薰的成功之道是什么呢?他有一本书，名《成功源于探索》，开篇即曰：“何谓经营之本？我认为是造就人。”

这是弹的松下、索尼的老调？是的，真经就要常谈。井植薰对此又有创造，他高八度地提出：“制造社长！”“制造总经理！”井植薰本人就是自塑的楷模，譬如，他每天上班的时间，按时按点，简直精确到秒，以至门卫把他当成了标准时钟。

井植薰还提出“24—16—8”工作制。该制度号召：董事以上的干部，要“走火入魔”，一天24小时围着工作转，做梦也做公司的梦；一般管理干部，要竭诚竭力，刨掉睡眠时间，每天16小时围着公司转；一般职工，则要求干好8小时。有特殊能力或上进心者，除外——这一句是我加的。

万科的王石对日本的管理法则大为推崇，曾遭仇日者诋毁。我理解民间的仇日情绪（我本人就是一个），但请在诋毁他人之前，先考虑一下如何塑造自己。

在日本企业界，土光敏夫（1896年~1988年）以“拼命三郎”著称，他先是担任石川岛播磨公司的社长，尔后在退休之年，又临危授命，出任东芝电气公司的社长。

回顾当日的电器行业，东芝的主要对手是日立和松下。日立号称“武士的日立”，松下号称“商人的松下”，东芝呢，则号称“绅士的东芝”。所谓“绅士”，顾名思义，是说东芝的经营作风偏于斯文，缺乏大刀阔斧，雷厉风行。土光敏夫对此深恶痛绝，他上任伊始，就提出：“要变绅士的东芝，为孔武有力的东芝！”“商人”的松下幸之助听后，不禁皱眉蹙额，对属下发出预警：“海盗”入主四平八稳的东芝了，“商人”要研究如何迎战“海盗”！

土光敏夫强调：在公司内部，有智慧的要出智慧，没有智慧的要出汗，既没有智慧，也不肯流大汗的，就让他们走人！

对此他有一个对应的公式：活力=智力×（毅力+体力+速力）。

土光敏夫若活在幕府时代，一定是宫本武藏一类的剑客，而且广收弟子，有教无类，但看对方有没有造化。

松下幸之助对此不以为然，他告诉秘书江口克彦：首先是流大汗，在汗水中迸发智慧，做不到这一点的，才让他们走开。松下幸之助断言，按照土光敏夫的这种办法干，企业迟早要垮台。

结果呢，土光敏夫并没有与松下幸之助展开正面竞争，他避开家用电器领域，向尚未充分开发的重型机电及工业电子设备方面发展，而“绅士”的东芝，在他的调教下，也一变而为攻城掠地、过关斩将、勇往直前的“力士”。

到底双方都是经营大师，土光敏夫和松下幸之助，虽然各走各的路，在发展和开拓上，仍属殊途同归。

逛日文互联网，看到一则安藤百福的语录，大意是：跌倒了，不要拍拍屁股就爬起，而要乘机抓它一把土。

我笑了，因为这是我从小就听惯的。家父当年常常灌输的训导，总括起来，大致有：一、大将军四海为家；二、捆起来经住打；三、一根扁担上睡两个人；四、学个羊儿疯，过河不要钱；五、跌倒抓把泥。

这就想，安藤百福那话是跟中国人学的？

查安藤百福 (1910 年 ~ 2007 年) 其人，原来祖籍台湾，姓吴名百福，是咱同胞，难怪他晓得大陆民间的俗语。再查，安藤百福 22 岁到日本经商，36 岁归化彼邦，姓也改成了安藤。

安藤百福在日本折腾过很多生意，诸如进口针织品、养蚕、管理仓库、制盐、捕鱼、开发营养品等等。期间屡番跌倒，又屡番奋起，而每一次跌倒，都给他带来一笔意想不到的财富。以其中最经典的两跌为例：

第一跌，是 1948 年，因为偷税漏税，被占领日本的盟军逮捕，关了两年。

在狱中，他体会到了饥饿的痛苦。

他想，止不住地想：能不能发明一种简单易食的面条，迅速填饱肚子呢？

火花已经闪现，但仅仅是火花。

第二跌，是 1957 年，他担当理事长的信用社倒闭，为此赔光了家产，又重新回到了原点。

这时，他又想到了制造简单易食的面条，而且说干就干，搞起了试验。

过程，当然不会一蹴而就。记得有人说过——忘了是谁了，那就由我来说吧——我们所想干的每一件好事，都是困难重重，都要呕心沥血，都要锲而不舍，只要坚持、坚持、再坚持，胜利自会到来。

1958 年，安藤百福制成世界上第一包方便面。

尔后，第一个在食品上标明制造、保质日期。

第一个将碗装改成杯装。

第一个……

据统计，2014 年，全世界消费的泡面，已超一千亿包；而安藤百福创建的日清食品公司，也从当年的作坊型企业，演变为市值 30 亿美元的跨国集团。

记住，别抱怨摔倒。清人龚自珍有诗曰："世事沧桑心事定，此生一跌莫全非。"跌了莫白跌，也许，在你摔倒的地方，就隐藏着你的机遇。

市场创造天才，凡人总想窥视天才成功的奥秘。有需求，就有人出面组织，名为"经营研讨会"（类似于吾国近年的经营大师班），假座某温泉旅馆，费用嘛，自然说出来要吓人一跳的——没关系，总是有人愿打愿挨，为获取秘密的惊喜而去。

首讲，请的是本田汽车创办者本田宗一郎（1906 年 ~ 1991 年）。那天，与会者泡罢澡，换上宽松的浴衣，聚齐在一个临时会议室，翘首以待。

本田宗一郎露面了，是从他位于滨松的工厂直接赶来的，连工作服都没来得及脱，油渍斑斑，风风火火。他一开口，就给众人一个下马威：

"各位！你们究竟是干什么来的？据说是来学习企业经营的，笑话！既然有这等闲工夫，莫如赶快回公司干活！泡泡温泉，喝喝酒，聊聊天，能学到什么经营？！我就是证明，我没有跟任何人学过经营，不也照样把企业搞好了吗！你们的课堂在现场，应该立刻回去上班！”

本田宗一郎扫视全场，顿了顿，继续挖苦：“花这么多的钱来听讲课，这样的傻瓜到哪儿去找啊！”

与会者低下头，一声不吭，“课堂在现场”，这句话讲到了点子上，不由得他们不满心羞愧，满脸飞红。

——我翻看了本田宗一郎的语录，精彩纷呈者比比皆是，像“90分谁都可以达到，但胜负就在最后的10分”，“玩笑是创意，是哲学”，“要知道牛的耳朵在什么地方，不是通过头，而是通过手腕知道，才是最重要的”，“自己进入漩涡时，应将值得信赖的人置于漩涡之外”，“大家都成为能全面否定社长指示的人，是最令人欣喜的”等等，然而，比较来比较去，总觉得都不如他这番当头棒喝来得振聋发聩。

在中国，丰田英二（1913年~2013年）肯定不如丰田汽车出名，而丰田汽车，好像也不如那句“车到山前必有路，有路必有丰田车”的广告词出名。

丰田英二乃丰田汽车创始人丰田喜一郎的堂弟，正是因为有了这层关系，他在丰田汽车起始阶段，就得以参与其中，几十年风雨同舟，伴随着公司一道成长，直到1967年，出任社长。

作为社长的丰田英二，在日本可是大大有名。他在社长任内，不仅推动了公司的大发展，创造了“丰田神话”，使之和通用、大众并列，跃居世界汽车三大巨头之一，而且创办了丰田财团、丰田工业大学和国际经济研究所，使丰田汽车公司越出单一的物的层次，上升为在金融领域、经营理念、人才培养方面，都对日本乃至世界做出重大贡献的著名企业。

丰田英二有句广为传播的名言：“考虑问题切忌机械刻板，即便是干毛巾，只要脑筋动得好，也照样能绞出水。”

不知是他抄松下幸之助的，还是松下幸之助抄他的，还是两人各自独立想出来的，属于英雄所见略同？

因为前文已经提及，此处不再发挥。

挑来挑去，我挑中了他青年时代的一则故事：

那是1950年，丰田英二赴美国福特汽车公司考察，并留在那儿实习。这期间，他结识了一位叫詹姆士·平田的美籍日本人。平田在福特公司任高级职员，负责招待他这位“丰田汽车王子”。此公一生曲折离奇：他出生于日本歧阜农村，排行老三，十九岁时，母亲用五十元钱把他打发出门，任他摸爬滚跌。他决意远走高飞，闯荡美国。平田徒步走到横滨，游泳爬上一艘海轮，争取到在船上当侍者，然后随船环游世界，三年后，到达旧金山。他离船上岸，沿着正在兴修的东西大铁路，一直走到底特律。在那儿，他巧遇福特一世，后者为他百折不挠的闯劲打动，把他留在身边做事。

丰田英二从平田的传奇人生中得到启发：只要认准了目标，天下没有办不成的事。

丰田英二的后半生，正是平田传奇的现实版：他除了创造出汽车工业的神话，还创造出个人生命的神话，“丰”神潇洒、“英”姿焕发地活到整整一百岁。

“百年后，谁将在青史上留名？”2016年元月的《周刊现代》，推出了上述专栏。在经济界，焦点首先聚集在两位当红企业家：柳井正与孙正义。

柳井正（1949年~）是谁？国人恐怕很少有人知道。但若提到他的商品牌子“优衣库”，不少人，尤其是城里的年轻人，则会“噢”地反应过来，原来是那个卖衣服的。

是的，柳井正就是一个卖衣服的。他从早稻田大学毕业后，加入东京一家大型超市。然后，遵循家族企业的规律，回到他父亲设在老家山口县的“小郡商事”。那是一家小商店，专门卖男士服装。

1984年，八十岁的父亲退居二线，三十五岁的柳井正出任社长。他开始大展手脚，首先把商品内容，从高档的男士服装，改为价廉物美的休闲服；然后，把店铺从老家开到广岛、东京，又从国内向外一路开到英国、中国、新加坡、韩国、法国、美国、俄罗斯，等等。

一个卖服装的，创出了国际品牌，办出了跨国企业，并且从2009年起，与另一超级富豪孙正义角力，轮流当选为日本首富。

事情做大了，就有资格写书，柳井正出版的第一本自传式作品，叫《一胜九败》。怎么叫这么个名字？这就是柳井正的风格，也是他的不同寻常之处。一般的成功人士，喜欢谈过五关斩六将，至于走麦城，那是要竭力回避的。柳井正不然，他把自己的挫折、失败、教训，一而再、再而三、三而九地和盘托出。柳井正说：

“世人把我看作成功者，我却不以为然，我的人生其实是一胜九败。如果说取得了一些成功，那也是不怕失败、不断挑战的结果。”

“每个人都讨厌失败，如果你把它盖上盖子埋葬，你只会重复同一种失败。失败不只让你受伤，失败一定会蕴含下一次成功的芽，一边思考一边修正，才不会有致命的失败。”

又说：“许多经营者都误解了‘成功’的真正意义。自己认为完成了一件大事，这根本不能说是‘成功’，搞不好是犯了‘名为成功的失败’。一点点小成功，应该要立刻抛开，不该一味沉醉在小成功里。”

柳井正的第二本书，就叫《一天放下成功》。

《周刊现代》聚焦的另一位企业大腕，是软银集团的孙正义（1957年~）。与柳井正的鲜为人知不同，鉴于他和阿里巴巴老总马云的合作，他在中国也大有人气。

孙正义的远祖居住在中国福建莆田，后迁至朝鲜半岛，再一迁而至日本。我手头有一本关于他的书：《投资自己的梦想：孙正义的人生哲学》（李洋著）。

都说日本人是感性动物，缺少哲学，孙正义却偏多理性的思考，并上升为哲学——尽管不少是舶来品，舶来的哲学也是哲学。

因为成了超级富豪，他随口而出的话都有如咳珠唾玉，网络多有收集，我随便挑了几则：

“最初所拥有的只是梦想和毫无根据的自信而已，但是所有的一切都从这里开始。”

“男人仅仅有聪明，还不能够成就大事业。如果一个男人不执著愚直，他就不会成长。男人的人生从挫折开始。”

“待在原地无异于等死，唯一的办法就是不断尝试，即使看上去是那样的‘不可能’，但这个世界最不缺少的就是奇迹。”

“男人必须有野心，我成功是因为我志在成功。”

“人一定要改变一点世界，哪怕是一点点。”

不承认不行，牛人就是牛，仗着姓孙，他拿中国的《孙子兵法》为蓝本，创造了二十五字的《孙孙兵法》：“一流攻守群、道天地将法、智信仁勇严、顶情略七斗、风林火山海。”

试析“风林火山海”，这五字讲的是战术。前四字“风林火山”，取自《孙子兵法》的军争篇。风，即“其疾如风”，在互联网领域打拼，讲究的是一种速度，“天下武功，无坚不摧，唯快不破”。林，即“其徐如林”，讲的是稳扎稳打，步步为营，森然有序。火，即“侵掠如火”，当战斗展开，要如万丈烈焰般猛扑上去，不给对手以任何喘息之机。山，即“不动如山”，战役结束，迅速安营扎寨，建立自己在本行业稳如磐石的地位。后一字“海”，是孙正义的自创，喻义“和”——战役虽然结束，难免有余焰残存，要拿出大海一样的胸怀，包容异己，庶几熄灭余怨，在新的格局中友好共处。用他另外的话来说，竞争是大事，但竞争中的双赢与竞争后的和平更为重要。真正做企业是没有仇人的，心中无敌，天下无敌。

说到日本当代著名实业家，绝对不能拉下稻盛和夫（1932年~）。世人敬仰他，除了因为他创建了赫赫有名的京都陶瓷株式会社，以及创办了同样出名的第二电信（原名DDI，现名KDDI），更因为他在七十八岁的高龄，出任破产重建的日航董事长，而且仅仅用了区区一年时间，便使积重难返、病入膏肓的日航起死回生。

近来，也有人称稻盛和夫为当代日本“经营之神”。此公神在什么地方？我翻看了他的《活法》一书，突出的感觉是：思路宏阔，经天纬地，包罗万象。比如他说：“‘心想事成’是宇宙的法则。”“一颗美好的心灵——特别是‘为世人、为社会做奉献’的思想，就是这个宇宙本身的意志。”“人生由看不见的两只手主宰，一只叫命运，另一只叫‘因果报应’法则……在这里，关键的关键，是因果报应的法则要强于命运的法则。”“天地万有都要生长发展，一切生物都要朝善的方向前进——这就是宇宙的意志。换句话说，宇宙间充满了这样的‘爱’和‘慈悲之心’。”

显而易见，他是佛教徒。

我在这里，却要把问题尽量缩小，缩小到他童年期间接受的教导。

稻盛和夫大学读的是石油化学、有机化学，毕业后进了一家陶瓷厂，搞的是无机化学。二十七岁那年，他自立门户，创办京瓷。从一个技术员一下子跃居掌舵人，面临的工作千头万绪，既无经验支撑，也无高人协助，怎么办？

稳住，不能慌。每逢遇到难题，他便想起儿时从父母老师那儿得到的谆谆教诲，也就是做人的基本原则，像什么“正直啦、诚实啦、不欺骗啦、不贪婪啦、不给他人增加麻烦啦、待人接物要彬彬有礼啦”等等等等。这不是小儿科么，你说。是的，是属于小儿科一类。但是，稻盛和夫从中体悟，不仅儿童应该如此做，大人也应该如此做，延伸到经营，同样也必须遵守这个原则。

于是，稻盛和夫就从做人的基本原则出发，以不变应万变，从容处理经营管理中的一切难题。

甭说，这些原则还真管用，他草创的公司政通人和健康发展，不久，又一鸣惊人一飞冲天。

就这么简单？是的，原理就这么简单。

助企业朝气蓬勃天天向上的，并非什么秘诀、宝典，以及眼光、能力、智慧、意志，而是一丁点做人的基本道理。换言之，你只要把“人”做好了，也就能在商场上立住脚；扩而言之，也就能在社会上、在国际舞台上获得高等级的印象分。

且看，一次，稻盛和夫与某大学教员座谈，说到从军慰安妇和南京大屠杀，稻盛和夫认为：应该向中国谢罪。他的话音刚落，立刻掀起一片反对之声。

稻盛和夫在《活法》一书中写道：

老师们的理由是：如果不到万不得已，一个国家就绝不能向另一个国家谢罪，否则将有损国家权威，在国际法上也将蒙受不利。

这里搅进了个人感情，以及一国的政治，对此，我完全能够理解。但是，日本侵略、践踏了他国，既然是事实，就必须谢罪。

向受伤害的对方谢罪——这是作为人所应有的、普遍的正义感，它超越一般的常识和道理。这是横在国家利益和体面之前的问题，是理所当然的规范。尽管单纯至极，却是责无旁贷、不可动摇的原理原则。所以，纵然谢罪会带来利益损害，事情该怎么办，就得怎么办。

只有这种真挚的、诚实的态度，才能为对方接受。反过来说，日本的谢罪之所以不被中国、韩国谅解，是因为日本缺乏真诚，在举动中夹杂私心，混杂商人做交易的心态。这样一来，就把本来很单纯的问题复杂化，而且引发新的争论。

日本长大了么？稻盛和夫就是一面镜子，哪一天，待他的为人准则、处事直觉深入人心，蔚为天经地义，理所应当，不言而喻，日本就可摘掉麦克阿瑟送上的“精神年龄只有十二岁”的帽子，张罗行成人礼。

你看，做人的基本原则是多么重要。

在另一章《人生和经营的原理原则以单纯为好》中，稻盛和夫概括说:“真理之布由一根纱线织成。因此，把事情看得越单纯，就越接近真实，也就是越接近真理。”

2016 年 1 月 28 日

小野二郎和他的“美食音乐”

莫扎特要是活在当下的日本，一定会光顾小野二郎的“数寄屋桥次郎”，并为他谱一支寿司之歌。

（为什么是莫扎特？你问。答：不好意思，我这是即兴联想，即手机的兴，铃声采用的是莫扎特奏鸣曲的片段。）

小野二郎经营的是寿司店，他是另类的音乐家：在他手下，每一道工序，每一种菜肴，都相当于一个琴键，因此，伴随他的十指飞舞，自有令人食指大动的琴音逸出。

美食家山本益弘正是如此形容的，他说，在“数寄屋桥次郎”吃一餐饭，等于聆听一支协奏曲。首章推出的是经典花色：有比目鱼、乌贼、竹荚鱼、鲔鱼、斑鲦；次章奉献的为时令水产：如文蛤、白鲋、明虾、针鱼、章鱼；终章奏雅的乃传统风味：如海鳗、干瓢卷、煎蛋、迷你柱贝、鲑鱼子、玉子烧。小野二郎上菜的顺序，像高明的音乐家安排乐章，其抑扬舒缓，出神入化，处处挠着食客的痒处。

难怪，小野二郎要像钢琴师一样保护他的手，睡觉时都带着白手套。

小野二郎的“美食音乐”不是随便就能欣赏的，进他的店，有三道制约：一、店堂小，只有十个座位；二、价钱贵，三万日元起步；三、生意火爆，要提前一月预定。

说起来，小野二郎也是从平常做起，他早年丧父，失学，当童工，卷入

“二战”，而立之年，才跟人当学徒，做寿司。这一干就爱上了，六十年来，除了法定假日，从不休息，一天 24 小时，围着寿司的磁场转，转得津津有味，转得意气风发，转得欲死欲仙。2011 年，八十六岁的他，面对摄影记者的镜头，含情脉脉、信誓旦旦地表白：“你必须深爱你的工作，你得和你的工作坠入爱河……即使到了我这把年纪，工作也还没有达到尽善尽美的程度……我会继续攀登，力图爬到顶峰，但没人知道顶峰在哪里，我也不知道。”

食品手艺也是艺术，艺术没有顶峰，只有高峰，凌虚之上尚有虚，摩霄之上更有霄，凌凌不已，摩摩无穷。手艺的精进，与一切艺术一样，取决的是天才加功力。小野二郎为了能在已有的高度上再向前攀登一步，哪怕挪一尺，或蹭一寸，他把一切都锁定在最好，当下的最好，从环境、食材、技术，到色泽、香气、味道。

还有服务。日本人认为神居住在细节之中，所以特别重视细节，譬如顾客的年龄、身份、性别，使用左手还是右手，预约时间先后、座位的疏密正侧等等，都和其他要素组合在一起，化为“享受”的重要一环。

他有两个儿子，长子叫小野祯一，次子叫小野隆，高中毕业，就跟着他干。算起来，老大今年将近六十了，还只能当下手，作为寿司达人的儿子，也真是无奈，因为，只要老爷子一天不退休，他就一天接不了班。

即使老爷子退休，由祯一出任大厨，坊间舆论，他的日子也不会好过。你想呀，松尾芭蕉的子孙纵然天分天才赶上了乃祖，甚或青胜于蓝，世人仍以老芭蕉为俳圣，以新芭蕉为效颦。这就是光环效应下的审美误差。时下老爷子的江湖地位一如俳圣芭蕉，被尊为“寿司之神”，祯一他一个凡夫俗子，怎么能跟神相提并论呢。

老二小野隆，说话也已五十出头，日本习俗，长子接班，次子被排斥在家族主业之外，他倒好，因贬得福，离开本店到外面开了一家分店，先于兄长当上了大厨。分手时，乃父对他讲：“你这一去，就是无家可归。”“无家”，就是不能回头，只能与自己的分店共进退。换句话说，就是只能成，不能败。成败的标准，不言而喻，是比照本店的“道”而言。小野隆清楚自己的手艺至多臻于“技”，还达不了“道”，于是就降低价格，以相对的便宜招徕顾客。

老爷子律己律人甚严，由是也带来招不到年轻学徒的烦恼。这也是在情理之中，作他的徒弟，要有一棒子被打昏了的逆来顺受、得过且过，又有一棒子被打醒了的兢兢业业、矢志不移。在别处当学徒，也就三年五载，在他这儿，好，起码得数十年，首先从拧滚烫滚烫的毛巾做起，然后逐步逐项接触各种食材，熬到能独自煎鸡蛋了，你猜要多长时间？三个月——不止。三年——仍不止。五年——还是不止。告诉你，要十年。人生苦短，现在的年轻人，有几个承受得了这份美食的美学的漫漫苦修。

有人（多半是外国人）说了，既然生意这么好，为什么不扩大经营，换作咱，早就轰轰烈烈地连锁、加盟、上市！

不，小野二郎摇头，他认为那样一来，质量肯定会跌下去，自家砸自家的牌子。

他不取投资模式，宁秉匠人气质。

你可以说他傻，也可以说他精明，傻和精明，在某种程度某个层面，本来就是一码事。他要的不是滚滚的金元，他要的是寿司这门手艺的金字塔尖，要的是引领同行业风骚兴旺发达的金字招牌。

——别小看这匠人气质。把自己的手艺，寿司而已，当作独步天下的艺术品追求。一行一业如此，百行百业都如此。这正是日本民族的厉害之处。

想想看，若不是这金字塔尖，2011 年，美国制片人大卫·贾柏怎会越洋过海地跑来，把他的事迹拍成电影，影名就叫《寿司之神》？ 2014 年，奥巴马访日，日方怎会隆而重之地把他的第一顿饭，特意安排在这连随从都转不开身的小小餐厅？

自从大卫·贾柏的《寿司之神》上演，笔者就听说“数寄屋桥次郎”要在北京开分店，炒得沸沸扬扬。古人说，兵马未动，粮草先行。现代商战是，八字还没见一撇，信息就满天飞。我颇好奇，不知这是小野二郎改变了主意，还是源于政治背景的大国美食外交。

日前消息证实，不过是商家的伪托。

要谛听他的“美食音乐”，还得到东京去，记着，那是在银座四丁目一座大楼的地下一层，店面很小，唯一醒目的标志，是在门外贴着一个大大的“鮨”字。

2015 年 11 月 28 日

第二次天启

这是一处杂草怒生、蜂飞鼠蹿的苹果园。

地点，在青森县岩木町；主人，叫木村秋则。

果园如今远近闻名，它生产的苹果，日本民众中，像俗话说“盼星星盼月亮”那样，渴盼“一辈子能吃上一次”的，大有人在。且看一位作家的描述：

“故事要从东京白金台一家高级的法国餐厅拉开序幕。那是一家只有老饕才知道的餐厅，要预约用餐起码得等上半年。这家餐厅的招牌菜之一，就是‘木村先生的苹果汤’。主厨井口久和说：‘这种苹果居然不会烂，可能是汇聚了生产者的灵魂……。’

“通常，苹果切开后放置一会儿，很快就会变成咖啡色，然后开始腐烂。但是，井口厨房内切成两半、搁了两年的木村苹果也不会烂，只是像人老了那般越来越‘萎缩’，最后缩成淡红色的干果，带有一股特殊的香甜。”

神奇吧？神！想吃吧？想！

关于木村秋则和他令人垂涎的苹果，要绘声绘色地传达，最好动用报告文学。惜我旅途倥偬，无暇从容铺排，只好掐头去尾，提纲挈领，拎出中间两则天启。

天启一：妻子生来农药过敏，每次灭虫，都要大病一场。木村心里很纠结，可也想不出解决的办法。一天逛书店，想买一本育儿手册（大女儿刚出世），那书搁在木架的顶层，他站上梯子去取，不小心带落了旁边的两本，啪地摔在地上，店家不悦，他赶忙道歉，将三本一起买下。那不请自来的书中，有一本叫《自然农法》，讲的是无农药无肥料的自然栽培。木村心头一亮，觉得老天在给他指路：实施“双无”栽培，既能免却妻子的农药过敏，又能为社会奉献无公害的绿色苹果，一举两得，何乐而不为！

是启迪，也是磨难。绿色苹果概念好，但概念属于空中楼阁，纸上谈兵。事实是，不打农药，就意味着虫害猖獗；不施肥料，就意味着养分干瘪。实施“双无”的第一年，果园顿时陷入枯萎，甭说结果，连绿叶也没能剩得几片。

试验总是要付出代价，诚然。苹果这营生，一失败，就耽搁一年。再失败，又蹉跎一年。大概老天在考验我？木村咬咬牙，挨过了三年、四年。而果园每况愈下，而颗粒依旧无收。仍旧只有咬紧牙关，外加勒紧裤腰带，硬挺过第五年、第六年。眼看实在无法支撑了，而老天还是不开恩！只好东挪西借，变卖家产，勉强又熬过第七年、第八年。到了第九个年头，能想出的措施都想了，能用来救急的财路都断了，而果树依旧不见开花，而希望依旧不见露头。老天！您这是惩罚我异想天开，不走正路吧？木村秋则陷入绝境，思前虑后，万念俱灰。本来是想公私两便，一举两得，谁知落得个竹篮打水一场空。怪谁呢？只能怪自己。既然咎由自取，罪有应得，那就一人做事一人当吧。于是，在一个月明星稀之夜，他悄悄拿了草绳，跑进深山老林，意在告别噩梦，一缢了之。

自缢要找高枝，正当他选中一株，套上绳索，忽然发现前方有一棵苹果树，在月光下闪烁如魅。咦，这深山老林哪来的苹果树？他扑上去，才发现是一棵核桃。核桃也是果树哟，它藏在密林，没人打药，没人施肥，怎么会长得这么欢实？天，在哪儿都一样；风，山里山外纵有相差，不会太多；唯独这地，那就差远了——他跪下去，拿手扒，拿鼻子闻，拿嘴嚼。哈，他品出土质的悬殊了！直起腰来，四处打量，哈，他恍然悟出还有生态系统！一棵核桃不能单独存在，它和日月星辰、风霜雨露、山石溪涧、鸟兽虫木绾结在一起，你中有我，我中有你，互生互荣，谁也离不开谁。

这是第二次天启。

这次天启把他从鬼门关拉回，带他走出炼狱，踏上阳关大道。

长话短说，次年，也就是他实施自然栽培的第十年，苹果树开花了。虽然八百棵树仅开了七朵花，虽然七朵花仅挂了两只果，那也是苦尽甘来！那也是绝处逢生！

而从第十一年起，果园就开始花繁叶茂，果实累累。木村秋则历尽艰辛，终于种出了“自然苹果”。

现在，从那时算起，一晃又过去了二十多年，木村秋则在收获掌声、荣誉、财富的同时，也在继续解读第二次天启。请听他说：

“日本的苹果栽培史有一百二十年，之前也有许多人尝试过无农药、无肥料的栽培，但是都失败了。大家都是在尝试四到五年后，就认为不可能而放弃。我却像个傻瓜一样，苦撑了十一年才开始有收入，可能是因为我太笨了，苹果树也受不了我，只好结出苹果了。”

“人类能够做的事没什么了不起，大家都说，木村很努力，但其实不是我，而是苹果树很努力。这不是我在谦虚，是发自内心这么认为。因为，无论人再怎么努力，都无法靠自己开出一朵苹果花，不管是手上还是脚上，都不可能开出苹果花。也许大家觉得这是理所当然的事，但不这么想的人，代表他并没有真正理解自然。看到整个果园满满的苹果花，我深刻体会到这一点。这些苹果花不是我的功劳，而是苹果树的功劳，主角不是人，而是苹果树。我之前不懂这个道理，一直以为是自己在种苹果，以为自己在管理苹果树。其实，我只能协助苹果树而已。在经历了一次又一次的失败后，我终于了解了这一点。我花了很长时间才走到这一步。”

“这一生，至少当一次傻瓜。”

“相信生命会自己找到出路。”

“只要对一个东西着迷，总有一天会找到答案。”

大凡人要立志干一件什么，总会接收到第一次天启。天告诉他“咬定青山不放松”，天告诉他“千磨万折还坚韧”，天告诉他“车到山前必有路”。但是绝大多数人，咬着，咬着，牙关就松开了；剩下的少数人中的绝大多数，在千磨万折中，又放弃了“这一生，至少当一次傻瓜”的坚韧；只有极个别的“傻”中之“傻”，才能磕磕绊绊跌跌撞撞坚持到“山前”，因而也就得悉第二次天启。

木村秋则说得好：“天公疼憨人！”

成功，历来都隐藏在第二次天启之后。

2015年2月25日

快跑，乌拉拉！

乌拉拉是一匹枣红马，看它比赛，常常令日本人想哭。

马是出身名门，血统高贵，血性十足，奈何天赋欠佳，身材偏矮偏瘦，打稚龄就不被看重，主人对它的栽培，无论物质的，还是精神的，皆逊于高大精壮的同伴。无奈，先天劣势加上后天差别待遇，注定了它每次出场，也就是个“陪太子读书”的角色。

日本赛马场分中央和地方两个级别，高知赛场属于后者，而且在后者中也排名靠后。二十世纪九十年代末，两岁的乌拉拉被送到这里，明摆着是等而下之又下之，属于没有出路的出路。

总算还有赛场可征逐，对于乌拉拉，这就是不幸中的万幸。小家伙识好歹，懂感恩，初次亮相，就是一副天不怕地不怕的架势，四蹄翻腾，长鬃飞扬，全力以赴，一拼到底。纵然惜败，仍一边斜睨胜利者，一边仰天作响遏行云的长啸。

这啸声是历代祖先的寄托。

这啸声是卷土重来的血誓。

正因为有这种不服输的英气，在连续败阵十多场之后，驯马师宗石大才没有把乌拉拉淘汰。“条件差是差一点，但它天生就是匹赛马，它离不开跑道，那就再给它一些机会吧。”作为曾经的大牌骑手，他太了解一匹纯种的赛马，面对失败接着失败时的愤懑和不甘。

平常的日子，乌拉拉绝对是马群中的宠儿。虽然有些神经质，爱耍点小性子——对于祖上曾经风光过的马，这是难免的啦——但它灵慧，不唯眼睛、腰背、四肢，甚至鬃毛、尾巴，都能与驯马师通款曲。训练中，它从不偷懒惜力，总是超额完成任务。

上场的时候，乌拉拉也总能制造惊喜。明知不被观众看好，明知后程耐力不足，但跑着跑着，它就要撒开四蹄，奋张肌腱，宛如天马行空，不，行地，千载一搏、小命系在蹄上似的掀起赶超高潮。观众被它激励，心都展翅欲飞，为这个斜刺里杀出来的“一寸法师”，为这匹极有可能以弱胜强的黑马而痴迷。日本人痴迷相扑，尤其痴迷小个子掀翻大个子的爆冷，这是身材矮小民族的一种代偿心理。看相扑如此，看赛马也是如此。

当乌拉拉遭遇六十连败，依然英姿焕发，斗志不减反增，解说员桥口浩二被这匹羸弱的赛马感动了，他由马及人，联想到日本人与生俱来的坚韧。有什么样的民族，就能训育出什么样的赛马；有什么样的赛马，就能激发出什么样的斗魂。作为现场直播解说，桥口浩二看到的不是屡战屡败，而是屡败屡战，这“战”与“败”的一字颠倒，让他抓住了观众的命脉，从而接通赛场的地气、人气，开发出低级别赛马的巨大商机。

高知赛场火爆了。观众值此心态大变，由漠视乌拉拉一跃为期待乌拉拉，欢呼乌拉拉！毕竟，看客多为芸芸众生，在人生的跑道上，他们蹦跳来蹦跳去，跳不出乌拉拉的宿命。冠军永远只有一个，天之骄子总是少数，对于普通人群，寻常智商，纵然是菜花也要盛开，纵然是沙丁鱼也要遨游，纵然是五音不全也要放声高歌，重要的不是金字塔尖，而是成就塔尖的泥土木石。那么，就让我们安于泥土木石吧，只要努力了，只要发挥了，只要百折不挠，永不言败，就像乌拉拉，也一样能活出价值活出意义。

乌拉拉时来运转，“马”气冲天，虽然每次还是惜败，离冠军总差那么一点点，但是观众不在乎它是第几，在乎的，它是乌拉拉——有时候失败的结果反倒是胜利，乌拉拉失败的次数越多，它那不畏强手、愈挫愈勇的形象反而越发深入人心——因此，只要乌拉拉站上跑道，观众就慷慨地赠与掌声，赠与鲜花，潜意识里，也是把掌声和鲜花赠与自己。

乌拉拉成了一匹无冕之王。

2004年，作家重松清出场，把乌拉拉的百场连败写成书，书名叫《快跑，乌拉拉》。“我来讲个马的故事”，他以这句平淡无奇的话开篇，但是读着读着，谁都知道他讲的不光是马，也包括人。日本经济在七八十年代大放卫星，大红大紫，九十年代泡沫破灭，一下子跌入深渊，至今，还没有从萧条里完全爬出来。因此，日本社会当今最需要的，不是《日本世界第一》、《日本可以说“不”》那样的神话、大话，而是体现在乌拉拉身上屡败屡战的血性——对了，高知在幕末属于土佐藩，据说这地方的男人都是血性汉子，维新志士坂本龙马、三菱集团创始人岩崎弥太郎是其代表——请注意，一百场连败，换个角度看，就是一百场锲而不舍的拼搏。重松清为国人画龙点睛：“败绩连连的乌拉拉，但它绝没有败给‘连败’！”

乌拉拉现在已退役了，它在连败一百一十三场之后，永远告别了跑道。乌拉拉的精神却在继续，在日本，在所有熟悉它故事的地方。将来，我想，将来若有机会观看赛马，不，包括观看任何比赛，我要特别把目光投注给那些以弱敌强、志在拼搏的“乌拉拉”。

2015年3月2日

《北国之春》

笃！笃！笃！最先听到命运女神敲门的，是词作家井出博。那是1977年，正月，他接到一份委托，来自唱片公司，为势头强劲的一线歌手千昌夫，量身创作一首歌词，主题，确定为怀乡。

怀乡，自然是怀千昌夫的老家，那地方在岩手县，高田市，竹驹町，濒海，出门数里就是沙滩、渔港。

可是，井出博并没有去过千昌夫的老家，他只晓得岩手位处本州岛的东北，西邻秋田，北接青森，青森过海就是北海道，该地多山，多森林，冬季多雪。现时正值腊尽春回，他遂把歌名定为《北国之春》。

说出来你别笑，井出博心中的北国，不是岩手，不是秋田，不是青森，更不是北海道，而是他的家乡：长野。

长野哦？长野举办过冬奥会！

是的。长野县在东京都之西，位于本州岛的中部，也是整个日本列岛的中部，但它海拔高，号称"日本屋脊"，景色，气候，倒和东北的岩手十分类似，都是多山，多森林，冬季多雪。因此，他就张冠李戴，把长野的春色嵌进北国的画框。

还有一些生活体验，也为两人共有。比如：

千昌夫早年失怙，井出博恰恰也是。

千昌夫高中没念完，就跑到东京，拜师远藤实，学习音乐，靠的是寡母和哥哥的支持。井出博与之同病相怜，他当年到东京读大学，也是靠在大阪谋生的哥哥的资助。

游子的身份各各有别，游子的感触尽有雷同。下笔之际，井出博又想起了难忘的一幕：大学同窗的妈妈，从老家的乡下寄来了土特产，那份儿行千里母担忧的挂念，那份散发着泥土香气的体贴，瞬间，温暖了整个寝室。

总归是心有灵犀，感从中来，井出博很快写出了歌词：

亭亭白桦，悠悠碧空，微微南来风，木兰花开山岗上，北国的春天啊，北国的春天已来临。城里不知季节变换，不知季节已变换。妈妈犹在寄来包裹，送来寒衣御严冬。故乡啊故乡，我的故乡，何时能回你怀中。

残雪消融，溪流淙淙，独木桥自横，嫩芽初上落叶松，北国的春天啊，北国的春天已来临。虽然我们已内心相爱，至今尚未吐真情。分别已经五年整，我的姑娘可安宁。故乡啊故乡，我的故乡，何时能回你怀中。

棣棠丛丛，朝雾蒙蒙，水车小屋静，传来阵阵儿歌声，北国的春天啊，北国的春天已来临。家兄酷似老父亲，一对沉默寡言人，可曾闲来愁沽酒，偶尔相对饮几盅。故乡啊故乡，我的故乡，何时能回你怀中。（吕远逸译，部分词句，如“送来寒衣御严冬”，不准确，因为北国已是春天，妈妈不会再向在南方城市打拼的孩子寄寒衣。本文姑从吕版，不予置评。）

如释重负，井出博拿着墨汁未干的歌词，跑去敲作曲家远藤实的门，他是千昌夫的启蒙老师，对爱徒的特点了如指掌。

远藤实接过稿子，匆匆溜了一眼，只一眼，就对井出博说：“你且坐在厅里，安心品尝一会儿威士忌，我这就去谱曲。”说罢，噔噔噔地上楼。

片刻，也就五六分钟吧，他又从楼上下来。

敢情是忘了拿什么东西，井出博想。

出乎意外！远藤实抖抖手中的简谱纸，兴高采烈地宣布："谱好了！谱好了！"

谱好了？这么快？

"多亏你这词写得好！"远藤实解释说，"我只看一眼，灵感就来了。你知道吗，你这里写的，活像我的老家新潟县（位于长野县之北，同属中部地区）。我有一个特殊的经历：小时候，住在乡下，房子年久失修，屋顶破烂不堪，冬夜，外面落大雪，室内飘小雪，冻得人直打哆嗦。那时，我最强烈的愿望，就是祈祷早日春暖花开、晴空万里——这愿望沉淀积压在心底，一埋就是几十年，刚才看到你的歌词，立刻把它激发了。谱这曲子，可说得心应手，一挥而就。"

现在轮到千昌夫出场。

他手捧词曲，眼眶禁不住红了，心弦禁不住颤了，五线谱上，歌词间，如云飘过的，如风拂过的，如水泻过的，莫不是岩手的山，岩手的人，岩手的情……早春，那晨雾，那白桦林，那木兰花，那溪涧……灯下，那昏黄的光晕，那老母悉心打理的包裹；村头，那银杏树下，那姑娘苦苦等待的望眼；炉旁，那默默对饮的，老父和兄长的酒盅……

百感交集，情驰血沸。最终，千昌夫以一袭风衣，那种打工族的、皱褶而褪色的行头，走上舞台，他奉献的，是游子对故乡千回百转、生死不渝的挚爱。

听众呢。

二十世纪七十年代，日本经济越过战后的泥沼，驰上高速增长的快车道，潮水般的农民工，从荒僻、闭塞、滞后的北部地区，涌入急速扩张的东京都，他们，各有各的故乡的云，各有各的离骚经、望乡谱、断肠记。《北国之春》就像一把火，嗤啦一声，把他们的乡愁都点燃了，点燃了又都引爆了。

管它词曲的背景是岩手，是长野，还是新潟，听众认同的是“北国”，记忆中的北国，梦魂中的北国，为她歌为她笑也为她叹为她哭的北国，自都市的地平线浮现，旋隐入灵魂深处。

何况这是北国的春天，白雪化作白云的春天，南风绽放兰花的春天，落叶化作嫩芽的春天；那独木桥上，吧哒吧哒响着希望；那吱吱呀呀的水车，引来山泉也引来憧憬；故乡啊，我的故乡北国！游子归心似箭，奈何打工在外，身不由己，安能借歌声插上翅膀，顷刻飞回你的身边！

——那歌声裂石穿云，撑高蓝天；

——那歌声跨县越府，无远弗届。

《北国之春》火了，搭着都市打工族灵魂的翅膀。

《北国之春》火了，缘着每个异乡者神经的末梢。

《北国之春》火了，伴着人人与生俱来的漂泊感。

井出博、远藤实、千昌夫，三位幸运儿，三人成众，众星捧月，捧红了一曲《北国之春》。

当年，唱片销售出 300 万张，席卷日本男女老少。

尔后，又漂洋过海，唱到了韩国，唱到了中国，唱到了蒙古、泰国、越南、印度、菲律宾、美国、巴西。

笔者顽愚，基于历史的恩怨和现实的尴尬，我对这个一衣带水的东邻，曾心怀芥蒂，拂袖割席，敬而远之，唯独对这曲《北国之春》，却是闻音色喜，欣然接纳，百听不厌。

没办法，美的脚步，是阻挡不住的啊！

此事是否也确证：艺术，越是民族的，就越能走向世界？

2014 年 12 月 24 日

博 物 馆

“三神器”是个什么东东（外一则）

牵牛花牛了一把茶道

想起千利休，瞬间浮上脑际的，总是这样一则传说：

丰臣秀吉和千利休都是茶道的旗手级人物。一天，秀吉听说利休的庭园里开满了牵牛花——牵牛花是从中国传来，那时还是珍稀品种——便传话让利休单独为他举行一次茶会，以分享那娇羞而又圣洁的牵牛花。

届时，秀吉兴致勃勃地前来叩门，却发现庭园里只剩得遍地枝叶，根本没有花。

一朵也没有！

一瓣也没有！

利休把花都摘掉了。

秀吉顿时火冒三丈：这不是公然让我难堪嘛！

及至踱进茶室，瞥见在壁龛处插着一朵牵牛花。

就一朵。

其露莹莹，其色灼灼。

此时此刻，秀吉完全没了脾气，按照茶会规矩，他入座，接茶，品饮……同时，止不住地想。

想什么呢？

历史没有留下记载，今人只能悬猜。

想必大家都知道，秀吉出身卑微，是从底层一步一步爬上来的，属典型的暴发户。

从秀吉的姓名可以看出他往上爬的途径。秀吉小时候没有姓，只有乳名，叫日吉丸。

尔后投靠大名织田信长，混成了武士，就弄了个名字，叫藤吉郎，又跟了老婆姓（老丈人是下级武士，有姓），叫木下。

渐渐有了战功，有了领地，名字也就往高雅里改，变成日后通用的“秀吉”。

功业愈建愈大，地位愈升愈高，又觉得“木下”这姓太土（不就是大树下边的意思嘛），便高攀织田信长麾下两员虎将丹羽长秀和柴田胜家，从人家的氏姓中各拜领一字，组合成“羽柴”。

织田信长死后，秀吉在内部斗争中胜出，结束战乱，统一日本，蒙天皇赐姓“丰臣”，遂为丰臣秀吉。

暴发户有暴发户的癖好。秀吉举行茶会，必广招宾客，以示气派；他的茶室，是用黄金制造，以示豪阔；他的茶具，都是进口的或名家制造的珍品，以示风雅。

这也怪不得他，没有那种欲求，他又怎么爬得上去，爬上去又怎么能镇压得住。

碧梧再美，老鹰也不会在上面搭窝的啊！

因此，面对利休草庵风味的茶室、素朴乃至简陋的茶具、仅仅一朵牵牛花的茶会，秀吉要怎么想？

动怒，发火，只能以自己的粗鄙，衬托利休倡导的“和、敬、清、寂”。

改口说好，说妙，又落得拔高利休，贬低自己。

（而千利休本来就高，用今尺计算，达一米八零，秀吉本来就矮，只有一米四零。）

总之，左也不是，右也不是。

于是，必然的逻辑：只剩下一种杀机。

“好你个千利休！这世界，有我，就没有你！”

杀机便是这样从“一朵牵牛花”生发。据说，1591年，利休为京都大德寺捐献了一座山门——金毛阁。大德寺为表感谢，在阁上安放了一尊利休的木雕：身穿袈裟，足踏草鞋。为此触怒秀吉：你利休算个啥玩意？居然让每个进山门的人，都打你的草鞋底下过！

于是，雕像被腰斩，利休被勒令切腹。

这仅仅是利休的死因之一。

还有之二、之三、之四、之五……

不管是哪一种啦，反正就一句：你必须从我秀吉眼皮底下消失！

——无奈利休是杀不死的，四百多年来，秀吉的狭隘、虚骄、残暴，不过是把利休持续送上茶圣的宝座；而他的暴发户嘴脸，也永远在“一朵牵牛花”前定格。

“三神器”是个什么东东

日本有三件神器，八咫镜、草薙剑、八坂琼勾玉，简称镜、剑、玉。传说皆是天照大神（日本神话中高天原的统治者、太阳神）的物件，随着她的子孙君临凡世，统治万民，也被一起带到人间，作为镇国安邦的皇权信物，类似于吾国夏商周三世代代相传的九鼎。

搞笑的是，这三件神器，近代，当代，谁都没有见过。

先说八咫镜，下凡之初，是由皇室保管，第十代天皇之后，转交伊势神宫供奉，而皇室呢，只复制了一件代用品。复制，自然是比照着原物进行，因此，仿照者得以目睹真迹，并留下神镜大小的记录：直径两尺，内径一尺六寸三分（约49厘米）。

自那之后，再没有人得窥原物，包括神宫里的神官。八咫镜的镜盒每年更换一次，按说，这是一饱眼福的好机会；但是，天机不可泄漏，天神早就把这漏洞给堵上了，它附加了一道神谕，或者说诅咒：谁看，谁瞎眼！

不是眼福，是眼祸。

人的好奇心再排山倒海，也不敢拿视力作赌注，是以，每次给八咫镜更换包装盒，都安排在黑灯瞎火的深夜，操作者双目紧闭，胆颤心惊，诚惶诚恐，生怕一不小心触犯禁忌，落下终生残疾。

这就是高！你想，八咫镜自然是有的，为日本上古的产物，也是确定无疑的，天神之物云云，不过是编造，编造的用意，不外给它披上神话的外衣，以成神造国家、神授皇权的铁证。

日本的上古，混沌初辟，文明未开，那时的工匠能造出什么高级宝镜，想也不用想，说不定只是吾邦输出的青铜镜，真要是打开镜盒，让人看了，必然闹个脸红脖粗，大煞风景，所以嘛，嘿嘿，你懂的啦，一句诅咒，就等于一纸封条，保证它永远束之高阁，天荒地老，不见阳光，长葆其神秘兮兮。

再说草薙剑，循的也是从天上到人间、从皇室到神宫的路——差别在于八咫镜供奉在伊势神宫，而它供奉在热田神宫。留在皇宫的那一把呢，自然也是复制品。真品的禁忌，估计与八咫镜同，就是凡人不能看，一看就要倒血霉之类。令人联想起《圣经》中的诅咒：不能回头，一回头就化为盐柱。据说德川幕府时期，热田神社的大宫司和其他几个神职人员，实在抵挡不住神器的诱惑，偷偷瞧了一眼，结果怎样呢，没过多久，偷窥者相继翘了辫子，只有一人活着，不，晚死，在奔赴黄泉之前，还来得及留下窥探的文字记录。他在一册叫《玉签集》的书中写道：

“刚靠近，云雾就自动蒸腾，目无所见。众人用扇子驱散云雾，点亮灯，那是一个五尺长的木箱，打开，里面又套着个石箱，两箱之间的空隙，填满红土。石箱里放着一截樟木树干，中间挖空，铺以黄金，神剑就供在上面。

“剑长两尺七八寸（约80厘米）。刀锋看似菖蒲的叶片，刀身中央部分较厚，握柄约八寸，有很多环节，微糙，像鱼的背脊骨，通体呈白色。”

今人猜测，应该是一把铁剑，也有人猜是白铜剑。

其实，这神剑的真相，也只能是姑妄言之，姑妄听之，因为，据另外的传说，早在1185年，日本两大武士集团，平氏和源氏，在坛之浦海域决战，结果，源氏获胜，败方平氏拥立的安德天皇，就携着此剑葬身海底，江户时代岂能复窥真容？

最后说八坂琼勾玉，据云形状像动物的牙，又像人的心脏。自随天神下凡，一直存放在皇宫，置于木箱，外面上锁，裹以青绢，四角扎有紫色的丝带——这就进入古代的保险箱了。也有人想偷窥来着，不是一般凡夫，是日本第六十三代冷泉天皇，但是，当他动手解开丝带，木箱里突然冲出一股白烟——就像神怪小说里描写的那样——吓得天皇差点尿裤子，赶紧抱头鼠窜。

到这儿，故事就基本编圆了。尽管天皇自承是神的后裔，以“天孙”自居，也照样不能看。

八坂琼勾玉的真品至今仍在，八咫镜也在，草薙剑呢，长埋海底了，现在启用的，是替代品。

日本皇权的命根子，就是这样三件宝贝。

日本奉行“万世一系”，仗的就是这三件宝贝乃天照大神所授——天神安排的皇权，尔等黎民百姓只能乖乖听命。

一件象征皇权的国宝，要保持彻头彻尾彻里彻外的神秘，最好的办法，就是不准看——谁看谁有血光之灾！

一个想要万民膜拜、行之千秋而不易的道理，要保持绝对神圣，最佳选择，就是不准碰——谁碰谁就头破血流！

真要有天不怕地不怕的脚色碰了、看了呢，宝物就有可能“沉海”（沉沦）。再找一个替代品，总归是“山寨”，完美无暇的信仰，从此就缺了一块。

2015年12月15日

怨灵信仰

怨灵升级为信仰，这是东瀛文化独有的特色。

事情得从菅原道真（845 年 ~ 903 年）说起，此公乃平安时代的博学鸿儒、文化大师，深得宇多天皇器重，官拜右大臣，与贵族出身的左大臣藤原时平分庭抗礼，共领风骚。

文化人往往为文化所累，道真一门心思搞学问，全忘了高处不胜寒。待得宇多天皇退位，醍醐天皇登基，藤原时平暗进谗言，诬陷道真企图谋反。醍醐天皇信以为真，授命对道真抄家，贬官，逐出平安京，流放太宰府——也就是现在的福冈县太宰府市。当时那儿尚未开发，属于蛮荒之地、瘴疠之乡，可怜道真一介书生，又能经几番妻离子夭、贫病交迫，没上两年，就在悲愤抑郁中弃世。

死了死了，藤原一党乐得弹冠相庆，鸡犬升天。谁知道真死后，平安京开始不平安，屡屡遭受雷殛火焚，而陷害道真的藤原时平，以及继任右大臣的源光等人，都相继死于惊吓或无妄之灾。无妄之灾就无妄之灾，偏偏世人又把此事往道真身上扯，说右大臣含冤负屈，阴魂不散，化为雷神，前来索命。流言归流言，恰恰所有参与迫害道真的朝臣，包括受蒙蔽的醍醐天皇，又都心里有鬼，越有鬼就越出事，越出事就越有鬼，如此恶性循环，闹得人心惶惶，鸡飞狗跳。

日本的神道教，属于泛灵多神信仰，天上飞的，地上长的，水里游的，都可为神祇；也包含鬼魂，不仅是显赫、高尚的逝者，亦囊括大奸巨佞、凶神恶煞。既然道真阴魂作祟，隔空叫板，朝廷就祭出一招“慰灵术”：公开为道真平反，恢复右大臣官职，取消流放令。这其实是以人性揣摸鬼情：你在生前受了委屈，死不瞑目，那么好，本皇现在恢复你生前的一切名誉，希望你从此解冤释结，不咎既往，在阴曹安享荣华，莫再来阳世纠缠老账。

朝廷开出的“价码”不管用，道真复仇的灾象还在继续，并且祸延醍醐天皇及其子孙。真是现世报啊！民间传说道真的阴魂已升格为神，名“太政威德天”；这又有佛教的色彩了。更兼“别有用心”者带头集资，在京城北野为道真建立了一座神社；负面新闻越滚越大。出于心悸，藤原家族顺着竿子往上爬，将神社扩建为天满宫。朝廷迫于持续不断的灾象和舆论的压力，不得不把对道真的慰灵升级，一谥再谥，直至追赠为太政大臣（相当于宰相）。

神是人创造的。在中国，自古就有人死而阴魂不散，化为厉鬼复仇的故事。《三国演义》写关羽败走麦城，为吕蒙部将所杀，魂魄附身吕氏，令其七窍流血而卒。又骑赤兔马行空，高呼“还我头来！”关羽后世被神化，民间尊为“关公”，历代朝廷多有褒封，关帝庙遍布海内外。鉴于关羽生活的年代（？～220年），远在道真之前，以及平安时代的全面师唐，说天满宫的建立，是受了关帝庙的影响，应该是不为离谱的吧。

道真开创日本怨灵信仰的滥觞，紧随其后的，则为一代武将平将门。

平将门生年不详，一说为公元903年，正好是道真在太宰府赍志而殁的那一年，无端又激发出许多联想。从家系来说，他是桓武天皇的五代孙，镇守府将军平良持（一作良将）之子，算得是皇亲国戚。及长，子承父业，统领下总国猿岛与丰田两郡。平将门武艺高超，且兼有刀枪不入之神功，艺高胆大，是以学孙猴子大闹天宫，“皇帝轮流做，今年到我家”，公开自称“新皇”，举兵谋反，向京都的朝廷搦战。

那是公元939年。初起，平将门势如破竹，节节胜利。不过，和希腊神话中的阿喀琉斯一样，平将门也有自己的死穴，阿喀琉斯是在脚后跟，他是在眉心。堡垒最怕从内里攻破，七十多天后，政府军从平将门的宠妾获知死穴的秘密，两军阵前，一箭射中他的眉心，导致当场毙命。

平将门是武将，怨灵也就比道真更为孔武更为暴烈。据传：当天晚上，出卖他的宠妾在痛苦万状中死去；他的尸体，在众人的眼皮底下莫名其妙地消失；他那离颈的头颅，当着杀他的敌人睁眼大笑："不过就是砍了我一个脑袋罢了，你们用不着得意，自然有人为我报仇雪恨！我不会就这样下地狱，我要永远诅咒你们的子孙！"首级被装盒送呈朱雀天皇，木盒打开，但见双目圆睁，喷出腾腾杀气，牙齿咬得格格作响，一朝公卿当众吓得尿裤，天皇也吓得大病一场；更有甚者，首级被挂在东市示众，一天突然挣脱绳索，腾空而起，径直向他老家的方位飞去。

时人感其灵异，在他首级落下的地方，武藏国的鸟越，即后来的江户境内，修建了首冢。十七世纪初，德川氏入主江户，把首冢迁至神田，扩大为"神田明神"神社。1626年，后水尾天皇接受德川幕府的建议，为将门平反，赦免其叛逆之罪。1871年，明治天皇亲赴"神田明神"神社，为将门献祭。至此，平将门的神格得到皇室的认可与尊崇。

平将门犯上作乱，对于朝廷，本是大逆不道，罪无可赦，现在，不仅平反昭雪，还奉为天神，尚飨一国的香火，这在我们看来，似乎是天方夜谭。你能想象唐朝政府出面祭祀安禄山、史思明吗！

日本人的怨灵信仰和中国人的忠义崇奉，距离渐拉渐大。

日本古代有四大怨灵之说，菅原道真居首，平将门次之，排名第三的，是早良亲王（750年～785年）。他出身皇族，曾被立为太子，公元785年，受一桩暗杀事件的牵累，遭致废黜，流放淡路国（今濑户内海上的淡路岛）。亲王愤而绝食，卒于途中。那之后，皇室厄运连连，病灾不断。民间传说是亲王冤魂作祟。朝廷恐惧报复，遂出面举行镇魂仪式，又追赠其为崇道天皇，移葬大和国（今日本奈良县）。

排名第四的，是崇德上皇（1119年～1164年）。他五岁登基，二十三岁在宫廷斗争中落败，被迫逊位。他心有不甘，联合一帮大臣发动政变，又败，被流放到赞岐（今四国香川县一带）。他在苦闷中抄录了五部大乘佛经，要求纳于京都寺庙，为朝廷峻拒。上皇大怒，发誓死后“为日本之大魔缘，扰乱天下，取皇为民，取民为皇”。自此不食不眠，愤懑而绝。崇德上皇死后，王权旁落，武家篡政——世人将此归结为他的诅咒应验。皇室对此耿耿于怀，惴惴不安，于是祭出慰灵的老法宝：谥为崇德天皇，修建庙宇，焚香膜拜。岁月流转，七百年后，明治天皇即位之前，还惦着这事，特意遣使前往赞岐，迎崇德天皇之灵回京都，为之创立白峰神宫。

总结四大怨灵，有一些共同特征：一、都是政治斗争的牺牲品；二、有相当民意基础，获得社会的同情；三、朝廷及其近臣心里有鬼，把种种切身的天灾人祸，都看成是怨灵作怪，产生一种恐惧心理，进而升华为“御灵信仰”，把安抚失败者的亡灵，即镇魂仪式，当作化解社会矛盾、平息江湖恩怨的一种策略。

你想，纵然安抚四大怨灵的神社、神宫遍地开花（目前仅天满宫便有万四千多座分社），于当事的魂灵又有何益？得利的，只能是政府，它播出的是“御灵信仰”，收获的是普天下的理解和谐、安定团结。

由是也催生了日本特色的生死观：“生前诚可憎，死后皆可爱。”（紫式部语）进而升华为“死者即佛”。

在日本人看来，一个人，不管他是贤是愚，是好是歹，是善是恶，是忠是奸，只要生命一划上句号，就都立地成佛。中国人说“人死为大”，是就一般的世俗意义而言的，人死如灯灭，一了百了，何必还跟他计较呢。对于大是大非，则是要计较到底的，所以又有“人固有一死，或重于泰山，或轻于鸿毛”之论。在这方面，中日双方的认识绝对是差之毫厘、失之千里。

且说幕府末年，日本出了一个大有影响的人物，叫西乡隆盛（1827年～1877年）。他青年时代的言志诗“男儿立志出乡关，学若无成不复还。埋骨何须坟墓地，人间到处有青山”，曾为毛泽东激赏，并有《七绝·改西乡隆盛诗赠父亲》留世。就是这个西乡隆盛，在“萨长同盟”、“大政奉还”、“王政复古”、“戊辰战争”、“明治维新”中立下不朽功勋，如果他在那期间死去，肯定“重于泰山”。

当革命革到武士阶级的头上，作为其代言人，西乡隆盛的思想发生了180度的大倒退，1877年，他发动“西南战争”，企图推翻自己亲手建立的政府——实为反革命——结果兵败城山，自杀而亡。站在中国人的立场上，他这死是“轻于鸿毛”。

可是你到日本看一看，明治政府尔后不仅为西乡隆盛平反，恢复名誉，还在东京的上野“恩赐公园”，为他竖碑立像，以志不忘。

“是”，的确是“是到底”了。

“非”呢，从此不提，一风吹。

如此一来，人间究竟还有没有是与非？

若人死都成佛，生前的是与非还有什么分界？

中国人讲究“善有善报，恶有恶报”，日本人不管为善为恶，死后都得福报，这样一来，岂不是助长了作恶者的“恶向胆边生”！

事情到了这个地步，日本人的是与非、对与错、正与邪、善与恶、功与罪，就成了一笔糊涂账。从“御灵信仰”到“死者即佛”，本来不失为一种“慈悲为怀”、“怨亲平等”的人道精神，有其化解敌我矛盾、消弥胜者执政戾气、抑制败方复仇冲动的积极意义。也正因此，有人说（如井泽元彦），怨灵信仰是日本文化发达的动力。然而，曾几何时，却异化成助纣为虐、为虎作伥的道具。远的就不说了，单看今日靖国神社将甲级战犯与普通士兵合祀，就是利用文化传统遮掩政治图谋——某些右翼政治家的司马昭之心，已昭然若揭。

2015年8月18日

闲话肉食、牙齿与肠子

公元675年，值大化改新之后三十年，白村江战败之后十二年，天武天皇下诏：每年四月至九月（农历），不得食用牛、马、狗、猴、鸡五畜。违者，严惩不贷。

这就是著名的《肉食禁令》。

为什么是天武天皇？因为其时佛教正磅礴东传，他诚心礼佛，而佛教首戒即为“戒杀生”。

为什么是四月至九月？因为时值农忙，牛马狗猴鸡乃农人的生产、生活资料。

出发点，不能说不好。你看，既存仁爱之心，泽及五畜，又照顾了臣民的口福，五畜之外，尽管放开肚子吃，农闲季节，连五畜也随便吃得——我是这么理解的。

专制社会，从来是“上有所好，下必甚焉”！天皇这边一声令下，达官贵人闻风而动，纷纷把兽肉从餐桌上撤去，不仅家畜不吃，野畜也不吃，不仅农忙不吃，一年三百六十五天都不吃。

到这时候，老百姓纵然馋得牙痒，馋得肠子里要长出舌，口腔里要伸出手，也吃不成，吃不得，头上有达摩克利斯之剑悬着。

这一悬，就是一千二百年。

让我们看一看，剔除了兽肉，日本人的餐桌还剩哪些佳肴。

主食有大米。同大多数物种一样，稻作是从中国传过来的。

副食有蔬菜。虽然品种不多，总归还有得果腹。

副食还有海产。这本应是岛国的强项，奈何受造船技术和禁海令所限，只能在近海捕捞一些鱼、虾、蟹、贝。

若问：天皇吃什么？

这倒不必担心，天皇是一国之主，品种再少也还有鲷鱼吃。我查了数种资料，验证：在漫长的年代，天皇每日的午餐，都是一味鲷鱼。

鲷鱼？中国的读者多半没反应，以为就是一种普通的鱼。才不，在日本人的眼中，鲷鱼乃是中国龙肝凤髓一类的珍馐，只有天皇才有可能天天享用。随手从日文中拎出几个有关鲷鱼的熟语，让你看看它的身价。“腐っても鯛”，即使腐烂了，鲷鱼还是鲷鱼，相当于汉语“瘦死的骆驼大于马”；“海老で鯛を釣る”，日文“海老”，即虾，拿虾钓鲷鱼，等于我们常说的“抛砖引玉”，或“一本万利”；“鯛知らず”，直译，连鱼中之王的鲷也不知道，比喻“有眼不识泰山”。天皇日日享用鲷鱼，还有另外一种寓意：借灵物的祥瑞，祈求风调雨顺，国泰民安。

事实上呢，风既不调，雨也不顺，国既不泰，民也不安，《肉食禁令》颁布不到两百年，天皇就靠边站了，成了幕府的摆饰，要权没权，要钱没钱，要人没人，宫殿坏了，就让它坏，屋外下大雨，屋内下小雨，吃了上顿，愁下顿——尽管午餐还有鲷鱼（我这么猜想），一年吃到头，口里总归要淡出鸟来。天皇的御食尚且如此，天皇以下，那日子是可想而知的了。

有例为证：战国时代，北条氏跃升为关东的豪族，豪族的美食，为一天两顿汤泡饭——注意，这可是了不起的奢侈，大米在当时是硬通货，可作为金钱使用。传说，一次北条氏康、北条氏政父子共同用餐，儿子往米饭上舀了一勺汤汁，扒了两口，觉得味道寡淡，又加了一勺汤汁。当爸爸的一见，“啪”地把筷子放下，老泪盈眶地长叹：“看来，我们北条家气数要尽了啊！你看你这个败家相，吃碗饭，连一次该浇多少汤汁都心里没底，还能干好别的事吗？”

既然一天能吃上两顿奢侈的汤泡饭，为什么还会如此心痛一勺汤汁呢？这个嘛，当然不是出于营养过剩的计较，说到底，还是在于普天下的贫穷。

再看：吉田英治描绘宫本武藏和佐佐木小次郎决斗之前，一帮同藩的老武士赶来为他壮行，摆出的菜肴，只不过是清煮芋头、豆芽味噌汤，以及一些小鱼干。

再看：池波正太郎笔下的《杀手·藤枝梅安》，“那天，日落之后，杀手梅安和搭档彦次郎动手准备晚餐，他俩在火盆上架起砂锅，炖煮蛤仔和萝卜丝，一边趁热吃，一边漫不经意地讨论杀人。”开眼了吧，杀手的晚餐，居然没有酒，也没有肉。

你再看：黑泽明导演的《七武士》，叙述落魄的武士为村民雇佣，以命相搏，抵御山贼的抢劫，条件么，也就是每天两顿白米饭。

民以食为天，日本人的餐桌，曾经是清汤寡水的“煞风景”。

也有例外。比如秽多，他们从事屠宰和制革，整天和肉打交道，可以随便吃。

代价，是沦为任人宰割的贱民。

还有一种例外。比如战国三雄，织田信长、丰臣秀吉、德川家康，他们仨都喜欢狩猎，其中仅家康一人，一生狩猎便达上千次，猎物自然要充实餐桌。

他们仨敢这么干，因为根本就没有把朝廷放在眼里。

说白了，他们仨的猎物，就是朝廷。

正经的美味没得尝，调侃的吃食就出来了。静冈大学教授稻垣荣洋写过一篇奇文：《战国三雄强大的秘诀是什么？》。

战国三雄乃织田信长、丰臣秀吉、德川家康，在日本是大名鼎鼎，无人不知，无人不晓。若问：他们仨强大的秘诀是什么？这就不是谁都能说得出的了。是以，稻垣荣洋的奇葩文章一亮相，特别吊人胃口。

且听他分析：织田信长、丰臣秀吉生于尾张，德川家康生于三河，这两个地方，如今都属于爱知县。

爱知县不仅出了战国三雄，还为长达二百六十五年的江户幕府，贡献了百分之七十的大名。这一惊人的史实，说明该地必然有得天独厚的资源。

那资源是什么？

他说，是风水。

那风水催生了什么？

他说，是一种赤色的大酱。

战国三雄就是因为赤色大酱而崛起？爱知县就是因为赤色大酱而人才辈出？

他说，没错，正是这样。

稻垣荣洋给出具体解释：大酱的原料是大豆（追溯起来，也是来源于中国）。尾张，尤其是三河，多台地，少水，土壤贫瘠，难以种植水稻，但恰恰适宜于大豆生长。用这种大豆制作的赤色大酱，富含色氨酸、卵磷脂、精氨酸等金贵元素，强身健体，提神醒脑，壮气振魄，这就是爱知文化圈强大的生命力。

你信不信？人家可是教授，在日本，教授就等同权威，说出的话，就像秤砣扔在钢板上，是掷地有声的。

我数次到过爱知县，感慨那的确是一个了不起的文化圈，农业繁荣，工业发达，文化兴旺，年生产总值，高踞日本第三位（仅次于东京都、大阪府）。至于说到赤色大酱，我只当它是一个煞费心思的广告。爱知县有一种浓辣口味的“八丁味噌”，是当地的特色，使我想起吾邦湖南的辣椒，湖南因为出了一批开国名人，连带辣椒也成了革命的助燃剂，爱知县是不是也想走这样的促销路呢？

天武天皇的《肉食禁令》，行世千年，让日本人大伤元气，叫苦不迭。1687年，德川幕府第五代将军德川纲吉又下达了一系列《生类怜悯令》，让口里淡出鸟来的日本人更加闻腥止步，谈肉色变。

《生类怜悯令》是其总称，具体分为“犬猫怜悯令”、“牛马怜悯令”、“鱼介类怜悯令”，勉强喻之，相当于一部动物保护法。

纲吉为什么要实施动物保护？

传说，纲吉患先天软骨症，发育不全，身高只有一米三零（一说仅一米二四）。这种侏儒形的外貌，是不登大雅之堂，不宜作幕府继承人的。但他命好，生在第三代将军德川家光之家，第四代将军德川家纲是他的二哥，二哥无子，他的另外两个哥哥又相继去世，这将军的宝座，自然就挪到他的屁股下面了。

纲吉的软骨症，按现代医学观点，是妨碍生育的。纲吉三十多岁曾得一子，取名德松，全家人好大欢喜。不料好景不长，德松五岁夭折，打那之后，一帮环绕的莺莺燕燕（妻妾也），再也没能为他怀上一胎。老母亲抱孙心切，到处求神拜佛，就有高僧出面指点，说：“前生杀戮太重的人，今生便无子嗣，除非戒杀；且将军属犬，尤其不可杀狗。”

纲吉听得母亲转述，不敢怠慢，这便有了《生类怜悯令》的出笼；为监督执行，还特别设置“生类奉行”一职。

别瞧纲吉个子矮，手段还是相当霹雳的，你看：

有人厨房出现莫名其妙的死猫，被判充军；

有人遗弃病马，有人拿石子投鸟，被判流放；

有人杀了自家咬人的狗，被判切腹；

有人看见两只狗打架，没有解劝，被判禁闭；

有人打死一只叮咬的蚊子，也被判禁闭。

讽刺的是，纲吉如此敬佛惜生，也没能求来子嗣，到头来，反落了个“狗将军”的浑名。

1709年，纲吉一去世，《生类怜悯令》就被他的养子，也是接班人的第六代将军德川家宣废除了。

日本人吃大米、吃蔬菜、吃鱼贝，吃出了特色：

一是脸形。逾千年不吃肉，管撕咬啃嚼的牙齿、筋骨得不到锻炼，颧骨内敛，下巴变狭，曾经两腮张开、孔武有力的四方脸，逐渐向瘦长的倒三角形过渡。

二是身材。长期素食，且偏于生冷，源于消化、吸收的需要，日本人的肠子，普遍比欧美人多出两米。肠子长了，容纳肠子、食物、粪便的腹部，自然就向下坠，大腹便便，在中文是一个贬词，在日本，曾经是男性风采、风度的象征——那么一来，上身必然拉长，下身则日趋缩短。

王浩在《日本人为什么长达千年不吃肉？》一文中，列举了日本人身高的演变——

绳文时代：159.1厘米

古坟时代：163厘米

镰仓时代：159厘米

室町时代：156.8厘米

江户时代：157.1厘米

明治初期：155.3厘米

看明白了吗，古坟时代（300年~592年），日本人百无禁忌，举凡天空飞的，地上跑的，水里游的，捉到口里就是食，因此营养充足，身材最高。镰仓时代（1185年~1333年），兽肉被管制，筋骨得不到足够的动物蛋白支撑，身材便逐渐趋矮，至明治初期，降到最低点（也有人认为上表数字普遍偏高，比如樱雪丸考证说古坟时代之前的邪马台人，身高尚不足一米）。

三是个性。居移气，养移体，食移性，日本人生活在北半球的列岛，偏爱生冷、清淡的食物（如生鱼片），久而久之，性格也变得阴沉冷漠——难怪文学家谷崎润一郎的《阴翳礼赞》，得到那么多人的认同，骨子里，日本人都是有阴翳情结的。

明治维新，脱亚入欧，日本人认识到饮食对富国强兵的重要，于是，天皇带头吃牛肉，喝牛奶，从上至下掀起了一场餐桌革命。

这一革命的影响是巨大的。

有数据表明：

一、日本成年男性的普遍身高，已超越中国。

此事没有得到权威论证，只是作为小道消息在网络流传。尽管如此，也很伤中国人的感情。笔者近年多次前往日本旅行，据我的目测，日本年轻的男性，已一扫过去“东洋矮子鬼”的形象，变得“发育正常”起来，街头巷尾，一米七五以上的瘦高个子（日本人不壮），屡见不鲜。

二、日本人的平均寿命，世界第一。

兹引一则消息：“北晚新视觉网 2015 年 5 月 14 日讯，据日本《读卖新闻》和共同社 5 月 14 日报道，世界卫生组织（WHO）公布的 2015 年版《世界卫生统计》报告显示，2013 年日本人平均寿命为 84 岁，继 2012 年后再次位居全球第一。”

1921 年，日本人的平均寿命只有 42.7 岁（竹村公太郎《日本人寿命的 V 字形逆转》），不足百年，整整翻了一倍。因素当然是多方面的，比如先进的医疗条件、完善的健康保险制度，以及酷爱清洁卫生等等，这“等等”中，断然少不了营养均衡的膳食。

回顾邻邦一千多年的餐桌改革，堪谓悲喜两重天。

2015 年 9 月 30 日

杜鹃不啼：杀、逗、待

曾有人问："杜鹃不啼，如之奈何？"

织田信长（1534 年～ 1582 年）答："杀之！"

丰臣秀吉（1537 年～ 1598 年）答："逗之！"

德川家康（1543 年～ 1616 年）答："待之！"

干净利落，意味深长，这当然是后人的编辑。谁是后人？就三位而言，是德川家康，他是活到最后笑到了最后；就历史时期而言，也是德川家康缔造的江户时代，这则问答，正可看作微信体的江户民谣。

三位都生活在日本的战国时代，并称三杰。所谓战国，顾名思义，就是皇权旁落，诸侯争雄，天下大乱，民不聊生。这时候最渴盼什么人出来？就是勘定乱世，给天下带来和平的救星；织田信长于是应运而生。

织田信长生于尾张国一个普通的大名之家，他的横空出世，凭的是绝对武力，"枪杆子里面出政权"，古今中外皆然。试举一例，当时葡萄牙人使用的火绳枪刚刚传入日本，一般的大名还在犹豫、观望，织田信长抢先下手，牢牢抓紧"枪杆子"，光这一点，就促使他在冷兵器的厮杀中常常占得上风。

织田信长以恶魔般的残暴和冷血著名，抄两段文章给你看看。

一、比睿山是佛教圣地，但并非梵天净土，不仅拥僧兵自重，而且收留、庇护信长的军事对手，作为其喘息、反攻的基地。

信长大怒，决定火烧比睿山。

那是1571年。山冈庄八在历史小说《织田信长》中描述，决定下达后，他的心腹部将明智光秀进谏：

“主公！这么一来，势必招致千万人的憎恨啊！我们怎能冒犯本国教学两面的发祥圣地呢？这将使你的子孙后代永远背负骂名啊！失去人心，你又如何统治天下呢？这岂不是成了无道之徒吗？”

“光头！（明智光秀秃顶，再加上光的下半部“儿”与秀的上半部“禾”恰好组合为“秃”——笔者）我绝对不会听从你的意见，因为我根本不认为那是一座法城。对我来说，凡是妨碍我天下布武的，不论是险恶的山寨或伽蓝城堡，我都会毫不犹豫地将它铲平，因为它们就是和平的大敌啊！你必须记住，我所要创造的，是一个新的世纪，因此不仅是伽蓝城堡，连那三千名和尚我也不会放过！”

发起攻击前，信长下达指示：“比睿山之所以会有今日，完会是咎由自取！无论是和尚或俗家子弟、老或幼，一律处死，一个也不准放过。唯有将这个使社会更加腐败的圣地彻底毁灭，才能使正义公理重见天日。”

于是，“在信长严厉的命令之下，所有的僧徒、儿童、智者、上人，无一得以幸存。一阵烧杀过后，尸首漫山遍野，流淌的血液逐渐汇成一条小溪，在落满灰烬的山间缓缓流动。”

二、1579年，德川家康的正室筑山夫人，以及儿子德川信康（织田信长的女婿），被发现与敌人暗中勾结。信长怒不可遏，决意大义灭亲。

又是明智光秀出面（山冈庄八就是这样安排伏笔的），代表信长的夫人浓姬，以及若干将领，为信康求情。

信长断然拒绝：“不要再说了！信康固然是家康的长子，也是我的女婿。然而，这个女婿却只会仗着岳父的威势，率性而为，不肯与重臣们合作，致使家中的秩序大乱。你说，如果我再护着他，不是反而害了德川家康吗？我知道我的处分措施，一定会招致家康的怨怼，但是我却不得不这么做！此事只是一个开头，从今以后我将更加警惕、严厉，否则怎能为我统一天下的大业奠定基础呢？”

光秀的背脊陡地升起一股寒意。

信长的最后一句话，显然不仅仅是指向敌人。

光秀的神经瞬间绷紧。

历史是后来者书写的。德川幕府治下的民谣强调信长的嗜杀，顺我者存，逆我者亡，是把它作为过渡人物设置的，同时也借以引出秀吉与家康后来的机遇。至于历史小说的作者山冈庄八，乃一右翼文人，到过二战前线，创作过《军神杉本中佐》、《御盾》、《山本五十六元帅》等鼓吹军国主义的作品，战后面临美军的占领和民主运动的高涨，难免心怀抵触，格格不入，转而把笔尖伸向战国，先写德川家康，继写织田信长、丰臣秀吉，无非是拿逝去的风云，暗喻日本现实的遭际。山冈庄八承认，他的作品“与世上所谓的历史小说有点不同，尽情发挥了作者的空想”。

说白了，就是利用“文学的塑造”抚慰战后日本人落寞空虚的心灵。即以织田信长为例，他口中的“和平”、“新的世纪”、“正义”、“公理”、“统一天下的大业”等现代语汇，莫不是冲着四五十年代的国内国际局面说事，这就叫“借他人之酒杯，浇自己胸中之块垒”。

未承想山冈庄八的战国群像一出，恰恰赶上了“战后复兴”和“经济高速增长”，顺势而应时，掀起了一股战国英雄热。至此，织田信长已摆脱纯粹以杀戮立威的标签，上升为秉承公理、志在和平的大政治家大军事家，被说成是“日本的曹操”。此事亦可从一民间活动得到旁证：从那以来，日本人数度评选最喜爱的历史人物，织田信长都高踞榜首。

说“逗之”的丰臣秀吉，也总归在榜上名列前茅。

秀吉生于农家，生父早逝，受继父虐待，从小缺衣少食，营养不良，长得又矮又丑。司马辽太郎在《丰臣家族》一书中，借信长的妹妹阿市的嘴说：“此人有一副机智的笑脸、目光锐利的眼睛，说话的声音宏亮而开阔。但是身材十分矮小，相貌也很丑陋，那张脸简直跟刚出生的早产的婴儿一般。”——是以，他落了个绰号叫“猴子”。

猴子也有长处，即机灵。秀吉的机灵，在他后来获得的第一个差使，为信长当草鞋管理员（下足番）时，就充分展露出来了。日本人生活在榻榻米上，进门，出门，照例要脱鞋，穿鞋，秀吉的任务，就是当主人出门时，把一双收拾得干干净净的草鞋，送到他的脚下。按：同古代日本的大多数物品一样，草鞋也是从中国传来，在战国乃至江户时代，是武士必备的“行头”。信长年轻时出征，脚上穿一双，腰里常常还要掖两双。秀吉千方百计要博得主人的好感，从洗涤到保管，动足了脑筋。一个下雪天，信长外出，秀吉递上草鞋，信长感觉足底温暖，怒斥：“猴子！你是不是把它垫在屁股下面了！”秀吉答：“是放在怀里焐的。”说罢，敞开胸脯上草鞋压的血印给信长看。

就从这么一个细节，信长看出秀吉的机灵、精干，便一步一步给他压担子。战国时代什么担子最重？当然是领兵打仗。秀吉的军事才华，也就在一场又一场战役中得到淋漓尽致的施展，赫然从普通一兵，做到举足轻重的高级将领。

秀吉命运的最大转机，在1582年。那年春天，他正在本州西部的中国地方，与毛利氏作战。5月底，大将明智光秀奉命率军支援秀吉。然而，6月2日，他却半途反水，回师围剿信长，地点在京都的本能寺。

信长的末日到了。

谁也没有料到，一代枭雄，在眼看就要统一日本的大好形势下，却意外死在自己心腹的手下。

他是自焚而死。

时人作诗，每有“人生五十年”之叹，他活了四十八。

纵然死，信长也像划过千古的彗星，曳出一个灼烫夜空的亮尾——光秀派人在灰烬中搜索了三天，居然没有找到他的尸体，此事，也给后世留下无穷的悬念。

更多的是壮志未酬的惋惜。有人说，倘若信长不死，他统一日本后，必定西渡征服中国。那样一来，大和民族的版图，就将囊括东亚，乃至整个亚洲。

这么说，站在吾邦的立场，光秀还是做了件好事的喽。

信长这一自焚，也给秀吉提供了出线的机会。当时他正率兵包围高松城，获悉信长噩耗，立刻与敌军议和，然后急行军赶回京都，打出为信长报仇的旗号，聚集信长麾下的人马，一举消灭光秀的叛军。

这么一来，秀吉就在形式上成了故主信长的继承者。而后，他又花了八年时间，收复各路诸侯，成为故主信长实质上的接班人。

分析秀吉的“逗之”，有一事值得一提。

1585年，秀吉出任关白，跃为日本最有实权的人物。他觉得，在他统摄天下的道路上，还有一人没有摆平，那就是以前的盟友、如今盘踞在东海地面的德川家康。

司马辽太郎是这么分析的：“诚然，如果秀吉动用手下的十五万人马，对东海地方发动一场讨伐，迟早会消灭家康，但那要花费很长的时间。这期间，要是天下大乱，刚建立不久的秀吉政权就会垮台。他必须在短期内实现统一天下的伟业。因此，他认为与其发动一场旷日持久的战争，不如选择能够迅速取得进展的外交途径。他要用外交手腕设法把家康弄到手中。也就是说，要让家康成为自己的仆从。具体地说就是让家康上京（笔者：指京都）一次。只要家康上京谒见秀吉，只要以这种形式两人见上一面，那么两人之间就成主从关系了。”

如何达到这个目的呢？

秀吉手里只有一张牌，就是他同母异父的妹妹阿旭。阿旭不用说也是苦水里泡大的，要文化没文化，要品貌没品貌，年龄四十大几，并且早就有了夫家。但是，在秀吉眼里，这一切都不是障碍：让阿旭跟丈夫离婚好了；然后，把她改嫁给失去正室夫人的德川家康。

德川家康不敢不娶，这就是政治。

德川家康只要一娶阿旭，就成了秀吉的妹夫，如此一来，他就得上京谒见秀吉，这也是政治。

阿旭就这样改嫁给家康了。

出乎意外，家康仍然稳坐东海，丝毫看不出有进京的打算。

秀吉又下了一着谁也想不到的狠棋：把母亲作为人质，送到阿旭身边，也就是家康身边，看他怎么办？

家康有了秀吉的母亲做人质，这才放心上京。

秀吉终于迫使家康当着天下诸候的面，俯首称臣。

秀吉晚年，挟身经百战、兵强马壮之势，两次出兵进攻朝鲜。他的如意算盘，是以朝鲜为跳板，西征中国、印度。

他失败了。死在1598年，享年六十三。

在日本人喜爱的历史人物排行榜上，德川家康与丰臣秀吉的名字常常并列，或在其上，或在其下。

德川家康虽然出身豪族，属官二代，无奈家道中落，三岁即与生母分离，六岁作为人质流寓他国，长期寄人篱下的屈辱与艰辛，赋予他隐忍与机警的个性。“人生有如负重致远，不可急切。”传说此乃他的遗训，也有人说是臆造。不过，司马辽太郎在《德川家康》一书中表示：“倘若硬要找出一个词语形容家康的性格与处事之道，恐怕没有比这句更为贴切的了。”

即以前面谈到的他与信长的关系为例。

家康小时候在信长家当过人质，长大崛起，又成为信长的军事盟友。1579年，信长指认他的正室筑山夫人和长子信康通敌。此事，司马辽太郎写道：“信长手握证据（信康生母的确如此，信康却被冤枉），命令家康杀掉二人。家康若是违令，信长必将讨伐家康，灭掉德川一族。于是，家康思量了三日，最终决定杀死信康。”

——彼时彼刻，德川家康所能采取的，只有一个血淋淋的“忍”。

又以他与秀吉的关系为例。如前所述，家康被迫娶秀吉人老珠黄的妹妹为妻，司马辽太郎叙述：“尽管是表面上的，但却能那么认真、那么一丝不苟地与新娘子度过了初夜，对于家康来说，这洞房花烛之夜就是政治，而抚摸阿旭那失去了光泽的身体——尽管多少要有一些忍耐精神——就是一项重要的任务了。”

司马辽太郎剖析：“秀吉自然是委曲求全，百般笼络家康。这样一来，局面一下子变得非常有趣，两人虽互为敌人，却像是配合得天衣无缝的一对舞伴，和着节奏，顺着呼吸，踏出最完美的舞步。不过，领舞的当然是秀吉，家康只能费力地跟着秀吉的舞步。他就像在白刃之上舞蹈，步履维艰，充满杀气。家康的弱小注定了他必须小心翼翼，不然稍有不慎，就可能丧身刀刃之下。”

但是呢，“等到秀吉一死，他对丰臣家的态度骤变，成为谲诈多端的首领。”最终德川举兵灭掉丰臣家族，即位征夷大将军，在江户设立幕府，开创一个新的德川政权。

秀吉向以识人见长，一次在客厅见到五把来访者的佩刀，立刻猜出了它们各自的主人。关于家康的佩刀，他是这么断定的：“这一把，毫无装饰，朴实无华。江户阁下（指家康）不是那种平庸的武士，想仗一剑之勇横行天下。因而，这把就应该是他的。”

由剑及人，秀吉看得很准。

鉴于儿子秀赖年幼，秀吉生前制定了托孤的方案，设立了辅佐秀赖的五位大老，排名第一的就是家康。

秀吉在生命的最后时刻，还在病榻上口述遗嘱，针对“不平庸”因而也显得不够放心的家康，特意又加了一块砝码：

“江户阁下是个循规蹈矩的人，我与他共事多年，深知这一点。希望他把他的孙女许配给秀赖。我相信，这位规矩人一定会很好地扶持秀赖的。”

正应了日谚“猴子也会从树上掉下来”，历史证明，在家康这个人物身上，秀吉彻底看走了眼。

秀吉死后五年，家康倒是遵其遗嘱，将六岁的孙女嫁给了十岁的秀赖，这是他最后一次的表演。再后来，他就完全按照自己的意志行事了。彼时彼刻，拦在家康面前的障碍物只有一个，那就是秀吉的儿子，也是他的孙女婿的秀赖。而家康要灭去秀赖，万事皆备，只欠一个借口，像狼吃小羊那样。家康的耐心真是好得惊人，他等待那个借口，一等就是十多年。

公元 1614 年，在家康去世前两年，这借口终于送上门来了。

按，京都方广寺因地震倒塌，秀赖为重振丰臣家之威望，斥巨资将之修复，并于本殿新铸大钟一口，钟铭是请精通汉文的高僧撰写，内含“东迎素月，西送斜阳”、“阴阳燮理，国家安康”、“君臣丰乐，子孙殷昌”等颂词赞句。

家康的左右，那些钻在他肚子里的蛔虫，愣从鸡蛋里挑出骨头，他们指着抄来的钟铭，对家康说：

您看！您看！“东迎素月，西送斜阳”，这是什么话？将军您在关东，东国，秀赖他在关西，西国，这不是论定东国代表邪恶的“阴”，西国代表正义的“阳”吗？

您再看！“阴阳燮理，国家安康”，恶毒得很呐！“家康”是将军的名讳，他们偏要把它拆开来，分而置之，这是一个诅咒，图谋让将军脑袋与身子分家！

您再看！“君臣丰乐”，倒过来念，就是“乐丰臣君”，梦想有朝一日杀死了将军，丰臣氏君臣弹冠相庆，心花怒放，那样一来，他们就会“子孙殷昌”，永享太平。

家康闻言大怒（心头却在窃喜）：“好你个秀赖！反了你了！”于是连发数道檄文，公布秀赖罪状，昭告天下。再于是，就是策动二十万大军，浩浩荡荡地杀奔秀赖的大本营大坂（今大阪）而去。

不用说，最终，家康把信长栽种、秀吉培育的桃园收益，一古脑儿纳入囊中。

司马辽太郎感叹:“要看穿家康的诚信实为伪装或者演戏，似乎并不困难，但家康能持续伪装长达五十余年，着实让人匪夷所思。”

司马辽太郎还说过:“德川家康建立了江户体制，虽然他的功过见仁见智，但总之完成了政治家最重要的任务。可是日本人却对他敬而远之。如果你对日本人说，你像德川家康，两人一定吵起架来。要是说，你像丰臣秀吉，那他就难掩喜悦之情。”

家康的“待之”也体现在他的高寿，活到七十四，在当时来说，是非常难得的了。

司马辽太郎本名福田定一，自谓仰慕中国的司马迁，笔名遂以“司马”为姓，接续的这个“辽”，作遥远解，太郎，指他自己，组合在一起，意谓一介远远不及司马迁的历史作家。他评价德川家康，功过参半，功在“培育文化和普及教育”，开创了“后来的文化文政时代（日本历史上以城市文化繁荣为特征的一个时代）”;过在“导致日本民族的矮小化、畸形化，形成了与天文、庆长年间（1532 年 ~ 1614 年）截然不同的民族性格”。

何谓“矮小化、畸形化”？司马辽太郎的解释是:“室町末期，日本的门户已被大航海时代的潮流敲开，却又被家康重重地关上。德川幕府害怕外来事物，镇压基督教在日本的传播，这虽然有利于培育日本独特的民族文化，但也妨害了日本民族对世界普遍性的理解。直到昭和时代，这一点仍然深深地影响着整个日本社会。”

恕笔者冒昧，读罢司马辽太郎的《丰臣家族》、《德川家康》，觉得他的字里行间，在上述情感之外，还隐约流露出对于织田信长臆想中的征华，以及丰臣秀吉晚年事实上的侵朝，不绝如缕的怀念。

并非笔者多疑，司马辽太郎大学学的是蒙古语，适逢“二战”，未及毕业，被征调入伍，到过我国的东北。战后厕身媒体，转而改行当作家，写出的第一部历史小说，为《戈壁的匈奴》（据说现代 DNA 检测证实日本人也是匈奴后裔，还有人考证，成吉思汗就是在与弟弟源义朝争斗中失败，而逃出日本的源义经），晚年的大作，有《鞑靼疾风录》，是以，我总感到他笔名中的“辽”，闪烁着中国古代北方契丹族建立的辽王朝的影子。

套用他一贯强调的“从高点俯视”的创作观，这也不失为一种历史的鸟瞰。

2015 年 6 月 9 日

四重桥

晁衡的失渡与鉴真的偷渡

晁衡篇

人生有低潮也有高潮。晁衡（日本名阿倍仲麻吕）的低潮，无疑是在辞别大唐返回日本的途中，不幸遭遇飓风，船被刮得无影无踪……高潮呢，则是在这之前将渡未渡的时段。

那是公元753年的事，唐玄宗感念晁衡留学本朝并且服务本朝多年，表现卓越，是个好学生，好干部，值今远别之际，那原本从容的心绪，被搅乱，那平日深藏的肺腑，主动敞开，浮想联翩，特赋五言诗一首，为他，也顺便为同期返日的遣唐使们送行，诗云:“日下非殊俗，天中嘉会朝。念余怀义远。矜尔畏途遥。涨海宽秋月，归帆驶夕飙。因惊彼君子，王化远昭昭。”

唐玄宗脑子一热，又临时给晁衡加了一顶冠冕:大唐回访日本特使。让一个外国人担任本朝的使节，这件事，绝对是破了天荒的，大大超过唐皇平时的水准。

唐玄宗的赠诗和加封，推动了晁衡生命的高潮。

与之同时，长安城内那些与晁衡交好的文人，感情也开始井喷，纷纷赋诗饯别，如王维的《送秘书晁监还日该国》、包佶的《送日本聘贺使晁巨卿东归》、赵骅的《送晁补阙归日本国》等等。其中，能让京城的纸价一涨再涨的，当数王维的赠诗:“积水不可极，安知沧海东。九州何处远，万里若长空。向国惟看日，归帆但信风。鳌身映天黑，鱼眼射波红。乡树扶桑外，主人孤岛中。别离方异域，音信若为通。”

晁衡为王维的情谊感动，当场解剑相赠，并和诗一首，题名《衔命还国作》，也是五言十二句：“衔命将辞国，非才忝侍臣。天中恋明主，海外忆慈亲。伏奏违金阙，騑骖去玉津。蓬莱乡路远，若木故园林。西望怀恩日，东归感义辰。平生一宝剑，留赠结交人。”

此是后话，北宋时，晁衡的《衔命还国作》入选“四大部书”之一的《文苑英华》，是被收录的唯一外国人的作品。

尔后，晁衡就趁人生的波峰，取道长江口返国，起航之前，曾登镇江北固山望月，吟得《望乡》一首：“翘首望长天，神驰奈良边；三笠山顶上，想又皎月圆。”

再尔后，就在海上遇到了不可抗拒的风暴，生死下落不明……那年头，日本造船技术落后，遣唐使殁于风涛的事，时有发生。因此，李白闻讯，估计晁衡多半舟覆人亡，悲不可抑，遂挥泪写下一首七言绝句：“日本晁卿辞帝都，征帆一片绕蓬壶。明月不归沉碧海，白云愁色满苍梧。”

即使以前的那些赠诗都化为乌有，只留得李白的一首，真的，就一首，也足以让晁衡永垂不朽。

汪伦的千秋万岁名，不就因为“诗仙”的一首“桃花潭水深千尺”么？

吊诡的是，命运只是跟晁衡开了个玩笑，他乘坐的船没有倾覆，仅仅是被风暴刮到了越南，在那儿受到土著的追杀，随从伤亡殆尽，他本人却安然无恙，辗转两年，再度回到长安。

仍旧当他唐朝的官，基于这番大难不死的经历，唐皇敕封他为镇南都护、安南节度使。

晁衡最终没能返回日本，也没能赴越南上任，公元770年，病逝于长安。

生命真是滑稽极了，晁衡明明死里逃生，又多活了十七年，并且还有回复李白的一首《望乡》传世：“卅年长安住，归不到蓬壶。一片望乡情，尽付水天处。魂兮归来了，感君痛苦吾。我更为君哭，不得长安住。”然而，作为一轮大和民族的明月，一个道地的日式符号，他已东归扶桑，魂入碧海，与鱼龙同呼吸，偕唐诗共芬芳，剩下来的岁月，反而成了狗尾续貂，不啻“多余的话”。

鉴真篇

鉴真大晁衡十一岁，两位算是同时代人。

鉴真早先的身份为扬州大明寺方丈，同时也是当地的佛门领袖。后来东渡扶桑，为日本佛教南山律宗的开山祖师、医界巨擘。日本人称他为“天平之甍”，意即天平时代的文化屋脊。

若问：“鉴真的人生有低潮吗？”当然有。若再问：“鉴真人生的低潮始于何时？”那答案，多半集中在五次流产的东渡。

是啊，鉴真因受日本学问僧荣睿、普照的邀请，六次东渡，前五次，是失败连着失败，怎一片愁云惨雾了得。

让我们来看一看：

公元743年，鉴真以去天台山考察为名，自造大船，准备率弟子、日本学问僧及技术人员若干，从扬州起程去日本，却因弟子走漏消息，招来官府的干涉，终致计划泡汤。

公元744年，鉴真买了一艘退役的军船，再度率弟子等出发，结果船未出长江口，就被风浪打坏了，不得不靠岸修理。修好后继续航行，转而被狂风吹到舟山群岛，不得已，逗留于宁波阿育王寺。

公元745年，鉴真在宁波重整旗鼓，未及开航，便因官府出面拦阻，不了了之。

仍是公元745年，鉴真由宁波南下，打算绕道福州出海，未出浙江，又被官府拦下，并强制他们返回老家扬州。

公元748年，鉴真第五次东渡，他先去舟山群岛，将船停泊在那里，三个月后，觅得风平浪静，才拔锚，没想到航行不久又遇上了强风，船随波逐流了十四天，最终到了海南岛。在返回扬州的途中，弟子祥彦和日本学问僧荣睿相继去世，他本人也身染沉疴，双目近乎失明。

这不是人生的低潮，又是什么？

而我却不这么看，与其说是低潮，毋宁说是高潮的前奏或呼唤。

特别要提醒的是，他是偷渡。

按唐朝律令，出国，需要携带牒文与批文（相当于今天的护照和签证），鉴真啥都没办，他拥有的，不过是弘扬佛法的大愿和虽九死其犹未悔的执著——在僵硬的制度面前，百分之百属于违法。

明知违法，也要一而再、再而三地冒险犯难，直至目盲，直至身残，然心愈亮，志愈坚。此时此际的鉴真，已越出佛门，升级为大唐文化的代表，大唐文化在包容性之外，更具其开放性，辐射性，超越性，政令挡不住，山海也拦不住。

鉴真的事迹，在大唐广为流传，一传十，十传百，终于有一天，传到即将归国的晁衡的耳里。

前面说过，那是公元753年。晁衡为这位中华的高僧心折：这正是唐朝的精粹、日本的福祉啊！他意识到自己必须行动，助鉴真奋力一搏。

晁衡出手了。首先走外交路线，公事公办，他把日本方面对中华高僧大德的渴求以及鉴真本人的志愿，一五一十地报告给唐玄宗，请求恩准其赴日。

在此之前，唐玄宗曾有意发扬国际主义，向日本输送几名道士，孰料日方以既有神道教为由，婉拒了。龙颜不悦，天子也会耍小孩子脾气的——好家伙！前次我主动奉送，你们不要；这次你们主动要，我也不给——唐玄宗御笔一挥，不同意。

怎么办？对于鉴真，恩准要走，不同意也要走。早在第五次东渡失败之后，他便立下誓言："不至日本国，本愿不遂。"

好，您既然心坚如铁，那咱就明路不通走暗道。

晁衡安排鉴真一行悄悄登上遣唐使的返程船。

命运之运，是命也主宰不了的跟班。如前所述，晁衡自己搭乘的那艘船受阻于飓风——上帝玩平衡，拿失渡作为他唆使别人偷渡的小小惩罚——从此断了回乡的路。

鉴真搭乘的那艘船，则有惊无险地抵达日本。六次偷渡，他终于迎来人生的波峰。

鉴真违旨出国，唐皇作何反应？对于这样一起新闻事件，居然没有留下任何可稽的记录。

我在史书的字里行间寻觅，终于让我读出了如下的意思：

任何国家，任何朝代，偷渡，都是违法的。

然而，世上多少史无前例的壮举，又都是仰偷渡促成。

——鉴真就是例证。

2015 年 10 月 27 日

黑船如何引发了黑潮

公园在久里浜，久里浜在横须贺市，横须贺市在神奈川县；站在“北米合众国水师提督伯理上陆纪念碑”前，止不住心潮起伏。

碑文中的北米，即北美；伯理，今译作佩里，或佩利。若问：这座公园是美国在东瀛列岛的飞地？——非也。这位佩里先生是日本的国际友人？——也不是。那么，奇哉怪哉！佩里究竟是何方神圣？凭什么要在这儿为他辟园建馆，立碑塑像？

喏，此公的身份，标明是水师提督，搁在今天，相当于舰队司令。立碑的理由么——且听我从头说起。

那是1853年。在大清朝，值咸丰三年，太平天国定都南京元年，鸦片战争爆发之后十三年；在日本，值嘉永六年。正是在这一年的7月8日，日本迎来了不速之客——佩里和他统率的四艘以蒸汽机为动力的铁舰。

铁舰长驱直入江户湾（今东京湾）口的浦贺海域，因为舰身漆得乌黑，故称黑船；又因为是凭借武力前来叩关，在闭关锁国、故步自封的江户幕府眼里，更增加了明火执仗、公然打劫的“黑”。

黑船有多可怕？日产电视剧《龙马传》描述，坂本龙马在海边惊愕一瞥，立刻瞪大眼睛，张大嘴巴，傻瓜似地“啊啊啊啊——”，舌头伸了出去，半晌缩不回。这哪儿是一艘船啊？简直就是一座小山嘛！而且是架了五、六十门大炮的小山！而且是安了风火轮的小山！日本的小舢板、小帆船与之相比，不啻是“大盥之下一些小蛤蜊”（佐久间象山语）。那个当口，龙马正在江户城内千叶道场研修剑术，他省悟到，一旦跟庞然大物黑船开战，刀呀剑呀的这些传统玩意，就像绣花针碰上铁榔头，根本派不上用场。

龙马离开千叶道场，寻求制敌之道。他觉悟：要战胜黑船，必须先研究黑船，包括黑船走过的路。

就常识而论，龙马可谓出格。

幕府呢——无论史书，还是小说、影视，聚焦的都是惊慌万状，乱作一团。他们完全不摸底眼前这个美夷，但是多少了解长相雷同语言也雷同的英夷，了解后者在邻邦挑起的鸦片战争以及大清国的伤筋动骨、丧权辱国。黑船带来美国总统的国书，要求日本开放门户。幕府祭出的第一招，就是让黑船离开江户，转去长崎递交，那里是和外国人交涉的唯一口岸。

——江户是将军所在地，岂能与之缔城下之盟。

黑船偏偏不给面子，佩里扬言：三天内不在江户完成国书交接，就宣布和日本开战！

幕府也作了一些抵抗：在海岸布下重兵，密集防守；为了吓唬黑船，把寺庙的大吊钟摘下来，运至岸边炮台，伪装成巨型火炮；组织一批巨无霸级的相扑选手，在海岸边像抛掷玩具一样抛掷上百斤的沙袋，向黑船示威；得知敌军是肉食动物，尤其离开不了牛肉，就发出告示，严禁老百姓宰杀、出卖耕牛，等等。

大盥就是大盥，从来不会跟小蛤蜊纠缠道理。黑船向幕府送去两面白旗，故作人道地提醒：开战后，美军必胜，你们若是想要活路，可赶快举白旗投降。

幕府也真窝囊，第十二代将军德川家庆在这节骨眼上，却连病带吓，卧床不起（半月后就翘了辫子，一命呜呼）。

重担落到老中首座阿部正弘的肩上，他审时度势，决定在浦贺海滨的久里浜接受国书，好歹把黑船打发回头，争取时间，从长计议。

谁知到了次年 2 月 13 日，佩里又杀了个回马枪，舰队增加到七艘，态度也愈发强硬。幕府知道拖延不过去，战争一触即发，好汉不吃眼前亏，只得坐下来谈判，与佩里签定了《日米和亲条约》。

按：这里的“和亲”，乃日文，指的是国际间的友好亲善，而非汉语特指的具有政治目的的联姻。

——闭关落锁二百五十年之久的日本国门，就这样被黑船撬开了！

黑船踌躇满志，准备班师凯旋。是晚，士兵从小艇系上两名偷渡客。为首的叫吉田松阴，岁数不大，名气、野心却很大，是一名狂妄的志士思想家，另一个是他的弟子金子重辅。两人干什么来了？是谋求政治避难，还是打算合伙搞贸易？都不是，说出来让佩里大感意外，他们冒险登上敌舰（偷渡是重罪），居然是请求随船前往美国，目的就一个：睁眼看世界。

匪“夷”所思。佩里以黑船压境，胁迫日本缔结城下之盟，自谓已经够“黑”的了。这俩小子公然打黑船的主意，要跟着去黑船的老家开眼界，开什么眼界？不外是清国刚刚有人提出的“师夷长技，以夷制夷”那一套。如此看来，这俩小子更贼更“黑”！

佩里拒绝了松阴。

他答应为松阴保密。随后的事态令他大跌眼镜：松阴师生前脚下了黑船，后脚就去官府自首，主动申请蹲了大牢。佩里闻讯纳闷良久，他闹不清这俩小子是哪门子好汉？自己拒绝他们，究竟是对，还是错？

与龙马相比，松阴又算得是出格的平方。世人每以其“头脑不正常”、“神经病”，焉知正因为其“头脑不正常”、“神经病”，才能在摩肩接踵、人满为患的历史长廊，挣得此区区一“格”。

国门一开，世事骤变，外面的物质文明、思想文明哗啦啦涌进，内部的强国意识、改革呼声纷纷抬头，仅仅十四年后，日本就爆发了翻天覆地的明治维新：幕府退隐；王政复古；攘夷变成师夷；政体，也由天皇专制迅速迈向君主立宪。

美夷、英夷、法夷、德夷，许多的夷——凡是西方的，注意，不包括东方，凡是强健壮硕的，注意，不包括老弱病残——统统从攘夷时代的敌人，变成了维新时代的朋友。

有朋自远方来，包括黑船，没有压迫，没有屈辱，有的，只是帮助日本走向世界、拥抱文明的荣耀。

福泽谕吉对此作出高度评价，他说：“嘉永年间美国人跨海而来，仿佛在我国人的心头上燃起了一把烈火，这把烈火一经燃烧起来便永不熄灭。”

黑船引发了黑潮（日文，指暖流），黑潮引发了热风。“士别三日”令亚洲各国“刮目相看”的日本，如晚清驻日公使黄遵宪所咏：“玉墙旧国纪维新，万法随风倏转轮。杼轴虽空衣服粲，东人赢得似西人。”（《日本杂事诗》）

1900年，美国退役海军少将彼尔兹利访问日本。此公曾作为佩里手下的少尉候补，参与了整个“黑船来航”事件，如今旧地重游，感慨旧貌换新颜，当年抱残守缺、满目疮痍的日本，已一跃为百废俱兴、蒸蒸日上的新兴强国。美中不足的是，他发现当年美军的登陆地点——横须贺海滨的久里浜——居然没有任何遗迹堪作纪念。这实在是天大的遗憾！

当时日本已成立了日美友协，会长是伊藤内阁的司法大臣金子坚太郎。彼尔兹利把这遗憾告诉坚太郎，坚太郎觉得有理，就把意见上报。结果，由内阁批准，天皇首肯，日美友协负责执行，在久里浜开辟佩里公园，竖立佩里登陆纪念碑。

碑文，是由伊藤首相题写。

未久，又增建佩里纪念馆，增设佩里全副戎装的塑像。

1934年，在因《日美和亲条约》而开放的港口城市下田，又设立了一年一度的“黑船祭”。

这里的“祭”，可译作狂欢节。在相关的庆祝活动中，佩里被当作“文明的使者”、“日本改革开放的恩公”，幕府官员则被塑造成冥顽不化、逆历史潮流而动的小丑。

这就是日本人的现实性和柔软性。没有心理障碍，没有什么耿耿于怀的“耻”。彼邦一拳头狠狠砸来，那是为了让我们从沉沉大梦中惊醒！——你知道“黑船祭”上有一首狂歌是怎么唱的吗？“名茶上喜选（在日文，上喜选与蒸汽机谐音），只消喝四碗（四艘也），惊醒太平梦，彻夜不能眠！”——即使他们主观上不是，但我们客观上却是；起码，我们是把警钟变成了军号，把白旗变成了战旗，把坏事变成了好事！这就好！好就得纪念！

同样面对“落后就要挨打”，学者熊培云指出：日本人记住了“落后”，故而发奋；中国人记住了“挨打”，故而悲愤。在历史意义的生产方面，可谓一个重理性，一个重感性。

呜呼！日本人以落后为哈哈镜，照一照，笑一笑，弹冠振衣，轻装上路，而今迈步从头越；中国人以挨打为心头病，越想越痛，越痛越想，深陷其中，虽隔代隔世犹不能自拔。

日本人纪念黑船的最终目的，不是为了把对手的能耐捧上九霄云，而是为了将幕府的顽愚钉上耻辱柱。“二战”期间，日本和美国开战，怎么着？佩里纪念碑立刻被砸毁铲除，代之以“护国精神振起之碑”。及至战败，美军入主扶桑，人在“美”檐下，不用说，佩里纪念碑又被当成日美友谊源远流长的象征，重新浇铸雕刻，搁回原址。

至于将来呢，嘿嘿，“将来”承接“过去”，但不是“过去”；“将来”基于“现在”，但不是“现在”；那是要“到什么山唱什么歌”的了——两说。

2015 年 7 月 18 日

铺向改革开放河床的金沙

铁炮传来

1543年8月25日，一艘葡萄牙商船被台风刮离航线，漂到九州南边的种子岛。

据鹿儿岛大龙寺禅僧南浦文之的《南浦文集》记载：

葡萄牙人上岸，“手携一物，长二三尺，其为体也，中通外直，而以重为质。其中虽常通，其底要密塞，其傍有一穴，通火之路也。形象无物可比伦也，其为用也，入妙药于其中，添以小团铅，先置一小白于岸畔，亲手一物，修其身，眇其目，而自一穴放火，则莫不立中矣。其发也，如掣电之光，其鸣也，如惊雷之轰，闻者莫不掩其耳矣。”

这是日式汉文，吾人读之，总归有点怪腔怪调。

文中说的就是火绳枪，日本人称之为“铁炮”（日本人称大炮为大筒）。

种子岛的岛主叫时尧，这名字颇具中国象征，当时只有十六岁，他一看到火绳枪，就明白它在军事上的巨大价值，执意要买。葡萄牙人是生意精，吃透日本落后，好欺负，漫天开出价码。时尧也不含糊，你敢开，我就敢买。最终议定：1000两黄金一支。

时尧买下两支。

时尧把其中的一支，交给岛内最好的铁匠八板金兵卫，责成他务必仿制成功。

金兵卫将火绳枪拆卸开来，仔细研究每一个部件，然后依样制造，再把它们组装在一起。从外表看，和葡造火绳枪一模一样。但是，一试射，就宣告失败。人家属于高精尖，其中有诀窍在，不像三五一十五、三七二十一那么简单。

过了一年，恰巧又有葡萄牙商船漂泊到种子岛，随船还有一位深谙火绳枪制造的技师。金兵卫迫不及待地登船请教，然而，人家售的是鱼，不是渔，当然不会轻易道出核心机密。

这里又衍生出一段佳话：金兵卫铆定葡国技师，软磨硬泡，一次请教不成，两次，两次请教失败，三次。如此这般，双方就熟悉了。大概葡国技师也去过金兵卫的家庭作坊，见过他漂亮清丽的女儿。一天，技师对金兵卫说：

“把你的女儿嫁给我吧！”

这是开价码了。

只是，这价码也太高得离谱了吧。

金兵卫不肯答应。

技师说：“你不答应我，我也不会答应你。”

金兵卫实在为难，一方是女儿的幸福，一方是岛主交代的任务，掂量来，掂量去，他终于咬牙拍板，允诺这桩跨国婚姻。

于是，金兵卫用女儿换来了制造火绳枪的秘密。

于是，种子岛一跃成为日本生产火绳枪的基地。

附近各藩闻风而动，争着来种子岛购买火绳枪，学习制造技术。

1575 年，织田信长就是利用火绳枪，击溃了武田胜赖不可一世的骑兵团，在世界战争史上留下卓绝的一笔。

到 1600 年，日本已拥有火绳枪三十万支，跻身为世界火枪大国之一。

时尧可惜只是个岛主，金兵卫可惜只是个铁匠，要是把他俩换成幕府将军，日本等不到明治维新，就要放眼看世界了。

万次郎的放洋

他叫万次郎，土佐国中滨村人，初时有名无姓。父亲早亡，母亲体弱多病，家贫，无缘读书。1841 年，十四岁的他随渔人出海，不幸遭遇飓风，桅折舵毁，船桨亦被恶浪卷走，与渔夫四人随波挣扎了八天半，终于漂流到一座无人小岛。

143 天后，万次郎为美国捕鲸船约翰·霍兰德号搭救。其时日本闭关锁国，与外国有联系者，视为通敌，一律处死。五人有家归不得，只得跟了捕鲸船，前往异乡。

途中，四个年长的船员，被留在了夏威夷。万次郎因为年少，且聪明伶俐，被惠特菲尔德船长收为养子，带回美国。

万次郎是第一个走出日本、走向世界的人，他在新大陆学习了三年英语，以及数学、测量、航海、造船等知识——这一点至关重要，否则，他在那儿生活得再久，也终归是文盲——然后随富兰克林号捕鲸船再度闯荡大洋，成为一名出色的鱼叉手。

期间，船员发生叛乱，船长被撤，万次郎当选副船长。

数年后，万次郎思乡心切，决意回国，哪怕面临幕府最严厉的处罚。为了筹集旅费，他绕道南美前往美国西部的加利福尼亚，投身方兴未艾的淘金大潮，小小赚了一笔。然后前往夏威夷，汇合昔日四位伙伴中的两位（其余两位，一人已死，另一人惧怕旅途风浪和幕府锁国令，不敢同行），搭乘一艘前往中国的货船，驶上返乡的航程。

那是 1851 年。万次郎一踏上日本国土，就被拘留，遭到监禁审查。因为他献上前所未闻的世界地图，又懂得英文，熟悉航海、造船，待遇也还不坏。一年半后，他被释放回家。

不久，美国黑船前来叩关，幕府上下慌作一团。万次郎的经历和才能，自然就派上了大用场。他被征召到江户，擢升为武士，赐姓中滨（以生地为姓），负责开设军舰传习所。

1854年，他以美国通的身份，促进日本和美国签定了亲善条约。

尔后，作为日本唯一的英文翻译、知美分子，他长期活跃在教学和外交的第一线。比如，他翻译出版了《新美国航海术》；用“ABC之歌”将英文介绍给日本；1860年，作为外交使团的一员，他与胜海舟、福泽谕吉等要人同赴美国；1870年，他参加普法战争视察团赴欧，后转美，在纽约与惠特菲尔德船长再度相会。

万次郎的经历，是跨越海洋、重塑自我、改变命运的传奇。他与惠特菲尔德船长两家的后裔，至今还持续着世世代代的友好交流。他的出生地土佐清水市与船长的家乡费尔黑文，也结为了姐妹城市。

——当年，在约翰·霍兰德号捕鲸船上，万次郎刚刚学会简单的英语，船长问他：“你的希望和梦想是什么？”

“未来就像海洋，”万次郎说，“无比神秘，无比危险，又无比美丽。它充满了……”他找不到要用的词汇，只好大大地张开双臂。

“可能性。”船长代他回答。

遗憾的是，和万次郎一起为美国捕鲸船搭救的四名船员，因为拒绝前往新大陆，而被留在了夏威夷（那时还不属于美国），远离文明世界的中心，不论后来有没有归国，都永远留在了史册之外。

走出去！走出去！

闭关锁国的“洞中日月”，日本和大清国本是一对憨兄憨弟：坐井观天，孤陋寡闻，老牛破车，自娱自乐。

公元1853年，在清国遭鸦片战争当头棒喝十三年之后，日本人被美国“黑船”的一声炮响惊醒了！

七年后的1860年，日本向美国派出了第一个正式使团，也是考察团，学习团。

破天荒头一遭啊！对睁眼看世界的日本人如是，对在家门口接待东方来客的美国人，也如是。

沃尔特·惠特曼，日后以《草叶集》驰名世界的歌者，为我们留下弥足珍贵的一笔，他写道：

《百老汇大街上一支壮观的行列》

这时我也站起身来，回答着，
走下人行道，卷进人群里，同他们一起注视着。
容貌壮丽的曼哈顿哟！
我的美利坚伙伴哟！
毕竟，东方人向我们走来，
向我们，我的城市。
这儿我们的大理石和钢铁的高髻美人们在两旁罗列着，
让人们在这当中的空间行走，
今天，我们地球对面的人来了。

使团此行最大的收获，就是改变了曩昔对“夷狄”的偏见。“我国人当中，视洋人为犬马者，十之八九……”福岛义言在日记中写道，“这次总共来了七十七人，大半也都厌恶洋人，然而一旦了解到实际情况，人人如大梦方醒般悔悟前非。”

日本急欲奋起直追，从此频频向西方派出各种考察团。日本人的一个特点就是认真，这是天下人都公认的。试以1871年底的“欧美使节团”为例：以右大臣岩仓具视为正使，内阁顾问兼参议木户孝允、参议兼大藏卿大久保利通和参议兼工部大辅伊藤博文、外务少辅山口尚芳为副使。原定期限为七个月，后来延长到一年零九个月。考察对象，囊括政府机关、议会、法院、港口、兵营、监狱、工厂、农场、学校、报社，等等。日程安排之繁密紧凑，从下列日志可见一斑：

> 火车一到，我们刚把行李卸在旅馆，行程就开始了。白天，我们从一地转向另一地，观看会去皮的机器和轰鸣的机车。我们站在钢铁呛人的气息中，周围烟雾蒸腾，身上落满了煤灰和尘土。黄昏时分回到旅馆，几乎还没来得及脱掉脏衣服，晚宴的时间又逼近了。宴会上，我们不得不保持威仪。如果受邀去剧院，又不得不睁大眼睛，竖起耳朵，注意舞台上的剧情。这一切，使我们筋疲力尽。夜里，躺到床上没多久，天就开始亮了，派过来的卫队，又要带我们去参观工厂。

木户孝允抵美不久，就深感教育的重要，他在一封致国内的信中说："如果对后人子弟的行为，不予以格外重视，那么日本国家的保安是没有指望的。""为了防范十年以后的弊病，只有兴办真正的学校。"他提醒同胞："我国今日之文明不是真正的文明，我国今日的开化不是真正的开化。"但是，他指出："日本人决非与今日欧美之人有异，唯在学与不学。"

随着考察的深入，日本使节团认识到，欧美文明的中心是英国，标志在巴黎，从巴黎出发，越往东文明就越浅陋。日本只有打开国门，大量引进国外的产业、技术、知识与人才，才能不断缩小与欧美国家的差距。而其中最应该优先考虑的，则是政治改革和工业化。使节团还欣喜地发现："大多数欧洲国家闪耀着文明之光，财富充裕，实力雄厚，贸易繁荣，技术优越，人们充分享受生活的乐趣和舒适。……见此情景，我们往往会以为他们一贯如此，但事情并非这样——我们此刻在欧洲所见的财富和繁荣，很大程度上始于1800年之后。不到四十年就创造了如此成就，阅读这段文字的每个人，都应该反省日本可以从中吸取哪些经验。”

小栗忠顺与“螺丝钉”

在1860年赴美的那个使节团中，还有一个人值得大书一笔，他就是小栗忠顺，当时在幕府的职务，是外国奉行（相当于外交部长）。

到了美国，完成了外交使命，免不了要到处参观、考察。

一天，他来到一家造船厂。

触景生情，小栗忠顺精神一震，他对美方陪同的官员说：“我们正在购买各国先进的军舰，将来我们自己也要动手建造船厂。”

没料，那位官员冷冷回了一句：“小栗阁下，贵国的海军建设是有问题的。”

“什么问题？您请说。”

“您想过没有，军舰是用来打仗的，一旦上了战场，难免不发生损坏，到时怎么办？”

“怎么办？损坏了，就修呗。”

“修，谈何容易。”那位官员随手从地上捡起一枚螺丝钉，伸到小栗忠顺的面前，“贵国现在连一颗螺丝钉都无法制造，纵然买了很多军舰，也不过是如同一次性商品，用过了就得重买，不但是巨大的浪费，对于本身的军事建设，也是有百害而无一利。”

这话，一下子把小栗忠顺震住了。他默默地望着美国官员手中的螺丝钉，想了又想，然后果断地伸出双手，恭恭敬敬地把它接了过来。

小栗忠顺明白，比购买军舰更重要的，是学习人家的先进技术。

归国后，小栗忠顺出任勘定奉行（相当于财政部长），在他的主导下，日本开始在横须贺兴建造船厂。

但是好景不长，幕府在倒幕派和西洋各国的夹击下，亦已内交外困，风雨飘摇，有人提醒小栗忠顺："德川政权看样子坚持不了几年啦，你这么卖力地建造船厂又有什么实际意义呢？"他回答："只要日本能够强大，我做的一切都是值得的。"

此是后话，横须贺造船厂于1871年竣工，随即投入日本海军建设。三十多年后，日本海军舰队一举击败了强大的俄罗斯帝国舰队，当时的海军元帅东乡平八郎万分感慨地说："这一切都是小栗忠顺的功劳。"

小栗忠顺没有等到这一天，他早于1868年就去世。他是怎么死的？事情与一笔巨额藏金有关。据传，幕府大佬井伊直弼在政权颠覆前，将高达四百万两的黄金埋藏了起来，这藏金地点，只有他的心腹小栗忠顺知晓。明治政府建立不久，就把小栗忠顺抓起来，要他交代藏金地点。小栗忠顺回答从来没有听说。又问他作为管理财政的大臣，手头还留有多少幕府的资金，他也回答一分没有。新政府认为他态度顽固，下令斩首示众。

新政府不死心，又下令抄家。他们想小栗忠顺当了多年高官，哪能没有私藏。谁知挖地三尺，一无所获。最终，他们翻出了一个精致的小木匣子，打开，里面包着层层丝绸，以为里面装着什么稀世珍宝，或是藏宝图，揭到最后一层，在场的人都大跌眼镜：仅仅是一颗微不足道的螺丝钉。

不用说，这就是小栗忠顺当年从美国带回的那颗螺丝钉！

2015年7月—8月

养子的政治经济学

写下这个题目，首先想到的是日本现任首相安倍晋三。安倍晋三是养子吗？非也。但是他的外祖父、“二战”甲级战犯、五十年代末出任日本首相的岸信介，原名佐藤信介，即另一位日本首相佐藤荣作的亲哥哥，读中学时，过继回生父的本家，改姓岸——过继就过继，怎么叫“过继回”呢？原来，岸信介的生父佐藤秀助，出身于岸家，本名岸秀助，后来当了佐藤家的上门女婿，易姓佐藤。父子俩你出岸家我回岸家，一“赘”还一“继”，正好走了一条相反的路。

事情到此并没有完。岸信介的长子岸信和没有子嗣，他的妹妹，也就是安倍晋三的母亲，又把她的三男（安倍晋三的三弟）承祧回舅家，取名岸信夫（现任日本副外相）；安倍晋三呢，别看他闹得欢，年届花甲犹膝下荒凉，无儿无女，近年仍由母亲做主，把长兄的孩子安倍宽人收为嗣子，以解后继无人之忧。

养子现象，各国都有，不足为奇。日本因有其特别的市场，才格外引人注目。

且说战国三雄之一丰臣秀吉。他出身农家，生父早逝，母亲改嫁，他随母亲到了继父家，继父不等于养父，所以他小时候没有做过养子。但是呢，一般人万万料想不到，秀吉在统一日本、兵权在握、势倾朝野之后，竟主动要求当别人的养子。

这是怎么一回事呢？

原来，秀吉想开设幕府，按照朝廷规定，必须先获得征夷大将军的头衔，而要当上征夷大将军，又必须是天皇御赐的源氏，秀吉出身平民，怎么办？

只有一条路，就是给源氏家族当儿子。

秀吉选择了源氏宗主、前代将军足利义昭，请求作他的养子。

谁知人家不甩。

没奈何，只好死了当将军的心，策划改任关白。关白也有血统的限制，必须是天皇御赐的藤源氏。为此，秀吉请人疏通时任关白的藤源氏宗主近卫前久，这回如愿以偿，顺利当上近卫家的养子，更名“藤源秀吉”。

你大概不知道，秀吉先前祈求的足利义昭，与他同龄，尔后疏通的近卫前久，也仅仅大他一岁。

有权就是爹——不折不扣的政治交易。

日本战国时代，豪门贵族间输出和接受养子，通常多出于政治的考虑。譬如战国三雄的另一主角织田信长，他的次男、三男、四男，俱过继给实力派的大名当养子。比如其四男，就是过继给前面提到的秀吉。

1582 年，信长不幸死于部将的叛变，秀吉乘机以“信长四男养父”的身份，起兵为故主暨亲家复仇，无论在名义上，还是在获取信长部属的支持上，都大大赚足了红利。

又譬如战国三雄的另一主角德川家康，他那十一个儿子中，有多个给别人当了养子。如第二个男孩，小时候打发去丰臣家做人质，作了秀吉的养子，得名羽柴秀康。后秀吉有了自己的亲生儿子，秀康又改当下总国结城大名结城晴朝的上门女婿，易名结城秀康。瞧，他一辈子都没能落上本家“德川”这个姓。

日本实行长子继承制，那些无缘分得家产、注定扫地出门的非长子，也为养子习俗提供了充足的人才储备。

日本民族的两大特质，危机意识与进取精神，在养子或婿养子（女婿＋

养子）身上体现得格外突出。他们中的一些杰出代表——以笔者熟悉的近代人士为例——有政治界的木户孝允、岩仓具视、桦山资纪、寺内正毅、滨口雄幸、吉田茂，思想界的吉田松阴，文学界的芥川龙之介，史学界的贝冢茂树，科技界的汤川秀树等等。

书架恰好有一本《汤川秀树传》（日本首位诺贝尔物理学奖得主），拿过来随便翻翻，这一翻，竟然翻出了一个养子世家。瞧，汤川秀树原名小川秀树，是汤川家的上门女婿；秀树的父亲，以及外祖父，也都是婿养子；不仅如此，秀树的岳父兼养父，本身就是倒插门；还有，前面提到的史学家贝冢茂树，原名小川茂树，是秀树的胞兄，也是因为当了贝冢家的养子，才随了人家的姓。

日本的养子市场，也因为日本家族企业的特殊传承，而分外繁荣。

众所周知，全世界的家族企业，都面临一道“富不过三代”的魔咒，如何破解，成了伤透脑筋的难题。

唯有日本的家族企业不受其影响，五代，十代，乃至数十代长盛不衰，靠的就是长子继承加养子接班。

长子继承的好处，在于确保接班人的绝对权威和财产的绝对完整，避免诸子析产的耗损和因争产带来的内斗。

养子接班，则在长子不成器或血脉断竭的情况下，保证企业如常运转。

松下幸之助的大名，这是很多人都知道的，他首创“终身雇佣制”、“年功序列”，被誉为“经营之神”。松下幸之助只有一个女儿，没有儿子——到底不是神仙——女儿也不赖，算得“半子”，他就在另一个“半子”上下功夫，从选材到招赘到改姓（男方肯定要跟女方姓）到培养到最后任命为掌门，完善把一个外姓人打造成本族后裔的全部工序。

安田财阀的创始人安田善次郎，倒是有个儿子，但是这个儿子，呃，怎么说呢，有点中国俗语“扶不起的阿斗”的味儿，老当家的从家业出发，选贤任能，拍板让入舍的快婿顶门立户。

丰田企业的创始人丰田佐吉，不仅有儿子，而且儿子还顶呱呱，是一等一的人才，完美无缺的接班人——不，肯定还有缺，比照当总裁的高标准。丰田佐吉深图远虑，最终，把总裁一职交给他更为看好的入赘女婿。

有人统计，三井财阀从1900年到1945年，共涌现出二十九位高层领导，其中六人为养子，占总人数的21%。

五分之一强啊！就是说，五位家族的高层，便有一人的遗传讯息属于转基因。

中国人喜欢续家谱，强调的是血管里流着同一祖宗的血，“五百年前一家人”；即使收养子，多数是从直系亲属中考虑。日本人比起血缘、家谱，更重视的是家徽，诸如房屋、家具、和服、布帘、包袱皮、灯笼、商号，乃至墓碑，到处有它的印记。我打开一册《家徽里的日本史》，查出织田家的家徽是织田木瓜，丰臣家的家徽是太阁桐，你只能对着它的图案，遐想其列祖列宗的光荣与梦想，而不能获知明晰的血缘谱系。中国的家谱和日本的家徽，这是两种不同的文化，各有各的香火延续，各有各的政治经济学。

2015年7月8日

茶亭

坂本龙马的世纪猜想

李御宁的《日本人的缩小意识》，记录了坂本龙马的一则逸闻：

桧垣直治是土佐勤王党成员，也是位剑道高手。一天，他腰插长刀，昂首阔步于街头，迎面撞见同乡坂本龙马。龙马上下打量了一下直治，说：“时局剧变，今后在室内的厮杀打斗会多起来，所以短刀要比长刀适用。”边说边从腰间抽出短刀。直治觉得有理，回去换上短刀，转身再去见龙马。龙马一言不发，突然从怀中掏出手枪，“叭”地放了一枪。直治心领神会，几个月后，他带着手枪又去见龙马。龙马微微一笑，从怀里掏出一本书，说：“手枪已经过时，从现在起，统治世界的是这个了！”——那是一本《万国公法》。

我为这个故事吸引，特地上网搜看了48集的电视剧《龙马传》，虽然情节并非如逸闻那般集中在一人，倒也都有实据，不失为历史的真实。

李御宁是韩国学者，他举这个故事，是为了证明他对日本文化的定义：“缩小意识。”你看，从长刀到短刀到手枪到《万国公法》，坂本龙马的着眼点，不正是一个比一个小吗！

有“缩小意识”，自然就有“扩大意识”。李御宁指出，古代，丰臣秀吉发动的侵朝战争，近代，军国主义者发动的“大东亚战争”，就是日本扩大意识的赤裸裸表露。但是每一次“扩大”，结果都遭遇失败。李御宁因此得出结论，日本文化的精髓是“缩小”，不是“扩大”，一旦萌生出大国意识，从“缩小”将要转变为“扩大”之时，便是失败到来之日。

该书的结尾部分，李御宁语重心长地指出：

现在日本到处都在使用“经济大国”这一称呼，在国家前面加一个“大”字，便意味着将会有尴尬的事情发生。尽管如此，如今日本仍出版了许多书名非常奇怪的图书，如《日本是第一》、《超大国日本》或《日本的时代来到了——从经济大国到政治大国之路》等等。

为什么是大国，为什么是世界第一，为什么要这样慌慌张张地建设成“大国”，难道这是原来以“缩小文化”追赶、以“扩大文化”超越的战略吗？日本人决不能忘记，大东西可是被看成“鬼”的。（山东人民出版社，张乃丽译）

李御宁生于日据时期，从小就学习日文。尔后，又身居韩国文化要津（曾任文化部长）。一个韩国文化，一个日本文化，可以说是他的前厅和后院。李御宁的《日本人的缩小意识》，创作于上世纪七十年代末、八十年代初，曾在日本刮起一股“李氏旋风”。抛开一些枝节不谈，从写作的角度看，我认为他高人一肩，既深入浅出，条分缕析，又文采斐然，引人入胜。

回到本文开篇，在叙述完坂本龙马的故事之后，李御宁自问自答：“假如龙马不是生在幕末，而是生在“二战”后，这一幕趣闻将会如何继续上演？手拿《万国公法》的龙马，下一次与直治见面，又给他看什么呢？无论如何，龙马拿不出原子弹。他大概会全身摸一下，然后掏出一种类似卷烟盒子的小玩意儿，宣布：‘《万国公法》落后了，今后得用它占领世界！’龙马这回掏出的，原来是微型收音机。”

如今，历史的车轮已驶进了公元2015年，距离李御宁《日本人的缩小意识》的问世，又过去了三分之一世纪。笔者禁不住想旧话重提：假如坂本龙马活在今天，又会给世人传输什么？

让我们先看一看他的同胞在怎么说，举其典型：

1989年及稍后，在日本战后经济发展的巅峰，石原慎太郎与人合作，发表了《日本可以说“不”》、《日本还是说“不”》、《日本坚决说“不”》、《日本经济可以说“不”》等一系列著作，旨在向美国叫板，鼓动丢弃战后形成的“小国意识”，争当“时代的中流砥柱”。

2013年，电视剧《半泽植树》主人公的一句台词“以牙还牙，加倍奉还”，迅速蹿红日本，脍炙人口。

前者，一目了然，是企图重演“大日本崛起”。

后者，表现得颇为暧昧。乍一看，谁是主体，谁是客体，似乎因人而异。倘若不是日本人，不具备大和民族的集体潜意识，你是摸不着头脑的。笔者以为，“以牙还牙，加倍奉还”之所以在东瀛走红，是因为它触摸到了日本人心灵深处的伤疤，引起了有朝一日东山再起、报仇雪恨的共鸣。日本在“二战”中落败，沦为美国附庸，对此，日本人一直是不服气的，有加藤嘉一的话为证，这个曾留学北大国际关系学院的年轻人，在《我不是间谍》一文中直陈：“是日本打赢甲午战争和日俄战争后采取扩张主义，发动战争，结果战败，但日本是被美国投下原子弹之后投降的，是人类历史上核武器的唯一受害者。”加藤这里依然讲得含蓄，理解日本人的话要“以心传心”，他们认为“二战”是“圣战”，日本军队所向无敌，从未吃过败仗，仅仅最后输给了美国的原子弹。请注意他这里用的是“受害者”，就是说，他们是原告，不是被告，是抗击，不是侵略。进而掏日本人的心窝子，则是，也必然是：本来就没有错，当然谈不上向谁认罪道歉。日本人只是慑于原子弹的杀伤力，才放弃抵抗，委曲求全。在美国的屋檐下熬了几十年，终于熬到经济腾飞，扬眉吐气。彼时，当时，甭说周边亚洲国家，就连骑在他们头上将近半个世纪的山姆大叔，也已不再放在眼里！——此说绝非危言耸听，既然战争末期有“一亿玉碎”之誓词，战后有“一亿总忏悔”之矫饰，随之而来的，也必然有“一亿卧薪尝胆”之共识，气量狭小、睚眦必报的岛国根性，注定了他们总想在某一天“以牙还牙，加倍奉还”！

起坂本龙马于九泉，他会怎么说呢？

窃以为，按照李御宁的缩小意识，此时此刻，坂本龙马最应做的，就是登高一呼，重提石桥湛山当年的“小日本主义”。

这个“小”，并不是斤斤计较于国土大小，而是拨转船头，认清方向，放弃“中央之国”、“万国之冠”、“八纮一宇”的妄念，与周边国家“求大同存小异”，和平共处，坚决不再走侵略扩张之路。

这个“小”，并不是刻意束缚手脚，放慢速度，而是指胆不妨大，心则要细，塌下心来，认真做事，竭力避免小人得志，小黠大痴，小隙沉舟，贪小失大，小不忍则乱大谋，重蹈历史覆辙。

这个“小”，并不是妄自菲薄，自暴自弃，而是最大限度地发挥日本人心灵手巧，善于在微观世界纵横驰骋的特长，螺蛳壳里做道场，以小见大，积小成大，小题大做，秤砣虽小压千斤，纵有小枉，不失大直，纵有小疵，不失大醇，从而小大由之，得心应手，以一个崭新而健康的面貌，屹立于世界民族之林。

日本语言学家大野晋指出，在奈良、平安时代，日语的“微小”，就包含着“美丽”。

平安时代的著名歌人、作家清少纳言即说过：“无论什么，凡是小的就是美的。”

诚哉斯言！“微小”着并微笑着，微笑着并“美丽”着，不失为一条日本特色的康庄大道！

2015年2月12日

“蕞尔”一词面面观

晚清至二战，日本呼中国为“支那”，虽然这叫法是由汉字音译印度语而来，早先并不带贬意，但在作为战胜者、侵略者的日本人口里，明显变成蔑称。中国政府不接受，抗议一直抗到二战结束，日本落败，这才弃“支那”而不用。

此乃旧话。进入本世纪，日本有一位出了名的右翼政客，又口口声声称中国为“支那”。此事遭到中国舆论的痛击。于是，有人出来圆场，说日本称中国“支那”不对，应予纠正，但也希望中国人以后不要称日本为“小日本”。

我认为这是理所应当。当今世界，不论国土大小，国与国之间，应该是平等的。尊重别国，也是尊重自己。

由此，我想到另一个词“蕞尔小国”，也应该慎用。

蕞尔，形容小，多用于国家、地区，如：蕞尔小国、蕞尔小邦、蕞尔小岛、蕞尔弹丸，等等。

查中国古籍，《左传·昭公七年》载：“郑虽无腆，抑谚曰‘蕞尔国’，而三世执其政柄。”

唐·刘禹锡《贺收蔡州表》曰：“蕞尔元济，敢怀野心！”

到了明清，“蕞尔”一词，偏于称沿海的岛屿，如称香港为“蕞尔小岛”。

大清朝的官员，也有称英国为“蕞尔小岛”的。英国孤悬海外，那是没错，要说怎么“蕞尔”，只怕还是出于隔膜。

说到东瀛，中国人除了习惯称“小日本”，还有一个与之相关的词，即“蕞尔小国”。

打开网络，随便搜一搜与日本有关的文章，“蕞尔小国”便扑面而来。

例:“今天看来，在甲午年（1894年）到来之前，在一直到1945年页页血污、长达五十年的战争史揭开之前，双方都需要一场心理的演习。心理上永远都难以接受日本‘蕞尔小国’的横行、自己平生被这小国扰乱压迫的李鸿章，此刻手中有欧洲打铸的钢铁巨舰‘定远’和‘镇远’。”（张承志《敬重与惜别》）

“晚清甲午一战，中国惨败于东邻小国日本，俯首签约，割地赔款，一时举国震动，朝野哀痛。人们困惑不解:这个孤悬海外、一向不被国人留意的蕞尔小国，怎么一下子变得如此强悍？”（李长莉《黄遵宪日本国志延迟行世原因解析》）

“大清帝国在甲午战争中吃了败仗，白花花的银子，二亿三千一百五十万两赔给了日本，据说等于它四年的财政收入。土狭民寡的‘蕞尔小国’一下子富了起来……”（李长声《自卑》）

“抗战纪念，该反思的不仅是侵略者，被侵略者更该反思，为什么偌大国家动辄被蕞尔小国肆意欺凌？日本凭什么欺负了中国五十年？”（程万军凤凰博客《日本凭什么欺负了中国五十年？》）

“这番豪言壮语，活脱脱表现了一介东瀛武士首领的勃勃野心，区区蕞尔岛国，敢对天朝上国的中华产生‘是可取而代也’的念头，如果没有足够的雄心和魄力，岂敢出此大话？”（李兆忠《暧昧的日本人》）

“十九世纪末期亚洲的最大强国中国在甲午战争中败给了蕞尔小国日本之后，不少有志之士去了那个蕞尔小国留学。”（俞天任《冰眼看日本》）

这都是“小日本”之说的翻版。

日本小吗？和中国相比，其面积37.78万平方公里，只及后者的二十五分之一，的确是蕞尔的了。

但是，放在世界各国，它的面积排名为第六十位，高于英国、德国，处于中上，倘若把海洋面积计算在内，可进世界前十，要是再把海洋深度的体积打进去（这都是得天独厚的资源），就成了世界第四，何蕞尔之有？

若按人口排序，日本占世界第十位，若按经济实力，更是前几名，远远超出蕞尔小邦的范畴。

给日本贴上“蕞尔小国”的标签，战争年代，如甲午，如抗战，完全可以理解，甚至是天经地义，大气磅礴，义正辞严；和平年代，特别是邦交恢复之后，就要讲究用词的准确性及感情色彩了。

还有一层，这里不得不说，查历史，中国向以天朝大国自居，对“蕞尔东夷”不屑一顾，这种心态一直遗留到今天。日本曾经弱小，这是事实，也是过时的皇历。日本人不因弱小而自暴自弃，他们全力学习中国，堪谓学到了家。用《西游记》里的典故，他们就像钻到中国肚里的小飞虫，把这个“庞然大物”的五脏六腑摸得清清楚楚。然后，立志赶超。最终通过甲午一战，宣告全面超过了清国（国人，包括笔者，提到前清时，习惯在前面加一个“大”，仿佛不称“大清”就是不敬，这是一种思维惯性，也是对国土和人口的自恋）。——不是我哈日，更不是犯贱，彼邦虽相对较小，能耐却挺大，千万不可作飞虫、尘芥视之。

进而，对于那些面积忒小的国家、地区，我建议也慎用“蕞尔”。尤其是“蕞尔”和“弹丸”串联，一个“蕞尔”，已露睥睨，再加上“弹丸”，更显不屑，是不是也有欠泱泱大度？——持中性者，又当别论。

2015 年 8 月 1 日

“吃茶去！”

炉火纯青的演技

明治天皇酷爱汉诗，一生所作，不下数千首，其中引用率最高的，是以下两句：“四海之内皆兄弟，缘何风雨乱人间？”

为什么这两句诗引用率最高？因为它墨渖未干，言犹在耳，天皇就策动了日俄战争。

昭和天皇得乃祖真传，“二战”期间，在对英美宣战的御前会议，他即席吟诵的，也正是明治天皇的上述两句诗。

天皇总能装出一脸无辜，羞答答的犹抱琵琶，这就是为什么在战争中和战争后，绝大多数的日本人都认为天皇“始终是一位自由主义者，一贯反对战争”的奥秘。

真相高于一切

且看下列刻划日本人的诗句：

突出的颧骨，厚厚的嘴唇，三角形的眼睛

有如名匠三五郎雕刻的坠饰的脸
失魂落魄，恍惚迷离
毫不自知，小肚鸡肠
贱命的虚荣者
固执矮小，不思进取
猴子似的、狐狸似的、飞鼠似的
刺鰕虎鱼似的、鲻鱼似的、兽头瓦似的
如饭碗碎片似的日本人

如果是外国人写的，你说，这一定是污蔑。

如果是日本人写的，你想，他一定是民族的叛徒。

事实恰恰是日本人写的，而且他不是民族的叛徒，他深爱日本，日本人也深爱他，他就是大正、昭和时代的著名诗人、雕刻家、日本现代美术的开拓者高村光太郎。

艺术家眼毒，他说出的，不过是那时代日本人的真相。

自大到极点，就是自卑

有记者采访三岛由纪夫，交谈中，突然问道：

“三岛先生，能否告诉我您的身高？”

三岛端坐不动，直视记者，反问：

“你是多高？”

记者答：“我是一米七三。”

三岛笑道：“我也是一米七三！”

记者愕然，他之所以有此一问，是因为三岛当初的征婚条件，特别强调一点：女方不能比他高——明摆着是为自己的五短身材形秽；而且他刚才进门，看到站着的三岛，足足比自己矮一头，怎么瞬间就跟自己一般高了呢？

记者有所不知，如果他刚才说“我是一米八三”，三岛也会回答“我也是一米八三”的啊。

日本人“心中”装的是自杀

在日本，可以谈“心上”、“心下”，但不可以谈“心中”——日语的“心中”不是指心头、心坎、心田、心海、心里头，而是指自杀，着重指殉情。

日本人的剖心相示，捧出的不是赤裸裸的爱，红彤彤的情，而是血淋淋的死。

混音装置

日本女性如厕，羞于让别人听到自己的“小溪潺潺”或“飞流直下”，所以中间不停冲水，借哗哗水声掩盖“天籁”，如是必然造成水资源的大量浪费。商家因此发明了一款叫“音姬”的混音装置，启动它，就会发出冲水的音效，而实际上水并没有流失。

真的很文化，也很——政治！

与钓鱼岛主权无关

一个广为流传的笑话说，美国某亿万富翁发布一个广告，宣称：悬赏一百万美元，给予第一个发现蓝色斑马者。

看到广告后，德国人第一个冲进了图书馆；英国人买了张非洲地图直奔阿非利加而去；法国人用油漆把驴涂成了蓝色；韩国人到处吹嘘自己马上就要发大财，并迫不及待地开起了庆祝晚会；日本人呢，则加班加点、夜以继日地起劲往驴身上贴一根又一根的蓝线。

贼精而又贼勤的日本人哪。

精神万能的神话

“二战”期间，一次，空战结束，日本飞机以三、四架的小编队返回基地。某大尉最先回来，他下得飞机，伫立不动，举起望远镜，搜索天空，等待部下陆续返航，脸色苍白而镇定。当最后一架飞机落地，他写好作战报告，转身走向司令部。进门，立正，向司令官汇报。然而，汇报完毕，他随即倒下，在场人上前急救，发现，他已死亡，躯体已经冰凉、僵硬，再查，胸口有致命的弹伤。

一个刚断气的人，不可能如此僵硬、冰凉。大尉肯定死去很久，是他的精神支持他的躯体作了汇报，是已逝大尉的强烈责任感，创造了这人间奇迹。

——信不信由你，反正，日本的战时广播就是这般喋喋不休地宣传的。

杀人，以堂皇的名誉

一个小市民走在街道上，看到前边武士的衣领有个跳蚤，就好意上前提醒。谁知，武士怒极，返身就给小市民一刀，将他一砍两半。

理由？笑话，武士杀小市民还要什么理由吗！何况这家伙自己找死，跳蚤是牲畜才有的寄生虫，他竟然说武士身上也有，哼！不杀他，杀谁?!

物极必反

日本人爱清洁是出了名的，通常一天要洗两次澡，早上一次，晚上一次，用以去除疲劳，荡涤心灵的污垢。

由洗澡而扩及其他，比如，进门要换拖鞋，去厨房、厕所、阳台，又得换不同的拖鞋。

平常，来多少客人，就得准备多少双不同的拖鞋。

公共场所，能容纳多少客人，就得准备多少双拖鞋。

这些拖鞋就成了脚气真菌繁衍的天堂。

猗欤休哉，日本人的脚气病也荣冠世界前茅。

犬性的民族

“在日本，即便是左邻右舍，只要接到命令，他们就会立即舍弃人性，变成忠实的犬对其进行攻击。”（高桥敷《丑陋的日本人》）

夏目漱石写了《我是猫》，一举成名，他应该再写一篇《我是狗》的——从日本人如何爱怜狗、如何绝对不吃狗肉谈起——说不定早抢去泰戈尔的风头，夺得亚洲第一个诺贝尔文学奖。

感性的民族

西方艺术重撼天动地。

东方艺术重余味无穷。

日本居东方的东方，其“味觉”极淡极细。比如这一句：“古老寺钟的裂

缝里，沉睡的彩蝶哟。”（江户时代的诗人与谢芜村的俳句）

都说上帝在细节中。

日本人的美感深入锈缝中的彩蝶之睡姿。

反常畅销

东京有家出版社出过一本《自杀指南》，这种鬼气森然的书，居然有人看，有很多很多的人看，不到一年，便卖出50万册。

书中开列十种自杀方法，如理想的服毒、古今东西广为采用的上吊、潇洒的跳楼、当今流行的割脉、血性的卧轨、古典的投水、引人瞩目的自焚、不损伤遗体的冻死等等。不仅如此，作者还向人们推荐“自杀胜地”，包括交通路线、投宿宾馆之类，也交代得一清二楚。

语云，一切都是应运而生。

《自杀指南》应的是什么运？谁喝凉水谁心里有数，旁观者还真不好置喙。

标准化的新人类

山川方夫短篇小说《护生符》的梗概是：

某晚，一位名叫关口的工薪族职员与同僚喝完酒后返家途中，发现前面有一个和自己长相、打扮一模一样的人，正步履蹒跚、醉意十足地朝自家的公寓楼走去。恍惚中，他以为看见了自己的影子，那影子熟门熟路地上楼，最后竟在自家的房门前停下来敲门。更叫他吃惊的是，门居然开了，他毫不迟疑地走进去，那光景完全是一个在外面辛勤工作了一天的丈夫下班回家的样子。妻子叫着他的小名“二郎”，那男人居然也闷声闷气地答应了。男人进门后一屁股坐下来翻报纸，这一切使关口如坠五里雾中，以为自己得了精神病。后来才弄清楚，那个“我”叫黑濑次郎，是另一家公司的职员，住在隔壁一栋完全相同楼房的一套完全相同的居室里，下班后喝醉了回家，走错了楼。因为行为举止和丈夫太像了，妻子开门时居然没发现他是个外人。同样，因为房子的陈设太相似了，黑濑自己一时也没有发现闯入了别人的家。

——黑色幽默，嘲讽千人一面、千篇一律的生活。

虽然是小说，也不妨当作纪实看。

日本的三一律

个人犯罪全世界最少，集团犯罪司空见惯，国家犯罪骇人听闻。

——在《暧昧的日本人》中，李兆忠如是概括。

日本式的集团主义

“从岩洞口可以看到溪流里有个很大的水潭，水潭底下长着一丝十分清爽的水藻，一根根细长的茎从水底笔直地伸向水面。好多鱼特别喜欢在水藻的茎之间穿行，它们在茎丛间成群结队，互相鼓励，以免被激流冲散。它们中间只要有一条鱼误向左游，其他的鱼都会跟着一起向左游去，如果有一条鱼被水藻挡住只能往右游时，其他的鱼都会认定这是必去的方向而一齐往右游。”

这是井伏鳟二笔下的“山椒鱼”。

这也是上帝眼中的日本人。

2015年12月

“我不和狗照相！”

东京有个车站，叫涩谷。涩谷站前有个广场，叫八公。八公本来是条狗的名字，广场因了它而名扬天下。

八公的故事，在日本是家喻户晓，人人皆知，核心内容就是一个“忠”。每天早晨，它陪主人上班，殷勤伴送到车站；傍晚，又预先恭候在车站，迎接主人下班。后来，主人去世了，它仍一如既往，每天傍晚守候在车站，在人流中寻觅主人。

广场一侧立着八公的雕像，旅游团的人争相和它合影。

阿青站得远远的。

团长过来拉他：“难得来一趟，拍个照，也算到此一游！”

“我不拍，我怕！”他说。

“这是一座雕像，又不是活狗，你怕它什么？”

人群就起了轰笑。

“我不和狗照相！”阿青一脸严肃，“狗只是忠于主人，对它来说，我永远是外人，我怕它在梦里咬我！”

去横滨，长途巴士，导游介绍日本的“耻文化”，讲到夏目漱石的短篇小说《少爷》：

少爷为人挑拨，决定与一个同事断交。可是——可是什么呢——他曾经接受对方请客，喝过一碗冰水，价值一分五厘。少爷觉得：“真丢人！让这号两面三刀的家伙请客，我只喝了一杯，是他掏了这一分五厘钱。一分也罢，五厘也罢，领了他的情，死了都让我不得安生。明天去学校时，一定还清这笔账。”少爷第二天果然还清了这笔宿债，心无挂碍，这才与之断交。

讲完，众人啧啧有声。

阿青撇嘴，作不屑状。

团长笑问：“你又有什么高见？”

阿青答：“只是欠一分五厘，所以说还就还了。假如是一万五千，或者是十五万、一百五十万，他肯定说断交就断交，一分也不还。”

众人想想，觉得虽然不能说“肯定”，但确实是有那种可能。

这个团的成员都是作家，作家最感兴趣的自然是日本文学，仍是在去横滨的路上，聊着聊着，就谈起日本的“物哀”。

甲说，物哀就是睹物伤情，物我同悲。

乙说，这个“物”，不只是自然物，还包括人和世相。

丙说，这个“哀”，不仅指悲，还包含感动和欣慰。

丁说，物哀是日本特有的审美。他举一个日本诗人的话，说物哀是这样的，一轮明月高挂在夜空，要多漂亮有多漂亮，但漂亮的不是这轮明月，而是这轮明月缺了一个口，恰巧有一片云彩奋不顾身地要把这个口给拦住，这个就是物哀。

戊忍不住插话：越说越糊涂，到底什么是物哀？

阿青笑笑，说，这还不好理解，天狗想吃月亮，天天想，月月想，终于有一天把月亮捉到口里，吞呀吞，吞呀吞，怎么也吞不下去，不得不又吐出来，这就是日本人的物哀。

群聊继续，这次是戊开的头。

“二战后那一阵子，太宰治独步文坛，如日中天，三岛由纪夫还是个文学小青年，他对太宰治很不以为然。”

“三岛其实很欣赏太宰的才能，佩服得不得了，只是，他讨厌太宰笔下那种类似乡巴佬进城的野心。”乙。

“三岛自认是正统的贵族，他认为太宰笔下的贵族是虚构的，装腔作势，驴头不对马嘴。”戊。

“太宰的《斜阳》发表不久，三岛去见了太宰治，是仅有的一次，他一反常态，特意穿了套和服，怀着刺客登程的心态。”乙。

“也就是那一次，三岛当着太宰的面，说：‘我不喜欢太宰先生的文学作品。’太宰回答他：‘你尽管这样说，可你还是来了，所以还是喜欢的呀。对不对，还是喜欢的呀！’”戊。

看来对这桩公案，戊和乙是很熟悉的。

其他的人都不插话。

阿青突然开口，他对戊说：“太宰根本不需要回答，他只要往三岛身边一戳，旁观者就一目了然。”

戊先是一愣，跟着就哈哈大笑：“阿青说得对，三岛是出名的矮子，也就一米六零左右，太宰呢，有说一米八，我看那照片，起码一米七五，”他站起来，用手比划着高度，“三岛纯粹是嫉妒！”

回到东京，那天，在靖国神社外围转了一圈，人人都憋着一肚子火，尤其对以东条英机为首的十四名二战甲级战犯也供奉在内，真正是怒不可遏，是可忍，孰不可忍！

唯独阿青显得很开心。

众人不悦，有问：“你是中国人吗？你怎么还高兴得起来？！”

阿青回答：“正因为我是中国人，所以我才高兴。你看，整个靖国神社，除了少数人死于日本内战，其余都死于对外的侵略战争，我还怕他们把那十四名甲级战犯拿掉，为什么？道理很简单，只要不拿掉，靖国神社就变成了战犯的大展览，成为日本国血债累累、死不改悔的铁证！”

千叶，郊野，跪坐在一家农户四张半榻榻米的茶室，行礼如仪，体会一番东洋情趣。

阿青由是恍然大悟：日本人讲话为什么声音那么轻？因为世代住在这种逼窄而又不隔音的房子里，自然担心隔墙有耳，说话不得不悄言悄语。

日本人为什么总喜欢跪着？因为房子太矮，一旦站起来，就会感到压抑。

日本人为什么开口、闭口总是“对不起”、“不好意思”？因为长期生活在一个又一个狭小的圈子里，总担心动辄得咎。

日本人的所谓“家窄心宽”，完全是自欺欺人。囚犯的最大愿望，就是出去；生活在“兔子窝”里人的最大冲动，就是向外扩张。

——他没有告诉别人，他怕别人说他是愤青，只是在日记里立此存照。

2015年3月6日

“依赖心”与“边境人”

了解日本，从“日本论”着手，不失为一条“新干线”。

日本，大概是世界上被说长道短、品头论足最多的国家，造成这一现象的诱因，无非如美国学者鲁思·本尼迪克特所挖掘的那样：“日本人既好斗又和善，既尚武又崇美，既蛮横又有礼，既刻板又善变，既温驯而又不愿受人摆布，既忠心耿耿又容易背叛，既勇敢又怯懦，既保守又易于接受新的方式。”在人性的小小寰球，南极与北极土接壤连，珠穆朗玛峰与马里亚纳海沟同顶一方蓝天，如此矛盾如此荒谬而又如此浑然一体，令人拍案惊奇，目眩神摇，欲罢谈而不得。

日本，大概也是世界上最在乎外界议论的国家。不管别人说的是好，还是孬，是实事求是，还是吹毛求疵，是祝福，还是诅咒，他们都会照单全收，当作镜子，左照，右照，正照，反照，多层次地照，多维度地照，郑重其事，煞有介事，乐此不疲。

有嗜好，就有市场，于是乎，日本人自己撰写的“日本论”，也就跟风而起，应运而生。譬如《日本现代政治的思想与行动》、《纵式社会的人际关系：单一社会的理论》、《延长儿童期的时代——总也独立不了的人》、《日本社会的病理——母性原理》、《日本社会的深层结构》、《括号里的日本人》，以及《倒立的日本》、《日本沉没》、《日本即将崩溃》、《日本的危机》、《日本的挑战》、《日本的劣势》等等，充斥书肆，撞人眼球。

中国人不会如此铺天盖地，大张旗鼓。

美国人也不会，英国人、法国人、俄国人也都不会。

这就是道地东洋特色。

若问，日本人为什么如此热衷谈论自己？一天，在东京三省堂书店，我实在忍不住，就这题目，问同行的周女士。她想了想，答：“也许是自恋。”

当然啦，谁个没有自恋呢，尤其当对象是自己的祖国。

敢于像苍鹰一样从高空俯瞰自己的灵魂，敢于像外科医生那样动手解剖自己的肌体，这样的热衷，与其说是自恋，莫如说是警醒。

一、依赖型的心理结构

日本人写作的“日本论”，影响最大的，当数土居健郎的《日本人的心理结构》。

美国学者本尼迪克特的日本论抓住了一种文化特征：“耻感”。韩国学者李御宁的日本论抓住了一个意象：“缩小意识”。土居健郎的日本论则抓住了一个词：“依赖”（日文写作“甘え”）。

初读该书，是在北京家里。读的是阎小妹的译本。

土居健郎是心理医生，他回忆创作的起因：

> 有一个为恐怖症困扰的患者，是混血儿，有一天我问她母亲一些关于患者的出生情况及经历。她是生在日本的英国人，所以会说一口流利的日语。在用英语谈话时，偶尔涉及患者小时候的情况，她突然冒出了一句日语：“这孩子小时候不太爱撒娇。”接着又继续用英语。我特意在谈话告一段落时，试探着问她：“刚才您说这个孩子不太爱撒娇，为什么要用日语呢？”这位英国妇女思索了一会儿，

回答说：“用英语无法表达这个意思。”这一现象充分反映出“依赖”、“撒娇”的语言特征，并说明它所表现的事实带有普遍性。

土居先生认为：“一个国家的国民性，只有谙熟这一国家的语言才可能把握之。因为一个国家的语言里蕴涵着该民族的灵魂，所以每一个国家的语言都是研究本民族特性最佳的投影法。”这话说到了点子上，我预感它会是一本很出色的书。

然而，当我看到下面这个例证——

我的一位患者在经过一段治疗后，开始意识到自己有依赖心理。他说：谁都明白，小时候可以靠父母，长大了就要独立，而我现在受到挫折，我想依靠别人，但却没有人让我依靠。半年多了，我幻想着有个像母亲一样能让我依赖的人，我想在她面前倾诉一切，我想在她面前任情撒娇。想来想去，这是最理想的，但有谁能承受得起我的奢望呢？其实我到医院来不过是想跟医生吐露一点自己的心愿而已。

患者的这番表白，他所期望的，不正是对依赖的向往吗？

说实话，我对这个例证大失所望。土居先生选择的对象，可能患有抑郁症，希望有所依靠，渴求找人倾诉，这是病人普遍的心理，搁在哪国，都是一样，怎么能以它作为日本人特有依赖心理的佐证呢？

继续往下看——

关于敬语在日本极为发达并广泛使用的问题……一个偶然的机会使我发现，敬语居然和跟小孩说话极为相似……这一事例告诉我们，无论是对小孩还是对长辈、上司，其实敬语的目的都是为了讨好对方，如果对长辈、上司不用敬语，惹恼了他们，最终还是落个自己倒霉。可是为什么要像对小孩那样来讨好上司呢？这不正说明了日本人到成人后还始终保持着一种童心吗？

读日本人的书，尤其是理论方面的，我总感到语言含糊，逻辑混乱，常常不得要领。当年，驻日盟军总司令麦克阿瑟认为日本在精神年龄上，“还只是十二岁的小孩”，恕我不敬，土居先生的论述，给我的感觉也就是个儿童水平。你想，“像对小孩那样来讨好上司”，怎么能说明“日本人到成人后还始终保持着一种童心”呢？不，在我看来，讨好上司，一是出于尊敬，二是出于利害考虑，体现的恰恰不是童心，而是成人的成熟的机心。

也许精彩在后边，且看——

天皇乃是可以每日坐等左右大臣处理国家天下大事的。从某种意义上看，执掌最高权力的天皇又必须完全依靠左右臣下，其依赖程度几乎与襁褓中的婴儿相差无几，尽管臣下的身份是从属天皇的。这一现象足以证明：像婴儿一般完全依赖他人在日本是受到格外尊重的。其实，日本不光是天皇，大凡社会中处于领导地位的人，都少不了周围部下的捧场辅助。换句话说，知道怎么依赖别人的人才有资格成为领导。

仍然大失所望。世间的权力结构，犹如金字塔，一级支撑一级，直到塔尖，撤掉了下面的板块，塔尖也就不复存在，此乃常识。拿它证明日本人特有的依赖心理，未免流于风马牛，我不知道别人怎么想，起码在我，要扣它一个“文不对题”。

慢，忍着点。根据导读，此书 1971 年问世以来，连续多年位居日本畅销书之首，并被译成英、法、德、意、韩、印尼等多种外文，应该不是无厘头，且再耐着性子往下看——

说起审美观，人们马上会联想到日本人最为欣赏的"寂寞"与"孤高"。它反映了日本人避世俗求闲适的优雅心境，看起来与凭借依赖与人相交的心理正相悖，其实不然，因为真正达到"孤高"境地的人并不会为孤独烦恼，他们享受着与周围绝妙地相融和的一体感，并以此为媒介寻求志同道合之友，建立新的关系。此外，日本人还很欣赏"潇洒"，它与"孤高"、"闲寂"恰恰相反，不需要远离世俗，如同出淤泥而立的莲花。淤泥就是莲花赖以生存的充满相互依赖的社会，通常人们忍受着对社会的各种不满、愤恨、苦闷，陷入这片淤泥而不能自拔。而"潇洒"者却与众不同，他们脱身淤泥亭亭玉立，令世人惊叹，博众人之赞美。

这番话，貌似高深，仔细咀嚼，又觉得废话一堆，说了等于没说。因为人类的任何情感，包括"寂寞"、"孤高"、"潇洒"，都是有所凭借，有所依托，此乃常识，显而易见，不言而喻，无须谁来费心证明。

二读，是在大阪。白天买了一册日文原版（《"甘え"の构造》），晚间灯下把玩。

这一把玩，就看出点名堂，日文"甘え"，中文可译作"依赖"，也可译作"撒娇"、"娇宠"，但无论是"依赖"，还是"撒娇"、"娇宠"，都只能近似"甘え"，不能等于"甘え"。因而，阅读时，必须抱着一种信念：此"依赖"为日本所独有（至少土居先生是这么认为的）。

进而确认，依赖心理诚为人类共有，是一种普遍现象，但日本人的依赖心理更为典型，更为突出。

如是再来审视天皇与臣民相互间的依赖关系，就能看出一些特殊现象。天皇对臣民的依赖，其实用中国人的比喻"舟与水"来形容，更为贴切，这里就不多讲了。此种情况，也许倒过来看，更能说明问题。你想必记得，二战末期，战火燃烧到日本本岛，无数平民百姓涌到皇宫外面，向天皇泣血效忠，誓与美军决一死战。但是，当天皇宣布投降的“玉音”一出，老百姓立刻又涌上街头，加入夹道欢迎美国占领军的行列了。这一瞬间的转变，连占领军司令麦克阿瑟也被震惊，震惊于日本人对天皇的绝对依赖。

据传，麦克阿瑟曾经告诉别人：如果给日本士兵发一种药物，告诉他们每天服三次，他们一定会悄悄把它扔掉。如果在药盒上注明“天皇要求大家每天服三次”，他们便会老老实实地按照指示执行。因此，麦克阿瑟认为，日本天皇是“胜过二十个师团的战斗力量”。

再回头看关于“寂寞”、“孤高”的那一段叙述。不错，人类的任何情感，包括“寂寞”、“孤高”、“潇洒”，都有所凭借，有所依托。然而，中国人的“古来圣贤皆寂寞”、“何用孤高比云月”，貌似旷达，实则是出于无奈，是怀才不遇后的强作宽慰。日本不然，他们是当作境界修炼，是超越世俗的高峰体验，并且将这种高峰体验与大众分享。

由此深入，自以为找到了解读的钥匙。

三读，是在京都。写日剧《“打工仔买房记”观后》，半途搁笔，为两个细节纠结。

一、主人公武诚治，大学毕业后，满怀理想、跃跃欲试地进入一家公司，因为不堪忍受顶头上司的颐指气使，以及对自己业余时间的任意剥夺，三个月后，愤然辞职。

诚治到职业介绍所重投简历，目标，寻找一家适合自己个性发展的企业。

没想到，见者皆摇头——他首次闪电式的辞职，已经成了他不能适应环境的一大污点。

如是蹉跎复蹉跎，母亲寿美子为之着急，暗地里求一位算命看相的“大师”为儿子祈祷，结果欠下用于购买消灾物件的费用一百万日元。

“大师”登门索债。

这事明显涉诈骗。

我想武诚治应该报警。

可他不，想来想去，还是倾其所有，把在建筑工地打工赚得的、准备用来付首期房款的一百万日元，全部交给来人，为母亲还债。

事后不仅不懊悔，还倍感欣慰。

二、诚治的妈妈寿美子，遭遇邻里的“村八分”。起因十分简单：十年前，武诚治一家搬进一个中高档的社区。日本房价昂贵，周围的邻居，都是申请了巨额的房贷，每月要返还银行很多钱，等于是在给银行打工，日子过得紧紧巴巴，是名副其实的房奴。而诚治他们家，享受的是他老爸公司的廉租房，月供很便宜，相比之下，生活就比邻居轻松多了。这一与众不同的秘密，为诚治老爸一次酒后泄露，邻居们——主要是生活在狭小天地中的家庭主妇——妒火中烧，她们拿老爷子没办法，就把气撒到同样生活在狭小天地中的诚治妈妈的身上，千方百计地孤立她，诋毁她，羞辱她，折磨她。寿美子因此得了忧郁症，发病时，一个人不停地磕头，嘴里念叨：“对不起！今天又没死成。对不起！今天又没死成。”后来发展到割腕自杀。家人把她送入医院，经过一段治疗，病情略微稳定。医生告诉家属：要想彻底治愈，光靠药物是不行的，必须离开“村八分”的气场，搬家。

影片最后，诚治与爸爸以“继承制贷款”的方式，在别处购买了一套房产，实现了搬家的梦想。观众有理由期待，在一个全新的环境中，寿美子的病情会一天天好起来。

但这只是逃离，不是消灭。焉知“村八分”的幽灵，不会在新的环境卷土重来？

我为这种息事宁人的结局感到遗憾。

我认为这是自欺欺人。

灯下，心血来潮，忽然想到了土居健郎的《日本人的心理结构》，恍然大悟，想到这正是他描绘的日式依赖。被骗一百万，源于母亲对儿子的挚爱；儿子如果报警，不一定能解决问题（对方有营业执照，属合法经营），还会暴露母亲的隐私，伤害母亲的面子。“村八分”，是日本集团主义的基石，谁碰上，谁倒霉，只有认命。他们一家能做的，就是相互支撑，相濡以沫。换个角度看，正是由于有外在的压力，才激发了他们全家血肉相联、生死与共的依赖。

二、边境人的特征

2010年，内田树抛出了《日本边境论》（中文版于2012年出版，郭勇译，上海文化出版社）。在汗牛充栋、层出不穷的“日本论”中，它是后来者。后发的劣势，就是举凡可以作为话题的角度，都被他人谈过了，你只能啃别人咬过的馍，不然就得闭嘴。后发也有优势，这就是汲取前人研究的精华，加以咀嚼、吸纳、消化，再吐出新的丝。内田树走的就是后一条路。

他的“边境论”，简述如下：

地处世界一隅的日本人，古代，是奉中华文明为中心，努力学习，拼命追赶，近代，洞察中华文明的衰落，转而奉欧洲文明为中心，仍旧是努力学习，拼命追赶。日本人对中心文明的向往，是如饥似渴、梦绕魂牵的，但不论他们如何努力，也只能是逐步接近，缩小差距，而无法超越，更无法另外创造一个新的文明中心。日本人注定成不了“主旋律”，只能在低音部反复徘徊，这是一个宿命。

地理学、地缘政治学的“边境”位置，导致了日本人特殊的“边民性格”：既自大自强自傲，又自惭自愧自卑。日本地盘虽小，不乏大国意识，动辄以“大和民族”、“大日本国”、“大日本帝国”自居；同时，也深陷“自己不具有从零开始创造制度的能力（制度都是从外部引进的）”这种无能的自觉，哀叹师傅总在别处，自己只有当徒弟的份。

于是世人看到：当日本碰到强于自己的对手，便会满脸堆笑，主动示好，极力拉近距离。日本人对自己的认识，以及对行动的判断，正是根据与强权者之间距离的远近确定的。

日本人总是把强国设定为参照系，“某某国是那样，而我们是这样，因此，我们应该以某某国为榜样进行改造”，这一句式，几乎成了日本人的“固定句型”。

日本人只有在和其他国家作比较的过程中，才能阐述自己心中理想的国家形象，才能拟定出自己国家的战略，而当独自想到这个主题的时候，就会自动停止思考。

无论国内还是国际，日本人不愿意做出“什么才是正确的”这样理性的判断，而愿意用自己的知识、经验等资源去寻找“和谁亲近好”。与自己做出正确判断相比，日本人更愿意寻找一个“能够做出正确判断的人”，并成为他的“朋友”。

日本人崇拜强者，固然出于趋炎附势，但他们决不会停留于此，他们的终极目的，是超越强者，战胜强者，取代强者。因此，阳奉阴违，“表面服从，内心不服”，装孙子，是他们一贯的生存策略。

“对自己无能的一种自觉”，表面上看具有否定意味，但反过来说，也意味着“对学习的一种强烈欲望”。“我不懂，请您教我吧”，这种低声下气的话，法国人轻易不会说，美国人轻易不会说，中国人也轻易不会说，日本人却是张口就来，毫无心理障碍。长期地、无休无止地见贤思齐，取法乎上，力争上游，赋予日本人一种卓越的学习能力。有人甚至认为，这是日本最大的国力。

书中，举中国汉代张良的顿悟为例：

张良，是刘邦的股肱之臣，对汉朝的建立做出过巨大贡献。张良在暗杀秦始皇失败之后，亡命天涯，遇到一位名为黄石公的老人，老人传授给他太公望的兵法。但是，老人起初并没有教他任何兵法。一天，张良在路上遇到黄石公，恰逢骑在马上的黄石公左脚的鞋子掉了。黄石公对张良说：“张良，把我的鞋子捡起来给我穿上。”张良不太情愿地捡起鞋子帮老人穿上了。过了一段时间，张良又在路上遇到黄石公，这时黄石公的两只鞋子都掉了。黄石公又对张良说："捡起来给我穿上！"张良忍耐着心中的怨气，把鞋子捡起来给黄石公穿上了。可就在给老人穿鞋的那一瞬间，张良突然"茅塞顿开"，理解了兵法的精髓。

显然，日本人将故事作了改造，查《史记·留侯世家》，黄石公在"纳履"之后，还经过三轮考验，才授与张良《素书》。日本版的张良则在低头的刹那顷，大彻大悟，无师自通地掌握了兵法的玄妙。

就是说，即使信息量为"零"，只要接收者感受到"信息"，学习就已经进入正轨。

日本虽然不擅长创新，对于模仿、吸纳、改造，却是当行出色，技法高妙。比如：建构日语，既使用了表意的汉字，也使用了表音的假名，是一种不折不扣的混合语。从解剖学的角度看，日本人阅读文字时，头脑中同时进行着图像和声音的双重处理；这种本领，当今世界，恐怕也只有懂日本语的人才能做到。日本语的这种特殊性，体现在日本人的生活，最显著的例子就是漫画。根据养老孟司的研究，大脑中负责识别汉字的部位，正是处理漫画中"画"的部位，而大脑中负责识别假名的部位，正是处理漫画中"文字"的部位。一般外国人阅读漫画，必须把"画"作为表意符号、把"文字"作为表音符号，即时并行处理，这是比较吃劲的。日本人却是小菜一碟，他们的大脑中，已经植有这种并行处理的回路。难怪，在当今异军突起的漫画产业，日本人几乎没有经过竞争，就轻轻松松地成为世界"龙头老大"。

回溯明治年间，日本人师法欧美，从英语、法语、德语翻译了大量文献，有关自然科学、社会科学的重要术语，如"自然"、"社会"、"科学"，基本译制完成。

这里要特别提到一个人：西周。"哲学"一词，就是他从英文"philosophy"

翻译的。此外，他还创造性地译出了主观、客观、概念、观念、命题、肯定、否定、理性、悟性、现象、艺术、技术等词汇，不仅流通日本，还返销中国，直到今天，已融为汉语不可分割的一部分。

中江兆民的《民约论》，干脆就是把卢梭的《社会契约论》，直接译成汉语。

据说，此书奠定了辛亥革命的理论基础。

奇怪，当时的中国人为什么不自己翻译，却要有劳日本人越俎代庖呢？

原因在于：一、对于日本人来说，翻译欧美语言中的词汇，其实就是体会原文的含义，然后用两个汉字加以替换。从西周的例子可以看出，他所做的，并非把欧美词汇译成日语，而是译成汉语，即用一种外语来置换另一种外语，就像做生日蛋糕，底层的材料不变，仅仅表层的装饰，或是奶油，或是巧克力，稍微变换一下花样罢了，得心应手，轻而易举。

二、清末的中国人却不可能做同样的事，倒不是不会，而是不屑。在他们看来，如果在高贵堂皇的汉语中加入前所未有的概念、术语，就等于承认世界上有汉语无法表达的东西，换言之，就等于承认自己的褊狭、浅薄。因而，中国人对外来语多采用音译，强调这只是一种"转接"。中国人不会把这些音译的外来语当作正式成员，加入自己的母语大家庭，他们不想让外来语改变汉语的纯粹。

不管如何善于学习，有些骨子里的东西，是学不来的。日本人自明治维新起，"脱亚入欧"，仅仅用了三十年，就打败大清朝和俄国，成绩不可谓不惊人；二战后，日本更附庸美国，全盘西化，经济突飞猛进，跃居世界前列，收益不可谓不丰厚。但日本人学来学去，对美国佬的那种胸怀、气质、情感——作者认为——永远是瞠乎其后，望尘莫及。内田树以美国总统奥巴马的就职演说为例：

2009年，华盛顿，贝拉克·奥巴马在两百万现场观众的面前，做了一次历史性的就职演说。那是一场精彩的就职演说。而且，我想那场演说肯定让不少日本人感到有些沮丧，他们心想："为什么日本的首相做不出奥巴马那样的演说呢？"当然，不能排除政治领导人在个人资质方面的差异，但我认为与此相比，更重要的是结构上的问题。奥巴马就职演说中的高潮部分您还记得吗？就是关于建国先驱们的一段话——

"为了我们，先辈们仅带着微薄的细软横渡大洋，寻找新生活；为了我们，先辈们辛勤劳作，拓荒西部，忍受鞭打，耕耘荒芜的大地；为了我们，先辈们奔赴康科德城和葛底斯堡、诺曼底、溪山，他们征战、牺牲。一次又一次，我们的先辈前赴后继地战斗着、牺牲着、操劳着，只为我们生活得更好。在他们看来，美国的强盛和伟大超越了所有个人雄心的总和，也超越了个人的出身、贫富和党派的差异。我们将循着先辈们的足迹继续他们的旅程。我们依然是地球上最富有、最强盛的国家。……从今天开始，我们必须跌倒后再爬起来，拍掉身上的泥土，重新投入到工作当中，重塑美国。"

真是感人至深。何处感人？清教徒们、来自非洲的奴隶们、西部拓荒者们、来自亚洲的移民们，他们所流的汗水、眼泪与鲜血，都是"为了今天的我们"而付出的。超越了人种、宗教、文化上的差异，美国人接受了先辈们的"馈赠"，同时，也承担起把这笔财富传给后人的责任。美国人之所以是美国人，是因为美国人曾经就是这样做的。这就是美国人的"国民性格"。

奥巴马发表就职演说之后，有人问日本首相有何感想。日本首相的回答是："美国需要世界数一数二的经济大国的协助。"作者认为，这是典型的日本式的思维。当面对"日本在世界上是怎样一个国家"时，日本首相头脑中首先浮现的是"世界各国经济实力排行榜"。如果日本军事实力，或学术实力，或ODA（OfficialDevelopmentAssistance的缩写，即官方开发援助。）排名靠前，那么，首相即刻想到那方面的“排行榜”，然后据此说明日本在国际上的地位，接着还会阐述日本在这一方面对美国的重要性。某种固有的、不可替代的存在理由，与GDP、军费预算、诺贝尔奖获奖情况无关的、纯属本然的国家状态，在日本首相的头脑中是找不到的。

内田树是一位学者、评论家，也是一位武道家。他的《日本边境论》，如本节开头所说，面对汗牛充栋、层出不穷的“日本论”（有人统计，多达两千种），他依然敢于下笔，他依仗的，就是站在前人的肩上，纵然是“文摘”，是“集大成”，难得他梳理得当，头绪分明，而且自成体系——譬如，他以两种文化中心划线的“边民性格”，比起从前纯以地理位置划线的“岛国根性”，就更为令人信服——因此一入市场，就为大众追捧，一直捧上“‘日本论’的金字塔”的宝座。

最后，说一说内田树作为武道家的一面。他在书中专辟一章，阐述武道的精微，看似闲笔，实则大有深意。限于篇幅，这里就不再赘述，试以他关于“天下无敌”的诠释作结：

> 刀剑上的比试，好比电光石火，没有容“我”的余地。但是，在你死我活的紧要关头，怎样才能忘记自我呢？
>
> 就兵法而言，于眼观剑来之一瞬，若心存以剑攻防之念，则心为彼剑所滞，身心失衡，即被斩杀，此谓心有所住……敌我交锋，彼方此方，彼剑己剑，拍子节奏，均于是中。心有所住，则行动缓滞，为彼所斩。
>
> 在武道的行动中，输入、输出之间是不可以有间隙的。所谓没有间隙，并不是真的“没有侵入的路径”，或者“不给对方侵入的时间”，而是说没有己彼对立的关系，没有敌人。很多人都对武道做出错误的理解，其实武道的目的并不是“战胜敌人”，而是“不树敌”。

说得好！所谓“天下无敌”，并不是打遍天下无敌手，而是不树敌，做到天下没有敌人。

武之道如是；放大了看，一个国家的立国之道，不也应该是这样的吗？

2015 年 1 月 22 日杭州

“一生懸命”与“無我夢中”

曾经，我在盛情难却，不得不拈起毛笔，为人题词，或留下“墨宝”之际，常常借用两个日文单词，“一生懸命”与“無我夢中”。

对方思索再三，末了，八九会问：“这是什么意思？”

逢到这种场合，我多半不作解释，只是含糊其辞地回答：“这是古汉语，你慢慢理会吧。”

“一生懸命”，日文原作“一所懸命”，指中世纪的武士与祖代相传的一方（一所）领地共存亡。迨至近代，随着私有领地的寿终正寝，“一所”的地域概念荡然无存，只剩下“懸命”，即心有所寄、生死以之的意思。天长日久，以讹传讹，人们逐渐将短音的“一所”（いっしょ），读作长音的“一生”（いっしょう），于是成了“一生懸命”，引申为在某件事上全力以赴，竭尽所能。

“一生懸命”与“無我夢中”，如其字面，都取自于古代汉语，半世纪前中国实行简化字，把“懸”写成了“悬”，“無”写成了“无”，“夢”写成了“梦”。

《管子》有言：“吏者，民之所悬命也。”意思说，老百姓的命，是悬在当官的身上。

《素问·宝命全形论》曰：“夫人生于地，悬命于天，天地合气，命之曰人。”王冰注：“命惟天赋，故悬于天。”

“無我夢中”，这四字好解释，“無我”，就是中国人讲的无私，忘我；“夢中”，就是睡眠当中，梦乡深处；四字组合在一起，意为心醉神迷，忘乎所以。

日本人长于吸纳摄取，也擅于推陈出新，“一生懸命”与“無我夢中”，就是他们活学活用汉字的证明。

我曾经想过，反复想过，日本人的一生之命，究竟悬于什么地方?

试分析之——

一、悬于村落。

这是就农民而言。

在中国，农民的命，是悬在土地上。有地，就能长出庄稼，就有饭吃，有活路;有更多的地，就能当地主;地主当大了，整个村子都听他的。

这是强调生产资料。

日本不然。生产资料之外，他们更强调“结束”(けっそく)，取古汉语“扎缚、捆扎”之义，意谓把众人捆绑在一起，也就是紧密团结。

日本人为什么强调团结?因为他们脚踏的列岛，本来就是地震、火山爆发的产物，外加台风、海啸、泥石流、雪崩、洪水等等灾害肆虐，生存条件极为恶劣，人们全赖蚂蚁般的协同作战为生，离开集体，就注定失去活路。而村落，正是一个最基本的团队，一个同舟共济的命运共同体。由是之故，久而久之，在实践中逐步产生了一系列“必须如此如此”、“违者必究”的村规民约。

村规民约哪国都有，关键在于怎么追究。

江户时代，日本乡村流行一种不成文的制裁，叫“村八分”，就是专治这种违规者的。

何谓“村八分”?

喜欢奇数的日本人，偶尔也会染上中国人的“十景病”，他们将村民生活中的大事，划为十个等份:冠礼、嫁娶、生育、建房、旅行、疾病、水灾、火灾、丧葬、忌辰。剔除其中的火灾和丧葬，剩下的八份，即为“八分”。

怎么个治法?

对某人实施“村八分”，就是在上述八件大事上，集体与之绝交。

这着棋很恐怖。想想看，从被“村八分”起，你就成了非人，除了火灾、丧葬，有人帮扶一把——帮也不是帮你，是帮他们自己，因为火灾不迅速扑救，死人不及时埋葬，就会殃及整个村落的安宁——其余么，你走在路上，没人理；买瓶油，没人卖；娶媳妇，没人嫁；生孩子，没人接生；砌房子，找不到劳工；患病，请不到大夫；从播种到耕耘到收获，都没人帮忙；更不用说大灾大难，如地震、海啸、火山、台风等等，等等。

彻头彻尾、彻里彻外的孤立——包括你的至亲好友；外加无处不在的嘲讽、咒骂、欺负。

你已经被开除村籍，成为全村的敌人。

人到此时，有地又有什么用？日本古代是农耕社会，这背景充分体现在他们的姓氏上，如吉田、池田、前田、饭田、冈田、松田、武田、竹田、太田、八田、田中、田边、中村、木村、村上、田村、西村等等。日本人种地主要是种米，“米”字拆开，其上下各是八，中间是十，可读作八十八，中国人爱说“米寿”，即八十八岁，日本人爱就“米”论“米”，认为水稻的生长过程，总共要照料八十八次，这当然是极而言之，但种米之繁杂、辛劳，是不言而喻的。如此一种战天斗地的工程，一旦落到某个孤立者的头上，任他是铁人，也会被压垮。

诚如《日本历史的谜底》一书作者竹村公太郎所言：

“单独的个体无法完成日本列岛的水稻栽培活动，必须依靠共同体的力量开垦水田、引水灌溉、防洪防涝，才能有收获。这样的生产活动不允许个人按照自己的意志独自行事，为了保证收获，无论如何必须齐心协力才行。

“日本列岛的水稻耕作迫使人们形成了牢固的共同体。

“牢固的稻作共同体抑制了人的个性，强迫人们接受优先考虑团体利益的行为规范。”

“我干脆不种地呢？”——想得倒美，先不说自家吃什么，光那“五公五民”、“六公四民”甚至“八公二民”的地租，你又拿什么去交？！

中国地大，族多，俗殊，向多回旋余地。“打一枪换一个地方”，“此地不养爷，自有养爷处”，在甲村待着不痛快，搬去乙村就是；实在不济，就走西口，闯关东。

日本不行，就这么一簇孤悬海外的小岛，民族构成单一。几座大岛，凡适合居住的地方，莫非村落、藩国的连缀。村落之内有名主（村长），名主之上有大名（藩主）；大名之上有将军（幕府）、天皇。等级森严，规矩、法律大同小异。走，你往哪儿走？除非跳海！

这就是岛国的无奈。

你只能选择“一所懸命”，老老实实地守着村子，遵从一切公认的规则或禁忌，像鱼群中的一尾、雁列中的一羽、饭团中的一粒，和大伙儿步调一致，和睦相处。所谓大和民族，这个“和”的要义，就包括守纪、合作、听话、诚实、跟风、退让、妥协、克己，等等，而我行我素、唯我独尊、桀骜不驯、特立独行、卓尔不群、锋芒毕露，等等，一律被排斥在外。

似这般一辈子为“一所”，即生活于中的一个村落卖命，到头来，自然就成了“一生懸命”。

二、悬于君主。

这是就武士而言。

最典型的例子，莫过于《忠臣藏》。

时间：公元 1701 年 ~ 1703 年；地点：江户（今东京）；当事人：赤穗藩藩主浅野长矩，幕府掌礼官吉良义央。

冲突：在一次接待天皇使节的政治活动中，浅野长矩因受吉良义央恶意误导，犯下极其低级的错误。浅野为此怒不可遏，拔剑刺伤了吉良。

幕府出面：按照“喧哗两成败”的刑法惯例，一般是各打五十大板。但是，幕府未经调查，就匆忙宣布：吉良无辜，离岗休养，浅野负事件全部责任，本人切腹谢罪，藩籍永久废除。

矛盾激化：赤穗藩有武士三百，不仅失去首领，还要失去编制、俸禄，沦为浪人。群情激愤，一派主张反抗，据城坚守；一派主张认命，开城投降。

总管大石内藏助考虑：以区区三百武士反抗强大的幕府，无疑以卵击石。追究冲突起源，是吉良误导在前，藩主动武在后，因此，作为家臣，首要任务，是如何刺杀吉良，为主公报仇雪恨。

为此，大石作了精心策划，包括如何伪装投降，分散行动，隐姓埋名，佯作堕落，麻痹敌人，等等。

行动：1702年12月14日，深夜，以大石为首的四十七义士（昔为武士，今为浪人），攻进吉良官邸，手刃吉良。

结局：四十七义士心愿得遂，将吉良首级供奉于主公浅野墓前。这一行动，体现了日本式的绝对忠诚。百姓激赏，纷纷为之洒一掬同情之泪。

幕府当局，出于维护统治的复杂考虑，也对四十七士的忠诚给予高度肯定。

但是，因为整个弑仇报主行动，事先没有得到幕府的批准，违犯了更高一级的忠诚，1703年2月4日，幕府判四十七士"以士礼切腹"（实际上是四十六士，史载，复仇后，在家臣中职位最低的寺坂吉右卫门，奉大石之命出走）。

注意这个"士礼"，在武士，切腹算是一种保持尊严的高尚死亡方式。犹如中国古代，对处死的臣子赐剑、赐绫，以示皇恩浩荡，网开一面。

《忠臣藏》的故事，三百多年来，在日本一传再传，由口头文学而戏剧，由戏剧而小说，由小说而电影。其中，仅就电影一项，就一拍再拍，各种版本，多达一两百种。有人指出，日本著名的男演员，差不多都演过《忠臣藏》；换言之，你要是没有演过《忠臣藏》，就还算不上著名。

这在中国，是不可想象的。

检点我近年看过的相关电影，就有五部，分别为高仓健版的《四十七人之刺客》、田村正和版的《忠臣藏》、木村拓哉版的《忠臣藏》、基努·里维斯版的《四十七浪人》，以及役所广司与佐藤浩市版的《最后的忠臣藏》。除第五部，叙述的是四十七士身后的事，相当于“后传”，其余四部，都是“正传”，故事主干，基本一致，至于枝蔓，则是各凭发挥，任意剪裁。

笔者最初接触四十七士的故事，是 1981 年底，在研究生导师杉山市平先生个人的图书室。当时刚刚读完大仲马的《基度山伯爵》，着迷于法国式的快意恩仇，所以，读罢四十七士后的第一反应，就是：

浅野被逼切腹，是因为身陷幕府重围，插翅难逃。他留在领地的三百武士呢，为什么不揭竿而起，反抗偏袒吉良、执法不公的幕府？即使退一步，也应该占山为王，建立革命根据地。

要不，就跑开，再跑开，落个“天高皇帝远”，谁也管不着。

更不济，就乘桴浮于海。

《水浒传》写宋江被招安，梁山英雄风流云散，尔后又出来一部《水浒后传》，写他们的后代远赴海外，创基立业。

——这是若干年后的听闻了。笔者卞姓先祖，明初参加张士诚的部队，与朱元璋对垒。站队站错了，及至朱元璋得胜，一统天下，卞姓族人为避灾祸，多有逃亡朝鲜半岛的。笔者近年与韩国宗亲交往，听说那儿的卞氏族人，竟繁衍成十万之众。

也有流亡日本列岛的。

只是，在韩国的都“坐不改姓”，在日本的都入乡随俗，易氏更名，泯然日人矣。

反之，日本人因战乱逃到中国的，则很少听说。

唉，前面讲过，日本就是这么个产生于地震和火山爆发的蕞尔小岛，就是这么种“村八分”的圈子文化，武士生来就是两肋插刀，为他人卖命的，一是为顶头上司，在四十七士来说，就是藩主，二是上司的上司，即幕府将军与天皇陛下。

武士的命，永远悬在君主的裤腰带上。审视层出不穷的“忠臣藏”题材，有几点，是十分日本的。

1. 浅野长矩和吉良义央发生冲突，矛盾究竟源于何处？各种版本不一，明摆着是笔糊涂账。高仓健版的《四十七人之刺客》，把它设计成一个谜，影片结尾，吉良落入大石众人之手，危急中，吉良对大石说：“你不想知道当初到底发生了什么事么？”观众以为真相就要揭开了，谁知大石斩钉截铁地回答：“不想！”就是说，我只管为主公报仇，至于当初谁对谁错，与今日的行动无关。

2. 仍以高仓健版的《四十七人之刺客》为例，大石率人攻进吉良家，在放柴炭的小屋抓住吉良，仇人相见，本来分外眼红，在武松、李逵，肯定二话不说，手起刀落，砍下头颅了事，在大石，却要先向吉良行礼，然后再亮剑——瞧，日本人的等级、自律、恪守、死板，在这儿表现无遗，榻榻米上的民族，给人的感觉，连复仇，也是跪着的。

3. 忠不忠，不问是非，不分青红皂白，只看对主子的态度。因此，不仅浅野家参与复仇的义士（包括事成出走，得以善终的寺坂吉右卫门），死后被当作忠臣供奉，吉良家那些为保卫主人而牺牲的武士，也都被尊为忠臣。而浅野家没有参与复仇的武士，一律遭到社会的唾弃。

4. 无论哪一版本的《忠臣藏》，都明示或暗示了幕府的不公，大石他们造反，矛头本来应该向上。但是，没有哪一个版本这么演，幕府被赋予绝对真理，不存在对与错，幕府的一切指令都是对的。天皇（江户时代）不说更是，当然也是。中国式的“王侯将相宁有种”、“皇帝轮流坐，明年到我家”，四十七士想也不会想，他们只有一根筋：臣服。

5.《忠臣藏》演的都是英雄末路，据土居健郎的《日本人的心理结构》，日本人特别同情四十七士这样败走麦城的英雄，他将之归为“源于依赖心理的懊恨”。很难说中国人就没有依赖心理，没有懊恨情结（此乃群居人类的共同心理，只是表现程度不同而已），但中国人纪念英雄的方式，和日本人大不一样。起码，中国人不会一味翻拍“走麦城”——他们觉得那样不吉利；让中国人选择，他们肯定更喜欢拍“过五关，斩六将”。

让我们再来看看四十七士的续集《最后的忠臣藏》。

浅野的两位家臣，濑尾孙左卫门与寺坂吉右卫门，为执行大石的秘密任务而临阵脱逃，身背不忠不义的骂名，苟且偷生。前者负责抚育大石的私生女可音，后者负责突破幕府的舆论封锁，将四十七士的“忠义”传播天下，并照顾义士的遗族。十六年后，当可音长大成人，嫁入顺心遂意的豪门，濑尾孙左卫门庆幸不辱使命，当晚——我能设想，但又最不愿看到的一幕出现了——他在自己的住处切腹自尽，随后赶来的寺坂吉右卫门也照章办理，追随“先烈”而去。

那一瞬间，我本能地闭上了眼睛，场面血腥、恐怖，令人不寒而栗。

稍顷，微微启眸，画面犹见大义凛然，气冲霄汉！

由是越发增加其血腥、恐怖——想当年，这种日本式的“忠诚”曾被军国主义者恶性利用，制造了一批又一批“神风敢死队”式的炮灰，勇莫大焉！也罪莫大焉！世界各国记忆犹新。

写到这儿，我恍悟《忠臣藏》这个故事的出笼、发展，完全是从属于日本国意识形态的需要，其总导演，就是隐身于背后的江户幕府（今人竹村公太郎已作出令人信服的考证）。明白了这一点，你自然就懂得当浅野长矩和吉良义央发生冲突，幕府为什么要偏袒义央；四十七个失去归属，被官方紧紧盯牢的浪人，为什么能在幕府的眼皮底下顺利复仇；一帮血腥的暴徒伏法后又为什么会成为国民的精神标本……切莫小觑统治者的智慧，许多看似漠不相关的民间突发事件，其实都深植权势者的意志。

只有老百姓始终蒙在鼓里，总是一代又一代，倏忽义愤填膺，倏忽热泪盈眶，倏忽又视死如归地被人牵着鼻子走。

三、悬于公司。

这是就上班族而言。

公司是职场，职场提供饭碗，民以食为天，人不能不爱饭碗，爱饭碗就得爱公司。

日本人对公司的爱，远在他国人之上。

怎么个之上？

比如说中国人吧，一边在公司干活，一边又偷偷瞄着别处，所谓“身在曹营心在汉”，时刻准备跳槽的，不是一个、两个，而是大有人在。

日本人不会，一旦进入某家公司，就像中国古代女子，讲究嫁鸡随鸡，嫁狗随狗，死心塌地，从一而终。

这秘密，就在于公司其实是古代村落的延伸，“终身雇佣”、“年功序列”、“企业内工会”，包揽了员工生活中的“十件大事”，“村八分”的规则，渗透于企业的每一个角落。

你只能“一所懸命”。

既然把命悬于公司，日本人的另一特点——無我夢中——就显示出来了。每天按时上班，这是不用说的。中国旅日作家毛丹青描绘：“日本有许多地方都给人近似的感觉。一大早赶着上班的公司职员，他们西装革履，风吹得衣角直往后飘，脚步又碎又急，像一列列的人肉小火车，看上去挺滑稽！”上班时兢兢业业，一丝不苟，也是不用说的。日本人把认真做事，写成“真面目”（まじめ），这三个汉字的组合，就很有哲学意味。二十世纪五六十年代，在中国提倡“螺丝钉精神”时，响彻日本的一个口号则是：“即便只是一个小小的螺丝钉，我们也要尽力做到世界最好！”（2013年上演的日剧《半泽直树》中有类似的台词，是半泽的爸爸说的，“不要小看这个螺丝钉，正是它支撑着日本。”）日本人在工作上素有敬畏之心，每一个工种，在他们看来，都是神的赐予，而只要努力，持之以恒，精益求精，自己有一天也会成为职场之神，如教育之神、经营之神、动漫之神、寿司之神、添加剂之神、棒球之神等等。到了下班时间，日本人依然坚守岗位，加班加点（日文写作“殘業”），不计报酬。待到离开岗位，并不回家，而是和上司、同事一起去小酒馆，开怀畅饮，联络感情，增进友谊；更有甚者，酒阑局散，仍旧不回家，干脆在公司安营扎寨。

前几年在中国走红的年轻学者加藤嘉一，在《中国，我误解你了吗？》

一书中，举过一个例子：

有一位大学毕业刚刚进入日本某家大企业不到一年的新员工铃木隆行（24岁），他一天的生活基本上是这样的：

早上7点起床，走路到附近的地铁站，在车站前面的便利店买一杯咖啡边走边喝。坐地铁大约1个小时，下车再走10分钟，9点钟准时到公司开始上班；12点与同事去附近的快餐店吃午饭；1点钟继续上班，到了6点钟依然还有许多工作没做完，旁边的上司也还没走，就毫不迟疑地加班；加班到晚上10点钟，上司说："我要走了，要不要去喝酒？"铃木回答："好，我去！"听着上司的抱怨，一直喝到半夜1点钟，坐出租车回家，2点钟睡觉……（华文出版社，2010年8月版，p8）

在这种背景下，又诞生了与中国截然不同的"妻管严"。丈夫如果按时下班，妻子不是兴高采烈地招呼："您回来了！"而是摆出一副冷脸，认为大家都加班加点，你怎么就单独先回来了呢？是不是与集体有隔阂？或者对自己缺乏严格要求？断定你这么下去，在公司肯定没有多大上升空间。

日本的上班族就是这样为公司搏命，生活就是工作，工作就是生活，一天如此，一月如此，一年如此，一辈子如此。

但也带来了一个恶症：过劳死。

据统计，上世纪七八十年代，日本每年因工作过劳而猝死者，多达一万人以上。1995年，以精工、全日空为首的十二家大企业的老总，十二位国民心目中的偶像，也都因过劳而相继走向黄泉。

作为对策，近年来，日本一些大企业实施"周三不加班"运动——为每周一天不加班而开展运动，这也从反面揭示了日本人在其特殊体制规范下的"一生懸命"，"無我夢中"。

2015-2-17

石雕群像

“美丽”与“暧昧”
——川端康成与大江健三郎

在东瀛逛书店，常常不觉身在他乡。

譬如:川端康成，日文也写作“川端康成”,《雪国》，也作“雪国”,《古都》,也为“古都”,《千鹤》，则为“千羽鶴”；大江健三郎，也写作“大江健三郎”,《个人的体验》，则为“個人的な体験”,《万延元年的足球队》，则为“万延元年のフットボール”,《燃烧的绿树》，则为“燃えあがる緑の木”。一望而知，货真价实，彻头彻尾，所谓日文，实乃吾国文字的“移民”，繁体，简体，一应俱有，至若平假名、片假名，不外是“归化”的草书，或楷书的拆零。如是而已，如是而已，岂有它哉！徜徉既久，时空淆乱，错觉心生，仿佛不是置身异域，而是异域置身于我。

书店总是琳琅满目，新潮嚣嚣，古典默默，川端与大江，介于两者之间，虽不跋扈，也不沉寂，有诺贝尔文学奖的光环罩顶，注定了四季长绿。

在伊豆半岛，我买了前者的《雪国》、《山音》。

在东京，我买了后者的《口述自传》。

川端获奖，在1968年，值东京奥运成功举办四年之后（忽然想到，莫言获奖，也是在北京奥运四年之后，难道这里面有什么规律？）。方是时，日本在迎来明治维新一百周年之际，终于势不可当地超越了德国，跃居世界第二大经济体。不好意思，那前后，吾国正闭关闹革命，闹得天翻地覆，乾坤倒转，笔者在北大虽然专修的是日文，但两耳塞豆，对邻邦的锣鼓鞭炮，一无所闻。

大江获奖，在1994年。真是风水轮流转啊！那年头，日本陷入泡沫经济的深渊；而吾国，改革开放方兴未艾，从瑞典传出的电波，顷刻就覆盖媒体。

自鸦片战争以降，国人再度“睁眼看世界”。

而笔者，却在饱览东洋景之余，毅然和它拜拜。

彼时，笔者侧身媒体。比起异域，我更看重国内。

如今，岁入古稀，半是反刍，半是前瞻，我重新把目光投向东瀛。

今晚，此刻，在东京千叶的一家旅馆，当我摊开稿纸，首先来敲心扉的，是两个语义相左的词。

一是“美丽”。

一是“暧昧”。

一

“美丽”，源于川端康成的获奖演说。

1968年12月12日，瑞典首都斯德哥尔摩，他讲的题目是：《我在美丽的日本》（直译为《美丽的日本的我》，或《美丽的日本与我》）。

瑞典虽小，但它出了个诺贝尔。

诺贝尔虽然作古多年，但他留下了金钱。

金钱和精神婚配，就能拨动地球。

是日，作为新科文学奖得主，川端借“美丽的日本”设宴，他飨客的第一道“料理”，为道元禅师（1200年～1253年）的和歌：

春花秋月夏杜鹃

冬雪寂寂溢清寒（高慧勤译，下引《雪国》同）

这道“料理”，合四式花样：春开见花，子规鸣夏，月当秋夜，皑皑冬雪，以此铺陈日本美学的精华。

春开见花，特指樱，象征绚烂而短促的无常；子规鸣夏，其啼声，既像催促农人插秧的“布谷布谷”，又似催促游子还乡的“不如归去”；月当秋夜，是清幽，是高寂，是空玄；皑皑冬雪，则为洁白、晶莹、冷艳。

川端飨客的第二道“料理”，仍是一组和歌，作者为明惠上人（1173年～1232年），咏的是冬月：

一、冬月出云暂相伴
北风劲厉雪亦寒
二、登山入禅房，明月亦相随。
愿此多情月，伴我夜不寐。
三、心光澄明照无际
月疑飞镜临霜地
四、月儿明明月儿明
明明月儿明明月

川端“唱菜”：“第四首，由一组感叹的音节连缀而成。至于那三首描写夜半至清晓的《冬月》，其意境，照西行的说法，‘虽是咏歌，实非以为歌也。’诗风朴直、纯真，是对月倾谈的三十一音节。与其说他‘以月为友’，勿宁说‘与月相亲’；我看月而化为月，月看我而化为我，月我交融，同参造化，契合为一。所以，僧人坐在黎明前幽暗的禅堂里凝思静观，‘心光澄明’，晓月见了，简直要误认是自身泻溢的清辉。”

——告诉我，你真的认为这两道“料理”很美吗？美到足以让客人食指大动、馋涎欲滴吗？

我想，中国的读者，八九不会心动。

因为他们“吃”惯了楚辞、汉赋、唐诗、宋词，他们的嘴巴很刁。

那么，要怎样才能品尝和歌的美味？

这就要一双“日本的眼”。

笔者研究过川端的“眼”，以他的代表作《雪国》为例。

“富二代”岛村前往雪国度假，列车上邂逅一位美女叶子，究竟如何之美呢？首先诉诸的是听觉：

“她的声音，美得几近悲凉。那么激扬清越，仿佛雪夜里会传来回声似的。”

这就叫先声夺人。

视觉随后登场，不是正视，是偷窥：

岛村挨着车窗，无意之中，指头“在玻璃窗上划了一条线，上面分明照见女人的一只眼睛。他惊讶得差点失声叫出来。”车窗如镜，“单单映出星眸一点，反而显得格外迷人。”

继续偷窥：“镜子的衬底，是流动着的黄昏景色，就是说，镜面的映像同镜底的景物，恰似电影上的叠印一般，不断地变换。出场人物与背景之间毫无关联。人物是透明的幻影，背景则是朦胧逝去的日暮野景，两者融合在一起，构成一幅不似人间的象征世界。尤其是姑娘的脸庞上，叠现出寒山灯火的一刹那顷，真是美得无可形容，岛村的心灵都为之震颤。”

在东洋文坛，川端一度号称新感觉派。他的感觉之“新”，就类似于镜面映像同镜底景物叠印的一刹那顷。

同理，要品味他端出的和歌之美，就得把和歌当作日本文学镜面的映像，镜底景物，则为上古时代的万叶诗歌，中古时代的《源氏物语》等等，岂不闻《源氏物语》有言：“四季风物之中，春天的樱花，秋天的红叶，都可赏心悦目。但冬夜明月照积雪之景，虽无色彩，却反而沁人心肺，令人神游物外。意味之浓厚与情趣之隽永，未有胜于此时者。”（丰子恺译）想像川端推荐的和歌与《源氏物语》在时代车窗叠印的一刹那顷，在固守日本传统精髓的骚人墨客眼底，是何等天机一现，明艳不可方物！

川端飨客的第三道“料理”，为另一位古僧良宽(1758 年 ~ 1831 年)的绝命诗：

试问何物堪留尘世间

唯此春花秋叶山杜鹃

川端介绍："良宽的这首诗，表现的是一种辞世之情，自己没有什么值得留传下去的，也不想留下什么。死的死去，大自然只会更美，这才是自己留存世间唯一可资记念的。这首诗凝聚了自古以来日本人的情愫，也可从中听到良宽那虔敬的心声。"

在这喜庆的、为答谢诺奖评委会而举行的文字盛宴上，为什么要推出“绝命诗”呢?

西方的宾客如何想，不得而知。中国的读者（只能是读者），未免会觉得不吉利吧。

这又要派上《雪国》的美学。假如你读过、咀嚼过岛村的口头禅——在他眼里，艺伎驹子的一切所为，写日记也好，写读书笔记也罢，为患病的行男尽未婚妻的责任也好，卖身供行男养病也罢，习舞也好，练琴也罢，痴情也好，嫉恨也罢，乃至自己的全部生存，都是“虚无的徒劳”——就会明白，这一切都源于日本传统的“物哀”。

川端飨客的第四道“料理”，是他的文友芥川龙之介（1892 年 ~ 1927 年）的遗书。1927 年，三十五岁的芥川选择自杀，死前，留下《给一个旧友的手记》，提出一种“临终的眼”。什么叫“临终的眼”呢? 芥川写道："如今，我生活的世界，是像冰也似透明的，神经质的，病态世界。……我究竟要等到何时才敢自杀呢? 这是个疑问。唯有大自然，在我看来，比任何时候都美。你或许要笑我，既然深深喜爱这大自然之美，却又想入非非要去自杀，岂不自相矛盾！殊不知，大自然之所以美，正是因为映在我这双临终的眼里的缘故。”

芥川为什么选择自杀？川端没有说及，坊间一般认为，源于贫困的压迫、疾病的摧残、厌世的悲观。在这里，笔者补充一段旧闻：1921 年，芥川访华，在北京见到胡适，芥川无限羡慕地告诉胡适，中国作家享受的自由，比日本作家大得多。以他本人为例，他有一篇小说，写古代一位好色的天皇驮女子于背，竟然无法出版（亵渎天皇罪）——且不论芥川对中国的观察是否得当，他的自杀，想必亦与创作的苦闷有关。

芥川死后，川端为友情所驱，接过他在遗书中的话题，写下一篇《临终的眼》。文章指出：“不论怎样厌世，自杀总归不是悟道的表现。不论德行如何高洁，自杀者距大圣之境，终究是遥远的。”

如今，当日，在斯德哥尔摩，针对本国绵延不绝的自杀噩梦，川端再次阐明态度。他说：

“我对芥川以及战后太宰治 (1909 年 ~ 1948 年) 辈的自杀，既不赞美，也不同情。但是，有位友人，日本先锋派画家之一，也是年纪轻轻便死去了，他也是很久以来就想要自杀的。‘他常说，没有比死更高的艺术，死即是生，几乎成了他的口头禅’（见《临终的眼》）。依我看来，他生于佛教寺院，又毕业于佛教学校，对死的看法，与西方人的观点，自是有所不同。‘有牵挂的人，大概是不会想到自杀的。’”

尔后递呈的“菜肴”，花样尚多，在此不一一细述。正如芥川的遗书所言，“如今，我生活的世界，是像冰也似透明的，神经质的，病态世界。”眼前，无论良宽的绝命诗、芥川的“临终的眼”，抑或《雪国》式的哀婉凄美，在都落入了“冰也似透明的，神经质的，病态世界”。

川端是用日语演讲的，我怀疑，他国也者，有几人能确切翻译？又有几人能深入领会？

管他呢！川端心想，反正，我是被“选美”选中了。反正，我来了，我也讲了。

——比起在国内庆典上的一言不发，他这回总算开了金口。

二

反讽的是，那么唯美、执著于生命、否决自裁的川端康成，1972年4月16日，却在工作室以煤气自尽。

正值春风得意，天高地迥，是什么把他送上了绝路?

日本媒体给出的猜测是：

一、殉于文学梦想与现实的落差。二战后，日本为美军占领，西方文化大行其道，“日本的心声”渐趋式微，川端自觉回天无力，遂一死了之。

二、殉于弟子、至交三岛由纪夫之殇。三岛是日本知名度最高的作家，曾两度入围诺贝尔文学奖，1970年11月15日，他企图在日本自卫队东部军总部发动兵变，重塑武士魂，因无人响应，愤而切腹自杀——川端受到摧毁性的一击。

三、殉于耻。1971年初，秦野章（警视总监）竞选东京都知事。川端应邀出马支持，声势造得很大，结局却败得很惨，自觉颜面扫地，陷入深深的自责。

四、殉于自尊。诺奖到手，声誉日隆，而年华却不可抗拒地老去，川端恐惧老病交加，江郎才尽，干脆戛然结束生命，划上一个“圆满”的句号。

五、殉于病魔缠身，或安眠药中毒。临终前一个月，川端因盲肠炎入院治疗，院方禁绝探望，他或许怀疑自己得了癌症，遂以自杀摆脱；又，川端长期服用安眠药，神志时常陷于错乱，或许在不经意中，闹出口含煤气的事故。

六、殉于情。传说他爱上了自家的女佣，好事难遂，美梦成幻，相思蚀骨，肠断而亡。

最后一条，是把川端当他的小说演绎。他的作品，一以贯之的主题，正是爱、美、死亡。

中国媒体接过川端死因的探讨，是在十多年后。

细究起来，不外是日本猜测的中国版。

唯作家阎连科力排众议，他在勾勒了川端作为凡人的画像后，指出：“既然川端康成有我们常人的一面，那么，我们为什么要把先生的自杀推断得那么神圣呢？难道他的自杀，不可能有‘不想活了’和‘不能活了’——仅仅因为不想活和不能活就去自杀的想念和行动吗？”（《青年文学》，1997 年 09 期）

众说纷纭，这就是自杀的轰动效应吧。

川端生于 1899 年，两岁，父亲病逝，三岁，母亲亡故，七岁，祖母过世，十一岁，姐姐夭折，十六岁，最后一个亲人、既聋且瞎的祖父，也撒手而去。家庭的不幸，给了他一双阴郁、感伤的眼。

长大，生活的孤独、寂寞，恋爱的波折、残破，文学的缠绵、碰撞，思想的钳制、胁迫，国家的勃兴、勃衰，又给他戴上了一副“物哀”的眼镜。

前文谈到的《雪国》，动笔于 1935 年，定稿于 1947 年，啧！啧！一个八万字不足的中篇，前后竟打磨了十三年，何等刳肝沥血，煞费苦心！同时也可略窥，他在二战间的心态：从头至尾，瞅不到一丝国际风云，嗅不到一缕战火硝烟——这是他的规避，他对时代的暧昧。

1941 年 4 月，川端应《满洲日日新闻》之邀，赴我国东北观摩围棋大赛。8 月，应关东军之邀，再度赴东北采风。随后，又携夫人秀子，作华北之旅。面对日本军国主义的走火入魔，他选择的是三缄其口，返回日本，一篇文章也没有写。

1945 年 8 月 15 日，天皇裕仁颁布《终战诏书》，日本的哭泣（投降）被盟国的欢呼淹没——美军从此入主扶桑！

虚脱，解放，屈辱，迷茫，百感交汇，一言难尽。两日后，岛木健作病逝，川端奉呈悼文，叹息：“我虽生犹死，除却颂赞可悲的日本的美之外，不会再写一行字了。”

且打起精神，投入战后的文学活动。无奈哀伤还是时时袭来。1947年8月，散文《哀愁》泄露：“战争失败后，我只能回到日本自古以来的悲哀之中。”

1948年11月12日，新膺日本笔会会长的川端，旁听了东京国际法庭对日本战犯的宣判，瞻前虑后，仍不免忧心忡忡：“假如这些人是历史上最后一批战争罪犯，我的忧郁也就可以拂除，街上就会响起欢快的歌声！但是，这只是一种祈祷罢了。另外，即使日本已经丧失了发动战争的能力，或者丧失了防卫的能力，国内的政治又将会如何呢？今天我仍然不清楚，还是冷漠些吧。”

“每逢赏月，一缕日本式的哀愁，总会暗暗潜入心头。而这缕哀愁，连类而及，使我深味日本的传统。”这是1952年的《赏月》，哀愁已经深入骨髓。

既美且悲，亦美亦悲，唯美唯到极致，就转化为悲。1961年，他在《妇女公论》连载一个中篇，题目就叫《美丽与悲哀》。

同年，作家杨朔作为中国代表团的一员，出席在东京举行的亚非作家会议，期间访问了川端康成。杨朔的散文《鹤首》披露：

“去访问川端那天，已经是深夜，这位小说家已经有六十多岁了，头发灰白，脸很深，两只大眼却挺有精神。他为人沉默寡言，你问一句，他答一句，有时不答话，只用热情的眼睛看着你。听人说他家里藏着丰富的文物，很想看看。川端也不说什么，站起来走进屋里，一转眼搬出件东西来亮给你看看。来来往往有那么几次，席子上早摆满东西……”

美在“两只大眼却挺有精神”，哀在“沉默寡言”。

在三岛由纪夫的笔下，川端的“大眼”加上“沉默”，常常令人望而生畏：“默默地，死死地盯着（来客），怯懦者会一个劲地擦冷汗。”“有个刚出道的年轻女编辑，初次访问川端，说不上是好运气，还是坏运气，就他们两人，没有第三者干扰，整整半个小时过去了，川端一直拿他那双灼灼的大眼盯着对方，一言不发，女编辑精神彻底崩溃，‘哇’地伏身大哭。”

言归正传。话说1969年4月，获奖的热浪犹自扑面滚滚，川端在《朝日新闻》抛出《不灭的美》，揭示：

“在日文里，‘悲哀’一词与美是相通的。”

（曾经读过一个故事：一次，日本传说中的武神倭建命来到尾津海滨，将宝剑放在一棵松树旁，然后就离开了。当他回头路过原地，发现宝剑仍在，认为是松树守卫了宝剑，深情地赞叹道：“这一棵松，哀啊！”当时不明白为什么要用“哀”来赞叹，川端的话解开了我的疑团。）

所有的悲哀都自美丽演化而来，悲哀是蝶，美丽是蛹。

美丽使人生有声有色，美丽也使人生曲径通悲。同样用三岛由纪夫的话来说：“美之所以为美，乃是因为它灭亡。”

难怪，审视川端的作品，莫不是以美为内核，以悲为归宿。比如，《化妆与口笛》，呈现的是“死之秘密的纯洁”；《绿色的海、黑色的海》，展示的是“平稳如镜的海般的死”。

若以剑道比喻，直面死亡，是川端作品凝固不变的“架势”，他手中的剑，迟早要刺向自己的咽喉。

川端的相片，不忍多看，瘦骨嶙峋的削脸，层突弥耸的皱额，岩石般坚毅的下巴，尤其是那一双忧郁的、直刺人心的冰眼，总令我想起德永直笔下雨中拉车的疲马，马的泪水欲溢的瞳仁。

思维就此发散，我甚而想到，川端是日本民族的长子，他完完全全继承了祖上以悲为美的家产。

日本是一个岛，郊寒岛瘦是其正宗。

川端的死，不妨和芥川的遗书，对照了读。芥川精心设计自杀的细节，他写道：

“我首先考虑的，就是如何自杀才不痛苦。上吊，应该是最适当的手段，然而，或许是我顾忌太多，只要一想到自己吊死的模样，就会涌上一股源于美感的厌恶。（我曾经爱过某个女人，只因她的文章不堪卒读，从此掉头而去。）投水，我又是会游泳的，轻易淹不死，即便勉强溺亡，也比上吊难受得多吧。卧轨，同样背离我的美学。吞枪，或引刀呢，不行，我会颤抖，下不了手。从高楼跳下去，那会死得很难看。想来，想去，还是决定服毒。”

“其次考虑的，是自杀地点。我有一幢房子、一百坪的土地、两千元存款，外加作品著作权，这些，就是我的遗产。我死后，家人将靠它们生活。想到自杀之后，房子成为凶宅，难以出手，我又闷闷不乐，不禁羡慕起那些有别墅的资产阶级来。你大概觉得我的话很可笑，我也是这么想。无奈认真盘算，种种现实困扰，无法回避，只能期望自杀之后，尽量别让外人看到我的尸体。”

这哪儿是在谈论自杀，简直是在探讨一门高雅的艺术！

怎么样？你不觉得，在自杀的方式和地点的选择上，川端和芥川高度叠印在一起了吗？

若说不同，就是川端吸取了芥川的教训，没有画蛇添足地留下一封遗书。

据《川端康成传》（张恩辉著，时代文艺出版社，p140）记载，早在1962年，川端就说过：“自杀而无遗书，是最好不过的了。无言地死，就是无限地活。”

“死亡等于拒绝一切理解。”《千鹤》中的文子如是解释。

未尝不是川端康成如是解释。

大悲大痛，大智大慧，大彻大悟，都止于无言。

唯美于“生”者，必唯美于“死”。

——世人，对于川端死因的探讨，至此可以休矣！

走了，就是走了。

何况，他走得是那么从容，那么安然，那么神秘。

三

“暧昧”，源于大江健三郎的获奖演说。

川端康成“折桂”之后二十六年，1994年，大江健三郎再度为日本折取诺贝尔文学奖。

是年 12 月 7 日，在斯德哥尔摩，大江循例作获奖感言，题目是:《我在暧昧的日本》(直译为《暧昧的日本的我》，或《暧昧的日本与我》，本篇译者：许金龙)。

这标题，显然是冲着川端《我在美丽的日本》去的。

与其说是句式的戏仿，毋宁说是观点、立场的质疑。

大江的演说，从二战期间，封闭在四国那片梦幻般的森林峡谷，阅读《哈克贝利・费恩历险记》和《尼尔斯历险记》的情感释放开始。这是他童年的醍醐，也是他异于川端“孤儿根性”的创作起点。

迨至成年，面对先天残疾而弱智的长子，又有了与“原爆后遗症”纠缠纠葛的“畸婴体验”。

叙述到这儿，大江话题一转——谁也没有料到，矛头竟然直指本国获奖的前辈，他说：

“第一个站在这里的日语作家川端康成，曾在此发表过题为《美丽的日本的我》的讲演。这一讲演极为美丽，同时也极为暧昧。”

“我们可以认为，这个标题首先意味着‘我’从属于‘美丽的日本’；同时也在提示，‘我’与‘美丽的日本’同格。”

“通过这一标题，川端表现出了独特的神秘主义。不仅在日本，更广泛地说，在整个东方范围内，都让人们感受到了这种神秘主义。之所以说那是独特的，是因为他为了表现出生活于现代的自我的内心世界，而借助‘独特的’这一禅的形式，引用了中世纪禅僧的和歌。而且大致说来，这些和歌都强调语言不可能表现真理，语言是封闭的。这些禅僧的和歌使得人们无法期待这种语言向自己传递信息，只能主动舍弃自我，参与到封闭的语言之中去，非此则不能理解或产生共鸣。

“在斯德哥尔摩的听众面前，川端为什么要朗诵诸如此类的和歌呢？而且还是用的日语。我敬佩这位优秀艺术家的态度，在晚年，他直率地表白了勇敢的信条。作为小说家，在经历了长年的劳作之后，川端迷上了这些主动拒绝理解的和歌，因而只能借助此类表白，讲述自己所生存的世界与文学，即《美丽的日本的我》。”

大江是用英文演讲的——西方听众接受起来肯定容易得多——简而言之，川端的“美丽”，是用“神秘主义的”、“主动拒绝理解的和歌”表现的，日本人似懂非懂，外国人更是云山雾罩，只见这“道”，那“道”，这禅，那禅，文字兜了一个圈，又一个圈，末了，恰恰落在了“暧昧”——日本民族的集体潜意识。

川端和大江，同是植根于传统，同是借鉴于西洋，就连在东京大学最初的专业选择，一是英文，一是法文，也极为相近。然而，“根性”有别，“体验”殊途，导致作品面貌大相径庭。

如前所述，生于1899年、年长大江三十有六的川端，遭遇两次世界大战，奇怪竟视而不见，避而不谈。笔者浏览了他的全集，仅在《重逢》、《竹叶》、《山之音》等寥寥篇什，隐约瞥见二战的背影，若蜻蜓点水，一掠而过。

大江不然，他坚持与时代走势国家前途同曲折共俯仰，且看他的出手：

《奇妙的工作》，写于1957年，是他的处女作，也是成名作。作品描述，鉴于一个英国女人的投诉，医院决定杀掉实验用的150只狗：

> 这些狗非常无序地群居在一起，荟萃了几乎是所有品种的狗的杂种。但是，这些狗彼此极其相似……全部是一些不起眼的杂种狗，而且消瘦不堪。也许是因为被拴在柱子上的缘故，彼此之间完全失去了敌意。我想一定是如此，或许我们也会变成其中一种：彼此有气无力地连在一起，完全没有敌意；彼此极其相似而没有个性。这就是暧昧的我们，我们这些日本学生。

注意，大江时年二十二岁，尚是东大的学生，初出茅庐，凌厉迅疾，下手便从纷乱如麻的世象中，拎出日本人特有的“暧昧”。

世所周知，日本语言的特点之一，就是词义暧昧，许多场合，他们讲究以心传心，显而易见，不言而喻 --- 落入外国人的眼里、耳里，就未免含糊吞吐，模棱两可，似是而非。这是他们的文化脾气，是与生俱来的国民性。

大江这里讲的暧昧，显然超越了语言范畴，上升到政治层面——“狗的彼此极其相似而没有个性”，完全是一种政治隐喻，是日本朝野的浮世绘。

暧昧在于：本来是为科学实验饲养的狗，堂堂正正，理直气壮，却因“一个英国女人的投诉”——即是说，西方压力的干涉——就把它们送上绝路。

暧昧在于：“我们原打算杀狗”，结果反被狗咬——狗急了也要跳墙的啊——“没想到被杀的是我们自己。”

暧昧还在于：明治维新以降，“脱亚入欧”高唱入云，但是欧洲佬并不买账，投来的还是轻蔑的眼神；那么，退回亚洲又如何呢，尽管山相望，水相连，族相近，习相通，就是不见，不见有哪个国家拿日本当友邻看。

暧昧还在于：远的不讲，单说三四十年代，标榜“以和为贵”的大和民族，却发动了血腥的侵略战争，本想殖民周边国家，到头来反被美国殖民，搬起石头砸了自己的脚。

《饲育》，写于 1958 年，为大江的奠基之作。以太平洋战争为背景，以儿童的视角为挖掘机，揭露村里的大人们，如何“饲养”、杀害一个黑人士兵俘虏，凸现战争对人性的异化。

《十七岁》，及其姐妹篇《政治少年之死》，写于 1961 年，为大江的狂飙之作。作品刻画一个自卑怯懦的高中生，如何受右翼思潮裹挟，沦为膜拜天皇、暗杀进步政治家的凶手。

《广岛札记》，出版于 1964 年，直面原子弹带给人类的浩劫。大江指陈：“在这片土地上，最坏的绝望、和无可救药的疯狂的种子，在不断地萌芽滋生，在这里，我们找到了思考人类正统性的具体线索，也亲眼看到了人类最不可宽恕的欺骗。"

"我是一个个人历史如此短暂的人。我希望把自己理应具有的独特的感觉、道德观念和思想，全部放到单一的'广岛'这把锉刀上，通过'广岛'这个透镜去重新加以检验。"

《冲绳札记》，写于1969年至1970年。冲绳，原名琉球，曾是一个独立的国家，明治维新后，为日本吞并。"二战"末期，日本和美国在太平洋上死磕，最惨烈的战役，就发生在这里。战后，冲绳长期为美军霸占……面对错综复杂、火星四溅的现实，大江苦苦追问："所谓日本人究竟是什么人？能否将自己改造为并非如此日本人的另外一种日本人？"

《个人的体验》与《万延元年的足球队》，分别出版于1964年和1967年，是大江的里程碑之作，也是他获取诺奖的扛鼎之作。前者以自己的残疾儿为蓝本，讲述人类的脆弱、犹豫与坚强。后者以自己的家乡"峡谷村庄"为背景，以百年前（1860年）的农民起义和百年后（1960年）的《日美安保条约》为素材，再现历史和现实的风云。

针对上述两部作品，瑞典文学院给出的颁奖词说，作者以"诗的力量创造了一个想象的世界，并在这个想象的世界中将生命和神话凝聚在一起，刻画了当代人的困惑和不安"，作者"深受以但丁、巴尔扎克、艾略特和萨特为代表的西方文化的影响"，"开拓了战后日本小说的新领域，并以撞击的手法，勾勒出当代人生百味"。

正因为如是，是日，站在斯德哥尔摩的讲台，大江才有可能，也才有资格向世界告白：

"作为生活于现在这种时代的人，作为被这样的历史打上痛苦烙印的回忆者，我无法和川端一同喊出'美丽的日本的我'。"

四

获奖之前，大江健三郎是日本文坛的异类。

日本是以天皇立国，日本的主流文化，说到底，就是天皇文化。

而大江作品的主线，则是对天皇文化的反叛。

这条线可以一直追溯到童年。

旅日作家毛丹青记叙，2002年春节期间，大江健三郎造访中国作家莫言的老家——山东省高密县大栏乡，站在一处河堤旁的村野小路，听莫言讲述童年残酷而壮观的洪水，大江回忆：

“我的家乡是日本四国的山村，一到傍晚，山涧的上空就会出现灿烂的晚霞，红得就像人体流出的鲜血，有时我觉得那个情景似乎在意味着一个宇宙，就像一个小小的卵一样的宇宙。而当时，就在这样一个小宇宙的外部，战争仍然在持续，无论是大海、平原、还是山地，战火不断。我觉得夕阳的云朵就像是战场流出来的人血，所以，我会把类似于幻觉的现实牢牢记住。构成我想象力的基本格式之一就是那片夕阳泛红的、犹如垂死的鱼一样的云朵，逐渐幻化为战场上死去的士兵，这是从来不会止息的、一直在我眼前蠕动的景象。”

以大江的作品《冲绳札记》为例。书中写到二战末期，美日双方在冲绳岛展开血雨腥风的搏杀。危如累卵之际，日军为确保食品供给，下令当地老百姓集体自杀。这是惨绝人寰的丑闻。战后，政府刻意隐瞒，讳莫如深。大江通过实地调查，捅真相于世。这也捅了右翼团体的痛处，他们对《冲绳札记》耿耿于怀，纠缠不休。到了2005年，更向法院提起诉讼，否认军方曾下达集体自杀令，为残杀无辜的罪犯开脱，并要求禁止大江著作出版。

此案经一审、二审、终审，因为证据确凿，大江无可争辩地取得胜诉。

获奖之后，大江依然是一个异类。

1994年10月13日，诺贝尔文学奖公布的当天，日本文部省紧急开会，决定授予大江健三郎文化勋章——此奖乃由天皇颁发，象征国家的最高荣誉。

在这之前，文化界的重磅人士，如笔者熟悉的川端康成（1961 年）、井上靖（1976 年）、黑泽明（1985 年），俱已被该奖网罗。

也有断然拒绝、不屑一顾的，如陶艺家河井宽次郎（1955 年）、画家熊谷守一（1968 年）。

大江是如何反应的呢？

面对皇皇大奖，他公开撰文回答：作为战后的一位民主主义者，我无法接受由天皇界定的社会等级制度，因而，我也只能拒领天皇授予的文化勋章。

身着镶了家徽的和服，高倡“美丽日本”的川端康成，从欧洲凯旋，受到举国上下热烈的欢呼——川端作家为大和民族争得了荣誉，为亚洲争得了荣誉（在亚洲，是泰戈尔之后获得诺奖的第二人），理应如此！理应如此！

身着燕尾服，指斥“暧昧日本”的大江健三郎，从欧洲返国，遭遇政府和右翼团体劈头盖脑的攻击——大江作家公然冒天下之大不韪，吃里扒外，拍他国之马屁，砸本国之台面，恶莫大焉！罪莫大焉！

就中，蹦跳得最厉害的，为石原慎太郎。石原咒骂大江是民族的叛徒，恨不得把他“村八分”，削籍去国，逐出日本。

提起这个石原，和大江还有过一段交结。石原生于 1932 年，长大江三岁，爱好写作，1955 年，以小说《太阳的季节》，博得日本最高文学奖芥川奖的青睐。而大江荣膺该奖，则是在三年之后的 1958 年，作品为《饲育》。

《太阳的季节》引发日本一代“太阳族”，即娇生惯养、放浪形骸、玩世不恭、醉生梦死的代名词；由是还开创了一批流行语，社会把某些习俗相近的人群，称之为“xx 族”，如“暴走族”、“疯癫族”、“水晶族”、“御宅族”、“蛰居族”、“单身寄生族”等等。

石原尔后弃文从政，历任参议院议员、众议院议员、运输大臣、东京都知事。在日本政坛，石原是公认的反华派，反华反到公然玩火，最穷凶而极恶的举措是：2012 年 4 月，在东京都知事任上，他倡议从私人手里收购中国固有领土钓鱼岛，变非法管辖为正式“国有”，从而，引发中日关系的新危机。

大江是如何看待石原的呢?

早在2000年9月，石原当选东京都知事的次年，大江在一次访华演讲中，说：

“日本曾侵略中国，给中国人民带来了人员和物资方面的巨大牺牲。战后，日本国以及日本人清偿了这一切吗?（尽管这场给中国人民带来巨大牺牲的侵略战争，是无法彻底清偿的。）我的答案是否定的。我认为，我们应当面向未来，坚持不懈地赎罪，并为此而不断努力，这才是日本人对中国以及亚洲诸国的基本态度。然而，在今天的日本，却出现了以东京都那位知事为首的一批新的国家主义者，他们不仅想要忘掉侵略中国的责任，甚至还针对现在的中国和中国人民说出、做出一些攻击性和歧视性的语言和举动。”

“我年轻时就认识石原慎太郎，他颇有文学才华。可惜，他的东西过于感性，他没有将事物深化以及重新构造的能力，因此，总是踏步不前。这是他的缺点，他本人不觉察，别人也不予提醒。我认为石原慎太郎不管是作为政治家，还是作为文学家，都已经没有希望了。请在座的哪位给他介绍一个好工作吧。”

这里，大江没有趁机以牙还牙，报之怒目圆睁、肌腱奋张的“相扑”，而是拿出大和民族特有的含蓄，以尊敬凸显轻蔑，以惋惜拉开档次。

与川端相比，大江更像日本民族的次子，按照二战前的习俗，长子继承家产，次子参军，或到国外发展。

大江的风格明显有了“异质”的倾向。

石原是不需要他人帮忙找工作的。2012年底，他辞去连任四届的东京都知事，重新当选众议院议员，并出马组建“太阳党”；未几，“太阳党”解散，并入日本维新会；2014年5月，又和日本维新会分道扬镳，另组“次世代党”，担任最高顾问。

2014年12月16日，在日本记者俱乐部，刚刚落选国会选举的石原，以健康状况不佳为由，宣布从政界引退。当在场的凤凰卫视记者提问：“最近您发言，要和中国打仗并打赢？”石原显示出一脸不屑：“杂志问我，最想做的事是什么，我的回答是‘和支那打仗并打败支那’，对方说发言太粗暴。我是作为一个日本人这么说的。”

以色情文学起家，以保守派的祖师爷自傲，以锋芒毕露的反华姿态驰逐政坛，表面上是如此，骨子里也是如此，表里如一，臭名昭著。

作为中国读者，我自然对大江更有兴趣。

本文重点讲两件事：

1990年，日本经济上行到战后的最高点（也是转折点），全世界都在注目大和民族创造的神话，《日本名列第一》（美·傅高义著）、《日本可以说“不”》（石原慎太郎与盛田昭夫合著）一时甚嚣尘上，华丽不可一世。

彼时彼刻，大江在考虑什么呢？

那一年，他带了一个摄制组，前往韩国，访问激进派诗人金芝河。他给出的题目是：“世界记着广岛吗？”

金芝河是大江的老朋友了。七十年代，他因发表针砭时弊的诗篇《五贼》而罹祸，遭独裁政权投狱八年，期间，出于正义的冲动，大江在国际社会为之奔走呼号，并以退出国际笔会日本分会相抗议。

现在，面对自己的老友，金芝河直言不讳，严肃指出：您这个选题不对。当前最应该问的，不是“世界记着广岛吗”而是“世界记着南京大屠杀的三十万人吗”、“世界记着战争中牺牲的一千万亚洲人吗”。

一席话，说得大江频频点头。

事后，大江把交谈的过程如实公映，并撰文记之。

又，2006年9月，大江健三郎访华，中国作协在昆仑饭店设宴款待。席间，作协副主席金炳华，以线装四卷本《鲁迅墨迹精选》相赠。大江喜出望外，紧紧把它搂在怀中，他说起一件往事：

那年，我去哈佛大学，领取名誉博士证书。在参观该校的图书馆时，看到了这部《鲁迅墨迹精选》。我很想得到它，很想。当时，名誉博士只有一个名额，我与另一位竞争。陪同我的图书馆馆长看出我的心情，说：“你要是退出竞争，我就把这部书送给你。”我当即毫不犹豫地表态：“好，我退出！”馆长马上懊悔，说：“这书太珍贵了，我宁愿把博士证书给你。”

说到这儿，大江激动地站了起来：“我想打电话告诉那位馆长，我现在左手拿着你的博士帽，右手就拿着你舍不得给我的《鲁迅墨迹精选》。”又转而对金炳华说：“我知道要别人东西不好，但这套书我非要不可。我家已经有鲁迅全集四种版本，有关鲁迅作品的书籍，几乎齐了，就差这一种。你把这么珍贵的礼物送我，一定也后悔了吧。但我告诉你，已经晚了，我不会再还给你。”

记得，大江另外说过：

“对我来说，鲁迅是一个巨大的存在。”

“我最高兴的事情，就是人家说我像鲁迅。”

2014年12月20日

“站在无法预见未来的分叉路口”
——物理学界的三山五岳

日本的物理学界，起步和吾邦差不多，但二十世纪中期以降，有人认为是诺贝尔奖评委会瞎掰，乱点鸳鸯谱，有人认为是彼邦以“科技立国”，挟势凌厉，实至名归，截至2014年，已先后有八至十人斩获诺贝尔物理学奖——且慢，这获奖者，都是板上钉钉，一个萝卜一个坑的，要就是八人，要就是十人，怎么又会出来一个模棱两可的“八至十人”？这个么，你有所不知，缘于2008年的获奖者南部阳一郎、2014年的获奖者中村修二，俱已弃邦辞国，入籍老美，日本人将他俩排除在外，而日美之外的国家寻根溯源，偏要“物归原主”，仍将他俩挂在东瀛的账上。

八人也好，十人也罢，乱点鸳鸯谱也好，实至名归也罢，物理学是一门科学，我们对日本物理学界的繁荣热闹，也应持科学的态度。是以，本文在十位诺奖得主之外，又加上两位继往开来、功勋卓著者，计为十二人，远远投去一瞥，非为猎奇，更非哈日，而是希望收获一句古已有之的箴言：“他山之石，可以攻错。”

仁科芳雄（1890 年～ 1951 年）

仁科芳雄是日本物理学界的先驱，是前辈，是彼邦物理学这棵大树盘根错节的老根。

说起仁科芳雄，就不能不说到东京大学。仁科是东大毕业的（注意，日本的诺贝尔物理学奖得主，多半出身于东京大学、京都大学、名古屋大学），专业是电气。1921 年，三十一岁的仁科赴欧求学，他没有寻求“对口”，却跨行研究物理。今人回顾，二十世纪二十年代，是物理学改天换地、大放异彩的时代。杨振宁在《美与物理学》一文中，引用奥本海默的话描述过那个时代:“那是一个在实验室里耐心工作的时代，有许多关键性的实验和大胆的决策，有许多错误的尝试和不成熟的假设; 那是一个真挚通讯与匆忙会议的时代，有许多激烈的辩论和无情的批评，里面充满了巧妙的数学性的挡驾方法; 对于那些参加者，那是一个创新的时代，自宇宙结构的新认识中，他们得到了激奋，也尝到了恐惧……”风起于青萍之末，仁科挺身而出抓住了历史的机遇，用流行的话讲，是顺应了命运的安排，或曰华丽转身。整整八年，他辗转于英国、德国、丹麦，追随拉瑟福德、玻尔等一代名师。这正是明治维新的传统，是借助先进的“传帮带”。旅欧期间，仁科得以结交爱因斯坦，居然成为密友。请掂量这个“密”，爱因斯坦岂是等闲交得上的，何况还意味着登堂入室，把臂娓娓而谈，侃侃而论！吹牛吧？抑或虚构？不，仁科留欧最后一年，与瑞典的克莱因联手导出克莱因—仁科公式，足证他的“爱氏座上客”绝非虚言。

仁科 1928 年年底回国，却因不是物理学专业出身，而无法在大学觅得一席教职（日本是学历社会，不光看学校，还要看专业）。直到次年，他一手促成世界顶级物理大师海森堡与狄拉克访日，并在担任学术翻译的过程中有得心应手、游刃有余的表现，这才摆平了物理学界的同行，先后为京都大学、东京大学接纳。

仁科在京大只是开设短期物理讲座；正是在那儿，他发现了汤川秀树和朝永振一郎两棵好苗子。仁科在东大理化学所创建了自己的研究室，重点研究宇宙射线和原子核；他一步一步将它打造成培养日本原子物理学精英的摇篮。

1937年，仁科建成了日本首座23吨的回旋加速器；1944年，又建成了200吨的回旋加速器。1941年5月，他曾受内阁密令，负责代号为“仁”的原子弹研究计划，1945年4月因热扩散设施毁于美军空袭而夭折。

战后，东大理化所解体，改成株式会社科学研究所，仁科担任第一代董事长和社长，此外还担任日本学术会议副议长、国际教科文组织日本协会会长等职。1951年仁科去世，他的学生朝永振一郎回忆：

> 有人曾经评价仁科老师是日本物理学界的哥伦布。哥伦布不是一名成功的贸易商人，他的志向不在于做那些平凡的贸易，而是首先计划开辟新航线，但是最终也没能发现黄金遍地的东方。如果从贸易的角度来看，他发现的只不过是一片未开化的美洲土地，但是这个美洲却是后代人活动的大地盘。
>
> 仁科老师留给我们的不是学术上的大发现，也不是回旋加速器，而是更为重要的东西。老师让我们领悟到物理学近代研究方法的重要性。按照这个想法能够产生什么结果，需要靠我们这一代人的努力。老师的计划非常宏伟，不会终结在老师那一代，需要我们后辈人继续传承下去。

在日本，仁科享有“物理之父”、“原子之父”之称。有人把他比作中国的钱三强，我想，也是因为钱氏有“中国原子弹之父”的称谓吧。

既为“之父”，必有“之子”。仁科培养出了众多的传人，就中，成绩最卓著者，当为汤川秀树、朝永振一郎，以及坂田昌一。

汤川秀树（1907年～1981年）

翻阅汤川秀树资料，掩卷不忘、历历在目的，大致有两条。

一、性格内向，沉默寡言。

这使我想起狄拉克，此君的寡言少语，物理界无人不知，据说有人将“一个小时说一个字”定义为一个“狄拉克”单位。汤川的不爱讲话，固然比不上狄拉克，但耽于玄想，把年轻而旺盛的精力都交付给了思考，两者则是一致的。

二、目标明确，而又酷爱朦胧思考。

前者易于理解，汤川大学期间就确定主攻新量子论。1929年，海森堡与狄拉克应仁科芳雄之邀联袂访日，汤川是挤在人丛中的听众。“这两位，一个大我六岁，一个大我五岁，都是在二十三四岁就有所发现，有所创见，而我今年已经二十二了，还一事无成。”他暗暗捏紧拳头。

后者，就不是常人所能体会的了。朝永振一郎为我们揭示：“通过汤川的工作我观察到，他喜欢用朦胧模糊的方式去抓攫朦胧模糊的事情，继而联想其他，这种方法非常独特。他自己也经常说喜欢‘混沌’。喜欢‘混沌’的人不在少数，但是他的混沌能够与物理共生共灭，这一点极为怪异，而且从这种混沌状态中不知何时就会蹦出物理学。”

其实，在云雾中摸索，最终找到或撞出正确方向，正是汤川的偶像海森堡的特技。也是通过杨振宁的报告，我们知道海森堡有这样一段夫子自道：“爬山的时候，你想爬某个山峰，但往往到处是雾，你有地图或别的缩影之类的东西，知道你的目的地，但是人堕入雾中，不知道要向什么方向走，然后忽然你模糊地自雾中看到一些形象，你说，这就是我要找的大石头，整个情形从此而发生了突变，因为虽然你仍然不知道你能不能爬到那块大石，但是在那一瞬间，你说我现在知道我在什么地方，我必须爬近那块大石，然后就可能知道该如何前进了。”

以汤川本人的经历为证。长期高强度高频率的思考、摸索，导致汤川神经严重衰弱，最伤脑筋的，就是失眠。每晚，人一躺到床上，头脑就特别清醒，种种奇思妙想，五花八门，光怪陆离，不请自来，其中不乏天才的创意，超常的领悟。为了捕捉那些稍纵即逝的思想精灵，他就在枕边放了一册笔记本。

1934 年 10 月，某夜，熄灯后上床，照例，各种思绪如天马行空，在脑际奔腾撒欢。突然，汤川锐声大叫：“是它！就是它！”他看到了什么？原来，他眼前出现一颗颗晶莹闪烁的粒子，如宝石缀在天鹅绒般的夜幕。刹那，他记起儿时卧在樱花树下，仰面朝天，透过稠密的枝叶，看到的那一束束荡神迷睛的阳光。

他揿亮灯，抓起笔记本，迅速列出计算的公式，朝思暮想的“介子”之谜，终于一举解开，得来全不费功夫。

顺便说一句，汤川这种随时捕捉灵感的计算方式，尔后被抽象为他的招牌性动作。譬如，日本近年有一个电视连续剧《神探伽利略》，主人公汤川学，每当灵感迸现，心血来潮，必然就地狂演算式。

十五年后的 1949 年，汤川凭借“介子理论”获得了诺贝尔物理学奖。

他也是日本获得诺奖的第一人！

汤川在自传中叙述：“天才是成批出现的。”他举例证明：“十七世纪涌现出许多天才——非凡的天才——从培根、伽利略、开普勒和笛卡尔，一直到牛顿和莱布尼兹。二十世纪初也是如此，在短短时间内就出现了普朗克、爱因斯坦、卢瑟福、德布罗意、玻恩、海森堡、玻尔、薛定谔和狄拉克等大家。”

奥妙何在？汤川推测：“产生这种现象的原因很多，一个比较容易理解和捕捉的是心理作用。可以设想，当一位勤奋好学、成绩优异的同学脱颖而出，必然引起班上其他人的嫉妒与竞争。这种影响，比局外人想象的要大得多。”

朝永振一郎（1906年～1979年）

汤川秀树前面这段话，搁在朝永振一郎身上正适合。

朝永与汤川是三高和京大的同学，曾经，有很长一段时间，因为汤川出色的存在，令朝永感到悲从中来的压力。

朝永自小是个病秧子，这是他的“短板”。因为生病，时常缺课。因为缺课太多，学习自然跟不上，又转为恐学、厌学。若干年后，他还记得汤川的嘲讽：“朝永那小子，临到考试就生病。”

毕业后留校，两人又是同事。所谓留校，因为实在找不到工作，就留在实验室给老师当“无给助手”（没有工资）。彼时，汤川已经预见物理学的未来，全身心投入对原子核和场的量子论的研究。而朝永，出于落后的自卑以及对健康的担心，完全是一副胸无大志，得过且过的样子，对于未来，他想得最多的，就是如何找份轻松的活干，哪怕为此要在农村待一辈子。

转折在于仁科芳雄的出现——仁科先生通过在京大讲习班短期的接触，识得朝永是可造之材，当他在东大理化学所有了自己的研究室，就写信给朝永：“你来东京，和我一起干吧。”朝永大感意外：“理化学所是日本有名的学者殿堂，天下英才云集，自己根本没有资格。”仁科先生坚持：“要不然，你先过来试两三个月，怎么样？”既然只有两三个月，朝永决定一试。三个月过去，朝永准备收拾行囊回家，仁科先生出面挽留。朝永说：“这儿的人都很优秀，课题又是那么高深，我怕无法胜任。”仁科先生正色：“这是什么话！大家都是普通人。再说，工作也没有看起来那么难。”

“大家都是普通人。”冲着这句话，朝永留下了。

朝永在仁科研究室如鱼得水，压力化为动力，业务突飞猛进，健康状况也大有好转。

1937年，仁科先生又推荐朝永前往德国，跟随大师级的海森堡深造。

朝永初次出国，德语不灵光，生活不适应，研究迟迟没有进展，由是产生畏难情绪。仁科先生又及时写信安慰，鼓励。兹引朝永1938年11月22日的日记：

我给仁科老师写信，诉说工作难以进行下去，还附带讲了一些伤心的事情，谁知今天早上就收到了回信。虽只是寥寥数语，读完之后却不禁泪流满面。老师对我说：工作是否出成绩，这完全靠运气。我们都站在无法预见未来的分叉路口，坚持一直向前走就能产生人们之间的巨大差别，我觉得你完全没有必要放在心上，何况在行走过程中，也有时来运转的时候。我自己总是以这样的心情期待着一些不确定的事情。总之，把心放宽，注意身体健康，现在你只能继续努力以求好运来临。

正是在仁科先生的提携、鼓励、鞭策下，朝永逐步走上科学研究的正轨。因为战争，他于1939年提前归国。1941年，他担任东京文理科大学物理学教授，提出量子场论的超多时理论。二战期间，他曾经参与研究雷达技术，战后继续研究和发展他的超多时理论和介子耦合理论。几乎同时，美国物理学家J·S·施温格、R·P·费因曼也独立地完成了类似的研究。

海森堡在他的自传中，曾提到物理学在四十年代的这场攻坚战：

费因曼和施温格两个美国人在QED之外又做出了很多重要贡献。费因曼，一个天生的乐观派，极富幽默感和偶像魅力的物理学家，如狄拉克接班人一样的无神论者，还用他天才的思维建立了我的矩阵力学和薛定谔的波动力学之外的量子力学第三种形式——路径积分。施温格更像是泡利的接班人，不但更加完善了自旋－统计定理，并且领导证明了量子场论的CPT定理，即量子场论里的拉格朗日密度在C（电荷反演）P（空间反演）T（时间反演）联合变化下保持不变性。最后朝永振一郎这个日本人，曾是汤川秀树的同学，居然独自在战后的日本和费因曼以及施温格同时做出了QED微扰理论的重整化，这个民族真是足够可怕。

对于中国人来说，请记住海森堡的最后一句，日本这个民族“真是足够可怕”。

1965年10月21日，朝永与施温格、费因曼共同荣获诺贝尔物理学奖。

是晚，老同学汤川拨来电话：“你的超多时理论，是在战争的极端困难条件下完成的，实在难能可贵！”朝永肃然回答：“这一切都多亏有仁科芳雄先生！”

仁科芳雄没有等到这一天，但他早就预感到会有这一天——这就是仁科芳雄之为仁科芳雄！

仁科先生1951年逝世，安葬在东京的多摩灵园。1979年，朝永振一郎逝世，根据他的遗嘱，葬于仁科先生墓地的一侧。墓前立碑，上刻“朝永振一郎伴师长眠于此”，表明他对恩师的生死相随。

坂田昌一（1911年～1970年）

坂田昌一是一个物理符号。在中国人的心目中，更像一个政治符号。

坂田关心政治，也积极参与政治。他熟读马克思主义，尤其崇拜恩格斯的《自然辩证法》。在国际舞台上，他支持并参与根据《罗素——爱因斯坦宣言》创立的帕格沃什会议，在国内，他和汤川、朝永共同发起了科学家京都会议，旨在为控制、消灭核武器，维护世界和平而鼓与呼。

有意思的是，中国人接受坂田这个政治符号，不是因为他的社会活动，而是因为他关于基本粒子的“坂田模型”。

首先是毛泽东接纳了他。

起因在于毛泽东的哲学思想，十分接近坂田的基本粒子观。美国学者爱德华·弗里德曼，对此有如下描述：

> 毛于1955年1月，在一次讨论如何推进原于科学研究的会议上说：“只要我们有人有资源，各种各样的奇迹都能创造出来……原子是中子和质子的对立统一。‘一分为二’，这是一种普遍现象。中子、质子与电子一样是不可分的。虽然现在这尚未为科学实验所证明，但在先进的实验条件下，它终将得到证明。……你相信吗？或许你不信，反正我信。”
>
> 在毛的比喻中，新物理学所预示的是一些奇异的变化，是一些前人从未想象过的或从未做过的新事情。这是一种进入未知领域的革命思想。
>
> 毛的科学家朋友向他介绍了一位具有同样见解的日本物理学家坂田昌一的工作情况。坂田是一位富有哲学头脑的马克思主义者和反战活动家，当时正在拜读毛泽东的著作。毛和坂田发现彼此之间的哲学观点非常相似，1955年，郭沫若和廖承志紧急地被派往京都大学会见坂田，邀请他访问中国。1956年，坂田昌一访问了中国。
>
> 1956年5月初，坂田从斯德哥尔摩经莫斯科乘飞机到北京。他动身来北京前在莫斯科逗留了三周。坂田的访问对毛来说似乎有多方面的意义。坂田是在美国敌视人民共和国时代访问中国的第一位重要的日本物理学家。坂田答应要介绍更多的日本高级物理学家来中国访问。这就使得中国更加不依赖于苏联。
>
> （《爱因斯坦与毛泽东：革命的比喻》）

尔后，1963年，毛泽东在《自然辩证法研究通讯》上读到坂田的《基本粒子的新概念》。在文章的标题前，毛泽东用铅笔画了三个大圈，在坂田的名字下，又划了一道横线。全文共占八个页面，随处划有醒目的横道，夹杂一些波纹线和双线。显而易见，坂田的文章再次引发了毛泽东对哲学的思考。

1964年8月18日，毛泽东在北戴河与几位哲学工作者交谈，公开提到了坂田，赞赏他关于基本粒子并不是最后不可分的观点。毛泽东说："'一尺之棰，日取其半，万世不竭'，这是个真理。"同年8月24日，毛泽东又找于光远、周培源，就坂田的论点，阐发了自己对自然辩证法的一些见解。毛泽东说："世界是无限的。世界在时间和空间上都是无穷无尽的。……宇宙从大的方面看来是无限的，从小的方面看来也是无限的。不但原子可分，原子核也可以分，电子也可以分。……因此我们对世界的认识也是无穷无尽的，要不然物理学这门科学不会发展了。"

1964年，坂田率日本科学家代表团出席北京科学讨论会，受到毛泽东的接见。毛泽东对坂田说："我读过你的文章。"

坂田的粒子理论和他的社会活动，促进了中日两国物理学的发展，也促进了中日两国科学家的友谊。

1970年，五十九岁的坂田不幸英年早逝。

坂田的历史地位，当然取决于他的学术而不是政治。坂田在京大的学兄朝永振一郎，撰写过许多关于物理学家的回忆，在仁科芳雄一文中，笔者引用过，在汤川秀树一文中，笔者也引用过，如今，关于坂田昌一，依然要请他出场。朝永曾以《基本粒子论新领域的开拓者》为题，高度评价了坂田昌一的一生。文章说：

"坂田获得的伟大成就基于他优秀的哲学理论，他提出作为多种基本粒子核心的重子是由质子、中子、λ 粒子这三种粒子组成的。为了区分基本粒子，他研究了群论的适用性，在某种程度上就能够预测未发现的粒子，并可以通过实验进行验证。

"去年（1969年）获得诺贝尔奖的默里·盖尔曼理论，正是坂田模型的重新改造。不妨说，从基本粒子论中开拓出一个新领域，乃物理学历史上的一个伟大进步。”

小柴昌俊（1926年～）

小柴昌俊是朝永振一郎的弟子，从仁科芳雄算起，属传承有序的第三代。

2002年，小柴因“在天体物理学领域做出的先驱性贡献，其中包括在探测宇宙中微子和发现宇宙X射线源方面的成就”，而获得诺贝尔物理学奖。与此同时，媒体暴出他东大毕业成绩倒数第一的新闻。

如此惊天大逆转，从倒数第一跃居诺奖得主，搁在任何国家，都是励志的好材料，对于其时正陷于经济低谷、渴求“燃烧的斗魂”（稻盛和夫语）的日本人，无疑树立了一个战胜逆境的榜样。

事情的原委是这样的：

一、小柴初中阶段罹患小儿麻痹症，当时属不治之症，好不容易治好了，却留下右臂残疾，学习自然大受影响。

二、中学时，父亲被征兵送往中国东北，作为长男，他需要扶养母亲和同父异母的两个弟弟，不得不拖着残疾之躯，拼命打工挣钱，课堂里难得见到他的身影。

小柴是有天分的，高中最后阶段，为了报考东大物理系，他临时抱佛脚，集中突击，居然立竿见影，一举成功，让老师和同学大吃一惊。

无奈大学期间，拼命打工挣钱如故，他回忆，每周只听一天半的课，其余时间，都用于做家教。难怪，大学毕业成绩要垫底的了。

混到这个份上，按说应该被科研队伍淘汰，但他运气好，居然被东大研究院收留（东大研究院想必有它的眼光）；两年后，又被送到美国纽约罗切斯特大学深造。

小柴自述，到了美国，每月有108美元研究津贴，吃饭问题解决了，这才塌下心来搞学问。尔后，他又被每月400美元的博士津贴吸引，只用了一年八个月，就攻下了博士学位，创罗切斯特大学取得学位的最短记录（可见，他还是有实力的）。

当一个天才，摆脱了天灾（日语天才与天灾同音），而又站到一个可以自由发挥的平台，剩下的，就是如何凭智慧、心血和勇气，当然还有机遇，向大自然索取奥秘了。小柴取得博士学位，到芝加哥大学做了三年研究，然后返回日本，应聘东大原子核研究所。再后来，基本上是以世界为舞台，哪里有前沿信息，就往哪里跑。落脚点，还是放在自己的国家。小柴最后一个岗位，是建在日本岐阜县的神冈实验室，前后历经十年，是奇迹也是机遇，终于在1987年2月，赶在退休前二十天，截获由超新星爆炸所释放的中微子，打开了天体物理中极为重要的中微子窗口。

2002年10月，在获奖后收到的各种祝贺中，小柴最看重的，是一个传真。那是他昔日的老师南部阳一郎从美国发来的。小柴记得，他刚到东大研究院那阵，因为物理基础太差，无法开展工作，想来想去，只好到大阪市立大学，跟随南部教授补习。小柴不认识南部教授，完全靠厚着脸皮硬闯，在他的再三恳求下，南部教授收留了他。如今，南部教授寄来的传真上绘着一幅漫画：一只毛发蓬松的黑猩猩，在一册打开的教科书前仰天自誓，旁边的文字显示“我一定要成为物理学家”。

小柴笑谓，这只毛发蓬松的黑猩猩，正是他发誓改变命运时的绝妙写照。

南部阳一郎（*1921*年～）、益川敏英（*1940*年～）、小林诚（*1944*年～）

诺贝尔奖得主都是天才，天才有各种类型，譬如汤川秀树的混沌思考、朝永振一郎的大器晚成、小柴昌俊的君子豹变。2008年度诺贝尔物理学奖得主有三人，分别是南部阳一郎、小林诚和益川敏英。先说南部阳一郎，他的最大特色，就是超前。

南部阳一郎毕业于东京大学，是朝永振一郎的弟子。前文说到，他在大阪市立大学当教授时，担任过小柴昌俊的补习老师。其时，南部正值而立之年，他的学术基础，是在日本打下的。1952年，南部阳一郎应邀赴美，到普林斯顿高等研究院进行访问研究。他感到如鱼得水，就在美国留了下来，1970年加入美籍。南部一生的主要成就，是在美国取得的。

南部获得诺奖的理由，在于发现次原子物理的对称性自发破缺机制，这是他在上世纪六十年代提出的。什么叫“次原子物理的对称性自发破缺”？当时，绝大多数人，包括许多一流的物理学家，都一头雾水，莫名其妙。通常科学家们提出一种新理论，都有前因后果，来龙清楚，去脉分明，而南部的理论，就像从石头缝里蹦出来的，看不出前因，猜不透后果。

普林斯顿高等研究所物理学家爱德华·威滕1995年在《科学美国人》杂志撰文指出，人们不能理解南部，因为他“太超前”。加利福尼亚大学伯克利分校物理学家布鲁诺·祖米诺在同一期杂志上承认，他与南部刚认识时，他“挣扎着”去理解南部的研究内容。

“我当时有个念头，如果我能发现南部在想什么，我在这场竞赛中可能领先十年，”祖米诺写道，“于是我经常找他讨论，当我真正理解他的发现时，十年过去了。”

在南部担任名誉教授的美国芝加哥大学，物理学家彼得·弗罗因德说，南部是物理学家中的“特例”。他说，物理学家可以分两种，一种人在发现某个结果后，其他人顺着这个思路，会有新的发现；而像南部那样的另类物理学家，尽管人们最终能理解他们的发现，但根本想象不出他们当初是怎么凭空创造出这一理论的。

这说明，南部是不世出的天才。搁在普通人群，他就是个怪物。搁在科研一线，他就能做出石破天惊的业绩。

在科学领域，与在政治领域一样，超前太多，是要冒极大的风险的。人们熟知布鲁诺的例子，他因为支持哥白尼的太阳中心说，被宗教裁判所判为“异端”而烧死。南部的命运不至如此，一，缘于时代进步，社会对科学创见有了更多的宽容；二，也因为科技水平提高，认证速度加快，世人看到，南部当年让人莫名其妙而又妙算神机的构想，到了二十一世纪初，已化为粒子物理“标准理论”的基石。

事实上，获得诺奖前，南部几乎遍获物理学界种种大奖。1982 年，南部获美国科学界最高荣誉“国家科学奖”。1994 年，他获得声誉仅次于诺贝尔物理学奖的沃尔夫奖。此外，南部还曾获得本杰明·富兰克林物理奖、罗伯特·奥本海默奖和马克－普朗克奖。

南部在美国功成名就，日本政府多次邀请他回国居住，他都婉拒了。并非乐不思蜀，忘却来路，更非对故国抱有什么不愉快的记忆，恰恰相反，他是害怕礼遇，担心一旦回去就被委以重任，那样一来，他势必要失去自我，陷身行政和人事的漩涡。

他是搞科研的，他需要的，是不被打扰的安宁，再就是一点淡淡的寂寞。

次说益川敏英。讲起来你也许不信，他的最大特色，或曰最大新闻，就是战胜不了英语。

有一种说法，日本人普遍学不好英语。益川不是学不好，而是费了老大的劲，末了仍是一塌糊涂，糟糕透顶。

为此，他放弃申请护照，拒绝在国外的一切活动。倘若不是去瑞典出席 2008 年度的诺贝尔物理学奖颁奖仪式，他恐怕这一辈子都不会跨出国门。

益川敏英毕业于名古屋大学，是坂田昌一的弟子，名师高徒，长期执教于京都大学。他有一本自传，中文版译名叫《浴缸里的灵感》。与阿基米德从泡澡彻悟浮力定律相媲美，益川的科学理论突破也得力于洗浴：那是上世纪七十年代初，他和小林诚合作探索以四夸克模型来产生符合实验的 CP 破缺，这是一种没有答案的探索。益川在自传中写道：

“这一痛苦沉闷的探索持续了一个月左右。一天晚上，我泡在浴缸里反复思考也没有结果，在所有可能的四夸克模型中，就是找不到能够解释说明与 CP 对称性破缺实验结果相符的模型。因此，我决定写一篇关于以四夸克模型不可能对 CP 对称性破缺的实验结果作出解释说明的论文。

“我一边梳理着自己的思路，一边又想到如果这样的话，就多少会出现一些缺憾，这一思路能被接受吗……这样想着，一下决心就从浴缸里出来了。就在从浴缸里出来的瞬间，大脑对四夸克模型的思路束缚一下子消失了。像闪电一样，脑中突然出现了以六夸克模型来解释的念头和思路。”

因为是和小林诚合作，益川的发现尔后被称为“小林–益川理论”。当时，科学家只发现了三种夸克，他们的理论难以证实。到了 1995 年，六种夸克相继被发现。而到了 2001 年，日本和美国科学家确认了由夸克构成的正反粒子——B 介子和反 B 介子的“CP 对称性破缺”现象，从而证明了“小林–益川理论”的正确性。

作为一个中国读者，我对益川阅读马克思主义的视角，十分感兴趣。且看他在一篇写给年轻人的文章中说：

“我最初接触到马克思、恩格斯的理论，读到‘历史和经济领域中也存在着规律性’这样直截了当的表述时，当时就被这一观点所震撼，至今这句话仍然深深地印在我的脑海里。此前，我还没有在社会科学学科的课程中，学习过各种社会现象中存在着规律和法则这样的观点和内容。唯物论的观点认为，无论是社会现象还是自然现象，均存在着独立于人类思维的规律和法则。仅一观点，就足够使人耳目一新了。就社会领域的现象来说，所谓的‘规律性’非常复杂，或许不能简单地称其为‘规律性’，说‘科学的认识’更合适一些吧。所以，我希望年轻人不要只停留在死背硬记各种定理公式学习阶段，而要培养自己对于任何事物都要用科学的观点来进行分析和考察的能力。”

作为一个中国学者，我觉得益川对于荣誉的警惕，尤其值得吾邦的成功父母借鉴。益川获得诺奖后，他担心子女年轻，经受不住诺奖效应的冲击，特地打电话告诫儿子。他在一篇文章中回忆：

“获得诺贝尔奖的新闻刚发表之后，我就给孩子打了电话。具体怎么讲的已经记不太清楚了，但我说过‘给你们添麻烦了’这样的话。起初，孩子们似乎想得过于简单了。对于孩子们来说，这件事绝对是添麻烦。当获得诺贝尔奖一事被报纸等新闻媒体报道出来，本来与自己没有关系的各种事情，就一件接一件地闯入了他们的平静生活，给他们造成许多困惑。因此，我在电话里反复说‘对不起’，仿佛这是一种从天而降的灾难。”

最后说小林诚，他和益川敏英一样，都是名古屋大学毕业，坂田昌一的门徒，日后又都到京都大学任教。

小林诚的最大特色，对我来说，就是没有炒作。

我搜索中文网，只有小林诚获奖的简单概述。搜索日文网，结果几乎一样；显而易见，中文网资料是从日文网翻译过来的。实在无法，专门请大阪的友人去书店帮助查找，对方事后答复：“营业员在电脑上查了半天，在小林诚名下，只有他自己写的专业著作，没有自传或相关报道。”

小林诚的零碎信息如下：幼年丧父，在外婆家长大，表兄是前首相海部俊树，从小喜欢躲在屋内看艰深的书，高中爱上打网球。

得奖就是得奖，高兴几天，该干什么，还是干什么。

大师，也许就应该如此寂寞。

江崎玲于奈（1925 年～）

江崎玲于奈晚年写了一本自传，叫《我的履历表》，在前言中，他直言不讳地指出：我这一生，披荆斩棘，勇往直前，用四个字来概括，就是“野心勃勃”。

请看下面这一节：

思来想去，追忆往昔，想我自年少时就对这与生俱来的才能倍加珍重，小心培育，终于得以在社会上获得最大限度的发挥。往事种种，不禁历历在目。自己的将来，自己做主。所谓人生，说到底，无非是一场自己参演其中的戏剧而已。

在自己这出人生之戏中，经验告诉我，应趁着年轻之际，尽早“自立”成角，这是“成事”之秘诀所在。翻阅《论语》，二千五百年前，孔子有言：“吾十有五而志于学，三十而立。”圣人能在三十岁时独立，想来也是其得以收获伟大业绩的理由之一吧。爱因斯坦从苏黎世工业大学毕业之后，没有获得在教授手下听差的机会。这却反而成就了他在1905年，年仅二十六岁就以三篇具有划时代意义的论文完成了他的华丽“自立”。我也可算是在创造江崎二极管的三十二岁时完成了“自立”。

大学里有教授坐镇，使得弟子们年轻之际“难以自立”，而我供职的神户工业却使我年纪轻轻得以自立，实在是庆幸之至。这方面，我必须感谢我当时的上司有住彻弥先生。调查诺贝尔奖自然科学领域获奖人员的年龄可知，其觅得契机、一举斩获得奖业绩的年龄多在三十岁至四十五岁之间，看来年轻之际得以独当一面是诺贝尔奖获奖的必要条件。

这都是他的经验之谈。笔者一路读下去，觉得他于“野心勃勃”之外，更有一点可爱可亲之处，就是乐观开朗，心态积极。譬如，大名叫玲于奈，日文读Reona，Reo，拉丁语的意思是狮子，寓意“成为狮子般的王者”，他从小就在“你是与众不同的”期待中茁壮成长，直到获得诺贝尔奖，终使：“名副其实”。又譬如，从小口吃，在常人，容易形成自卑，他却往好处想，认为口吃正好避免与人交谈，可以省出时间来做学问；小学考初中，他大意失荆州，名落孙山，被迫复读一年，从此发奋，初中升高中，跳了一级，把失去的一年找补回；平日做功课，同学们常常为某些难题发愁，他却总是笑呵呵，因为这些题目都有答案，算不上难，他认为，只有那些答案好像有又好像没有的，才真叫难。

江崎从东大毕业，值 1947 年。那一年国际科学领域出了件大事：美国贝尔研究所发明了取代真空管的半导体晶体管。江崎得悉信息，立刻把自己的研究方向从真空管改为半导体。这改与不改，是大不一样的。江崎深知："我们处于安定的社会中，往往倾向于在现在的延长线上寻求我们的将来。可是，身处变革的时代，须得孕育前所未有的革新事物，才能创造将来。毫无疑问，在这里，创造力所扮演的角色是富有决定性的。"

东大毕业，江崎第一站选择的是神户工业。公司不大，前文说过，却使他得以独当一面，自由发挥。江崎感谢上司有住彻弥先生的支持，使他得以在那个"螺蛳壳"里造出了领先国际的半导体无线电。

江崎的"野心"愈来愈大，神户工业无法从财政到人事全面支持。他决定跳槽。这在讲究"终身雇佣"、"年功序列"的日本，是犯大忌的。然而，为了使"人生之戏不偏离自己预先设计的剧本"，江崎甘冒天下之大不韪，断然投奔东京通信工业（后来的索尼）。

他在新舞台研制出"江崎二极管"，声名大振。一次访美，他在贝尔实验室见到贝尔的名言："偶尔远离寻常路径，钻入丛林，你一定会发现一些前所未见的东西。"他的"野心"再度膨胀，决定离开日本的"寻常路径"，深入美国这片茂密的"丛林"。

他选择的是 IBM 公司。

江崎在 IBM 待了三十二年。在《我的履历表》中，他如是诉说当初出国的动机：

"前往美国，绝非对我国学界不满所致，只是我的求知欲与当时的机遇恰好吻合而已。说到大洋彼岸全新的研究生活，最大的不同要数科学家的自然淘汰机制了。在那里，是不论功劳和资历的，获得理想岗位全靠实力说话。这就赋予了制度很大的灵活性。此外，科学家还必须一直保持自己的创造力。”

1973 年，江崎因“在半导体中发现电子的量子穿隧效应”而获得诺贝尔物理学奖，时年四十八岁。

1992 年，江崎已经六十有七，在美国，已经到了“自然淘汰”的年龄，而在他的祖国日本，却被公选为筑波大学的校长。江崎由是结束漫长的“海外丛林体验”，衣锦荣归。

既是名人，又是校长，江崎免不了经常给年轻人做报告，报告的话题离不开诺贝尔奖。作为过来人，他总结了获得诺奖的五项忠告，又叫“五不原则”。他写道：

> 第一，不可受制于迄今为止的行事经验与规范。如果甘受阻碍束缚而裹足不前，则无法指望发挥果断的创造力。
>
> 第二，接受教诲自然是多多益善，但不可唯大学者、大教授马首是瞻。言听计从，则难以摆脱来自权威的束缚，作为年轻人特有的自由奔放将逐步丧失，自己的创造力也会渐趋萎缩。
>
> 第三，不可沉迷于无用无价值之信息。我们的头脑是以约 20 瓦特的功率进行有限运作的，应对其能力加以充分思虑和考量，使其集中用于处理那些挑选出来的必要信息。
>
> 第四，发挥创造力，贯彻自己的主张，奋起抗争，从不逃避。
>
> 第五，孩子般无止境的好奇心与天真烂漫的感性意识不容错失。

——这五条，看起来简单，做起来却很难，因为科学是一回事，体制又是一回事，生活中，两者常常冲突，而体制是管人的，节骨眼上，总是它说了算。

如此，才更见出特立独行的科学态度的可贵。

赤崎勇（1929年）、天野浩（1960年）、中村修二（1954年）

继2008年两位日本学者和一位日裔美籍学者获得诺贝尔物理学奖之后，2014年，类似的组合与奖项再度在东瀛上演，此番是赤崎勇、天野浩，以及中村修二。这事，绝对是实力的证明。诺奖评委会给出的理由是：他们“发明了高效的蓝色发光二极管”（蓝光LED），让明亮且节能的白色光源成为可能。又指出：“白炽灯点亮了二十世纪，二十一世纪将由LED灯点亮。”

三人的发明，显然跟前文提到的“江崎二极管”有关。事实上，赤崎勇从京都大学毕业，第一个岗位，就是神户工业，正是受到曾在那儿工作的江崎前辈的影响，将研究范围圈定在半导体。尔后改投名古屋大学，课题始终未变。人生的路很长，关键时刻只有一步。赤崎勇这一步迈对了。总结他的获奖之道，首先是找准方向；其次是持之以恒，锲而不舍；再其次，便是长寿。赤崎勇发明蓝色发光二极管，时值1989年，已经是花甲老人，收获诺奖，是2014年，业已八十有五。“这是一条漫漫长路”，领奖时，他对媒体如是表述。

与赤崎勇相比，天野浩的成功就来得直截了当。他从名古屋大学毕业，留校给赤崎勇当助手。赤崎勇的课题，就是他的作业；赤崎勇的肩膀，就是他的起点。在他，这算跟对了人。正如俗语所说：“下对注，赢一次；跟对人，赢一世。”天野浩按照赤崎勇的指导，在1989年制造出蓝色发光二极管，仅仅二十九岁，尚未到而立之年。获得诺奖的2014年，他也不过五十四岁。

在日本著名的物理学家中，中村修二属于异类。一、他读的是德岛大学，这在日本，是不入流的，相信在他得奖之前，没有几人会予以关注；二、硕士毕业，没有选择到大城市大企业发展，而是进了当地一家小公司；三、地方虽闭塞，公司虽小，他研究的却是前沿课题：蓝色发光二极管。小公司迫于生计，一般都目光短浅，急功近利，没有资本也没有兴趣养闲人。而中村捣腾的项目，恰恰需要花大钱花长时间供养，这就产生了矛盾。

天才在没有爆发之前，与疯子相差无几。中村在公司众人的心目中，也就是个疯疯癫癫、癞蛤蟆想吃天鹅肉的家伙。但天才之为天才，自有其内在的生长逻辑。这时，中村靠的就是日本人特有的隐忍，以及坚持。终于有一天，那是上世纪九十年代初，世界惊讶地发现，他居然在一间阴暗狭小的地下室，凭一己之力，研制出了高效的蓝光LED。

以后的发展，就是商业加投机的逻辑。公司从中村的发明中嗅到巨大的商机，抢先注册了专利，随之订单雪片般飞来，利润呈几何级数增长，昔日名不见经传的小公司，一跃成为声名显赫的大公司。

中村愤怒了。当初我搞发明，你们不仅不支持，还千方百计阻挠、打击。如今产品出来了，你们又把我撇开，伸手抢摘桃子。是可忍，孰不可忍，于是一纸诉状，与公司对簿公堂。

法院调查前因后果，判中村获胜。胜是胜了，可获得的金钱，与成果的价值远远不成比例。

中村的遭际，为美国人提供了挖墙角的机会。2000年，应加州大学圣塔芭芭拉分校之聘，他拍拍屁股，离开日本。数年后，出于争取“军方预算，以及从事与军方相关研究”的考虑，他申请加入了美籍。

他的诺奖奖牌，自然也归入美国的囊中。

2014年，借获得诺奖之机，中村回顾往事，仍然耿耿于怀。他说：“日本有很多很好的发明，但是不容易做到国际化，无法把发明创造按照世界标准运用到实践中。日本需要有所改变。”他指出：“从前在日本公司工作，买一支铅笔也要课长签字。到了美国，发现工作很容易推行，速度快，没有什么约束。在日本不是谁都可以实现梦想，障碍很多，而美国的研究者有充分的自由，所有的人都有实现梦想的机会。”谈到当年在德岛的老东家，中村毫不掩饰满腔的愤怒，他说："愤怒是我全部的动因，如果没有憋着一肚子气，就不会成功。"

2015-4-13

备注：2015 年 10 月，日本又有科学家梶田隆章与加拿大科学家阿瑟·麦克唐纳共同获得诺贝尔物理学奖。

科学因“突出”而进步

——化学界一瞥

截至2014年，日本共有七人获得了诺贝尔化学奖，分别是：福井谦一（1981年）、白川英树（2000年）、野依良治（2001年）、田中耕一（2002年）、下村脩（2008年）、铃木章（2010年）、根岸英一（2010年）。这数字，虽然远远低于美、德、英等国，但在亚洲，却是居于领先地位。尤其是2000、2001、2002三年连续获奖，在日本经济越过上世纪七八十年代的巅峰，跌入“失去的九十年代”，而且新世纪还在继续下滑的不景气年头，不啻于雪中送炭，大大温暖人心。

诺贝尔奖只是一个参照数，并非绝对公平，更非无限完美。但是，比起和平奖、文学奖，它的自然科学奖，还是具有相当的权威，不说是无可争辩，至少也是较少质疑。

本文着重介绍福井谦一和田中耕一。其余五位，不是不想涉笔，而是资料实在太少。也不仅是中文资料少，我查日文网，也一样的少。其实这话应该倒过来，正是由于日本的媒体“习以为常”，没有玩命跟风炒作，才导致了中文资料的缺失。读者如别有途径，可自去查阅。

上篇：福井谦一

大自然是最好的启蒙老师

福井谦一（1918 年 ~ 1998 年）是 1981 年度的诺贝尔化学奖得主。

六岁之前，他随父母生活在奈良县押熊村，那里是他外祖父的家。

懂事起，福井谦一看到大人给菜圃果园除草，知道杂草不是好东西，他就常常一人跑到自家菜圃，把杂草的芽一根一根揪下来，拢在一起，盯着观察。没有人教他，半天半天地看下来，也没看出什么名堂，反正，就是喜欢，感觉做这事，比看小人书和玩玩具有趣多了。

长到四五岁，他把观察的范围扩大到自家周围的田野，常常弄来一堆昆虫呀、花草呀、石头呀什么的，一玩就忘记了时间。

六岁那年，福井谦一随父母搬去大阪。他对田园生活无限怀念，每逢假期，都要到外祖父家玩。

获得诺贝尔奖后，福井谦一回顾往事，说：

“每个儿童，只要有机会接触大自然，就会被她特具的美感动，并引发思考。譬如，当他看到美丽的彩虹，就会禁不住想：‘彩虹怎么会有七种颜色的呢？’‘它为什么出现在与太阳相对的另一侧天空？’等等。这种好奇心与探索心，是人类天赋的本能，是教育和学问的最佳起点。”

“科学的直觉，是在和大自然的直接接触中培养出来的。只有从尽可能早的幼儿时期与大自然直接接触，才能比较有效地培养出对科学的直觉。”

“亲近大自然是人类的第一大特权。”

直觉胜于常识

高中阶段，福井谦一的外文是德语，偏爱是数学。报考大学前，父亲帮他征求京都大学一位化学老师的意见。那位老师说：“如果懂德语，又喜欢数学，那么，就让他到我这儿来读化学吧。”

喜欢数学，不妨选择物理，这是常识。而数学又怎么会跟化学扯上瓜葛？谁也说不清楚。

回过头来看，这一决定无疑十分明智。因为，化学尔后引进了物理学中的量子论，量子论离不开数学。此外，计算机的发展，物理检测仪器的进步，也都离不开数学。当然啰，这一切变化，老师当时是不可能预见的。

福井谦一更不会预见。

凭的是什么？他说，凭的就是直觉。

T 型人才优于 I 型人才

有这么一些学者，对于专业以外的知识，总习惯性地加以拒绝。他们的口头禅是：“对不起，这不是我的专业……”

然而，作为专业的学问，如果仅仅局限在一个狭小的点，不管如何努力，也很难深入。学问是互相交叉渗透的，学习专业以外的知识，会对本门的专业大有帮助。

福井谦一回顾：“1970 年，我在提出一种化学反应路线的论文中使用了空间概念，这和爱因斯坦一般相对论中的空间是一致的，其中使用的数学知识，也是通用的。

“这样一来，就不得不考虑所谓‘钻研’专业的实际意义。学者大致分两种类型：一种是知识领域窄而专业知识深的‘I 型人才’，另一种是知识领域宽而特定知识深的‘T 型人才’。我看好后者，期待今后的 T 型人才越来越多。”

福井谦一相信：“越是拼命学习那些远离自己专业的知识，对今后从事的创造性工作就越有意义。”

千万莫小看运动员的大脑

对于体育人才，吾国有一种根深蒂固的误解："四肢发达，头脑简单。"

福井谦一不是这样看。高中阶段，为了增强体质，他选择了剑道。实践中，他体会到：

"体育对于增强体力、培养团队精神，以及强化大脑功能，有说不出的好处。

"譬如，面对时速一百几十公里飞来的棒球，击球手要在刹那挥棒将之击中，这种间不容发的判断力和本领，全赖脑部的功能。这是计算机都难以企及的一种功能（指上世纪八十年代前）。专业选手是不用说的了，就是一般学生选手，也会拥有相当出色的身体素质。

"面对这样的学生选手，公司还有必要对他进行聘用考试，以了解他是否拥有与其他学生同等的知识吗？"

——日本人重视"文武两道"，即学习和体育并举，所以一些体育特长生的学习成绩也非常优秀。比如2003年留学北大，不几年就活跃于中国媒体的加藤嘉一，他在山梨县读中学时，当过日本国家队的长跑运动员。而山梨县另一位体育明星——足球运动员中田英寿，也是加藤嘉一的前辈与偶像，中学时各门功课都很出色，为了将来去意大利联赛发展，还自学了意大利语。中田英寿2006年退役，关于自己的下一步定位，2014年，他说："在过去的五年中，我一直在日本国内各地旅行，和农民、手工业者、清酒制造者交流，参拜神社和寺院，了解日本传统文化。我在二十一岁就离开日本去意大利踢球，因此我对日本文化的了解还不深，这也是我在退役后选择在日本旅行的原因，我希望自己成为日本文化的最佳代言人。"

前线电子轨道理论的提出

1952年，福井谦一在美国物理学会杂志上提出"前线电子轨道理论"。

在此之前，学术界的主流是“电子学说”，也就是说，决定分子反应性质的是全部电子密度之和，即电荷。

福井谦一的所谓“前线”，可以理解为“国境”或“边境”。当敌对分子来到一个国家的边境，迎击他们的不是位于国内中心地带的常规部队，而是位于边境的警备部队，也就是前线电子。“前线电子轨道理论”，即因此而命名。

当时他也考虑过其他名字，如“活性电子”、“活泼电子”等等，权衡斟酌，最终选择了“前线电子”。

——福井谦一的探索初期并不为他的国家看好，首先是他在京都大学燃料化学系的同事和上司，他们认为福井狂妄自大，异想天开，注意，在集团主义压倒一切的日本，这可是大逆不道的罪名，闹得不好，就有可能被“村八分”（彻底孤立）；其次是日本学术界，他们对福井将物理学中的量子力学引入化学领域，感到莫名其妙，当然也就不会去作深入的理解。

直到十年后，欧美学者争相引用福井的论文，并称赞他的“前线电子轨道理论”名副其实，具有在化学界冲锋陷阵的“前线精神”，这才集体回过神来，由漠视改为高度重视。

抓住稍纵即逝的灵感

和物理学家汤川秀树一样，福井谦一养成一个习惯，一旦头脑里闪过什么，马上就取出一个小本子记下来。

为此，他每晚就寝前，都要在枕边放好铅笔和便条本。

福井谦一总结：“想法或设想是稍纵即逝的东西。就好比散落在水面上的落叶，在风和波浪的作用下，某一个瞬间会聚集在一起，形成圆的或四角图形，然后很快就在波浪的作用下散去。设想也会在某个时刻突然给头脑一个刺激，然后马上就一去不复返了。”

“我的笔记不是文章，只是一些简单的单词、公式，是普普通通的便签，而且还有很多是记了又想不出所以然的。但是，记下的，并对以后的研究大有裨益的，也相当不少。我认为自己的前线电子轨道理论，就得益于这种笔记的不断积累。”

“根据我的经验，那些不记备忘录也忘不了的想法，通常没有太大的价值，只有那些不做笔记便会立刻忘掉的‘一闪念’，才是无价之宝。”

在诺贝尔化学奖领奖台上的致词

1981年10月，福井谦一因他的“前线电子轨道理论”，与提出分子轨道对称性守恒原理的美国科学家罗阿尔德·霍夫曼，共同荣获诺贝尔化学奖。

追溯他的历程，从1952年提出“前线电子轨道理论”，到得到普遍认可，并最终获奖，花了将近三十年。

1981年12月10日，福井谦一出席在瑞典斯德哥尔摩举行的颁奖仪式，并发表获奖致辞。讲话限定三分钟，作为一个研究自然并获益于自然的化学家，他最想讲的是什么呢？

福井谦一认为：人不仅是大自然的一部分，还可以说是大自然花费了漫长的时间造就出来的最高杰作。

这样说是否意味着大自然对人类就会特殊照顾并保证人类能够繁衍不息呢？不，这是非常错误的。

正如败家子挥霍父母的遗产，人类也正在拼命消耗着地球上的天然资源和能源。近代文明也正是建立在这个事实上的。

为此，他在简短的致辞中呼吁：

“地球的资源和能源越来越匮乏，这势必威胁到人类的生存。对人类未来的这种担心，是现实而又急迫的。因此，我们的立场也很明确：化学研究一定要有助于保护地球的永久和平。”

“我们希望科学的所有领域带给人类的都是幸福而不是灾害。在这一精神的指引下，为了和平这一至高无上的目的，不仅仅是我们获奖人，我们还想代表所有从事基础化学研究的科研人员，尤其是那些肩负人类未来的年轻科研人员，接受这项最高荣誉。我坚信，这些年轻的科研人员将会在更加广阔的天地里运用自己的聪明才智，为保全地球遗产，为人类的繁衍不息而努力地工作下去。”

三项特殊能力与脑部“非平衡”状态

获得诺贝尔奖后，福井谦一要经常给各种人士传授经验。一次，他在演讲中说：

“现在我们应该明白了，自然科学上的创造性是与以下几种能力有关的：一是要有感悟自然科学模型的自然与不自然的能力；二是在评价自然科学的价值及将来的发展性时，要有超乎逻辑的判断能力；三是要具有非理性的灵感以及想象能力。”

——笔者十分赞赏他提出的“超乎逻辑的判断能力”以及“非理性的灵感”，自然科学如此，文化艺术也是如此。

用日本的另一位诺贝尔生理学或医学奖得主利根川进的话说：“不敢冒险的人，或者只会考试得分的人，是不适合科学研究的。”

“科学家的最重要的才能是要有怀疑的能力，还要有丰富的想象力。”

福井谦一还说：

“头脑要保持‘非平衡’状态。也许这句话不应该如是表达。但我认为，如果要从培养具有高度创造性的人这一点上考虑，与其让头脑中大部分的空间装满信息，处于一种安定、饱满的状态，还不如让其空一点的好。

“也就是说，让头脑保持一种‘非平衡’状态更合适。所谓‘非平衡’，就是让脑部超多维电路网远离平衡状态。1977 年度诺贝尔化学奖得主 I · 普利戈金教授认为，在远离平衡的地方，必能建立一种结构，我也有同感。”

——所谓头脑的非平衡状态，笔者理解为一种大脑的饥饿感。当前，我们接受的信息不是太少，而是太多；其中，绝大部分都是垃圾。与其让铺天盖地而又乱七八糟的信息堆满大脑的仓库，不如远离它们，保持一定的空仓。

对日本教育的忠告之一：摆脱模仿文化

福井谦一指出：

“日本今天的繁荣主要依靠了高质量产品的出口，而这些高质量产品又是日本高教育水平、高科技水平和先进的质量管理的成果。

“但是，关键问题在于，支持这些先进技术的科研成果几乎都是对外国科技成果的模仿，并不是依靠日本自己的科研能力得到的。

“仅仅被称作模仿文化也还罢了，如果繁荣起来的日本因此挤垮了其他国家的工业，造成他国失业人口的增加，那么就不仅仅是模仿文化的问题，也许还要被看成是引起经济摩擦的罪魁祸首。

“1982 年，英国首相撒切尔夫人访日，她在接受日本 NHK（日本广播公司）的采访时说：‘日本制造了大量的高科技电器产品，英国也在进口这些产品。但是，电器产品的根本——电子，却是英国人发现的。’这段话，正中我上面提出问题的要害。”

——模仿的巨人，创新的侏儒，这大概是举世对日本公认的评价。

对日本教育的忠告之二：科学因“突出”而进步

福井谦一还指出：

“日本不是一个多民族国家，语言单一，所以不会采用突出个人、彰显自我的表达方式，习惯无论做什么事都集体行动，从社会维持和管理的角度来看，有其方便的一面。

“因此，‘不突显个人’，作为日本人的生活方式而广受尊崇，视为美德，自然也成为教育的目标。

“但是科学恰恰是一个因‘突出’才得以进步的事物，依靠大众的均一化努力是很难取得进步的。就像一个爱因斯坦这样的科学家的出现，给科学带来了彻底的变革。

“在这一点上，日本的国民性和社会习俗有其弊端：既压制他人突出，自己也不要比他人显眼，大家彼此客客气气的。如果这种状况不改变，青年优秀人才的萌芽就会慢慢枯萎。”

——整齐划一，循规蹈矩，日本人已经享受了太多超强集团主义的红利；若要再向前走，就不得不考虑对人才个性的培养。别以为这仅仅是教育的事，牵一发而动全身，整个社会的价值观都将发生改变。

谈何容易！谈何容易！

大自然永远是最伟大的老师

在著名作家夏目漱石的《梦十夜》中，有一篇关于刻工运庆的故事。福井谦一借题发挥，他说：

“一个名叫运庆的人在寺庙的山门处雕刻仁王像，作者也夹杂在许多围观者中观看。只见凿子在运庆的手中游走、跳动，不大工夫，仁王的眉毛、鼻子逐一显现出来。看上去，似乎人物本来就埋藏在木头中，而运庆仅仅是用凿子和锤子将仁王从中挖出来而已。

“看到这里，作者立刻返回家中，取来木料，想照运庆那样把仁王从木头里挖出来，然而仁王并没有埋在里面。

“这个寓言我在中学就读过，自从踏上自然科学之路，它的内容就鲜明地印在了脑屏幕。

“作为一名自然科学工作者，大自然的奥秘是他毕生所追求的事业，要想使自然科学的真实面目全部暴露在科学家的面前，科学家对大自然的研究就要做到家，否则，仁王是不会出现的啊。”

——但愿这个小故事，对中国的读者也有所启发。

下篇：田中耕一

歪打正着的实验

2002 年 10 月，日本的田中耕一 (1959 年 ~) 与瑞士的库尔特·维特里希以及美国的约翰·贝内特·芬恩，共同获得了诺贝尔化学奖。

有趣的是，田中耕一发明的“软激光解吸附离子化法”，居然属于歪打正着的失误。

那是 1985 年 2 月，二十六岁的田中大学毕业还不到两年，在京都岛津制作所从事蛋白质的质量分析。那天，他准备测量的样品，是维生素 B12（分子量是 1350）。样品进入分析装置之前，照例要经过一些处理。田中一不留神，把甘油酯当做丙酮醇与金属超细粉末混在了一起。甘油酯与丙酮醇不同，黏糊糊的，一眼就可看出，所以他马上意识到出了大错。

怎么办？错误已经铸成，要扔，只能把甘油酯和金属超细粉末一起扔。金属超细粉末非常昂贵，扔了，觉得太浪费，未免可惜。田中想，要不就将错就错，测测维生素 B12 在这种状态下的质量。

田中之所以这么决定，不纯粹是怕浪费，也有他的专业考虑，因为测定是在真空中进行，甘油首先会慢慢气化，随之消失。田中相信，尽管错误放进了甘油酯，然而，只要耐心等它消失，里面自然会显示出样品的数据。

为了让气化过程加快，他启用激光频繁照射。

田中是关西人，用当地的话说，是个“急性子”，恨不得一分钟就能拿到数据，因此，没等甘油完全气化，他就去看质谱。

奇迹出现了。他的眼前出现了从来没有观察到的数据，谱峰显示，光谱的质量数在1300左右。在不破坏分子量为1300的分子的情况下，实现了分子的离子化——这正是他寤寐以求的结果。

——无独有偶，田中耕一的前辈、2000年诺贝尔化学奖得主白川英树也有过类似的“失误”。白川研究的是如何把塑料变为导体，一次实验中，他使用了聚乙炔黑粉，这时，他的助手，也是他的学生看错了配方，把比正常浓度高出上千倍的催化剂加了进去，结果聚乙炔结成了银色的薄膜。正是这种意外的偶然，帮他走上了正确的道路。

谁是田中耕一？

诺贝尔奖不管如何操作，都不会奖给无名之辈。因此，每年颁奖之前，外界都会有种种猜测，当然是在名扬世界、众望所归的人士中进行。比如2008年诺贝尔化学奖得主下村脩，他于1962年在水母中发现了绿色荧光蛋白，这是一项了不起的成就，外界认为他肯定能获得诺贝尔生理学或医学奖，每年10月公布获奖者名单的那几天，抢消息的媒体总是围着他转，而他本人也相信自己能得奖，到了那几天便心神不定，翘首等待佳音。这一等就等了大半辈子，而且还是他压根儿没想到的化学奖。

田中耕一的情况正相反，且看：

2002年10月9日，诺贝尔奖评选委员会宣布日本人田中耕一与另外两人分获化学奖。消息传出，日本文部省乱作一团，在他们所掌握的日本优秀科学家的名单中，没有田中耕一；扩大搜索，在日本所有的化学教授、化学博士中，也没有田中耕一；继续扩大搜索，在日本所有的硕士学位获得者中，仍旧没有田中耕一。奇怪，这个田中耕一是谁呢？

不仅文部省，2000年的诺贝尔化学奖获得者白川英树，2001年的诺贝尔化学奖获得者野依良治，这两位化学界的权威，也闹不清这位新科得主是何方神圣。因为在圈内的大杂志上，从未见过田中的论文，彻底一个“名不见经传”。

那天晚上，田中耕一在公司接到瑞典方面打来的电话，通知他获得了诺贝尔奖。田中本人也莫名其妙，他认为是谁开玩笑，或者是和诺贝尔同名的一个小奖。

田中服务的公司、京都岛津制作所的高层也在犹豫，因为本所叫“田中耕一”的有三人，首先要弄清这位获奖者究竟是三人中的哪一个？

这也难怪，因为田中耕一只有学士学位，在所内是一个普通职员，四十三岁了，头衔还仅仅为主任。注意，日本的主任，跟中国的主任，完全是两码事。在日本，大学毕业后进入企业，一般干一至两年的职员，就可升迁主任。再往上，便是系长、课长代理、课长、次长、部长等等。田中干了二十多年，还停留在低层次的主任，显然是个窝囊废，为上司和同事瞧不起。

实际情况是，不是田中绝对窝囊，而是他为了留在第一线从事自己喜欢的实验工作，有意无意地放弃了升职考试。

——这事也从侧面证明，诺贝尔奖评选委员会不看虚名，看实绩，他们的眼光，远远超越日本社会。

暴得大名之后

诺贝尔奖让田中耕一一夜成名，媒体蜂拥而至，对此，他感到头晕眼花，手足无措。

田中害怕采访，因为向来患有“社交恐惧症”。正是因为拙于表达，他大学毕业后找工作，第一次就折于面试。后来，幸亏大学指导老师出面推荐，又有了首次失败的教训，田中才勉强通过岛津制作所的录用考试，进入公司。

田中的经历也平淡无奇，出生于西海岸的富山，读的是仙台的东北大学，大二时，因为德语不及格，还留了一级。

生性内向，害怕与人打交道，三十六岁，田中才通过迟来的相亲，解决婚姻大事。

田中获奖后，日本政府为他颁发了最高级别的日本文化勋章。

田中的出生地和居住地，也都给他颁发了荣誉市民证书。

说来你也许不信，田中的上司和同事面临的第一个困惑却是：难道从此以后，要改口叫他（田中）先生了吗？（先生，在日本是对有学问有地位者的一种尊称。）

与此同时，岛津制作所的老板从国外急急赶回，宣布奖给田中数百万日元，将他的职位从主任越级提升为董事。

你猜田中如何反应？

他竟然拒绝提升。理由是，只有留在实验室，他才能感觉到自己的存在价值。

事情至此，已由不得他了。几经磋商，田中勉强接受了部长待遇。

不久，公司又特地为他成立“田中耕一记念质量分析研究所”，聘他为所长，待遇仍升为董事。

田中的母校东北大学特别修改条例，为他颁发名誉博士学位。

接受荣誉博士学位时，田中感慨万分地说道：“当初大学毕业，我决定不考大学院，是因为讨厌考德语。如今，不考德语就可获得博士学位了。可是，对我来说，博士的头衔只在预定飞机座位时才能派上用场，它将使我免费提升到商务舱……”

人人都具有独创性

田中获奖后，许多人都向他讨教，独创性从哪儿来？如何才能提高自己的独创性？

2003年，田中在一次演讲中回答：

“关于这个问题，我发现了一份有趣的资料。这是2002年春天，斯德哥尔摩诺贝尔博物馆馆长林格威斯特在日本召开的‘诺贝尔奖一百周年纪念国际论坛’上的演讲记录。对在过去一百年的所有诺奖得主来说，这位先生是全世界最了解他们的权威之一。总之，他对有独创性的人以及他们的背景都一清二楚。

“那么，对每个人来说，能发挥出创造性的条件是什么呢？林格威斯特举出了九个条件。即：勇气、挑战、不屈不挠的意志、组合、新观点、爱玩的心态、机遇、努力、瞬间的闪念。

“这九条，正好可以套在我的身上。我发现‘软激光解吸附离子化法’时，首先具备了‘挑战’与‘勇气’，以及屡败屡战的‘努力’与‘不屈不挠的意志’。要说‘新观点’，就是‘组合’并使用了两种辅助剂。并且没有把两个错误混搭在一起的物质扔掉，而是抱着‘玩儿的心态’，对这种‘错误’进行观察。错误从某种意义上讲，就是‘机遇’。明知是错也要看到它的实验结果，其中就含有直觉，即‘瞬间的闪念’。

“‘原来，我就是具有独创性的人啊！’当初想到这里，不禁有些飘飘然。

“但是，请等一等！我仔细琢磨，觉得任何一个人，普普通通的人，或多或少，都具有上述九种素质。

“从前，我好像把‘独创性的能力’误会成非常特别的本领了。

“人们通常会认定‘自己还不具备那样的素质’，从而压抑了自己所具有的难能可贵的创造力；或者还有人认为‘自己从事的不是什么了不起的发明’，从而放跑了服务于社会的大好机会。看了，并分析了林格威斯特先生的演讲记录，我恍然大悟，我们每一个人，都天生具有独创性。请不要忘记，‘人类是具有创造性的动物’。我一个普通的职员，大学毕业不到两年，二十六岁就开发了‘软激光解吸附离子化法’，而和我一起获化学奖的约翰·贝内特·芬恩教授，是在七十岁时开发了‘电喷雾离子化技术’，与我的方法殊途同归。你看，无论是谁，无论什么时候，都有发挥独创性的可能。”

——强调独创，这是每一位诺奖获得者的共同体会。前文提到的野依良治，他在年轻时就公开宣称，讨厌模仿，力争以创新“拿诺贝尔奖”！2007 年，野依良治应邀访华，在一所高校，当学生问他：“如果中国的大学生也有志于获得诺贝尔奖，您有什么建议？”野依回答，要有探索的勇气，对从事的科研项目满怀兴趣；更为重要的是，要与众不同。

野依说，诺贝尔奖不会在同一课题下授予两次。先驱们已经指出了通向成功的道路，但是得到成功并不容易。要去寻找新的重要的课题，而不是“流行”的课题，不能跟在别人后面走。一个科学家应该是独一无二的。

野依进一步解释，做到独一无二并不像想象的那般难。做到第一很难，做到唯一却很容易。科学研究毕竟不同于奥林匹克竞赛，奥林匹克竞赛有着复杂的规则，普通人很难达到高水平。

——野依良治的最后一段话，似乎也为田中耕一的成功作了深入浅出的注释。

2015 年 5 月 6 日

留言簿

写作此书，一半是为了激活对日本的记忆。

感谢我的大学同窗岳大成先生，他帮我搜集了几乎所有必不可少的日文参考资料，并承担释疑解难；可以说，如果没有他的两肋插刀、雪中送炭，就不会有这本书的如今面貌。

感谢我的大学同窗陈小湘（陈航）、崔德山、戴璨之、邓桂荣、邓友民、董正元、冯士琴、傅永康、管黔秋、郭来舜、赫光炬、何世钝、纪太平、刘光宇、刘金鸿、马成三、齐荣、秦定定、沈尚庆、施延芳、童颛芬、汪金熙、王瑞林、温惠爱、吴一蕴、徐士景、张晶、张荣莲……他们组成我记忆中温暖而闪光的晶片，助我拼凑出这一幅有关扶桑的文字七巧板。

感谢日本，它的咄咄逼人的存在，似隔岸的一声棒喝，响在半空，回避无路，塞耳无豆，偷懒无门，使我在古稀之年凛然以惊，幡然转身，重新把目光投向东瀛。

感谢祖国，大哉中华！壮哉中华！欣哉中华！——“华”即“花”也，是它赋予我本心如镜，一剑倚天，眼底笔端，长绽四时不凋之花。

2016 年 4 月 25 日

图书在版编目（CIP）数据

日本人的“真面目”/卞毓方著 . -- 桂林：漓江出版社，2016.8
ISBN 978-7-5407-7899-6
Ⅰ . ①日… Ⅱ . ①卞… Ⅲ . ①散文集 – 中国 – 当代Ⅳ . ① I267
中国版本图书馆 CIP 数据核字 (2016) 第 191711 号

日本人的“真面目”

作　　者：卞毓方
策划统筹：符红霞
责任编辑：符红霞　关士礼
装帧设计：7拾3号工作室　黄　菲
书法作者：张仲亭
责任监印：周　萍

出 版 人：刘迪才
出版发行：漓江出版社
社　　址：广西桂林市南环路22号
邮　　编：541002
发行电话：010-85893190　　0773-2583322
传　　真：010-85890870-614　0773-2582200
邮购热线：0773—2583322
电子信箱：ljcbs@163.com
http://www.Lijiangbook.com
印　　制：北京通州皇家印刷厂
开　　本：715×960　1/16　　印　　张：24.5　　字　　数：240千字
版　　次：2016年8月第1版　　印　　次：2016年8月第1次印刷
书　　号：ISBN 978-7-5407-7899-6
定　　价：59.00元